Als wären drei Feiertage und eine Hochzeit nicht schon kompliziert genug, sorgt ein Schneesturm für chaotische Zustände. Maryam und Anna, die sich während ihres Flugs nach Toronto angefreundet haben, stranden deshalb unfreiwillig im beschaulichen Snow Falls. Maryam, die versucht, ihre nervöse Familie zu beruhigen und die Hochzeit ihrer Schwester zu retten, bekommt unerwartet Unterstützung von jemandem, für den sie schon seit langer Zeit viel empfindet ...
Anna ist überwältigt davon, dass gerade ein Weihnachtsfilm in Snow Falls gedreht wird – ausgerechnet mit ihrem Lieblingsschauspieler, der in der Realität mindestens genauso charmant ist ...

Uzma Jalaluddin ist eine internationale Bestsellerautorin, deren Romane bereits verfilmt worden sind. Sie war Gymnasiallehrerin und Kolumnistin für den Toronto Star. Mit ihrer Familie lebt sie in Toronto.

Marissa Stapley ist New-York-Times-Bestsellerautorin von Reese's Book Club Pick »Lucky«. Viele ihrer Romane wurden für das Fernsehen verfilmt. Ihre journalistischen Arbeiten sind in Publikationen in ganz Nordamerika erschienen. Sie lebt mit ihrer Familie in Toronto.

Irmengard Gabler hat Anglistik und Romanistik studiert. Sie übersetzt Belletristik und Sachbücher aus dem Englischen, Französischen und Italienischen. Die Übersetzerin lebt in München.

Uzma Jalaluddin
Marissa Stapley

Drei Feiertage und eine Hochzeit

Roman

Aus dem amerikanischen Englisch
von Irmengard Gabler

FISCHER
TASCHENBUCH

MIX
Papier | Fördert gute Waldnutzung
FSC® C083411

Deutsche Erstausgabe
Erschienen bei FISCHER Taschenbuch

Die Originalausgabe erschien 2023 unter dem Titel
»Three Holidays and a Wedding« bei Putnam, New York.

This edition published by arrangement with G.P. Putnam's Sons,
an imprint of Penguin Publishing Group,
a division of Penguin Random House LLC.

Redaktion: Lisa Caroline Wolf
Satz: Dörlemann Satz, Lemförde
Druck und Bindung: CPI books GmbH, Leck
ISBN 978-3-596-70982-3

Für unsere Familien

... und für alle,
die sich in der Weihnachtszeit fragen,
wohin sie gehören

»Das Sonnenlicht spielt auf dieser Wand ein wenig anders als auf jener, und wieder anders auf der dort drüben, trotzdem ist es ein und dasselbe Licht.«

Rumi

Vor langer Zeit – im Jahr 2000, um genau zu sein –, da begab es sich, dass Weihnachten, Chanukka und Eid in denselben Zeitraum fielen.

Man plünderte die Regale mit den Backzutaten. Die Angestellten der Reiseagenturen machten Überstunden, um Flüge zu buchen, mit denen die Menschen nach Hause kamen. Die Geschäfte erzielten mit dem Verkauf von Spielzeug und anderen Geschenken Rekordumsätze.

Weltweit herrschte eine Atmosphäre gefühlsgeladener, glückseliger Feierlaune.

Und in einem überfüllten Flughafen in Denver, Colorado, war eine kleine Gruppe Fremder im Begriff, ein Flugzeug zu besteigen. Sie ahnten nicht, dass ihr Leben sich bald grundlegend verändern würde … Denn Weihnachtswunder können überall geschehen, uns allen, ganz gleich, welches Fest wir feiern.

EINS

Anna

20. Dezember 2000
Denver, Colorado

Noch fünf Tage bis Weihnachten
Zwei Tage bis zum Beginn des Lichterfestes Chanukka
Der 25. Tag des Fastenmonats Ramadan

Zart klingende Glöckchen rissen Anna Gibson aus ihrem Traum, und sie schlug die Augen auf. Nicholas Vandergrey, seit sechs Monaten ihr fester Freund, stand vor ihrem Bett. Seine blonden Locken waren noch vom Schlaf zerzaust, und er trug den dunkelblauen Bademantel, der so gut zu seiner Augenfarbe passte. Er hatte sich eine Nikolausmütze aufgesetzt, etwas schief – und hielt eine Schleife, an der Glöckchen befestigt waren.

»Guten Morgen, perfekteste aller Frauen«, sagte er und lächelte zu ihr hinunter. »Zeit, aufzustehen.« Er schüttelte die Glöckchen, und sie versuchte, nicht zusammenzuzucken. »Na los, raus aus den Federn! Dieser Tag bringt dich schließlich nach Toronto, wo du mit den Vandergreys *das beste Weihnachten deines Lebens* feiern wirst.« Er kniete sich zu ihr ans Bett und blickte ihr tief in die Augen. »Ich liebe dich, Anna.«

»Ich liebe dich auch, Nick«, sagte sie und hoffte dabei,

dass sie vor dem Zubettgehen nicht vergessen hatte, sich abzuschminken.

»Wie sehr ich mich auf diese Woche freue! Ich kann's kaum noch erwarten! Ich hab so viele Überraschungen für dich.«

»Und ich für *dich*!«, sagte sie und setzte sich auf. »Es wird das perfekte Weihnachten, ganz sicher.« Beim Wort »Weihnachten« spürte sie unweigerlich einen kleinen Stich. In diesem Jahr fiel es mit Chanukka zusammen, dem jüdischen Lichterfest, so dass sie zwangsläufig an ihre Kindheit denken musste. Ihre Familie hatte immer beide Feste gefeiert, ganz gleich, auf welches Datum Chanukka fiel. Am besten war es natürlich, wenn Weihnachten und Chanukka zeitgleich stattfanden, wie in diesem Jahr.

Nur hatte sie jetzt ein anderes Leben. Ein perfektes Leben. Mit Nick.

»Alles klar bei dir, Anna?«

»O ja, alles bestens. Ich bin nur« – sie lächelte ihm zu und schummelte ein klein wenig – »glücklich.«

Es gibt nur ein wahres Glück im Leben. Zu lieben und geliebt zu werden. Wieder einmal hatte Anna die aufmunternde Stimme ihres Vaters im Kopf. Jack Gibson war stets ein großer Freund nützlicher Lebensweisheiten gewesen – und jetzt, nach seinem Tod, war Anna dankbar für seine Sprüche, weil sie ihr oft das Gefühl vermittelten, dass er ihr immer noch zur Seite stand.

Wieder lächelte sie, dieses Mal ein ehrliches Lächeln. Sie war siebenundzwanzig und auf dem besten Weg zu einem Happy End. Und außerdem war es einfach *wunderbar*, dass ihre beiden Lieblingsfeste gleichzeitig stattfanden.

Offensichtlich fiel auch das Ende des Ramadans in diese Zeit – das hatte sie gestern in der *Denver Post* gelesen –, was den Riesenandrang in den Geschäften und am Flughafen erklärte. Das war auch der Grund, warum Nick und sie nicht im selben Flieger sitzen würden – es gab einfach keine Tickets mehr. Seine Mutter Alicia hatte natürlich schon vor einer Ewigkeit den Flug für ihn gebucht. So gern Anna gemeinsam mit ihrem Freund geflogen wäre, der etwas spätere Flugtermin gab ihr zumindest noch die Zeit für einen kurzen Abstecher ins Büro – als stellvertretende Bildredakteurin des *Denver Decor Magazine* musste sie eine letzte Sache abnicken – und für einen Friseurtermin. »Man spürt überall die Aufregung in der Luft«, sagte Anna zu Nick. »Das wird mit Sicherheit das beste Weihnachtsfest unseres Lebens.«

»Garantiert«, sagte Nick. »Und jetzt beeil dich, Schlafmütze. Ich hab dir Kaffee gemacht. Er steht in der Küche, also nichts wie raus aus den Federn!« Er zwinkerte ihr zu. »Ich geh inzwischen duschen.«

Anna wartete, bis er im Bad verschwunden war, ließ sich aufs Kissen zurückfallen und rollte sich auf die Seite, um sich das kleine gerahmte Foto neben dem Bett anzusehen. Es war an dem Abend entstanden, als sie sich kennenlernten, vor sechs Monaten im Botanischen Garten von Denver. Janey Sawchuk, Annas Chefin, hatte sich damals die Grippe geholt und in Panik bei ihr angerufen. Jemand vom *Denver Decor Magazine* müsse unbedingt für sie zur Sternen-Gala, einer Benefizveranstaltung, gehen, insistierte Janey. Anna war eigentlich mit Freunden verabredet gewesen, konnte ihrer Chefin aber schlecht absagen, wenn sie ihren

Job behalten wollte. Janey hatte den Ruf, ihre Leute aus einer Laune heraus zu feuern.

Am Abend der Gala war Anna deshalb pflichtbewusst in die Einkaufspassage geflitzt, um sich mit ihrem begrenzten Budget ein Kleid zu besorgen, das dem Anlass wenigstens halbwegs entsprach. Von Karina, der Moderedakteurin, hatte sie sich hochhackige goldfarbene Slingbacks geborgt, und Janeys geduldige Assistentin Gia hatte ihr mit der Frisur und dem Make-up geholfen. So war, den Kolleginnen sei Dank, aus der gestressten Büroangestellten Anna im Handumdrehen eine elegante Galabesucherin geworden.

»Blamier uns nicht, Anna!«, sagte Janey zu ihr. »An deinem Tisch sitzt Nicholas Vandergrey von Vandergrey Industries – und wenn du es geschickt anstellst, schalten sie möglicherweise Werbung bei uns.«

Damals wusste Anna nur, dass die Vandergreys eines der weltweit größten Unternehmen für Haushaltsreiniger besaßen. Eine rasche Google-Suche ergab, dass die Firma in Toronto gegründet worden war, und so ging Anna, die immerhin in Toronto geboren war, mit dem zuversichtlichen Gedanken zur Gala, dass sie zumindest ein mögliches Gesprächsthema in der Hinterhand hätte.

Sie nahm an, Nicholas Vandergrey sei ein grauhaariger Typ in einem Business-Anzug. Dass es auch einen Nicholas Vandergrey *Junior* gab, der es bevorzugte, Nick genannt zu werden, ziemlich charmant war und außerdem Scott Foley täuschend ähnlich sah, wusste sie nicht. Na schön, eigentlich war ja Scott Speedman ihr absoluter *Felicity*-Schwarm –, aber nach ein paar Gläsern Champagner hatte sie das total vergessen. Gut möglich, dass ihr sogar etwas in der Art herausgerutscht war wie: »Hat dir schon mal jemand gesagt, dass du aussiehst wie …«

»Scott Foley?«, entgegnete Nick. »Das höre ich oft. Und hat dir schon mal jemand gesagt, dass du glatt für Audrey Hepburn durchgehen könntest? Ganz ehrlich, du bist wahrscheinlich die perfekteste Frau, die ich je gesehen habe.«

Es war das erste Mal, dass er sie als »perfekt« bezeichnete –, doch dabei sollte es nicht bleiben. Auch wenn sie im tiefsten Inneren wusste, dass sie nicht mal annähernd perfekt war, fing sie nach sechs Monaten fast an, es ihm zu glauben.

Sie schmiegte sich tiefer in Nicks luxuriöse Laken und gab sich große Mühe, nicht daran zu denken, was sie ihm alles noch nicht erzählt hatte. Zum Beispiel dass der plötzliche, unerwartete Tod ihres Vaters vor zwei Jahren sie völlig aus der Bahn geworfen hatte. Ihr Leben war ein einziges Chaos gewesen, weil in ihrem Job für Trauer kein Platz war. Als Nick sie bei dem Empfang damals gefragt hatte, wie ihr Leben vor *Denver Decor* ausgesehen habe, hatte sie ihm etwas vorgeflunkert: Sie hätte spontan beschlossen zu reisen und sich kurzerhand ins Flugzeug gesetzt – was in gewisser Weise ja auch stimmte. Nur verschwieg sie ihm, dass sie ohne ihrem Arbeitgeber Bescheid zu sagen, nach Paris gereist war. Dort war sie dann in ein so tiefes depressives Loch gefallen, dass sie fast einen Monat lang im Quartier Latin nur das Innere ihres Hotelzimmers und die Unterseite ihrer Bettdecke zu Gesicht bekommen hatte. Irgendwann war ihr das Geld ausgegangen, und für ein Flugticket nach Hause hatte sie ihre Kreditkarte bis zum absoluten Limit ausgereizt.

»Ich kann mich wirklich glücklich schätzen, dass du auf Reisen warst und in Europa zu dir selbst gefunden hast«, hatte Nick einmal zu ihr gesagt. »Denn die Person, die du dabei gefunden hast, ist absolut perfekt für mich.«

Wenn du nur wüsstest, dachte sie dann. Aber jetzt war es für Bekenntnisse zu spät. Sie musste die Vergangenheit abhaken – was nicht weiter schwierig war, weil Nick ohnehin kaum etwas davon ahnte. Am Abend der Gala waren sie sich beide einig, tief im Herzen Toronter zu sein. »Bis vor wenigen Jahren haben mein Dad und ich dort immer die Weihnachtstage verbracht«, erzählte sie ihm in einem Anflug von Heimweh.

»Und dann nicht mehr? Warum?«, fragte Nick. Es saßen sicher noch andere Leute an ihrem Tisch, aber Anna und Nick hatten nur Augen füreinander.

»Mein Dad ist voriges Jahr gestorben«, erzählte Anna ihm.

Nick drückte sein Mitgefühl aus, fragte aber nicht weiter nach. Es war eines seiner typischen Verhaltensmuster. Anna hatte mit der Zeit erkannt, dass Nick nicht gern über unangenehme Dinge sprach. Das Leben war zum Leben da, die Vergangenheit vergangen, lautete seine Devise. Was ja auch stimmte. Statt sich in Einsamkeit und Elend zu suhlen, sollte man lieber sein Leben genießen.

»Und wenn ich dir hier und jetzt verspreche, dich zu Weihnachten nach Toronto zu entführen?«, fragte er Anna auf der Gala damals. Sie schmolz im Ballsaal regelrecht dahin – und dann forderte er sie zum Tanzen auf.

Als sie am nächsten Tag ihren Arbeitskolleginnen davon erzählte, waren deren Reaktionen gespalten.

»Das ist *magisch*«, fand Gia und ließ sich theatralisch auf die Klamotten-Samples fallen, die sich auf der Couch in Karinas Büro stapelten.

Karina dagegen wirkte eher zynisch. »Ich könnte schwören, dass ich erst letzten Monat sein Foto in den Klatschblättern gesehen habe, zusammen mit seiner Freundin Elsa Miller. Sie ist *Model.*«

»Tja, gestern hat er jedenfalls keine Models erwähnt«, erwiderte Anna mit verträumter Miene. Kein Zweifel, sie hatte sich Hals über Kopf verliebt.

Karina berührte sie an der Schulter und sagte: »Ich freu mich, dass du glücklich bist – aber sei vorsichtig.«

Anna unternahm daraufhin einen halbherzigen Versuch, sich über Nicks frühere Beziehungen zu informieren, blätterte ältere Magazine durch und hörte sich um. Nur wollte sie ihr Glück nicht herausfordern. Wenn sie ihn allzu genau unter die Lupe nahm, tat er vielleicht dasselbe mit ihr – und womöglich gefiel ihm nicht, was er dabei entdeckte. Also beschloss Anna, das Graben sein zu lassen und Nick beim Wort zu nehmen. Vom ersten Tag an war Nick die Aufmerksamkeit in Person. Er gab den perfekten Freund ab, sie die perfekte Freundin – und zusammen führten sie ein perfektes Leben. Dazu gehörte nun auch das perfekteste Weihnachtsfest aller Zeiten.

Anna sprang aus dem Bett und ging hinüber zu Nicks gepacktem Koffer, der noch offen stand: sauber aufgerollte Socken, exakt gefaltete Boxershorts und Unterhemden, diverse Seidenpyjamas und Krawatten in mehreren Farben, ein wahres Wunder an Ordnung. Eine schwere Kleiderhülle neben dem Koffer enthielt Nicks Anzüge und den für ein

Weihnachtsfest in der Familie Vandergrey unerlässlichen Smoking. Anna wusste, es würde ein rauschendes Fest werden – und dabei äußerst kostspielig. Ihr wurde ganz schwindelig, wenn sie an den erbärmlichen Zustand ihres Bankkontos dachte, nachdem sie sich die passenden Outfits und für jedes Familienmitglied eine geschmackvolle Aufmerksamkeit besorgt hatte. In ihrer Kindheit hatte es Anna an nichts gefehlt, aber zu Weihnachten und Chanukka war es ihrer Familie wichtiger gewesen, etwas Selbstgemachtes zu verschenken, statt sich teure Präsente zu machen – weil so etwas von Herzen kam, wie ihr Vater zu sagen pflegte.

Obwohl Anna schon ahnte, dass Selbstgemachtes nicht dem Stil der Vandergreys entsprach, hatte sie nicht widerstehen können und sich eine kleine Besonderheit für Nick überlegt – um ihm zu zeigen, wie viel er ihr bedeutete, und ihm eine ihrer Weihnachtstraditionen nahezubringen. Er sollte ihr Geschenk aber nicht unbedingt im Beisein der Familie öffnen. Dazu war es viel zu bescheiden und zu persönlich: ein selbstgemachtes Fotoalbum, das ihre Beziehung dokumentierte. Obwohl sie erst seit sechs Monaten zusammen waren, hatte Anna schon eine Menge Fotos beisammen. So viele, dass es ihr nicht leichtgefallen war, aus all den Schnappschüssen von ihrem Wochenende in New York, vom Skiausflug nach Vail, den Wohltätigkeitsbällen, Picknicks und Dinner-Dates die richtige Auswahl zu treffen. Während sie durch das kleine Album blätterte und ihr breites Lächeln auf den Fotos betrachtete, vermittelten ihr diese Erinnerungen ein Gefühl von Sicherheit und Zuversicht in Bezug auf ihr gemeinsames Leben. Sie war nervös bei dem Gedanken, bald seine Familie kennenzulernen, aber es würde schon alles gutgehen. Vorsichtig schob sie ein Paar Socken beiseite, um das Album in Nicks Koffer zu schmuggeln. Sie wollte ihn überraschen.

Stattdessen wurde sie selbst überrascht: Zwischen Nicks Klamotten steckte ein kleines Schmucketui.

Lieber nicht hineinsehen, dachte sie. Doch im selben Moment befiel sie eine geradezu unbezwingbare Neugier. Sie hatte Nick goldene Manschettenknöpfe in der Form kleiner Sterne gekauft, ein liebevolles Andenken an ihre Begegnung auf der Sternen-Gala – falls das Geschenk von Nick aber deutlich teurer wäre, müsste sie noch etwas anderes für ihn besorgen. Sie wollte nicht riskieren, in Anwesenheit seiner Familie überrumpelt zu werden und sich letztlich zu blamieren. Zu viel hing davon ab. Nur ein flüchtiger Blick, sagte sie sich. Nur um sicherzugehen, dass es das zauberhafteste Weihnachtsfest ihres Lebens sein würde und Nick nicht enttäuscht wurde.

Rasch öffnete sie das Etui – und schnappte nach Luft.

Es war ein quadratischer Brillant auf einer Ringschiene aus Gelbgold – den gleichen hatte Brad Pitt Gwyneth Paltrow geschenkt.

Ein Verlobungsring.

Für sie.

Anna starrte ihn an und versuchte, ihre Gedanken einzufangen.

Nick plante also, ihr zu Weihnachten einen Antrag zu machen. *Wahnsinnig* romantisch!

Und … wahnsinnig *bald*.

Sie hörte, wie er den Duschhahn zudrehte, und legte den Ring schnell zurück in den Koffer. Dann flitzte sie durchs

Zimmer und hüpfte wieder ins Bett. Ihr Herz klopfte wie wild. Natürlich hatte sie schon mal daran gedacht, Nick zu heiraten, sogar oft – na klar. Man traf nicht den Märchenprinzen, ohne davon zu träumen, mit ihm gemeinsam Richtung Sonnenuntergang zu entschweben. Doch sie hatte immer angenommen, sie würden wenigstens ein Jahr miteinander ausgehen, bevor sie sich verlobten.

War es schrecklich *romantisch*, dass er die Sache überstürzte? Oder einfach nur *schrecklich*?

Die Badezimmertür ging auf. Anna starrte an die Decke und versuchte, ihren Atem zu beruhigen.

Nick kam ins Zimmer, ein Handtuch um die Hüften. Als er sie sah, blieb er stehen. »Hey, wolltest du nicht ins Büro und dann zum Flughafen? Heute muss alles klappen, vergiss das nicht.«

»Ja, na klar«, sagte Anna, sprang aus dem Bett, drückte ihm einen Kuss auf die Wange und lief in die Küche, um sich ihren Kaffee zu holen.

Nachdem sie geduscht hatte, schlüpfte sie in das Outfit, das sie sich für diesen ereignisreichen Tag zurechtgelegt hatte. Dabei hörte sie, wie Nick in der Küche Weihnachtssongs trällerte, die aus sämtlichen Lautsprechern seiner Wohnung tönten. Sie begutachtete sich im Spiegel. Ihr Outfit war nicht gerade wintertauglich, dafür aber wandelbar: ein blaues schulterfreies Cocktailminikleid kombiniert mit einem Oversized-Blazer, den sie abends zum Champagnerempfang ablegen und durch den Paschminaschal ersetzen konnte, der zusammengerollt in ihrer Handtasche steckte.

Sie überprüfte noch einmal, ob ihr Koffer genauso ordentlich gepackt war wie der von Nick. Sie hatte den kleinen Kabinentrolley genommen, um sicherzustellen, dass sie möglichst schnell aus dem Flughafen kam. Sie fuhren dann nämlich direkt zu einem Champagnerempfang, für den seine Familie einen Saal im Ritz gemietet hatte. Anschließend ging es zu einer Weihnachtssinfonie in die Roy Thomson Hall, wo für eine auserlesene Gruppe von Verwandten und Freunden Logenplätze zur Verfügung standen. Anna konnte nicht mehr genau sagen, für wann das Abendessen geplant war, vor der Sinfonie oder danach – aber sie wusste, dass alles schwarz auf weiß in dem Terminplan stand, den Nick für sie ausgedruckt und in ihren Koffer gelegt hatte, damit sie die vielen Events, die seine Familie geplant hatte, nicht durcheinanderwarf.

Normalerweise hätte sie für eine Reise nach Toronto im Winter warme Kleidung eingepackt, wie Parkas und Stiefel, aber Nick hatte erklärt, dass für Aktivitäten im Freien keine Zeit bliebe.

»Nicht mal zum Schlittschuhlaufen am Nathan Phillips Square?«, hatte Anna gefragt und sofort eine ihrer schönsten Kindheitserinnerungen im Kopf gehabt.

Nick hatte sie nur verständnislos angesehen, als wäre ihm der Gedanke, in Torontos City Hall eislaufen zu gehen, nie gekommen. Anna hatte beschlossen, es dabei zu belassen – und schlug ihm kein Rodeln auf dem Christie Pits Hügel vor, auch keinen Winterspaziergang durch den High Park.

»Okay, Schatz, ich muss los.«

Anna begleitete Nick an die Tür seiner geräumigen Eigentumswohnung – mit Blick auf die Innenstadt von Denver auf der einen Seite und die Rockies auf der anderen –, um ihm einen Kuss mit auf den Weg zu geben. Vor ihrem geistigen Auge sah sie noch immer den Verlobungsring funkeln, wunderschön ... und überwältigend. Sie blickte zu ihm auf und überlegte, wann er sie wohl fragen würde. In einem gestohlenen Moment der Zweisamkeit vielleicht? Oder am Weihnachtsmorgen, vor dem Baum ... in Anwesenheit der gesamten Familie?

Sie stellte sich auf die Zehenspitzen, um ihm einen Abschiedskuss zu geben.

»Mmm«, murmelte sie. Er schmeckte nach der teuren Zahnpasta, die er immer aus Italien kommen ließ.

Er dagegen verzog das Gesicht und schob sie von sich. »Kaffeeatem«, sagte er ungerührt. »Hoffentlich hast du die Zahnbürste noch nicht weggepackt.« Dann legte er ihr die Hände auf die Schultern und hielt sie fest. »Also denk dran. Alles muss klappen. Wir sehen uns dann dort am Flughafen.«

»Natürlich. Ich weiß. Ich hab die Termine im Kopf«, sagte Anna und senkte wegen des Kaffeeatems verlegen den Blick. Dabei schmiegte sie sich kurz an seine Brust und lauschte dem Schlag seines Herzens. Es würde das beste Weihnachten ihres Lebens werden. Sie musste nur noch den Vormittag im Büro durchstehen, sich ein Taxi zum Flughafen nehmen, nach Toronto fliegen – und ihr Weihnachtsmärchen konnte beginnen. Sie blickte wieder zu Nick auf und lächelte. »Alles wird perfekt sein.«

»Davon gehe ich aus«, sagte Nick und streichelte ihr über den Kopf. »Ich muss los. Aber bevor ich gehe, hab ich noch eine Überraschung für dich.«

Anna wurde schwindelig. Jetzt schon? War das der große Augenblick? Na ja, dann hätte sie es zumindest hinter sich. Plötzlich waren ihre Hände schweißnass. Sie hatte keine Ahnung, wie sie reagieren sollte. Vielleicht könnte sie um ein wenig Bedenkzeit bitten. Hätten Sie überhaupt noch die Gelegenheit, in Ruhe darüber zu reden? »Die lieblichste Gesellschaft und Gemeinschaft ist die unter Eheleuten«, hatte ihr Vater einmal anlässlich der Hochzeit von Freunden auf eine Glückwunschkarte geschrieben, ein Lutherzitat. Die Ehe war eine ernste Sache; in diesem Glauben war sie erzogen worden. Man nahm sie nicht auf die leichte Schulter – oder gab sein Jawort aus einer Laune heraus. Sie liebte Nick und war fast sicher, dass sie ihr ganzes Leben mit ihm verbringen wollte. Aber ihr Herz schlug jetzt so schnell, dass sie fast in Panik geriet.

Nick kniete nieder. Anna presste die Augen zu.

Da merkte sie, dass er ihre Füße berührte. Sie schlug die Augen wieder auf und sah, wie er Schuhe aus einer Schachtel holte. Und es war nicht irgendeine Schachtel: Sie trug unübersehbar den Namenszug »Manolo Blahnik«.

»Ein Geschenk? Jetzt schon?«, stieß sie aus, atemlos vor Erleichterung. »Aber es ist doch noch gar nicht Weihnachten …«

Ein ungutes Gefühl beschlich sie. Sie hatte es wieder mal vermasselt. Ihr eigenes Vorgeschenk, das kleine Fotoalbum, das sie für ihn gebastelt und in seinen Koffer gesteckt hatte, war ja eine hübsche Idee – aber im Vergleich zu einem Paar Manolos waren die Fotos doch eher peinlich. »Ich weiß nicht, was ich sagen soll …«

»Wie wär's mit ›Danke, Nick‹?« Er zog ihr den ersten

Schuh an, dann den zweiten. Die blauen Satin-Pumps passten genau zur Farbe ihres Cocktailkleids; jede Schuhspitze zierte eine silberne Kristallspange, der Pfennigabsatz war hoch.

»Die sind toll! Danke!«

»Jetzt wirst du wirklich absolut perfekt aussehen.«

Anna biss sich auf die Lippe. Im Koffer war kein Platz mehr, und eigentlich hatte sie sich für flache Schuhe entschieden, in denen sie besser laufen konnte. Sie musste noch so viel erledigen heute. Aber konnte sie zu Manolos nein sagen? Sie würde ganz einfach ihre innere Carrie Bradshaw heraufbeschwören.

Sie streckte einen Fuß aus. »Passt perfekt.«

»*Alles* passt perfekt.« Er sah auf die Uhr. »Apropos, ich sollte jetzt besser gehen, sonst erwische ich den Flieger nicht mehr. Dann bis heute Abend – aber ruf an, wenn du am Flughafen bist, damit ich weiß, dass alles glattläuft. Denk dran, meine Mutter ist sehr anspruchsvoll. Es darf nichts schiefgehen.«

Annas Lächeln schwand, was Nick aber nicht zu bemerken schien. Die Tür fiel ins Schloss, und weg war er.

ZWEI

Maryam

20. Dezember
Denver International Airport

»Maryam. Maryam *beti*. Sieh dich um. Die schönste Zeit im Jahr«, sagte Dadu.

Maryam Aziz, die neben ihrem Großvater lief, nickte zwar, sah aber nicht hoch. Sie war zu sehr damit beschäftigt, ihre Eltern und ihren Großvater wie ein Hirte seine Herde durch den Denver International Airport zu treiben – anders ließ es sich nicht beschreiben – und gleichzeitig den übervollen Gepäckwagen, auf dem sich schief die Koffer türmten, durch die Menge zu bugsieren.

Dadu, Maryams Großvater väterlicherseits, mutierte in der Weihnachtssaison wieder zum glücklichen Kind. Zu einem etwas ältlichen, einen Meter siebzig großen Kind, mit kugelrundem Bauch und einem runzeligen, aber strahlenden Gesicht. Er trug eine Weste in festlichem Rot, dazu eine grüne Kordhose und glänzende braune Lacklederslipper. Den Wollschal um seinen Hals schmückten grinsende Schneemänner, und am Rand waren in Knallgrün die Worte »Fröhliche Weihnachten« eingestickt – ein Geschenk von ihrer Nachbarin Mrs. Lyman. Maryam hatte den Verdacht, dass die verwitwete fünfundsiebzigjährige Frau einen Narren an ihrem Dadu gefressen hatte. Das Komische daran war, dass weder ihre muslimische Familie noch die jüdische Mrs. Lyman tatsächlich Weihnachten feierte.

Doch in diesem Jahr war alles anders. In diesem Jahr würden Weihnachten, Chanukka und Eid – die große Feier am Ende des muslimischen Fastenmonats Ramadan – zum ersten Mal nach über drei Jahrzehnten in dieselbe Zeitspanne fallen. Aus diesem Grund berührten die geschmückten Straßen, die Weihnachtsmusik und die ausgelassene Stimmung Maryam ein wenig mehr als sonst; sie war schon fast einunddreißig, und zum ersten Mal fühlte sie sich in die verschiedenen Festtagstraditionen, die sie ihr Leben lang nur von außen beobachtet hatte, miteingeschlossen. Ihr Großvater war ganz aus dem Häuschen und hatte die gesamte Nachbarschaft sowie seine Freunde aus der Moschee mit bunt verpackten indischen Mithai-Süßigkeiten und Zuckerstangen versorgt, bevor sie zur Hochzeit ihrer kleinen Schwester Saima nach Toronto aufgebrochen waren.

»*Beti*, du siehst ja gar nicht hin! Da, der Baum! Und hör doch, sie spielen dein Lieblingsweihnachtslied.« Und tatsächlich, in den Lärm, den viele tausend erschöpfte Reisende verursachten, mischten sich die Töne des Songs »All I Want For Christmas Is My Two Front Teeth«. Maryam wurde rot.

»Damals war ich sechs, Dadu«, murmelte sie, tat ihm aber den Gefallen, den zehn Meter hohen Baum in der Mitte der Abflughalle zu bewundern. Er war mit weißen Lichterketten und großen roten, silbernen und goldenen Kugeln geschmückt. Auf seiner Spitze prangte ein lächelnder Engel im Rüschenkleid, das dunkelbraune Haar mit einem goldenen Heiligenschein versehen.

»Der Engel sieht aus wie deine Dadi-ma«, sagte ihr Großvater und meinte damit seine verstorbene Frau.

Sie schwiegen einen Augenblick, beide in Erinnerungen versunken. Ihre Großmutter war vor einigen Jahren verstorben. Es war die erste Reise, die ihr Dadu seither unternahm, was den Druck, der heute auf Maryam lastete, noch erhöhte.

Sie hatte nicht darum gebeten. Mit einem raschen Blick vergewisserte sie sich, dass ihre Eltern Ghulam und Azizah ihr folgten, und bahnte sich einen Weg durch das Gedränge.

»Was für eine Freude«, seufzte Dadu. »Und dazu noch eine Hochzeit! Wir sind wirklich gesegnet, nicht wahr?«

Maryam schob den Gepäckwagen und versuchte, nicht in Panik zu geraten. Als sich ihre kleine Schwester Saima, die Weltenbummlerin der Familie, sechs Wochen zuvor spontan mit einem gewissen Miraj Sulaiman verlobt und gleich darauf verkündet hatte, sie wollten während der letzten zehn Nächte des Ramadan den Bund fürs Leben schließen, waren ihre Eltern erwartungsgemäß ausgeflippt. Während Maryam die übereilte Heiratsabsicht ihrer Schwester Sorgen bereitete, ging es ihren Eltern, nachdem sie erfahren hatten, dass Miraj ebenfalls Mediziner war und zudem aus einer angesehenen Familie in Toronto stammte, eher um den Zeitpunkt der Hochzeit.

»Du kannst nicht im Ramadan heiraten«, hatte Azizah eingewendet. »Im Ramadan wird gefastet und gebetet, da bleibt man zu Hause, da gibt's keine Partys, auch kein Tanzen oder Shopping!«

»Wir heiraten am 25. Dezember und damit basta«, sagte Saima mit Nachdruck. Sie rief aus Sierra Leone an, wo sie ihre zweijährige Tätigkeit für die Organisation Ärzte ohne Grenzen zu Ende brachte. Ausgerechnet in einem Kriegsgebiet musste ihre Schwester die wahre Liebe finden. »Es ist der einzige Termin, der für uns beide funktioniert. Außerdem heiraten Muslime andauernd zu Weihnachten! Maryam hat doch auch …«, fing sie an, brach dann aber abrupt ab.

»Muslime heiraten zu Weihnachten, weil es eben einfach gut passt. Da sind ohnehin alle zu Hause. Aber kein Mensch heiratet im Ramadan!«, sagte Azizah und ging gar nicht erst auf Saimas Bemerkung ein. »Ich verbiete es dir ein für alle Mal.«

»Miraj und ich gehen im Januar zurück nach Sierra Leone. Du willst doch wohl nicht, dass wir ohne Nikahnama reisen, oder? Was würden die Leute sagen?«

Das musste Maryam ihrer Schwester lassen: Wie sie ihren Eltern den Doppelhammer der aufopfernden Ärztin und des *Log Kya Kahenge*, »Was würden die Leute sagen?«, um die Ohren haute – alle Desi-Eltern hatten panische Angst davor, in die Gerüchteküche der Community zu geraten –, das war schon genial.

»Ihr heiratet *nicht* im Ramadan«, wiederholte Azizah.

»Na schön. Wenn ihr keine Lust habt, zu meiner Hochzeit zu kommen, heiraten wir eben in Sierra Leone. Nicht weit von meiner Unterkunft gibt es eine Moschee, ich kann schon morgen eine Nikah organisieren«, entgegnete Saima, was ihrer Mutter einen entrüsteten Aufschrei entlockte.

»Soll ich meinen Freund Schah Rukh Khan bitten, als Vermittler zu fungieren?«, erbot sich Dadu. In einem früheren Leben war Dadu alias Mohamed Ali Mumtaz Aziz ein erstklassiger Bollywood-Regisseur gewesen und hatte einige der größten Blockbuster der Siebziger und Achtziger auf die Leinwand gebracht. Ein Umstand, den er in jedes Gespräch einfließen ließ.

Azizah würde sich ganz gewiss nicht kampflos ergeben, auch wenn der letzte Grund für ein Familienfest schon eine Weile zurück lag. Maryam wusste, dass es auch ihre Schuld war, warum *Log Kya Kahenge* eine so große Wirkung auf ihre skandalscheuen Eltern hatte.

»*Beti*, sei vernünftig. Ramadan ist schon in sechs Wochen. Wie kannst du in Sierra Leone eine Hochzeit organisieren und gleichzeitig Kranke behandeln? Und du weißt doch, im Dezember gibt es in der Apotheke am meisten zu tun; außerdem werden wir alle fasten ...« Ihre Mutter verfiel in vielsagendes Schweigen, und Maryam erkannte ihr Stichwort. Jedes Familienmitglied wusste, wie dieses Gespräch enden würde: Maryam würde sich einmischen und wie üblich alle Probleme aus der Welt schaffen.

»Mach dir keine Sorgen, Saima«, sagte sie. »Ich kann die Hochzeit von Colorado aus arrangieren.«

»Im Ramadan wird nicht geheiratet!« Ein letzter Versuch ihrer Mutter.

»Es wird eine kleine Nikah, nur Familienmitglieder und ein paar Freunde«, meinte Maryam beschwichtigend. »Das Wichtigste ist doch, dass Saima einen Mann gefunden hat, der sie glücklich macht.« Sie stockte. Und wagte dann doch, nachzuhaken: »Du *bist* doch glücklich? Die Sache wirkt ein bisschen übereilt.«

»Entspann dich, Fad-yam, ich bin glücklich, versprochen.« Saima lachte. Der Spitzname versetzte Maryam einen Stich, aber sie ließ sich nichts anmerken. Wie üblich eben.

»Maryam, *beti*, ich frag A.R. Rahman, ob er uns den DJ macht. Es wäre das Mindeste, schließlich hab ich seine Karriere ins Rollen gebracht«, sagte Dadu mit Verweis auf den weltberühmten Komponisten, der für seine Bollywood-Hits bereits mehrere Grammys und Oscars gewonnen hatte.

Maryam lächelte ihrem Großvater zu und klopfte ihm auf die Schulter. »Ich bekomme das schon allein hin«, sagte sie. »Ich glaube sogar, es macht Spaß, Saimas Ramadan-Hochzeit zu arrangieren!«

Berühmte letzte Worte, dachte Maryam jetzt säuerlich, während sie sich im Schneckentempo an einer großen Gruppe von Reisenden vorbeischob, die offensichtlich alle unterwegs zum Disney World Resort waren. Zumindest trugen sie die gleichen T-Shirts und Mickymaus-Mützen. Auch wenn Saima glücklicherweise eine relativ entspannte Braut war, hatte sich die Koordination mit Mirajs Familie in Toronto als Albtraum herausgestellt.

Bis jetzt entsprachen Saimas künftige Schwiegereltern keinem einzigen kanadischen Klischee: Weder durchsetzten sie ihre Gespräche mit »äh«, noch schwärmten sie für Tim Hortons oder legten großen Wert darauf, ihre nagelneue amerikanische Verwandtschaft besonders freundlich zu behandeln. Nach der Verlobung ihrer Schwester hatte Maryam zwei ganze Wochen gebraucht, um sie überhaupt telefonisch zu erreichen.

Als sie dann endlich Mirajs Mutter in der Leitung hatte, bestand der erste Punkt auf deren Agenda darin, die Bedeutsamkeit ihrer aus Ärzten bestehenden Familie in Torontos muslimischer Community hervorzuheben, gefolgt von einem Kreuzverhör bezüglich der Familie Aziz. Nachdem Maryam sich als Apothekerin geoutet hatte, versicherte ihr Saimas Schwiegermutter in spe, es sei nie zu spät, noch einmal die Schulbank zu drücken, zumal es in den Staaten doch *so* viel leichter sei, einen Studienplatz in Medizin zu ergattern. In Kanada war man da offenbar *weitaus* wählerischer.

Mit dem Argument, sie hätte sicher ohnehin nichts Besseres zu tun, weil sie mit fast einunddreißig noch immer Single sei (»In Colorado gibt es offenbar keine geeigneten Kandidaten; das erklärt, warum Ihre Schwester in Sierra Leone auf Männerjagd ging!«), übertrug sie Maryam die gesamte Organisation der Hochzeit.

Dabei war Maryam immer davon ausgegangen, die Kanadier seien *nett*.

Als Maryam am Flughafen eintraf, hatte sie von ihrer eigenen Familie, der von Miraj und der Welt im Allgemeinen die Nase gestrichen voll. Der Einzige, der sie nicht nervte, war ihr Dadu, und sogar der stellte ihre Geduld im Augenblick auf eine harte Probe.

In ihrem Frust versetzte sie dem gefährlich überladenen Gepäckwagen, auf dem sich ein halbes Dutzend Rollkoffer türmten, einen besonders heftigen Schubser. Ihre Familie neigte schon unter normalen Umständen zu Übergepäck, doch für dieses besondere Ereignis mit drei traditionellen Bestandteilen – Mehndi, Nikah, Walima – plus Geschenken für Mirajs Familie, hatten sie sich selbst übertroffen. Beim Einchecken hatten sie draufgezahlt, außerdem führten sie noch jede Menge Handgepäck mit sich.

Warum hat Saima uns das bloß angetan?, dachte sie wieder, bevor sie Dadu gerade noch davor bewahren konnte, beim Grimassenschneiden für ein Kleinkind über einen Kinderwagen zu stolpern.

Maryam war normalerweise nicht nachtragend. Eigentlich war sie die Ruhe selbst, geduldig und verantwortungsbewusst. Dadu nannte sie »die Unerschütterliche«. Es war nur so, dass sie sich im Augenblick am liebsten irgendwo verkrochen hätte, wo es still war, in einer Hütte im Wald, auf einer einsamen Insel im Südpazifik oder in irgendeinem Kaff am Ende der Welt.

Egal wo, nur nicht am Denver International Airport, kurz vor Weihnachten, während sie am Fasten war. Seit fünf Uhr morgens hatte sie nun nichts mehr gegessen, und ihr knurrte der Magen. Wegen der zweistündigen Zeitverschiebung hätte sie bei ihrer Ankunft in Toronto vierzehn Stunden weder gegessen noch getrunken. Natürlich war sie daran gewöhnt – sie war zehn gewesen, als sie zum ersten Mal gefastet hatte –, aber für einen Schuss Koffein, vorzugsweise intravenös, würde sie jetzt töten.

Ihre kleine Gruppe zog auch besondere Aufmerksamkeit auf sich, wie sie bemerkte. Sie spürte neugierige, interessierte, gelangweilte und gelegentlich auch feindselige Blicke auf ihrem Hidschab und auf dem langen graumelierten Bart ihres Vaters.

Sie trug den Hidschab nun seit einem Jahr. Während ihre Mutter nur gelegentlich einen Dupatta-Schal über den Kopf zog und Saima sich gegen jede Art der religiösen Kopfbedeckung entschieden hatte, verspürte Maryam mittlerweile den starken Drang, das traditionelle Kopftuch zu tragen, musste sich allerdings nach wie vor noch daran gewöhnen, dass sie damit die Blicke auf sich zog.

Eine junge weiße Frau stöckelte auf himmelhohen, teuer aussehenden Stilettos aus blauem Satin an ihnen vorbei, ein schickes cremefarbenes Köfferchen hinter sich herziehend. Ihr braunes Haar mit den karamellfarbenen Strähnen war perfekt geföhnt und umschmeichelte in sanften Wellen ihr Gesicht. Die hohen Wangenknochen ihres herzförmigen Gesichts brachten große braune Augen zur Geltung, eine perfekt geschwungene Stupsnase und einen breit lächelnden Mund. In ihrer Eile stieß sie an den schiefen Kofferturm ihrer Familie, so dass Maryam rasch die Hand ausstrecken musste, um den Einsturz zu verhindern. Ärgerlich starrte sie der Frau hinterher, die nichts davon mitbekommen hatte.

»Komm schnell, Maryam *beti*, unser Flieger startet bald«, rief Ghulam. »Ich hab mir den Wetterbericht angesehen, die sagen Schnee voraus für Toronto.«

»Wir fliegen nach Kanada, schneit es da nicht immer?«, murrte Maryam, aber sie stemmte die Schultern gegen den Gepäckwagen und ging weiter.

In der Securityschlange entdeckte sie die brünette Barbie erneut; im Nu war sie ohne »zufällige« Sicherheits-Checks oder zusätzliches Screening durchgeschlüpft. Bei ihr hingegen nahm sich der Sicherheitsbeamte mindestens drei Minuten Zeit, um das zugegebenermaßen nicht sehr schmeichelhafte Foto in ihrem amerikanischen Pass mit ihrem Gesicht abzugleichen. Und als sie die Gepäckstücke endlich auf das Förderband des Scanners zu stapeln begann, ging ein vernehmliches Stöhnen durch die Reihen hinter ihr.

Die junge Frau hatte mittlerweile schon zur Hälfte die Abflughalle durchquert und telefonierte jetzt eindringlich mit einem kleinen Klapphandy. Leute mit Handys waren entsetzliche Nervensägen, fand Maryam und war sich ganz sicher, dass es sich bei den Dingern um eine vorübergehende Modeerscheinung handelte. Sie würde sich niemals eines zulegen, schwor sie sich zum wiederholten Mal.

Nachdem die Aziz-Familie es endlich zu ihrem Gate geschafft hatte, ließ sich Maryam erschöpft auf einen Sitzplatz fallen. Sie fühlte sich, als hätte sie gerade einen Marathon absolviert. Ihre weiße Bluse war sicher völlig durchgeschwitzt. Träge ließ sie den Blick über die Menge gleiten – und blieb an einem vertrauten Gesicht hängen. Maryam sah noch mal genau hin. Das konnte nicht sein. Mit klopfendem Herzen wagte sie einen dritten flüchtigen Blick auf den jungen Mann, der ein paar Reihen weiter saß.

Saif Rasool hatte ein kantiges Gesicht, große braune Augen, dunkle Locken, die ihm in die Stirn hingen, trug einen zweckmäßigen schwarzen Hoodie zur Blue Jeans und sah unglaublich gut aus. Sie hatte ihn fast fünf Jahre nicht mehr gesehen, seit er nach seinem Jurastudium nach Kalifornien gezogen war. Er war der Sohn der besten Freundin ihrer Mutter, und sie himmelte ihn an, seit sie ein Kind war. Typisch, dass er ihr gerade jetzt über den Weg laufen musste.

Im Grunde war es ganz egal – Saif würde sie wahrscheinlich nicht mal mehr erkennen. Sie war ja auch nur eines der Mädchen, denen er bei den Daawats, den Dinnerpartys seiner Eltern, flüchtig zugenickt hatte.

Immer wenn Maryam sich vorgestellt hatte, wie es wohl wäre, Saif außerhalb des familiären Dunstkreises über den

Weg zu laufen, war sie in ihrer Phantasie mühelos schick gewesen: perfektes Make-up, Hidschab lässig geschlungen – und nicht wie jetzt verschwitzt, unleidlich und auf Koffeinentzug. In dem Bemühen, ihn nicht auf sich aufmerksam zu machen, drehte Maryam sich behutsam zur Seite, so dass Saif sie allenfalls im Profil sehen konnte, und warf einen Blick hinter sich, geradewegs auf die strahlende brünette Barbie.

Offenbar sollte sie auf die Probe gestellt werden.

»Das sind mal wirklich viele Koffer«, stellte die junge Frau laut und ungeniert fest und ließ ihr Handy in eine teuer aussehende Handtasche gleiten. Dabei lächelte sie Maryam freundlich zu. Wenn diese Frau am Flughafen ihrem Kindheitsschwarm begegnen würde, wäre sie bestimmt die Coolness in Person.

»Meine Familie betrachtet die Beschränkung auf zwei Gepäckstücke pro Person eher als Vorschlag statt als unumstößliche Regel«, erwiderte Maryam.

Die hübsche Frau lachte laut. Aus dem Augenwinkel heraus hätte Maryam schwören können, dass Saif aufblickte.

»Würdest du bitte leiser sprechen?«, zischte Maryam.

»Warum?«, fragte ihre ahnungslose Gesprächspartnerin mit gerunzelter Stirn.

»Na weil ... weil ... mein Großvater schrille Stimmen nun mal nicht ausstehen kann!«, sagte Maryam hastig.

Die Frau zeigte sich unbeeindruckt. »Ist das dort dein Großvater, der sich gerade unterhält? Er ist so süß! Meine Großväter sind beide gestorben, als ich noch klein war, ich hab sie überhaupt nicht gekannt. Hi, ich bin Anna«, fügte sie hinzu und streckte Maryam die Hand hin.

»Maryam.« Die Frauen schüttelten einander die Hände, und obwohl Maryam Smalltalk nicht ausstehen konnte, empfand sie dieses Gespräch als eine willkommene Ablenkung von der Frage, ob Saif sie schon bemerkt hatte, und sie sich bis zum Abflug hinter dem Weihnachtsbaum verstecken sollte.

»Ich hab dich und deine Familie in der Abflughalle gesehen. Deine Eltern?«, fragte Anna und wies auf Ghulam und Azizah, die hinter Maryam saßen. Wieder warf sie einen Blick auf die Koffer, die sich rings um Maryam stapelten. »Und hier drin transportiert ihr wohl die ganze Schmuggelware, was?«

Wieder brach Anna in ihr melodisches Gelächter aus, und Maryam blickte sich unbehaglich um. Einige der Passagiere hatten bei dem Wort »Schmuggelware« aufgemerkt. Barbie kapierte offenbar gar nichts.

»Das ist nicht komisch«, sagte Maryam. »Dir ist schon klar, dass wir als dunkelhäutige Muslime reisen, oder? Du bringst uns noch in Teufels Küche mit solchem Gerede.«

Augenblicklich hielt sich Anna die Hand vor den Mund, und ihre hübschen braunen Augen weiteten sich vor Verlegenheit. »Tut mir leid!«

Maryam stand auf. Sie brauchte frische Luft, ein wenig Abstand von Saif, und auch von Anna. Es war wahrscheinlich auch höchste Zeit, dass ihr zuckerkranker Großvater etwas zu essen bekam, bevor sein Blutzucker absank.

Als Maryam ein paar Minuten später mit einem Smoothie zurückkam, traute sie ihren Augen nicht. Anna war nicht etwa verschwunden, wie Maryam gehofft hatte, sondern plauderte fröhlich mit Maryams Eltern und ihrem Dadu.

»Ja, wir fliegen zum ersten Mal nach Toronto. Unsere Tochter heiratet einen Chirurgen«, prahlte Azizah.

Als sie Maryam kommen sah, grinste Anna ihr zu. »Das hast du mir gar nicht erzählt!«, sagte sie strahlend. »Ich fliege nach Toronto, um die Familie meines Freundes kennenzulernen. Dann wagen wir wohl beide einen großen Schritt!«

»Ich hab nicht vor zu heiraten«, sagte Maryam und reichte den Smoothie ihrem Großvater.

»Die Dulhan, die Braut, ist unsere jüngere Tochter Saima. Sie ist auch Ärztin! Sie und Miraj arbeiten beide für Ärzte ohne Grenzen«, erklärte Azizah voller Stolz. Auch Maryam wuchs um einen Meter bei diesen Worten – sie war verdammt stolz auf ihre kleine Schwester. Saimas impulsives Wesen war zwar schwer auszuhalten, trotzdem freute sie sich darauf, ihre Schwester wiederzusehen. Sie standen sich sehr nahe, und wenn Saima zu Hause war, verbrachten sie viel Zeit miteinander. Ihr letzter Besuch lag schon viel zu lange zurück.

»Wenn ihr alle gemeinsam nach Toronto fliegt, wo ist dann deine Schwester?«, fragte Anna Maryam.

Maryam sah auf die Uhr. Saimas Flieger müsste inzwischen gelandet sein. Sie hatten geplant, sich am Denver International zu treffen und dann gemeinsam nach Toronto zu fliegen. Saima hatte darauf bestanden, im Kreis ihrer Familie kanadischen Boden zu betreten.

Eine Lautsprecherdurchsage unterbrach ihre Antwort. »Dies ist eine Eilmeldung für den Direktflug AC 7164 zum Pearson International von Toronto. Aufgrund der Witterungsverhältnisse verzögert sich die Bereitstellung der Maschinen um wenige Minuten. Neue Abflugzeit ist fünfzehn Uhr.«

Maryam sah ihre Eltern an. Da sie beschlossen hatten, heute zu fasten, auch wenn es auf Reisen schwerfiel, bedeutete diese neue Verzögerung, dass das Fastenbrechen bereits im Flieger stattfinden musste, nicht erst in Toronto.

»Ich hol uns schnell was zu essen«, sagte Maryam resigniert. »Sicher telefoniert Saima gerade mit Miraj. Ich sehe mich nach ihr um.« Dieser zusätzliche Botengang würde sie wenigstens einmal mehr von Saif ablenken. Doch als sie verstohlen zu ihm hinübersah, saß er nicht mehr an seinem Platz. Mit ein wenig Glück war auch Anna verschwunden, wenn sie zurückkam.

Während sie auf das Essen wartete, entdeckte Maryam ihre Schwester im Duty-free, wo sie sich Parfum auf die Handgelenke rieb. Maryam winkte, und ihre kleine Schwester kam auf sie zugelaufen und fiel ihr um den Hals. Sie roch stark nach einem schweren blumigen Duft, und Maryam zog die Nase kraus, hielt ihre Schwester aber trotzdem fest an sich gedrückt. Lachend gab Saima sie frei und hielt Maryam ihr Handgelenk unter die Nase.

»Es heißt *Happy*, gefällt's dir? So süß und blumig!«, sagte Saima.

Maryam wich zurück. Jetzt, da sie einander gegenüberstanden, war der Geruch noch stärker.

Ihre Schwester lachte. »Ach ja, wie konnte ich das vergessen. Unsere Fad-yam kann Rosenduft nicht ausstehen!«

Schon wieder dieser Spitzname. Fad-yam – die fade Maryam. »Ich bin bloß allergisch gegen Rosen …«, wollte Maryam sich rechtfertigen.

Saima grinste. Da dämmerte Maryam, dass ihre Schwester sie nur necken wollte. Saima war vier Jahre jünger, aber abgesehen vom identischen Schwung ihrer üppigen dunklen Brauen sahen sie beide sich überhaupt nicht ähnlich. Während Maryam in der Familie als die Größte galt, war Saima klein und zierlich. Maryams Teint blieb das ganze Jahr über ein helles Sonnenbraun, wogegen Saimas Haut einige Schattierungen dunkler war. Ihr Gesicht war rund, Maryams dagegen herzförmig. Saima hatte volle Lippen und mandelförmige Augen, aus denen unentwegt der Schalk funkelte, Maryam schmale Lippen und große dunkle Augen. Dadu nannte die Schwestern sein Grumpy-meets-Sunshine-Gespann, und obwohl Maryam ihm zu verstehen gab, dass dieser Begriff ausschließlich für Liebespaare in Romanen und Filmen verwendet wurde und sich nicht auf Geschwister übertragen ließ, musste sie zugeben, dass er ihre schwesterliche Dynamik ganz gut einfing. Maryam liebte Saima heiß und innig, aber manchmal brachte ihre kleine Schwester sie regelrecht zur Verzweiflung. Das war schon in ihrer Kindheit so gewesen. Und nun, als ausgebildete Ärztin, die in einigen der konfliktreichsten Gegenden der Erde arbeitete, legte Saima ihrer Familie gegenüber oft eine Respektlosigkeit an den Tag, die an Unreife grenzte. Maryam staunte immer wieder, wenn Saimas Kolleginnen und Kollegen von ihrer Zuverlässigkeit schwärmten.

»Wie geht's mit der Hochzeitsplanung voran? Was ziehst du an? Hoffentlich hast du Mom diesen hässlichen orangefarbenen Sari ausgeredet. Ich weiß ja, dass wir aus Hyderabad sind und auf dicke Klunker und grellbunte Farben stehen, aber es gibt doch Grenzen«, plapperte Saima fröhlich, fast ohne Atem zu holen. Beinah wie die mitteilsame Anna, dachte Maryam, während sie ihrer Schwester zuhörte. Fünfzehn Minuten später hielten sie ihre Lunchpakete in Händen und gingen gemeinsam zu ihrem Gate zurück, wo die Familie schon darauf wartete, die heimgekehrte Tochter willkommen zu heißen.

Azizah drückte Saima an sich, als wollte sie ihr jüngeres Kind nie mehr loslassen, Ghulam wischte sich Freudentränen aus den Augen, und Dadu blickte strahlend in die Runde.

»Es ist herrlich, endlich wieder die ganze Familie beisammen zu haben«, sagte er glücklich.

Maryam blickte sich um und sah, wie Anna, die jetzt einige Reihen weiter hinten saß, ihre Familie wehmütig betrachtete.

»Wo sitzt ihr denn?«, fragte Saima und holte ihr Flugticket aus der Tasche. Maryam zeigte ihr stolz die vier Plätze, die sie in der Economy Plus gebucht hatte.

Ihre Schwester verzog das Gesicht. »Ich hab zu spät gebucht – mein Platz ist ganz hinten. Noch dazu am Gang. Das sind die schlimmsten.« Saima sah Maryam hoffnungsvoll an, aber noch bevor sie etwas sagen konnte, meldete sich ihr Vater zu Wort.

»Die Dulhan braucht doch nicht dort hinten zu sitzen. Du sollst meinen Platz haben, *beti* – deine Schwester hat uns Plätze mit mehr Beinfreiheit besorgt, damit wir es bequem haben und während des Flugs keine Wadenkrämpfe bekommen«, sagte Ghulam galant.

Maryam seufzte. »Ist schon gut, Dad. Sie kann meinen Platz haben. Ich sitze eh lieber am Gang.«

Ihre Schwester grinste und umarmte sie von der Seite. »Ich hab euch alle ja so vermisst! In nur fünf Tagen werde ich in Kanada heiraten, ist das zu glauben?«

Die Passagiere gingen allmählich an Bord, und Maryam half ihren Eltern und Dadu, Handgepäck und Lunchpakete einzusammeln, bis ihre Gruppe endlich aufgerufen wurde – natürlich als Letzte.

Anna stand ein paar Meter weiter und telefonierte wieder mit ihrem Klapphandy. Sie sah nicht mehr so fröhlich und selbstbewusst aus wie zuvor. Maryam wollte eigentlich nicht lauschen, aber es war nicht zu überhören, dass Anna eine heftige Auseinandersetzung hatte.

»Nein, ich hab's ja verstanden. Alles muss klappen. Genau aus diesem Grund hab ich nur den kleinen Handkoffer gepackt, wie wir's besprochen haben. Um auf *jede* Eventualität vorbereitet zu sein. Wie die hier. Ich weiß, aber …« Sie zog besorgt die Stirn kraus. »Ja, schon, aber gegen einen verzögerten Abflug bin ich machtlos! Ich kann mir denken, dass deine Mutter aufgebracht ist, aber das Ganze ist doch nicht meine Schuld!« Sie wurde laut, und dann, als sei ihr wieder eingefallen, dass sie in der Öffentlichkeit war, bemühte sie sich, ihre Gefühle in den Griff zu bekommen. »Sobald wir gelandet sind, nehme ich mir das erste Taxi. Ich sehe dich dann dort. Wahrscheinlich komme ich nur ein kleines bisschen zu spät zur Cocktailparty, das fällt keinem auf.« Noch eine Pause, dann: »Na schön, deiner Mutter wird's auffallen, aber sonst keinem. Ich muss jetzt wirklich los. Hab dich lieb. Bye.« Anna klappte ihr Handy zu.

»Dein Freund scheint ein richtiger Pünktlichkeitsfanatiker zu sein«, sagte Maryam mitfühlend.

Anna wurde steif. »Er kann's eben nicht erwarten, mich zu sehen. Ich finde das süß.« Sie stapfte los und reihte sich, ohne sich noch einmal umzublicken, in die Boardingschlange ein.

Maryam erkannte, dass sie wohl einen wunden Punkt berührt hatte, und ließ Anna einen kleinen Vorsprung, bevor sie sich selbst in die Schlange stellte. Im Grunde war es egal, es war ohnehin nicht sehr wahrscheinlich, dass sie sich je wieder begegnen würden. In wenigen Stunden würde ihre Familie in Toronto ankommen, wo sie die Hochzeit ihrer kleinen Schwester einläuten und dann das Zuckerfest feiern würden. Eine Welle der Erregung erfasste sie und zauberte ihr ein Lächeln ins Gesicht – ihr erstes aufrichtiges Lächeln an diesem Tag. Nun stand die schönste Zeit im Jahr an, und sie konnte es kaum erwarten, was sie für sie bereithielt.

DREI

Anna

20. Dezember
Denver International Airport

»Also schön, wo waren wir?« Anna schob sich eine verirrte Locke hinters Ohr – sie hatte an diesem Vormittag ein kleines Vermögen für perfekte Stufen und Strähnchen ausgegeben. Stilinspiration: Rachel Green aus Staffel sechs der Serie *Friends*.

Sie lächelte dem groß gewachsenen rotblonden Steward zu, der ihr gerade erklärte, sie müsste ihm ihren Koffer aushändigen, obwohl sie es mit ihrem Mini-Köfferchen bis an die Spitze der Schlange geschafft hatte. Sie war so nah dran, konnte schon das Flugzeug sehen. Anna unterbrach sanft seinen passiv aggressiven, aber immer noch fröhlichen Monolog.

»Aber er hat doch nur Handgepäckgröße«, sagte sie, wobei sie ihr Lächeln beibehielt und den cremefarbenen Lederkoffer auf seinen kleinen braunen Rädern um dreihundertsechzig Grad drehte. »Außerdem hat er viereinhalb Kilo Untergewicht. Sie werden nicht mal merken, dass er da ist.« Anna machte Anstalten, das Flugzeug zu besteigen. *Mit* ihrem kostbaren Koffer. Der enthielt nämlich neben ihrer minimalistischen Garderobe für vier Tage vornehmer Weihnachtsfeierlichkeiten auch all die teuren Geschenke für die Vandergreys: einen Kaschmir-Schal für Nicks Vater, einen Flachmann mit Gravur für seinen Bruder, ein Statement-Collier für seine Mutter, ausgefallene Ohrgehänge und Schmetterlingsbroschen für seine Schwestern.

»Das ist leider nicht möglich, fürchte ich.«

»Bitte. Ich hab regelrecht gezaubert. Sie ahnen nicht, wie viel ich in diesen Koffer gequetscht habe. Er *muss* einfach mit rein.« Aber der Flugbegleiter verstellte ihr noch immer den Weg, und er lächelte nicht mehr.

»Tut mir leid, Miss, aber für ein weiteres Gepäckstück ist schlicht kein Platz mehr an Bord. Nicht mal für – *das da.*« Sein geringschätziger Blick auf ihr Köfferchen, als er das sagte, zollte diesem nach Annas Meinung nicht den Respekt, den es verdiente. Mehrfaches Räuspern von hinten verriet ihr, dass die anderen Passagiere allmählich die Geduld verloren.

»Aber ich hab nicht die Zeit, nach der Ankunft in Toronto noch an der Gepäckausgabe zu warten.«

»Miss …«

»*Bitte.* Die Mutter meines Freundes ist schon wegen der Flugverspätung am Rande eines Nervenzusammenbruchs – diese Frau legt *großen Wert* auf Pünktlichkeit –, und als wäre das noch nicht genug, soll ich meiner Chefin sofort nach der Landung mein Okay für eine Layout-Änderung faxen und …« Anna verstummte, suchte verzweifelt nach einem überzeugenden Schlussargument. Es stimmte alles: Nachdem sie am Morgen noch ins Büro gehetzt war, um die Foto-Layouts für die Neujahrsausgabe von *Denver Decor* durchzuwinken, hatte Janey ihre Meinung zum Malone-Entwurf gleich darauf noch einmal revidiert. Doch da war

Anna schon unterwegs zum Flughafen gewesen. Am liebsten hätte sie ihrer Chefin den Job vor die Füße geworfen ... mitsamt den brennenden Reifen, durch die sie Anna so gern springen ließ – aber sie brauchte diesen Job nun mal. Sie musste Schulden abbezahlen und außerdem weiterhin in der Lage sein, Nick die perfekte Frau vorzuspielen, für die er sie hielt.

»Ich hatte einen Plan, sehen Sie das nicht?«

Seine Stimme war genauso eisig wie der Schnee, der jetzt draußen fiel. »Ihretwegen wird sich der Flug noch weiter verspäten. Bitte überlassen Sie mir jetzt Ihren Koffer und gehen Sie weiter.«

Anna spürte ein ängstliches Flattern in der Brust, als wollte eine Schar Vögel auffliegen und die Flucht ergreifen. Sie hob den Koffer auf und drückte ihn an sich wie ein kleines Kind. »Ich behalte ihn auf dem Schoß.«

»Einen Koffer dieser Größe auf dem Schoß zu halten, verstößt gegen die Sicherheitsregeln, außerdem ist für ein weiteres Gepäckstück schlichtweg kein Platz mehr an Bord. Es sei denn, Sie entscheiden sich für einen anderen Flug – was ich Ihnen nicht empfehlen würde, weil wir draußen schon jetzt eine Menge Schnee haben und das Flugpersonal mich darüber informiert hat, dass wir unverzüglich starten müssen – geben Sie mir jetzt bitte Ihren Koffer, und ich checke ihn für Sie ein.« Es klang, als tue er ihr einen Gefallen. »Sie bekommen ihn wieder, sobald wir in ungefähr drei Stunden in Toronto gelandet sind, falls wir Glück haben.«

»*Falls* wir Glück haben? Was soll das heißen?« Anna hatte schon unter normalen Umständen Flugangst, und seine düsteren Worte trugen nicht gerade dazu bei, dass sie sich entspannte. Doch den Flug vor lauter Angst sausen zu lassen kam nicht in Frage. Wäre sie erst mal an ihrem Platz, würde sie eine Reisetablette einwerfen. Sie wäre dann ausreichend betäubt, um während des Flugs die Nerven zu behalten, aber doch nicht so schläfrig, dass sie völlig übernächtigt zur Cocktailparty der Vandergreys erschien. »Na *schön*«, murmelte sie und überließ ihm den Koffer. Sie ging an Bord, wobei sie aus einem Reflex heraus die glatte weiße Tür des Flugzeugs berührte, was ihr Glück bringen sollte.

Das kleine Ritual beruhigte sie ein wenig. Sie machte es sich auf ihrem Platz am Gang des vollbesetzten Fliegers bequem. Ihr Sitznachbar war noch nicht da, und so hatte sie noch einen unverstellten Blick auf die fedrigen Schneeflocken, die draußen fielen. Während sie sie betrachtete, verschwanden allmählich ihre ängstlichen Gedanken und Gefühle. Die Welt draußen wirkte wie die Kulisse eines Weihnachtsfilms, in dem sich nach ein paar Holprigkeiten alles zum Guten wenden würde. Happy End garantiert.

Anna war nun fest entschlossen, dem Ganzen etwas Positives abzugewinnen: Sie hatte jetzt mehrere Stunden Zeit, um sich ihrer Lieblingsbeschäftigung zu widmen, der Lektüre von Zeitschriften über Einrichtungsstile und Filmstars, also Leute mit einem Leben, das überhaupt nichts mit ihrem eigenen zu tun hatte. Die ideale Flucht aus der Wirklichkeit. Sie hatte sämtliche Zeitschriften in ihre Handtasche gepackt, die sie in diesem Monat noch nicht gelesen hatte, von *People* bis zu *Architectural Digest*.

Beim Durchblättern von *People* landete ihr suchender Blick auf einem kurzen Beitrag mit der Schlagzeile »... und sie lebten glücklich und zufrieden bis an ihr Lebensende«.

Das zugehörige Foto zeigte ein Schauspielerpärchen – das umwerfend schöne und talentierte Hollywood-It-Girl Tenisha Barlowe und einen gut aussehenden Kerl, den Anna noch nicht kannte, Chase Taylor. Die beiden lagen einander vor einer romantisch verschneiten Kleinstadtkulisse in den Armen.

Gerüchte um Tenisha Barlowe und Chase Taylor, die sich am Set von *Zwei Nächte zur Weihnachtszeit*, dem kostspieligen Nachfolger von *Eine Nacht zur Weihnachtszeit* verliebt in die Augen sehen. Hollywood und der Rest der Welt erwarten mit Spannung diesen Film – und das völlig zu Recht! Noch nie hat eine Geschichte, die im Heartline Channel begann, den Weg zu Drehbuchautorin Nora Ephron und damit in die Universal Studios gefunden.

»Wir versuchen, die Stimmung des Originalfilms beizubehalten, verleihen Story und Kameraführung aber unseren eigenen Dreh«, hieß es unlängst aus dem Umfeld der berühmten Drehbuchautorin. Man sprach von der noch geheimen Location des neuen Drehorts (Gerüchten zufolge in Kanada). Die Produktion im Hinterland von New York musste vorigen Monat abgebrochen werden, als Fans und Paparazzi das Set stürmten, wodurch es zu ausgedehnten Verspätungen und Behinderungen kam. Doch obwohl die Aufnahmen nun bedauerlicherweise hinter dem Zeitplan liegen, sollte einem Filmstart zu Weihnachten 2001 nichts im Wege stehen.

Anna seufzte glücklich, als sie das las. Obwohl sie wusste, dass es sich dabei nur um ein Filmset handelte, wünschte sie sich beim Anblick der Setfotos für *Zwei Nächte zur*

Weihnachtszeit, sie könnte das Städtchen besuchen. Natürlich freute sie sich darauf, Weihnachten in Toronto mit Nick und seiner Familie zu feiern. Es war nur alles ein bisschen *viel*. Außerdem war da noch die Sache mit dem Verlobungsring, der vor ihrem geistigen Auge funkelte. Sie betrachtete das glückliche Paar in der Zeitschrift. *Du liebst Nick*, rief sie sich ins Gedächtnis. *Du bekommst nur kalte Füße*.

Ein Räuspern neben ihr riss sie aus den Gedanken.

»Entschuldigung? Ich glaube, du sitzt auf meinem Platz.«

Anna blickte auf und erkannte die junge Frau, die sie vorhin in der Abflughalle getroffen hatte, die mit den eindringlichen weitstehenden braunen Augen, umrahmt von dichten, dunklen Wimpern. Ein weicher marineblauer Baumwollschal bedeckte ihr Haar. Ihr kleiner Mund, geformt wie ein Amorbogen, wies missmutig nach unten.

»Maryam! Hi!« Anna war sich bewusst, dass sie sich vorhin, nach ihrem angespannten Telefonat mit Nick, Maryam gegenüber nicht von ihrer besten Seite gezeigt hatte. Sie hatte ein schlechtes Gewissen deswegen und hoffte, den Fehler wieder gutmachen zu können. »Was für ein glücklicher Zufall, wir sind Sitznachbarinnen!«

»Tja, was für ein Glück«, sagte Maryam, aber Anna hatte nicht den Eindruck, dass sie es auch wirklich so meinte. »Und jetzt … mein Platz?«

Anna legte die Zeitschrift beiseite und kramte in der Handtasche nach ihrem Ticket. Tatsächlich, sie hatte sich geirrt.

»Tut mir echt leid«, sagte sie. »Ich hasse es, wenn Leute so was tun. Man sollte meinen, ich kenne den Unterschied zwischen A und B. Aber ich sitze sowieso viel lieber am Fenster, du nicht? Willst du wirklich tauschen?«

»Unbedingt.«

Anna lächelte Maryam zu, während sie auf den Platz am Fenster rückte, doch deren Lächeln spiegelte sich nicht in ihren hinreißenden Augen. Im Flughafen hatte sie den Eindruck gemacht, als stünde sie im Mittelpunkt ihrer fröhlichen, chaotischen Familie. Als schaffe sie alles mit Leichtigkeit, sei für alle verantwortlich – und durch nichts aus der Fassung zu bringen. Es hatte ihr einen Stich versetzt, als sie Maryam beobachtete und sich fragte, wie es wohl wäre, von so vielen Familienmitgliedern umgeben zu sein.

Maryam holte ein Buch aus ihrer Tasche – *Tipping Point. Wie kleine Dinge Großes bewirken können* von Malcolm Gladwell – und versenkte sich darin. Anna dachte daran, ein Gespräch anzufangen, beschloss dann aber, noch ein wenig zu warten. Vorerst würde sie sich wieder ihren Zeitschriften widmen. Diesmal entschied sie sich für *House Beautiful*. Zu ihrer Verwunderung fiel ein an sie adressierter Brief heraus.

Sie hob ihn auf. Die Handschrift kannte sie gut. Der Brief stammte von ihrer Stiefmutter Beth und war wohl irgendwie zwischen die ungelesenen Zeitschriften geraten.

Ex-Stiefmutter, rief sich Anna ins Gedächtnis, während sie nachdenklich den Briefumschlag betrachtete. Sie wusste, was er enthielt: Es waren die üblichen Weihnachtswünsche, die Beth und Anna früher gemeinsam formuliert hatten. Sie zu verschicken, war ihre Art und Weise gewesen, sich wie eine richtige Familie zu fühlen –, es hatte Anna einmal sehr viel bedeutet. Ihre Mutter war kurz nach ihrer Geburt an

Präeklampsie gestorben, und bevor Beth in ihr Leben trat, hatte Anna immer das Gefühl gehabt, als fehlte ihrem Familienleben ein Rad. Damals hatte Beth stets darauf geachtet, Anna das Gefühl zu geben, dass sie geliebt wurde, geborgen war – das Zentrum einer kleinen, aber feinen Familie.

Sie wog den Umschlag in der Hand. Er war dicker als sonst, was verstörend war. War Beths Leben jetzt, da Annas Dad tot war, noch erfüllter und lohnender geworden? Der alljährliche Weihnachtsbrief an Verwandte und Freunde hatte stets einige Farbfotos von den Highlights des Jahres enthalten (ihre abenteuerlichen Autofahrten nach Salt Lake City, Wyoming, Montana; Annas Klassenfotos; lustige Schnappschüsse von ihren Zwillingskatzen Brenda und Brandon). Und meistens gab es auch Neuigkeiten zu verkünden: Beths Entschluss, die Innenausstattungsfirma, in der sie gearbeitet hatte, zu verlassen und sich selbständig zu machen; Annas kindliche Begeisterung für Design und Dekor, angeregt durch Beths Karriere (auf einigen Fotos sah man sie und Beth gemeinsam an Einrichtungsprojekten arbeiten); der Entschluss von Annas Vater, sich nicht mehr mit Körperschaftsrecht, sondern mit Familienrecht zu befassen.

Anna fiel Beths neue Adresse, Highlands Ranch, ins Auge. »Unfassbar«, murmelte sie. Dass Beth vor wenigen Monaten, so kurz nach dem plötzlichen Herztod von Annas Vater vor zwei Jahren, wieder geheiratet hatte, war schlimm genug – jetzt schickte sie auch noch eigene Weihnachtsbriefe aus ihrem neuen Leben. Als hätte ihr altes nie existiert. Als könnte jemand einfach so eine neue Existenz annehmen und alles Vergangene vergessen.

Anna schob den Brief in die Sitztasche vor ihr, hinter

die Spucktüte – dort sollte er ungeöffnet stecken bleiben, bis einer der Flugbegleiter ihn herausnehmen würde. Dann wäre Anna längst über alle Berge, auf dem Weg zu ihrem glücklichen Weihnachtsmärchen mit Nick in Toronto. Sie würde nicht zurückblicken – schon gar nicht zu Beth, die sie zutiefst verletzt hatte.

Als Nächstes schlug sie *Architectural Digest* auf. Sie hatte sich so auf die neuesten Einrichtungstrends für 2001 gefreut, doch jetzt konnte sie sich nicht mehr konzentrieren.

»Es schneit ganz schön dicht, nicht wahr?«, sagte sie versuchsweise.

Maryam ließ sich merkwürdig lange Zeit, bevor sie den Blick Anna zuwandte. »Tja, wir sind in Colorado«, sagte sie. »Da kommt so was schon mal vor.«

»Stimmt schon. Aber *so viel* hab ich noch nie gesehen.«

»Hmm«, sagte Maryam bloß und schenkte Anna ihr höfliches, aber distanziertes Lächeln, dann konzentrierte sie sich wieder auf ihr Buch. Anna wandte sich also ihrer Zeitschrift zu, überflog einen Artikel über einen potenziell neuen Trend hin zu transparenten Möbeln, blätterte weiter und starrte gedankenverloren auf die Pantone-Farbe für das Jahr 2001. Es war ein fröhlicher, lebhafter Magentaton, der niemanden so traurig machen sollte, wie Anna sich gerade fühlte. Schon gar nicht nach dem Farbton des vergangenen Jahres, einem drögen, dumpfen Blau, das haargenau Annas damalige dröge, dumpfe Gefühle gespiegelt hatte. Bis Nick in ihr Leben getreten war, sagte sie sich. Und beschwor die heitere Farbenprobe auf der Seite, sie wieder aufzumuntern.

Anna sah auf die Uhr. Das Flugzeug würde bald starten. In etwas mehr als drei Stunden wäre sie sicher in Toronto, bei Nick. Vielleicht, dachte sie hoffnungsvoll, käme ihr Koffer, der als Letzter eingecheckt worden war, als Erster heraus.

Anna sah aus dem Fenster und beobachtete den Gepäckwagen, der sich durch das Schneetreiben kämpfte. Ganz oben auf dem Stapel lag ihr kleiner Koffer, bis … Anna schnellte hoch, rempelte Maryam an, hätte ihr fast das Buch aus den Händen geschlagen. Ihr Koffer war eben vom Gepäckstapel gerutscht und in den Schnee gefallen! »Tut mir leid, Maryam – aber ich glaube, die dort draußen haben gerade meinen Koffer verloren!«

»Oh, das ist Pech, aber sicher holen die ihn wieder«, sagte Maryam müde.

Eine überaus hübsche junge Frau mit langen, welligen dunklen Haaren kam den Gang entlang auf sie zu.

»Maryam, haben die unsere Lunchpakete verwechselt?«

»Glaub ich nicht, Saima, warum?«

»Das hier ist ein Burrito mit Shrimps. Ich hab aber einen vegetarischen bestellt. Kannst du mal nachsehen, ob du meinen hast?«

Maryam durchwühlte ihre Tasche nach Saimas Burrito, während Anna ihre Nase gegen die Scheibe presste und außer Schneeflocken und blinkenden Lichtern nichts Brauchbares erkennen konnte. Sie langte tief in ihre eigene Handtasche und tastete nach dem Emaille-Döschen mit den Reisetabletten. Ihre Finger bekamen es eben zu fassen, als der Flugbegleiter, dieser rotblonde Typ, der ihr den Koffer abgenommen hatte, sich in den vorderen Bereich des Flugzeugs begab und den Passagieren mit übertrieben fröhlicher Stimme erklärte, wie sie sich zu verhalten hätten, falls der Flieger abstürzen – pardon, *notlanden* – sollte und sie dem Tod ins Auge blickten – pardon, *den Flieger verlassen mussten*. Anna hasste diesen Teil. Sie bekam dann immer Herzrasen und feuchte Hände, genau wie jetzt, so dass ihr das Pillendöschen entglitt und zu Boden fiel.

»Entschuldige bitte«, sagte sie zu Maryam und bückte sich. »Mir ist was runtergefallen ...«

Maryam rührte sich nicht. Sie hatte die Augen fest geschlossen.

»Du kannst nicht eingeschlafen sein, vor zehn Sekunden hast du noch gelesen«, sagte Anna leise. Maryam schlug die Augen auf.

»Wie bitte?«

»Darf ich mal? Mir ist mein Pillendöschen runtergefallen, und ich brauche ...«

»Ich hab mich nicht schlafend gestellt. Ich hab gebetet, okay?«

»Oh, das tut mir leid! Ich wollte dich nicht unterbrechen. Aber ich brauche dringend ...«

Das Flugzeug setzte sich abrupt in Bewegung, und Anna sah, wie ihr Döschen in den Gang und von dort unter Maryams Sitz kullerte. Sie öffnete ihren Sicherheitsgurt, ihr Stolz hatte sich quasi in Luft aufgelöst. Sie wollte schlafen, verflucht, und wenn sie unter die Beine einer Fremden tauchen musste, um ins Schlummerland zu gelangen, dann sollte es so sein.

»Miss?«

Anna blickte auf, in die Augen von Mr. Rotblond.

»Anschnallen bitte«, sagte er mit seiner irritierend fröhlichen Tun-Sie-was-ich-sage-und-alles-ist-gut-Stimme. »Vielleicht ist Ihnen entgangen, was der Pilot eben angekündigt hat, weil Sie … nun, was auch immer Sie da tun. Aber der Tower hat gerade entschieden, dass wir uns wegen des Schneesturms beeilen müssen, wir werden also jeden Moment starten.«

Anna richtete sich wieder auf und schnallte sich an, während der Steward weiterging. Ihr fiel auf, dass sich Maryam nicht mehr auf ihr Buch konzentrierte. Ihr Gesichtsausdruck verriet blanke Panik.

»Es wird schon gutgehen«, sagte Anna und versuchte zu ignorieren, wie zittrig ihre eigene Stimme klang. »Piloten fliegen doch andauernd durch Schneestürme, oder?«

Maryam nahm die Lektüre wieder auf. »Natürlich geht es gut«, sagte sie, wieder die Ruhe selbst, als das Flugzeug auf der Startbahn Fahrt aufnahm. »Wer sagt denn, dass ich dachte, es wird nicht gutgehen?«

Was war das für ein seltsames Geräusch? Sollten Motoren so klingen? Das Flugzeug hob ab und begann seinen steilen Aufstieg nach oben. Annas Handflächen schwitzten mittlerweile so stark, dass sie Spuren auf dem Kleid hinterließen, als sie sie über ihre Schenkel rieb. *Der Start ist immer der schwierigste Teil*, sagte sie sich, *bald haben wir's geschafft*. Aber der Aufstieg schien diesmal eine halbe Ewigkeit zu dauern, mit allen möglichen Schwenkern, Zickzacklinien und einmal sogar einem halben Purzelbaum. Oder war das ihr Magen? Hätte sie doch bloß ihre Reisetabletten. Anna holte ihre Handtasche unter dem Sitz hervor, auf die Gefahr hin, den Flugbegleiter wieder auf sich aufmerksam zu machen. Sie kramte darin herum und fand das Fläschchen mit Fliederöl von The Body Shop. Der Duft wirkte entspannend und erinnerte sie an den Fliederbusch hinter dem Haus, in dem sie aufgewachsen war.

»Ich hoffe, du magst Flieder«, sagte Anna unbekümmert und ging daran, den Verschluss aufzuschrauben.

»Eigentlich nicht«, entgegnete Maryam.

Ernsthaft? Wer hasst den Duft von Flieder? »Na schön, *entschuldige*«, sagte Anna – doch im selben Moment, wohl wegen des steigenden Luftdrucks, platzte der Verschluss ab, und der Flakon verspritzte seinen Inhalt über Anna und Maryam. Das aufdringliche Fliederaroma wirkte alles andere als beruhigend, wie Anna zugeben musste, und beide Frauen fingen an zu husten.

»Es tut …«, keuchte Anna, als sie sich erholt hatte, aber ihre Sitznachbarin schüttelte nur den Kopf.

»*Es tut dir leid*, ich weiß. Können wir bitte den Rest des Flugs … ohne weiteren Zwischenfall hinter uns bringen? Ich werde in Ruhe mein Buch lesen und …« Sie musste wieder husten. »Dann sind wir bald in Toronto.«

Anna seufzte. Drei Stunden waren ziemlich lang, wenn man neben jemandem saß, der einen hasste. Als der Druck auf ihren Ohren zunahm, durchwühlte Anna erneut ihre Handtasche, diesmal nach der Packung mit den weißen Minzpastillen, die sie für den Flug eingesteckt hatte. Sie riss sie geräuschvoll auf, schob sich eine in den Mund und hielt die Tüte Maryam hin, ein Friedensangebot. »Möchtest du?«

Nach einer langen Pause riss Maryam sich endlich von ihrem Buch los. »Nein«, sagte sie. »Danke.«

»Ach verflixt. Stimmt ja. Tut mir leid! Schon wieder!

Ich hab's total vergessen. *Eid*, oder? Du bist am Fasten, stimmt's? Ich hab auch schon gefastet, an Jom Kippur. Das war echt ein …«

Sie hatte eigentlich sagen wollen, dass es ein besonderes Erlebnis gewesen war, dass sie von Beth gelernt hatte, an diesem Tag zur Ruhe zu kommen, das vergangene Jahr Revue passieren zu lassen und gute Vorsätze zu fassen, und dass sie dieses alljährliche Ritual stets eingehalten hatte – aber Maryam fiel ihr ins Wort.

»Doch nicht *Eid*«, sagte sie jetzt deutlich verärgert. »Es ist Ramadan. Eid heißt das Fest am Ende des Fastenmonats. Und jetzt, wenn es dir nichts ausmacht …« Sie hielt ihr Buch in die Höhe. »Ich möchte *wirklich* nur …«

Ein alarmierendes Rütteln erfasste das Flugzeug, und Anna wäre fast an ihrer Pastille erstickt. Als ihre Luftröhre wieder frei war, zerkaute sie das Ding, um es endgültig loszuwerden. Ihr Herz klopfte wie wild.

»Allein die Tatsache, dass ich neben dir diese Minzpastillen esse, ist ein Problem, stimmt's?«, sagte sie nervös, außerstande, sich vom Reden abzuhalten, obwohl sie wusste, dass Maryam ihre Ruhe haben wollte. »Du riechst irgendwas Essbares, und schon hast du dein Fasten gebrochen, oder? Am College hatte ich mal eine muslimische Mitbewohnerin, und ihr Cousin hat mir das erzählt, jetzt weiß ich's wieder. Ich hatte in seiner Gegenwart eine Pizza gegessen. Er war total genervt. Nahrungspartikel könnten über die Nase in den Körper gelangen, meinte er.« Beschämt kaute Anna schneller, um die Pastille endlich zu schlucken und Maryam nicht noch mehr zu verärgern. Doch der starke Minzgeschmack in Kombination mit dem Fliederöl, das sie gerade so großzügig versprüht hatte, reizte sie zum Niesen, wodurch erneut Minze in ihre Luftröhre geriet und sie husten musste – was prompt Mr. Rotblond auf den Plan rief, der angerauscht kam, um nachzusehen, was sie jetzt wieder angestellt hatte.

»Alles bestens, wirklich«, insistierte sie, bis er weiterging. Maryam stellte sich mittlerweile wieder lesend, aus purem Selbstschutz vermutlich. »Maryam, es tut mir echt …«

Maryam legte ihr Buch ab und blickte einen Moment lang auf ihren Schoß. Ihre Schultern bebten leicht. Aus Sorge, ihre Sitznachbarin sei vor lauter Frust in Tränen ausgebrochen, wollte Anna sich erneut entschuldigen oder ihr anbieten, sich auf den Boden zu setzen. Doch als Maryam sich ihr zuwandte, erkannte Anna, dass sie lachte.

»Lass mich raten«, prustete sie los. »Es tut dir leid? Ist schon okay, ehrlich. Ich bin immer entsetzlich mies gelaunt, wenn ich faste – da kannst du jeden aus meiner Familie fragen. Und nur damit du's weißt, es macht mir nichts aus, wenn jemand neben mir ein Minzbonbon lutscht. Der Cousin deiner Freundin hat dich auf den Arm genommen, vielleicht hätte er ja selbst gern ein Stück Pizza gegessen. Manches lässt sich halt nicht vermeiden, und dazu gehören eben Essensgerüche.«

»Okay, da bin ich echt erleichtert. Ich hab nämlich noch einen Muffin in der Tasche.«

Maryam lächelte. »Und ich hab einen Burrito, den ich in« – sie sah auf die Uhr – »exakt zwei Stunden und drei Minuten verspeisen werde, bei Sonnenuntergang. Hör zu, du hast mich auf dem falschen Fuß erwischt. Reisen mit meiner Familie sind ein bisschen stressig.«

Im selben Moment trat Maryams Vater im vorderen Bereich des Fliegers hinaus auf den Gang und rief ihr zu: »Maryam, hast du die Schneestiefel eingepackt?«

»Keine Sorge«, erwiderte Maryam wie aus der Pistole geschossen, »die sind im eingecheckten Gepäck!« Sie wandte sich wieder Anna zu und verdrehte die Augen. »Aber ich hätte dich nicht so anschnauzen dürfen. Entschuldige bitte.«

Anna war gerührt – trotzdem störte sie etwas. Sie erinnerte sich an eine Information, die ihre Mitbewohnerin Nadia ihr einmal im Ramadan verraten hatte. »Moment mal. Ist es nicht so, dass man während des Fastenmonats nichts Negatives über andere Leute denken sollte? Ist es nicht regelrecht verboten? Dann bist du jetzt nur deshalb nett zu mir, oder?«

Maryam verdrehte die Augen. »Ehrlich, du bist unmöglich«, sagte sie.

Doch dann lachte sie wieder und Anna ebenso, erleichtert, dass sich die Stimmung zwischen ihnen entspannt hatte. Vor allem, da das Flugzeug gerade in Turbulenzen geraten war, die sich zunehmend schwieriger ignorieren ließen. Was für eine Erleichterung, jemanden zu haben, mit dem man reden konnte.

»Hoppla«, sagte Anna, als das Flugzeug einen Stoß abbekam. »Man hat eher das Gefühl, im Bus zu sitzen als im Flieger.«

»Stimmt. Und es schneit jetzt richtig heftig«, sagte Maryam, die besorgt aus dem Fenster schaute, in den Schnee, der in dichten weißen Schwaden fiel. »Mittlerweile sollten wir doch längst über den Wolken sein.«

Im selben Moment kündigte ein Knacken des Lautsprechers eine Durchsage an, und die angenehme Stimme des Piloten erfüllte den Passagierraum. Er klang wie Matthew McConaughey, entspannter Südstaatencharme durch und durch. »*Ladies and Gentlemen*, hier spricht Ihr Kapitän. Wie Sie bemerken, ist der Flug ein wenig holprig. Während wir das Flugzeug durch die Turbulenzen manövrieren, werden Sie einige Stöße und Luftdruckveränderungen bemerken. In zehn, fünfzehn Minuten sollte die Sache überstanden sein. *Cabin crew*, bitte sorgen Sie dafür, dass alle Tische hochgeklappt sind und alle Passagiere die Sicherheitsgurte angelegt haben. Vielen Dank.« Der Lautsprecher schaltete sich aus.

»Gibt's dafür ein eigenes Training, was meinst du?«, fragte Anna.

»Fürs Fliegen? Das will ich hoffen!«

»Nein, ich meine, wie er spricht, selbst in so einer Situation. Als wäre er sicher, dass alles irgendwie in Ordnung kommen würde. Ich hab schon oft gedacht, dass schlechte Nachrichten grundsätzlich von einem Piloten überbracht werden sollten. Verstehst du? Er sagt einem, dass mit dem Freund Schluss ist oder man den Job verliert – aber keine Sorge, behalten Sie den Sicherheitsgurt an, bleiben Sie ruhig, alles wird gut! Sie klingen immer so beruhigend.«

Maryam lächelte und nickte – doch dann gefror ihr Lächeln zu einer Maske des Schreckens, als das Flugzeug an Höhe zu verlieren schien und für ein paar Sekunden nach unten sackte. Annas Pillendöschen purzelte den Gang hinunter. Aber mittlerweile würde ihr auch keine Überdosis Reisetabletten mehr helfen.

»Echt heftig«, murmelte Anna und rieb sich mit schweißnassen Händen wieder über die Schenkel. Sie sah zu Maryam hinüber. »Hey …«

Maryam saß mit geschlossenen Augen und geballten Fäusten da. Ihre Schultern waren steif, als bemühte sie sich, nicht zu weinen.

»Maryam …« Annas eigene Angst trat in den Hintergrund, als sie Maryams zitternden Arm berührte. »Der Pilot hat sicher recht, das sind nur Turbulenzen. Noch ein paar Minuten, dann haben wir's überstanden.« Anna wusste nicht genau, ob sie selbst glaubte, was sie da sagte, aber sie wollte Maryam wirklich helfen. Sie mochte es nicht, wenn jemand solche Angst hatte. »Ich hab schon viel Schlimmeres erlebt. Voriges Jahr, auf dem Rückflug von Paris, hatten wir solche Turbulenzen, dass das Essen durchs ganze Flugzeug flog. Und schau mich an, ich bin immer noch da.«

Maryam öffnete versuchsweise ein Auge, dann zwei. »Ich will auf gar keinen Fall so enden«, sagte sie.

»Du meinst während eines Schneesturms in einem Flieger nach Toronto, neben einer Irren, die dich gerade mit stinkendem Fliederöl bespritzt hat? Wer würde *nicht* gern auf diese Art sterben?« Sie versuchte zu lachen. Da hörte sie die Stimme ihres Vaters. *Ein wenig konkrete Hilfe zählt mehr als ein Meer von Mitleid.* »Das ist nicht das Ende, versprochen«, sagte sie und unterdrückte ihre eigene Angst, um ihre neue Freundin zu beruhigen. Sie sah auf die Uhr, während der Flieger sich frenetisch durch die turbulente Luft kämpfte. »Zehn bis fünfzehn Minuten, meinte der Pilot, drei haben wir schon, dann wären wir also … fast schon zur Hälfte durch, oder?«

Maryam nickte. »Du hast recht«, sagte sie. »Alles wird gut.«

»Na und ob! Ich will in Toronto die Familie meines Freundes kennenlernen und ein wunderschönes Weihnachten erleben, und du feierst mit deiner Familie die Hochzeit deiner Schwester!«

Plötzlich wirkte Maryam noch deprimierter. »Die Hochzeit meiner Schwester, mitten im Ramadan.«

»Du klingst nicht gerade begeistert«, sagte Anna und hielt angesichts eines besonders heftigen Stoßes ihre Armstütze umklammert.

Maryam zuckte zusammen und schüttelte den Kopf. »Bin ich auch nicht, um ehrlich zu sein. Es kam wahnsinnig kurzfristig. Noch dazu mitten im Ramadan. Und ich bin nicht sicher, ob meine Schwester sich das wirklich gut überlegt hat. Die Ehe ist eine große Verpflichtung.«

»Da bin ich ganz deiner Meinung«, sagte Anna.

»Man muss sich wirklich sicher sein.«

»Absolut.«

»Und plant jemand, der sich absolut sicher ist, eine Last-Minute-Hochzeit während unserer wichtigsten Feiertage?«

Ruckel, ruckel, ruckel. Anna versuchte, hilfreiche Worte zu finden, aber die erratischen Bewegungen des Flugzeugs lenkten zu sehr ab.

Trotzdem war sie stolz auf sich. Sie hatte zwar Angst – aber in dieser Angst sah sie die Dinge plötzlich klarer. Während das Flugzeug sie durchschüttelte, schien sich etwas in ihrem Inneren zu verlagern. Es war, als würde sie all das, was ihr beim Boarding so zugesetzt hatte, plötzlich völlig kaltlassen: dass ihr Koffer vermutlich in einer Schneewehe am Denver International feststeckte, egal. Dass sie es zu den Weihnachtscocktails der Vandergreys oder all den anderen schicken Events der Familie ihres Freundes wahrscheinlich nicht schaffen würde, egal. Und dass sie den Verlobungsring, den sie am Morgen in Nicks Koffer gefunden hatte, wahrscheinlich niemals tragen würde, total egal.

In Wahrheit war sie sogar erleichtert.

»O nein«, sagte sie, als ihr der Ernst ihrer Überlegungen bewusst wurde. Sie würde also tatsächlich lieber mit dem Flugzeug verunglücken als Nicks Heiratsantrag entgegennehmen. Sollten ihre Tage auf Erden wirklich gezählt sein, dann musste sie einen Weg finden, das Ganze zu verarbeiten. Sie wandte sich Maryam zu, als der Flieger plötzlich in den Sturzflug überging. »Ich glaube, mein ganzes Leben ist eine einzige Lüge …«, sagte sie im selben Moment, als Maryam sagte: »Ich hab es so satt, jemand zu sein, der ich nicht bin.«

Die beiden jungen Frauen starrten einander aus weit aufgerissenen Augen an. Wieder sackte das Flugzeug ab, einmal, zweimal.

»Was sollen wir bloß tun?«, fragte Anna mit angsterstickter Stimme. »Die Absturzhaltung einnehmen? Ehrlich gesagt höre ich bei den Sicherheitsmaßnahmen nie richtig zu. Das macht mir viel zu viel Angst …«

»Und wenn wir uns einfach weiter unterhalten?«, schlug Maryam vor.

»Wir lenken uns gegenseitig ab. Okay. Dann erzähl mal. Warum genau hast du das Gefühl, so zu tun, als wärst du jemand, der du nicht bist?«

»Ich hab es so satt, mich um alles zu kümmern«, sagte Maryam. »Jeder verlässt sich ständig auf mich. Statt sich über meine Schwester zu ärgern, weil sie in diesem Jahr den Ramadan auf den Kopf stellt, freuen sich meine Eltern insgeheim wie verrückt, dass sie einen Arztkollegen heiratet. Dabei gondelt sie ständig in der Weltgeschichte herum und ist so gut wie nie zu Hause. Warum sollte es ihnen auch was ausmachen? Die Pflichtbewusste bin doch ich. Ich bin Apothekerin geworden, um das Familiengeschäft am Laufen zu halten. Man könnte meinen, das würde sie glücklich machen. Aber offenbar ist es nicht genug.« Ihre Augen füllten sich mit Tränen. »Und meine Schwester nennt mich Fad-yam.«

»Fad-yam?«

»Genau. Die fade Maryam. Das ist mein Spitzname. Aber das Schlimmste ist: Sie haben recht! Ich *bin* langweilig! Manchmal langweile ich mich selbst! Damit du's weißt, Apothekerin ist möglicherweise der langweiligste Beruf auf der ganzen Welt!«

Anna musste daran denken, wie sie neulich zu Hause behutsam eine kleine Reisetablette halbiert hatte. Keine sonderlich spannende Tätigkeit.

»Was würdest du stattdessen tun, wenn du die Wahl hättest? Nach oben sind keine Grenzen gesetzt«, sagte Anna neugierig.

»Ich würde schreiben«, erwiderte Maryam so prompt, dass Anna wusste, sie meinte es ernst. »Ich hätte ein faszinierendes, interessantes, kreatives Leben und müsste mich nur um mich selbst kümmern. Versteh mich bitte nicht falsch, ich liebe meine Familie, aber ich will nicht jede Kleinigkeit aus dem Leben der anderen in meinem Kopf herumschleppen, nur weil alle mich für zu langweilig halten, um eigene Träume zu haben! Aber mit dem Schreiben lässt sich nun mal kein Geld verdienen, es hat also keine Zukunft. Frag meine Eltern.« Sie holte tief Luft. »Weißt du, was ich mir noch wünsche? Von einem gewissen Jemand als die wahrgenommen zu werden, die ich wirklich bin. Aber wie alle anderen sieht auch er in mir nur die fade Maryam!«

»Wer ist dieser gewisse Jemand?«, fragte Anna heiser. Ihre Handknöchel wurden blass, so fest hielt sie die Armstütze umklammert, als das Flugzeug in besonders starkes Schlingern geriet.

»Er heißt Saif«, sagte Maryam. »Er sitzt wahrscheinlich mit im Flieger, ganz vorn bei meiner Familie. Ich bin verknallt in ihn, seit ich sprechen kann. Er dagegen hat nicht ein einziges Mal Notiz von mir genommen, da bin ich sicher.«

»Ach, Maryam, das kann ich mir nicht vorstellen. Ich meine, sogar *ich* hab am Flughafen Notiz von dir genommen!«

»Ach was – du hast mich doch nur bemerkt, weil ich einen Hidschab trage und weil wir so eine Show abgezogen haben und so ganz anders sind als du.«

»Das ist nicht wahr«, sagte Anna und meinte es auch. »Du bist mir aufgefallen, weil du so wunderschön und selbstsicher bist; du schienst alles im Griff zu haben – warst völlig ruhig und gefasst. Und außerdem umgeben von deiner Familie, die dich braucht.«

»Und was ist mit dir? Hast du keine Familie, die dich braucht?«

»Ich bin ein Einzelkind. Meine Mom ist gestorben, als ich noch zu klein war, um mich an sie zu erinnern, und mein Dad« – sie musste schlucken, um nicht in Tränen auszubrechen, denn wenn sie schon sterben sollte, dann wenigstens nicht als schluchzendes Elend mit verschmierter Mascara – »mein Dad ist vor zwei Jahren gestorben, an einem Herzinfarkt.« Doch sie konnte nicht verhindern, dass ihr eine Träne über die Wange rollte. »Dann hat in diesem Jahr auch noch meine Stiefmutter Beth neu geheiratet und ...«

Sie wischte sich über die Augen, während das Flugzeug ein seltsames Wimmern von sich gab. Ein potenzieller Absturz rückte durchaus in den Bereich des Möglichen, wurde ihr klar, wenn sie also jetzt nicht alles zur Sprache brachte, würde sie vermutlich keine Gelegenheit mehr dazu haben.

»Sie hat jetzt einen neuen Mann und eine neue Stieftochter, und ich hab überhaupt keine Familie mehr. Denn ich bin wie gesagt ein Einzelkind, und bei meinen Eltern war das genauso. Vermutlich hab ich irgendwo Cousins oder Cousinen zweiten oder dritten Grades, aber zu denen habe ich keinen Kontakt. Ich fliege also nach Toronto, um mit der Familie meines Freundes Weihnachten zu feiern. Wir sind seit sechs Monaten zusammen, und er ist einfach perfekt: Er sieht gut aus, hat einen tollen Job, stammt aus einer angesehenen Familie. Nur wird mir in seinem Beisein immer klarer, wie *un*-perfekt ich selbst bin. Allmählich kommt es mir so vor, als würde ich in meinem eigenen Leben nur eine Rolle spielen. Als wäre mein Leben ein Film. Perfekter Job – nur ist meine Chefin eine Tyrannin. Perfekter Freund – nur bin ich nicht sicher, ob Nick mich wirklich kennt. Aber vielleicht ist das ja alles *super*, oder? Wer will kein scheinbar perfektes Leben, mit einem scheinbar perfekten Happy End? Wen kümmert's, ob das alles echt ist? Sagt denn überhaupt jemand die Wahrheit über sich und sein wahres Leben?« Anna schüttelte den Kopf, um all diese komplizierten Gedankenwirbel loszuwerden und wieder frei atmen zu können. »Ich hab den Verdacht, dass Nick mir zu Weihnachten einen Antrag machen will. Und ich werde ja sagen, denn wer sagt schon nein zu einem märchenhaften Happy End? Nur fühlt es sich nicht richtig an.«

»Ich hatte ja keine Ahnung, Anna«, sagte Maryam sanft.

Anna wischte noch eine Träne fort. »Und ich muss immerzu daran denken, dass mir etwas fehlen wird, wenn ich Weihnachten mit seiner Familie feiere. Es wird nicht so sein wie früher, mit *meiner* Familie. Beth ist jüdisch, deshalb haben wir von meinem siebten Geburtstag an auch das Chanukkafest gefeiert. Es wurde irgendwie zu einem Teil von mir. In diesem Jahr fallen Chanukka und Weihnachten zusammen, das ist etwas ganz Besonderes. Und ich vermisse … na ja, einfach *alles*. Es ist schwer, so gar keine Familie mehr zu haben. Als wäre deine ganze Vergangenheit einfach … ausgelöscht. Ich habe versucht, das alles hinter mir zu lassen, aber es klappt nicht.«

»Wie habt ihr denn gefeiert, als du klein warst?«, fragte Maryam, während das Flugzeug sich weiterhin benahm, als wäre es ein Schiff auf stürmischer See. Anna spürte das Wogen auch innerlich – aber es war keine Angst, sondern Dankbarkeit gegenüber Maryam, die sie kaum kannte, die aber trotzdem bereit war, mit ihr zu sprechen, um sie von ihrer Panik abzulenken. Sie war seit langem der einzige

Mensch, dem sie die Wahrheit sagen konnte. Der sich für das interessierte, was sie zwei einsame Jahre lang zu verdrängen versucht hatte.

Anna schloss die Lider, doch statt vor ihrem geistigen Auge das Flugzeug in die Berge abstürzen zu sehen, waren da die glitzernden Lichter auf dem Weihnachtsbaum, den sie und ihr Vater jedes Jahr auf einer Farm gefällt hatten. Ihr Vater hatte sie in Ruhe aussuchen lassen und sie nie gedrängt – obwohl er sich einmal dabei sogar Frostbeulen geholt hatte. Er hatte es ihr verheimlicht, bis sie den Verband an seiner Hand bemerkte. »Das nehm ich gern in Kauf, wenn es meine kleine Anna glücklich macht«, hatte er gesagt.

Anna sah im Geiste nicht nur die Lichter auf dem Christbaum glitzern, sondern auch den sanften Schein von Kerzen. Die steckten auf dem Chanukkaleuchter aus Messing, der während der acht Nächte des Lichterfestes immer in der Mitte ihres Esstisches stand. Beth hatte ihn von ihrer Mutter geerbt, die gestorben war, als Beth noch sehr klein war. Diese Gemeinsamkeit hatte sie und Anna zusammengeschweißt und auch durch die rauere Anfangsphase getragen, als Anna noch befürchtet hatte, möglicherweise das fünfte Rad am Wagen zu sein. »Ganz gleich, in welchen Zeitraum das Chanukkafest fiel, wir haben unseren Christbaum immer gleichzeitig aufgestellt und mit Kerzen bestückt. Damit es besonders hell glitzerte und funkelte. Mit dem übrigen Baumschmuck warteten wir dann bis kurz vor Weihnachten, aber die Lichter am Baum funkelten. Wir entzündeten nacheinander die Chanukkakerzen, sprachen die Gebete – und dann haben Beth und ich Weihnachtsplätzchen gebacken. Oder Nutella-Rugelach, die schmecken so lecker, du glaubst es nicht. Außerdem gab's Latkes, ihre Latkes sind – waren – die *besten.*« Sie lächelte und erzählte weiter. »An Heiligabend gingen wir immer zur Christmette. Ganz zum Schluss wurde der Kirchenraum abgedunkelt, und alle durften sich eine Kerze nehmen – brandgefährlich, nehme ich an, aber es ist trotzdem nie was passiert. Der Chor sang ›Stille Nacht‹, während wir alle mit unseren Kerzen in den Händen der Reihe nach die Kirche verließen. Wir trugen die Kerzen nach Hause, und ich dachte immer, wie wichtig Licht und Güte doch für beide Feierlichkeiten waren. Ich blickte auf meine Kerze hinunter und hatte das Gefühl, sie könnte die ganze Welt erleuchten.«

Maryam packte sie am Arm und riss sie in die Wirklichkeit zurück. »Ich glaube, es hat aufgehört!«, sagte sie. »Ich glaube, wir bleiben am *Leben*!«

Anna wartete kurz ab und erkannte, dass Maryam recht hatte: Das Flugzeug glitt jetzt anmutig durch die Luft, als hätte es nie etwas anderes getan. Ein Knistern in der Sprechanlage, und die ruhige Stimme des Piloten ertönte.

»*Ladies and Gentlemen*, danke für Ihre Geduld. Wir haben das stürmische Wetter hinter uns, aber um Ihre und unsere Sicherheit zu gewährleisten, werden wir auf Anweisung der Flugsicherung eine andere Route nehmen. Wir landen somit nicht in Toronto, sondern in knapp einer Stunde in Ottawa. Dort dürften wir ruhiges Wetter haben.« Das Anschnallzeichen ging aus, und Anna atmete erleichtert auf.

Auch Maryam neben ihr öffnete den Sicherheitsgurt und stand auf, um die Beine auszustrecken, gegen den Sitz gelehnt. Anna lächelte ihr zu. Es war vorbei. Sie hatten überlebt. Nur stünde ihnen jetzt eine unplanmäßige Landung in der falschen Stadt bevor, inmitten eines Schneesturms –, und so war die Wahrscheinlichkeit groß, dass ihre akribischen Pläne für Weihnachten wie ein Kartenhaus in sich zusammenfielen.

Als sie zu Maryam hinübersah, um ihr Mitgefühl auszudrücken – was wurde jetzt wohl aus den Heiratsplänen ihrer Schwester? –, stand ihre Sitznachbarin da wie vom Donner gerührt, gab einen schrillen Schreckenslaut von sich und eilte ohne ein weiteres Wort den Mittelgang entlang. Was war passiert? Anna sah sich um, fragte sich, was Maryam so maßlos entsetzt hatte, und bemerkte den Passagier, der hinter ihnen saß: ein gut aussehender junger Mann mit längerem Haar und sanften Augen, dem eine große Schlafmaske vom Hals baumelte. Er war süß, aber musste man seinetwegen einen mittelschweren Panikanfall bekommen?

»Hi«, sagte der Mann mit samtig weicher Stimme. »Das waren echt krasse Turbulenzen, oder? Ich heiße Saif.«

VIER

Maryam

20. Dezember

Nein, nein, nein, nein, nein, dachte Maryam, als sie blindlings den Gang entlanglief, ein verzweifelter Fluchtversuch. Saif Rasool hatte die ganze Zeit hinter ihr gesessen. Ihr Jugendschwarm hatte wahrscheinlich jedes einzelne Wort mitangehört!

Es war wie der Plot eines schlechten Films.

Nein, es war wie der Wendepunkt in einer romantischen Komödie – nur würde in Maryams Fall nichts weiter folgen als lebenslange Schmach. Und darüber hinaus konnte sie sich auf keinem einzigen Familien-Daawat mehr sehen lassen.

Was, wenn Saif es seinen Eltern erzählte? Die würden es brühwarm an Saima und Dadu weitertratschen; ihre Schwester würde sich ausschütten vor Lachen und Dadu auf der Stelle seinen Bollywood-Ruhestand aufgeben und aus der Story einen Film drehen! Man würde sie ihr Leben lang aufziehen, weil sie vor einer wildfremden Frau ihre Geheimnisse ausgeplaudert hatte. Und warum das alles? Weil sie Flugangst hatte und todunglücklich war und eine Lüge lebte und …

Maryam hielt inne.

War sie denn todunglücklich? *Lebte* sie eine Lüge? Womöglich steckte ja ein Körnchen Wahrheit in dem, was sie Anna erzählt hatte?

Sie hatte es so eilig gehabt, vor Saif wegzulaufen, dass alles andere keine Rolle mehr gespielt hatte, auch nicht ihr geheimer Traum, an den sie seit Jahren nicht mehr gedacht hatte, nämlich der, Schriftstellerin zu werden. Aber nicht etwa eine, die in einer zugigen Dachgeschosswohnung hauste, während sie über das Leben sinnierte, sondern eine, die mehrere tausend Wörter am Tag zu Papier brachte, sich einen Agenten suchte und dann triumphierend zu ihrer Mutter sagte: *Sieh mal, ein Verlag will mein Buch herausbringen.*

Sie schüttelte den Kopf. Sie hatte zu wenig geschlafen, war gestresst und hatte gerade eine – nein, drei – Nahtoderfahrungen überlebt: zuerst die Fliederduftöl-Explosion, dann die Minzpastillen-Attacke und zuletzt noch derart heftige Turbulenzen, dass sie sich geschworen hatte, mit dem Auto nach Colorado zurückzufahren. Es war also bloß dem Stress geschuldet, nichts weiter; sie würde wieder in ihr einfaches Leben zurückkehren, in dem sie ein ganz klein wenig – also quasi überhaupt nicht! – in Saif verknallt gewesen war und eventuell – nur einen Sekundenbruchteil! – mit dem Gedanken gespielt hatte, ihre Familie gegen eine künstlerische Karriere einzutauschen.

Wenn das stimmt, warum bist du dann sofort weggelaufen, als du Saif hinter dir entdeckt hast?, flüsterte spöttisch eine Stimme in ihr. *Und als du Anna erzählt hast, du wolltest Schriftstellerin werden, warum hat sich das angefühlt wie … die Wahrheit?*

Maryam schob den Gedanken entschlossen von sich. Das Ganze war nur dem Hochzeitsstress geschuldet. Es hatte nicht das Mindeste zu bedeuten. Sie musste nach ihrer Familie im vorderen Bereich des Fliegers sehen. Die brauchte sie. Sobald sie ihre Eltern und ihre Schwester wiedersah, würde sie wissen, wer sie war – nicht wer zu sein sich irgendein kleiner Teil von ihr wünschte.

Nur schien ihre Familie sie keineswegs zu brauchen. Als sie in der Economy Plus zu ihnen stieß, verzehrten Saima, ihre Eltern und Dadu gerade ihr Iftar-Mahl. Überrascht blickten sie zu ihr auf.

»Alles okay, Maryam *beti*?«, fragte Dadu.

»Mir geht's gut. Alles bestens. Ich wollte nur mal sehen, ob bei euch alles in Ordnung ist, und …« Ihr knurrte der Magen, und sie sah auf die Uhr. Halb sechs, sie sollte schon vor zehn Minuten ihr Fasten gebrochen haben. Der Tag holte sie ein, und sie hatte plötzlich entsetzlichen Hunger.

»Da, trink einen Schluck Pani«, sagte Azizah und reichte ihr eine Flasche Wasser. »Wir haben uns Sorgen gemacht um dich. Die Turbulenzen waren schlimm. Saima hat sogar geweint!«

»*Mom*«, murmelte Saima verlegen. »Ich hatte nur ein schlechtes Gewissen, weil sie meinetwegen dort hinten ganz allein saß. Ich hatte vergessen, wie sehr Maryam das Fliegen hasst.«

Maryam flog wirklich nicht gern – Flugzeuge waren chaotische Räume –, aber seltsamerweise hatte sie sich neben Anna keineswegs einsam gefühlt. Vielleicht lag es ja daran, dass Anna selbst so chaotisch gewesen war, aber auch freundlich und beruhigend. Als die Turbulenzen wirklich beängstigend geworden waren, war es ihr ein Trost gewesen, dass Anna neben ihr saß.

Ghulam stand auf und insistierte, dass Maryam sich auf seinen Platz setzte, während Dadu ihr einen Burrito reichte und sie nötigte zu essen. Nach einem hastigen Bismillah und einem lauwarmen Schluck Wasser fühlte Maryam sich besser. Was sie zu Anna gesagt hatte, stimmte, sie *war* schlecht gelaunt, wenn sie fastete. Doch sobald sie nach einem langen Tag ohne Essen und Trinken ihr Fasten brach, war das Gefühl der Erleichterung und Dankbarkeit, das sie überkam, wie eine hart erkämpfte, notwendige Erinnerung an ihre vielen Segnungen. Sie hatte den Burrito mit ein paar Bissen verschlungen, und Saima reichte ihr eine Thermoskanne mit heißem Tee. Sie trank in kleinen Schlucken und spürte, wie sich ihr Körper beruhigte. Hier war sie geborgen, umgeben von ihrer Familie, den Menschen, die wirklich zählten. Sie alle sorgten füreinander.

Der Gedanke, wie einsam sich Anna seit dem Tod ihres Vaters und der erneuten Heirat ihrer Stiefmutter fühlen musste, versetzte ihr einen Stich. Anna wirkte auf den ersten Blick so fröhlich und selbstsicher – genauso hatte Anna auch Maryam beschrieben, erinnerte sie sich jetzt. Na ja, »fröhlich« wohl eher nicht. Aber Anna war auf dem Weg zu ihrem Freund und dessen Familie. Die würden sie bestimmt mit offenen Armen empfangen; sie würden sie bitten, sich hinzusetzen, weil sie sichtlich aufgeregt war, ihr ein Glas Wasser reichen und über banale Dinge mit ihr sprechen, bis sie etwas gegessen hatte.

»Habt ihr gewusst, dass Saif Rasool mit im Flieger sitzt?«, fragte Maryam und nahm sich eine Schokopraline aus der Schachtel, die ihre Schwester ihr anbot –, auch ein Kauf aus dem Dutyfree Shop, nahm sie an.

Azizah lächelte. »Ein netter Junge. Seine Eltern haben ihn gut erzogen, auch wenn er« – ihre Mutter senkte die Stimme und vergewisserte sich rasch, dass niemand sie belauschte – »ein *Anwalt* geworden ist. Shukriya war so enttäuscht, als er an der Columbia Law angenommen wurde.«

»Ja, das muss ein harter Schlag gewesen sein«, stellte Maryam trocken fest. Für ihre Eltern war nur die naturwissenschaftliche Laufbahn eine akzeptable Karriereoption. Weit abgeschlagen auf dem zweiten Platz lag Maschinenbau.

»Er hat uns begrüßt, als du die Lunchpakete für uns besorgt hast«, sagte Azizah. »Seine Eltern sind schon in Toronto und besuchen seine Phupho, seine Tante väterlicherseits«, erklärte sie. »Auch Farah ist im Flugzeug, mit ihren Eltern«, sagte sie, noch eine enge Freundin der Familie.

»Ich habe Farah seit Jahren nicht gesehen. Sie ist jetzt Lehrerin, oder?«

»Sie gibt *Physik* an der Charterschule für Naturwissenschaften, die in der alten Nachbarschaft gegründet wurde«, korrigierte sie Azizah.

Natürlich.

Der Pilot gab durch, dass sie zur Landung ansetzten, und Maryam wurde von plötzlicher Panik erfasst. Sie wollte auf keinen Fall an ihren Platz zurück. Sie konnte weder Saif noch Anna ins Gesicht sehen. Jetzt, nachdem sie etwas gegessen hatte, war es ihr allmählich peinlich, wie viel sie ihr erzählt hatte.

Als würde er ihre Angst spüren, überließ Dadu ihr seinen

Platz und ging für die Landung nach hinten. Erleichtert ließ Maryam sich darauf ein. Ihr Großvater hatte immer ein Gespür dafür gehabt, wenn sie verstört war, schon als sie noch ein Kind gewesen war. Er hatte ihr nie Fragen gestellt, sondern gewartet, bis sie von selbst mit der Sprache herausrückte. Um sich abzulenken wandte sie sich ihrer Schwester zu, damit sie weiterreden konnten.

»Ich wusste nicht, dass du noch immer mit Farah befreundet bist«, sagte Maryam zu Saima. Die beiden waren etwa im selben Alter.

Ihre Schwester zuckte mit den Schultern. »Vielleicht wollte sie ja Toronto einen Besuch abstatten, und die Hochzeit bietet ihr dazu Gelegenheit«, sagte sie, nicht sonderlich interessiert. Farah war immer eine angenehme, wenn auch etwas fade Bekanntschaft gewesen – auf herkömmliche Art hübsch, immer nach der neuesten pakistanischen Mode gekleidet, das glänzende schwarze Haar zu einem schicken Bob geschnitten. Als Erwachsene hatten sich die Frauen aus den Augen verloren, umso gerührter war Maryam, dass Farah sich entschlossen hatte, zu Saimas Hochzeit zu kommen.

Die sollte bereits in zwei Tagen in Toronto beginnen – mit der Mehndi-Party. Zwei Tage später fände dann die Nikah-Zeremonie statt und tags darauf der Walima-Empfang. Nur würde der Flieger nicht in Toronto landen. Wo lag überhaupt Ottawa?

Sie hatte wohl laut vor sich hingeredet, weil sich ein älterer Mann, der auf der anderen Seite des Gangs saß, zu ihr herüberbeugte. »Ottawa ist die Hauptstadt von Kanada«, erklärte er ihr, »und etwa vierhundert Kilometer von Toronto entfernt.«

Die vier amerikanischen Passagiere sahen den Mann verständnislos an, der seufzte. »Das dürften etwa zweihundertfünfzig Meilen sein«, sagte er freundlich. »Fünf Stunden Autofahrt bei gutem Wetter. Aber heute Nacht fahren Sie nirgendwohin. Es hat so viel geschneit, dass Mel Lastman, der Bürgermeister von Toronto, offenbar die Armee zu Hilfe holen muss, um den Schnee wegzuschaffen. Ich habe mitbekommen, dass der Flugbegleiter von einem Jahrhundertsturm gesprochen hat.«

»Gibt's das im kanadischen Winter nicht alle paar Wochen?«, fragte Maryam.

Der alte Mann zuckte mit den Schultern. »Das war schon ziemlich turbulent eben. Wir haben's nicht mal nach Ottawa geschafft.« Er nickte aus dem Fenster. »Wir kreisen um den Flughafen Rockport. Als die Billigflüge hier landeten, war ich öfter hier.«

»Wo ist Rockport?«, fragte Saima.

»Es ist ein Regionalflughafen, bedient die Stadt Snow Falls.« Er lachte über Maryams ungläubige Miene. »Sie heißt wirklich so. Eine Kleinstadt, fast schon ein Dorf. Sie liegt siebzig Kilometer ... etwa vierzig *Meilen* von Ottawa entfernt. Ich vermute, wir müssen dort übernachten. Morgen früh oder spätestens übermorgen sind wir dann wieder unterwegs.«

»Nein!«, rief Saima. Bisher hatte sie keinen Ton gesagt. Maryam sah, dass sie ganz blass geworden war und mit einer Hand die Armstütze umklammert hielt. »Wir müssen heute Abend in Toronto sein. Übermorgen findet meine Mehndi-Party statt, und ich bin mit Mirajs Schulfreunden zum Dinner verabredet; ich hab noch nicht mal meine

Schwiegereltern getroffen, und die Nikah ist schon in fünf Tagen …«

»Meine Schwester wird heiraten«, erklärte Maryam lächelnd dem älteren Mann. Sie wandte sich Saima zu. »Wir mieten uns einen Wagen und versuchen, noch heute nach Toronto zu kommen. Auch wenn es doppelt so lange dauern sollte, wir bekommen das hin«, sagte Maryam und versuchte, zuversichtlicher zu klingen, als sie war.

»Ich hoffe, Sie bekommen die Kosten für die Hochzeit zurückerstattet«, sagte der Mann noch, bevor er sich für die Landung zurücklehnte.

Sobald das Flugzeug am Boden war und ausrollte, bestätigte eine Lautsprecherdurchsage alles, was der Mann gesagt hatte, und die Hochzeitsgesellschaft saß da und ließ die Nachricht sacken. Maryam holte ihre Taschen aus den Gepäckfächern und half ihren Eltern. Zumindest ein Gutes hatte das Ganze: In der vergangenen Stunde hatte sie nicht ein einziges Mal an Saif gedacht.

Allerdings fragte sie sich, wie Anna wohl zurechtkam. Falls ihr Plan aufging und sie es tatsächlich schaffen sollte, einen Mietwagen zu ergattern, würde sie Anna Gibson wohl nie mehr wiedersehen. Aus irgendeinem Grund stimmte der Gedanke sie traurig.

Unglücklicherweise waren sie nicht die Einzigen, die so schnell wie möglich aus Snow Town oder Iceberg oder wie auch immer dieses Kaff hieß, abhauen wollten. So standen schon zehn Personen vor der Autovermietung Schlange, als Maryam samt Familie ihre Koffer durch den mit beigefarbenem Teppichboden ausgelegten Ankunftsbereich des

Rockport Airport bugsierte. Den gehetzten Mienen der drei Flughafenbediensteten nach zu urteilen hatte dieser entlegene Flughafen seit Jahren nicht mehr so viel Aufregung erlebt.

»Maryam, sieh nach draußen!«, sagte Dadu und zupfte seine Enkelin aufgeregt am Ärmel.

Es war dunkel; die Sonne ging früh unter im Dezember, aber die hohen Straßenlampen beleuchteten den stetig fallenden Schnee, eine wahre Flut aus weißem Flaum, die so bald nicht abreißen würde. Während sie das Schneetreiben beobachteten, fielen die Flocken immer dichter, wie um sie herauszufordern. Einige Propellerflugzeuge auf der Piste hatten bereits eine dicke Schicht Schnee auf jeder Tragfläche, die Fahrwerke halb begraben.

»Schon drei Fuß tief«, sagte Dadu. »Wie herrlich!«

Saima schaute von der Schlange vor der Autovermietung in den Schnee draußen und ließ ihren Koffer fallen. »Meine Hochzeit ist im Eimer!«, jammerte sie.

Sofort wurde sie von Azizah, Ghulam und Dadu umringt, die ihr beschwichtigend auf die Schulter klopften, ihr Taschentücher zusteckten und Tee anboten. Ihre Mutter wandte sich mit klagender Miene Maryam zu: *Tu doch was!*

Nur schüttelte der Mann in der Autovermietung den Kopf, als Maryam endlich die Theke erreichte. »Die Straßen sind unpassierbar, Miss. Selbst die Schneepflüge müssen warten, bis der Schneefall ein wenig nachgelassen hat.«

»Haben Sie denn keinen Geländewagen, den wir mieten könnten? Einen Jeep? Humvee? Ich bezahl den doppelten Preis. Den dreifachen«, sagte Maryam verzweifelt.

Ihre Schwester hinter ihr schluchzte laut, zog Blicke auf sich. »Meine Schwester will in Toronto heiraten«, fügte sie hinzu.

Der Mann – jung, fast noch ein Teenager – zuckte mitfühlend mit den Schultern. »Sie bräuchten einen Wagen mit Räumschild und Schneeketten, und selbst dann würden Sie nicht weit kommen. Wir haben Leute vom Film hier, die sind auch eingeschneit, genau wie Sie, und wenn nicht mal Filmleute rauskönnen, kann es niemand. Alle reden vom Jahrhundertsturm. Glauben Sie mir, *Toronna* läuft nicht weg«, sagte er und meinte damit wohl Toronto. Er sah an ihr vorbei. »Der Nächste!«

Niedergeschlagen kehrte Maryam zu ihrer Familie zurück. Ihre Schwester hatte zwar aufgehört zu jammern, aber die Tränen fielen genauso stetig wie die Schneeflocken draußen.

»Ich geh hier nicht weg«, sagte Saima, nachdem Maryam die schlechte Nachricht überbracht hatte. »Wir übernachten am Flughafen. Auf diese Weise erwischen wir den ersten Flug nach Toronto.«

Wenn du nicht willst, dass dir ein Schneesturm die Hochzeit vermasselt, darfst du eben nicht im Dezember heiraten, noch dazu in Kanada, dachte Maryam, hielt aber wohlweislich den Mund.

Andererseits war gerade Ramadan, die Zeit der Wunder. Was gäbe Maryam nicht alles für das Wunder, sich ordentlich ausschlafen zu können. Ein Blick hinüber zu ihren Eltern und Dadu sagte ihr, dass es ihnen ebenso ging. Es war fast sieben Uhr abends, und sie war zum Umfallen müde. Dieser Tag nahm einfach kein Ende.

»Saima, willst du dich nicht lieber ausschlafen, damit du morgen frisch aussiehst, wenn du deine Schwiegereltern kennenlernst?«, versuchte Maryam ihre Schwester umzustimmen. »Ich bezweifle, dass der Flughafen überhaupt die Nacht über offen bleibt. Mal sehen, was sie uns als Unterkunft anbieten.«

Ihre Schwester überlegte kurz und nickte dann widerstrebend. »Aber wir kommen gleich nach Sahur hierher zurück«, sagte sie und meinte das Frühstück vor Sonnenaufgang, mit dem ihr Fastentag begann.

Diesmal ging Ghulam an den Schalter, um sich die Gutscheine für Hotel und Verpflegung abzuholen. Mit einem ironischen Lächeln kam er zurück. »Snow Falls Inn«, verkündete er.

Maryam seufzte. Was gäbe sie nicht für ein Marriott, vorzugsweise eines, dessen Pforte rund um die Uhr besetzt war. Wer wusste schon, welches Grauen in diesem kanadischen Kaff auf sie lauerte. Darüber hinaus wären sie wahrscheinlich die einzigen muslimischen, nicht weißen Personen im Dorf. Die braven Bürger von Snow Falls hatten sicher noch nie etwas von Ramadan gehört. Wie sollten sie um fünf Uhr morgens etwas zu essen auftreiben, für ihre Sahur-Mahlzeit?

Es ist ja nur für eine Nacht, sagte sie sich. Sie würde einen Snackautomaten plündern, und mit dem ersten Flug wären sie wieder weg.

Bevor sie in den gelben Schulbus stiegen, der abkommandiert worden war, um all die gestrandeten Fluggäste zum Snow Falls Inn zu chauffieren, holte Maryam Stiefel und dicke Winterjacken aus den Koffern, ausnahmsweise dankbar für die Neigung ihrer Familie, immer zu viel einzupacken. Sie fragte sich besorgt, wo Anna sein mochte, und ob sie klug gepackt hatte. Hoffentlich hatte ihr Gepäck es überhaupt ins Flugzeug geschafft, dachte sie, weil ihr wieder einfiel, dass Annas Koffer ja auf der Rollbahn in Denver gelegen hatte. Ihre Stilettos waren hübsch, aber völlig unpraktisch bei diesem Wetter. Sie sah sich um, konnte Anna aber nirgends entdecken.

Maryam stieg mit ihrer Familie in den Bus, und das Geräusch des Motors machte sie schläfrig, obwohl die muffigen Kunstledersitze sie an längst vergangene Schultage erinnerten. Saima neben ihr schniefte leise vor sich hin. Maryam drückte ihre Hand. »Das wird schon«, flüsterte sie.

»Woher willst du das wissen«, sagte Saima. »Du versuchst immer, alles besser zu machen, aber das Wetter hast du nicht im Griff. Auch die Flugzeuge nicht. Es ist eine Katastrophe.«

»Morgen sieht alles anders aus, *inschallah*«, sagte Maryam. »Sprich ein Du'a, ein Bittgebet. Was geschehen soll, wird geschehen, okay?« Als Kind hatte sie gelernt zu beten, wenn sie sich etwas wünschte, aber auch ihr Schicksal zu akzeptieren, das gute wie das schlechte. Auch wenn ihr Glaube an das Schicksal und die Vorherbestimmung mittlerweile etwas nuancierter geworden war, erschien es ihr angebracht, ihre Schwester daran zu erinnern, dass sie im Moment wenig tun konnten. »Denk doch nur, wie komisch diese Geschichte für deine Enkel sein wird«, fügte Maryam hinzu. »Die werden – dem Klimawandel sei Dank – gar nicht mehr wissen, was Schnee ist.«

Saima versetzte ihr einen Stoß. »Du bist immer so paranoid. Was meinst du denn mit Klimawandel?«, grummelte sie, lächelte aber dabei.

Der Bus kam polternd zum Stehen, und Maryam wischte über die beschlagene Scheibe und spähte in eine menschenleere, stille Seitenstraße, in der sich der Schnee türmte. Als sie aus dem Bus stieg, versank sie fast bis zu den Knien im Pulverschnee. Zumindest hatte das dichte Schneetreiben etwas nachgelassen, so dass die Sicht ein wenig besser war. Maryam versuchte, die Einzelheiten des dreigeschossigen Hotelgebäudes zu erfassen. Sie hakte sich bei Dadu unter, den die winterliche Umgebung sichtlich begeisterte.

»Weiße Weihnacht! Wie im Kino!«, rief er aus und stimmte, etwas schräg, ein Weihnachtslied an: »I'm sleeping in a white Christmas«, sang er. »Just like the amazing ones in the fort.«

»Ich glaube nicht, dass das der richtige Text ist«, stellte Maryam belustigt fest.

»Du kennst die Hintergrundgeschichte nicht, *beti*«, erklärte ihr Großvater. »Jedes bleibende Kunstwerk hat eine starke Entstehungsgeschichte. Dieser Song erzählt von einem Soldaten, der von den Schneeburgen träumt, die er vor seiner Militärzeit gebaut hat.«

Maryam brachte es nicht übers Herz, ihren Großvater zu korrigieren, zumal er wieder seinen verträumten Blick hatte.

»Ich hab das Lied oft deiner Dadi-ma vorgesungen. Ich wünschte nur, sie wäre hier. Wir haben uns auch immer gemeinsam Weihnachtsfilme angesehen«, sagte er, und seine Miene wurde traurig. Ihre Großmutter war vor drei Jahren gestorben, nach fast fünfzig Ehejahren, und Dadu war noch immer in tiefer Trauer um sie.

»Sicher mochte sie die romantischen am liebsten«, sagte Maryam sanft.

»Was wäre ein Kinofilm ohne Liebe?« Es war eine rhetorische Frage. Als ehemaliger Bollywood-Regisseur liebte er eine ordentliche Prise Romantik in der Handlung. »Diese Stadt wäre die ideale Kulisse für meine Filme gewesen«, fügte er hinzu.

»Held und Heldin laufen durch den Schnee aufeinander zu?«, fragte Maryam, um ihn mit diesem altbewährten Bollywood-Stilmittel zu necken.

Dadu lächelte ihr zu, und sie stapften mit ihren Koffern vorsichtig durch den Schnee zum Haupteingang.

Snow Falls Inn war ein imposantes Gebäude, erbaut im Empirestil, mit einem Mansardendach, Dachfenstern und massiven Erkern an der Vorderfassade. Schlanke weiße Säulen bewachten einen zurückversetzten Eingang mit übergroßer Holztür, die fest verschlossen war gegen die Kälte. Bunte Glasfenster verströmten ein heiteres Licht aus dem Inneren des Gebäudes, und mit seiner eleganten Steinfassade – abgesehen vielleicht von der grellbunten Weihnachtsbeleuchtung – schien das Hotel eher in die Straßen von Paris zu gehören als in dieses stille Dorf in Ontario. Mit einem raschen Blick über die Schulter vergewisserte sie sich, dass ihre Familie ihr folgte, und schob die schwere Holztür auf.

Die Wärme im Inneren vertrieb augenblicklich die Kälte aus Händen und Gesicht. Maryam sah sich zunächst nach einer Sitzgelegenheit für ihren Großvater um und begab sich dann an die Rezeption. Das Hotel verfügte über eine elegante, farbenfroh geschmückte Lobby, in der sich ein offener Kamin befand, der so groß war, dass sie selbst hineingepasst hätte, ohne dabei den Kopf einzuziehen. Holzscheite stapelten sich darin, und das Feuer glühte. Hinter der Empfangstheke begrüßten zwei weiße Frauen mittleren Alters fröhlich die gestrandeten Fluggäste. Maryam musste lächeln, weil eine der Frauen einen knallroten Weihnachtspullover trug, den drei grüne Dinosaurier mit identischen Weihnachtsmannmützen zierten. Das Lächeln verging ihr, als der junge Mann, der gerade bedient wurde, sich umdrehte, und sie in Saifs unfassbar gutaussehendes Gesicht blickte. Sie sah sich verzweifelt um. Wo war die Säule, hinter der sie sich verstecken, der Pool, in dem sie untertauchen konnte?

»Maryam?«, sagte Saif, und sie fröstelte, trotz der Wärme aus dem Kamin.

»Wo?«, sagte sie und wurde rot. Hatte sie eben wirklich mit ›wo‹ geantwortet? Auf ihren *eigenen Namen*? Wenn sie doch auf der Stelle im Boden versinken könnte.

Saif lachte, dass sich Fältchen an seinen Augenwinkeln bildeten. »Ich weiß schon, ich kann auch nicht glauben, dass wir hier feststecken«, sagte er, womit er ihre hirnverbrannte Äußerung netterweise umdeutete. »Ich hab mich auf ein Wiedersehen mit meinen Cousins in Toronto gefreut, und natürlich auf die Hochzeit deiner Schwester. Jetzt sind wir wohl alle für die Nacht hier gestrandet.«

»Tja, sieht ganz so aus«, stammelte sie. Ein Teil von ihr war überrascht, dass Saif sie erkannt hatte. Sie sah anders aus, seit sie den Hidschab trug, und sie hatten sich seit Jahren nicht gesehen. Saif wiederum war noch attraktiver als früher. Er war immer schon groß gewesen, über eins achtzig, aber in den letzten fünf Jahren hatte er offenbar viel Zeit im Fitnessstudio verbracht. Bei ihrer letzten Begegnung war er eher schlaksig gewesen, jetzt brachte ein gutsitzender Kapuzenpulli zur Jeans seine breiten Schultern, die kräftigen Arme und die durchtrainierte Taille bestens zur Geltung. Aber es war mehr als das – Saif schien sich rundum wohlzufühlen in seiner Haut. Das träge Lächeln, das er ihr gerade schenkte, ließ die Schmetterlinge in ihrem Bauch aufgeregt mit den Flügeln schlagen. Er trat einen Schritt auf sie zu, sie roch sein Aftershave – ein holziger Duft mit einer Prise Zitrusfrucht – und widerstand dem Drang, tief einzuatmen.

»Ich mag deinen Hidschab«, sagte er, seine Stimme leise, verführerisch. »Das dunkle Blau passt zu deinen Augen.«

Maryam sah ihn überrascht an. Zum Glück winkte eine der Frauen am Empfang sie zu sich, und so murmelte sie eine Entschuldigung und trat hastig den Rückzug an.

»Guten Abend, wie geht es Ihnen?«, begrüßte die Frau hinter der Empfangstheke sie mit einem rollenden australischen Akzent. »Kath« stand auf ihrem Namensschild. Ihr Gesicht war sonnengebräunt, trotz des kalten Wetters, und sie trug einen schwarzen Blazer zur praktischen blauen Khaki-Hose.

Maryam, noch immer erschüttert von ihrer peinlichen Begegnung mit Saif, lächelte etwas angestrengt und reichte ihr die Hotelgutscheine vom Flughafen.

»Sie werden sich ein Zimmer teilen müssen, meine Liebe. Eine Menge gestrandeter Fluggäste; und die ... Geschäftsleute haben sich die renovierten Suiten reserviert.«

Kath zwinkerte, und Maryam fragte sich, welche Art von

Geschäft sie meinte. Kath langte über den Schreibtisch ihrer Kollegin und griff nach den Schlüsselkarten.

»Ihre Gruppe muss besonders erschöpft sein. Es ist doch Ramadan, nicht wahr?«, fragte die Dame im Weihnachtspulli, auf deren Namensschild »Deb« zu lesen war, freundlich, und Maryam riss überrascht die Augen auf.

»Mhm«, sagte sie. »Wir wollten nach Toronto, zur Hochzeit meiner Schwester. Sie heiratet in ein paar Tagen.«

»So ein Pech«, sagte Kath mitfühlend. »Lassen Sie es uns wissen, wenn Sie etwas brauchen«, fügte sie hinzu und reichte Maryam die Schlüsselkarten. »Wir führen das Hotel erst seit dem vorigen Jahr, als Debs Großmutter es uns vermacht hat. Eine liebenswerte alte Dame, die wusste, dass wir einen gemeinsamen Neuanfang brauchten.« Das zärtliche Lächeln, das sie sich gegenseitig schenkten, ließ keinerlei Zweifel, dass die beiden Frauen mehr waren als nur Geschäftspartnerinnen. »Snow Falls ist ein freundlicher Ort. Also beschloss sie, dass wir uns hier mal im Gastgewerbe versuchen sollten. Wir sind gerade dabei, das alte Gemäuer herzurichten, aber es braucht Zeit.«

Kath zwinkerte Maryam zu und wandte sich dann an den Gast hinter ihr.

Saif plauderte gerade mit ihrer Familie, als sie zurückkam, um die Schlüsselkarten zu verteilen, und sie wich seinem Blick aus. Dadu willigte ein, sich bei ihren Eltern einzuquartieren, während Maryam sich ein Zimmer mit Saima teilen würde. Zu Maryams Unbehagen erbot sich Saif, ihr beim Tragen der Koffer zu helfen. Nervige hilfsbereite Ader, das waren die indischen Gene, dachte Maryam. Sie ging voran, aber Saif holte sie rasch ein.

»Krasse Turbulenzen auf dem Flug«, sagte er, als sie das Gepäck über den Teppich des schmalen Flurs bugsierten.

Um nicht wieder etwas Falsches zu sagen, nickte Maryam nur. Vertieft im Gespräch mit den anderen Gästen kamen ihre Eltern, Dadu und Saima nur langsam hinterher, und Maryam wünschte sich, sie würden sich ein wenig beeilen. Sie wollte nicht allein sein mit Saif – wer konnte schon sagen, ob sie sich nicht wieder blamieren würde?

»Tja, es war so laut, so unfassbar laut, dass ich absolut gar nichts gehört habe«, fügte er hinzu.

Er versuchte ihr etwas mitzuteilen, realisierte sie mit wachsender Verlegenheit. Das konnte nur eines bedeuten. »Du hast mich gehört«, sagte sie tonlos. Sie war sich ohnehin ziemlich sicher gewesen, und mit seinen unbeholfenen Beteuerungen, dass dem nicht so war, hatte Saif ihre Befürchtungen nur bestätigt. Sie lief feuerrot an.

»Keine große Sache«, sagte er leichthin. »So was höre ich öfter.«

»Du hast also nicht zum ersten Mal mitbekommen, wie Leute in ihrer Todesangst gestehen, was sie bereuen und in wen sie verknallt sind?«, fragte Maryam.

Ihr Sarkasmus schien Saif zu überraschen. »Na ja, ich bin Anwalt. Da höre ich so einiges.«

»Arbeitest du nicht als Justiziar einer Versicherungsgesellschaft? Außerdem hast du doch angeblich überhaupt nichts mitbekommen, weil das Flugzeug so *unfassbar laut* war. Falls sich aber doch ein paar Worte zu dir verirrt haben sollten, so waren sie nicht für deine Ohren bestimmt, das verstehst du hoffentlich«, sagte sie, noch immer feuerrot im Gesicht. Sie konnte ihn nicht mal ansehen.

»Ist ja gut, Maryam«, sagte Saif. Die Liebenswürdigkeit und das Mitleid in seiner Stimme waren kaum auszuhalten.

»Wir sind da«, sagte sie und griff nach den Koffern in seinen Händen. Er hatte die Ärmel nach oben geschoben, und ihr Blick fiel auf seine muskulösen Unterarme. Er bemerkte es und lächelte gutmütig.

Und in diesem Moment verspürte Maryam einen ersten Anflug von Ärger. Er genoss die Situation. Er fand ihre Beschämung *komisch*, und befeuerte damit sein ohnehin schon ausgewachsenes Ego. Saif hatte sich zu einem Mann entwickelt, der sich nicht nur in seinem neuen, heißen Körper wohlfühlte, sondern auch um dessen Wirkung auf andere wusste. Sie kniff die Augen zusammen und streckte die Hand nach den Koffern aus.

»Ich brauche deine Hilfe nicht«, sagte sie kurz angebunden.

Saif beugte sich zu ihr vor, und sein betörendes Aftershave wehte ihr erneut in die Nase und machte sie ganz wirr im Kopf. »Der Sturm hat vielleicht alle möglichen Geheimnisse ans Licht gebracht, aber keine Sorge, Maryam, ich kann schweigen wie ein Grab«, flüsterte er. Er richtete sich auf und sah sie eine Weile lächelnd an. »Gute Nacht«, sagte er dann sanft und verschwand den Flur hinunter, zu seinem Zimmer im zweiten Stock.

FÜNF

Anna

20. Dezember
Snow Falls, Ontario

»Ich kann es nun mal nicht ändern, Nick. Ich ruf dich zurück, sobald ich im Hotel bin.«

»*Fein.*«

»Es tut mir leid.« Anna war bestürzt, wie verärgert Nick klang – als könnte er nicht so recht glauben, dass sie nicht auf dem Weg zu ihm, sondern an irgendeinem Flughafen gestrandet war. Doch er hatte schon aufgelegt. Sie seufzte, wählte dann Janeys Nummer und versuchte, die Situation noch einmal zu erklären.

»Du wirst doch wohl ein Faxgerät auftreiben, oder?«, fragte Janey, ihr Ton knapp und kühl.

»Ich ...« Anna sah sich in dem fast menschenleeren Flughafen um. »Ich will's versuchen«, sagte sie schließlich. Janeys Entscheidung, das Erscheinen der nächsten Ausgabe von *Denver Decor* vom veränderten Doppelseiten-Layout für die Residenz der Malones abhängig zu machen, stellte Anna vor ein gewaltiges Problem. Aber sie würde, nein sie *musste* eine Lösung finden. Sie konnte es sich schlicht nicht leisten, gefeuert zu werden. Sie musste ihre Schulden loswerden, bevor Nick Wind davon bekam. Natürlich hätte er problemlos alles zurückzahlen können, und vermutlich nicht mal bemerkt, dass das Geld weg war – das war nicht der Punkt. Er würde sie mit anderen Augen sehen, sie als die erkennen, die sie in Wirklichkeit war: nämlich ganz und gar nicht perfekt.

Anna hastete durch den nahezu leeren Flughafen auf den Bereich zu, wo angeblich ein Schulbus wartete, der die gestrandeten Passagiere zu einem Hotel in den nächsten Ort fuhr.

Doch der Bus war schon weg. Überall lag Schnee, und mittendrin stand ein einsames Taxi in der frostigen Nacht. Der Fahrer schien eingeschlafen, seine Mütze hatte er tief über die Augen gezogen.

Anna klopfte gegen die Scheibe. »Hallo?«

Der Fahrer ließ das Fenster herunter und murmelte einen verschlafenen Gruß.

»Würden Sie mich in die … nächste Stadt fahren?«

»Sicher. Das wär Snow Falls, rein mit Ihnen«, murmelte er. Anna wog die potenzielle Gefahr, zu jemandem in den Wagen zu steigen, der nicht hellwach zu sein schien, gegen die Unbequemlichkeit und Einsamkeit einer Nacht im Flughafen ab – und entschied sich für Ersteres. Sie musste von hier weg.

»Kein Gepäck?«

Anna hielt die Handtasche in die Höhe und schüttelte den Kopf. »Nur die hier.«

Sie versuchte, nicht an ihren verlorenen Koffer zu denken mit all den teuren Klamotten und Geschenken darin, während das Taxi aus dem Flughafen fuhr, hinaus in die verschneite Nacht. Die wenigen Autos auf der Straße bewegten sich nur langsam vorwärts, wie Wale in einer großen Herde, die alle dasselbe Ziel hatten. Anna spürte, wie sich ihre Nerven beruhigten – bis sie das Handy in ihrer Handtasche klingeln hörte.

»Janey, mein Akku ist fast leer«, sagte sie – was stimmte. Doch es war nicht Janey, sondern Nick.

»Ich fahr jetzt ohne dich zum Dinner. Hast du schon was unternommen, um von dort wegzukommen?«

»Ich hab's dir doch erklärt, Schatz, ich fahre jetzt zum Hotel, checke ein und ...«

»Ein *Hotel*? Weißt du denn nicht, dass sie dich von der Warteliste streichen, wenn du das Flughafengelände verlässt?«

Anna seufzte. »Heute starten keine Flüge mehr, auf die man warten könnte.«

»Und morgen früh? Was ist damit?«

»Ich soll am Flughafen schlafen?« Anna warf einen Blick aus dem Fenster – und sah ein Schild in Sicht kommen: »Willkommen in Snow Falls, der perfekte Ort für Ihre Feiertage!«

»Mutter versteht nicht, warum du nicht hier bist ...«

»Hat sie keine Nachrichten gesehen? Dieser Schneesturm hat die gesamte Ostküste erfasst.«

»Anna ... übertreibst du es nicht wieder ein bisschen?«

Nick hatte sie immer zu überzeugen versucht, dass ihre Probleme überhaupt keine Probleme waren, und am Anfang ihrer Beziehung hatte ihr gerade diese Eigenheit so an ihm gefallen. Aber heute hatte sie das Gefühl – wie so oft in letzter Zeit –, dass Nick ihr überhaupt nicht zuhörte, wenn sie ihm erklärte, was in ihr vorging. »Sicher gibt es eine Möglichkeit, wie du von dort wegkommst, statt ein

Hotelzimmer zu nehmen«, sagte er jetzt mit betont ruhiger Stimme. »Hol einfach ein paarmal tief Luft und denk nach, wie du …«

Weg war er. Anna nahm das Handy vom Ohr und schüttelte es. Der Akku war leer.

Der Taxifahrer sah sich erwartungsvoll zu ihr um. »Da wären wir, Snow Falls«, sagte er. Durch das dichte Schneetreiben machte Anna bloß Reihen niedriger Backsteingebäude aus, nichts als Geschäfte und Restaurants im festlichen Lichterglanz. Sie bezahlte den Fahrer, stieg aus dem Wagen und landete in knietiefem Schnee. Entsetzt blickte sie auf ihre brandneuen, absolut unpraktischen Schuhe hinunter.

»Mist – warten Sie!« Sie hatte eben erkannt, dass es hier weit und breit kein Hotel zu geben schien, dass sie keine Ahnung hatte, wo sie war – und dass sie mit ihren Stilettos im meterhohen Schnee keinen halben Block weit kam. Doch das Taxi war schon wieder angefahren und schlingerte die glatte Straße entlang. Sie ärgerte sich über Nick und Janey. Hätten die beiden sie nicht dauernd genervt, wäre sie mit all den anderen gestrandeten Passagieren längst im Hotel. Stattdessen stand sie nun mutterseelenallein da.

So gut es ging bei all dem Schnee, sondierte sie ihre Umgebung. Lichterketten in unterschiedlichen Gold-, Grün- und Rottönen glitzerten durch die Schneeflocken. Und plötzlich beschlich sie ein Gefühl des Friedens. Ihr Handy war tot, die unablässigen Anrufe ihres Freundes oder ihrer Chefin konnten sie nicht länger erreichen. Sie hatte sich zwar verlaufen, aber dieses Städtchen war wunderschön. Es fühlte sich unwirklich an, mehr wie eine Art Weihnachtsphantasie. Und plötzlich erschien ihr alles möglich – sogar das allerschönste Happy End, das man sich vorstellen konnte. Nach dem Anna sich immer gesehnt hatte. *Wahres Glück. Kein vorgetäuschtes.*

Anna hatte sich schon lange nicht mehr so beschwingt gefühlt. Sie hob das Gesicht den Flocken entgegen. Impulsiv streckte sie die Zunge heraus und spürte, wie eine frostige Schneeflocke darauf landete und im Nu schmolz. Der Geschmack erinnerte sie an die schönsten Momente ihrer Kindheit. Sie wünschte sich etwas. *Das glücklichste Happy End, das es gibt.*

Im selben Moment ging vor ihr die Tür zu einem Lokal auf, und Gesprächsfetzen drangen in die kalte Nachtluft.

»Heute geht es heiß her. Zwei alte Rivalen treffen aufeinander …«, hörte sie die vertraute Stimme des Sportkommentators Harry Neale sagen.

»Stimmt genau«, meldete sich Bob Cole zu Wort. »Jetzt heißt es Leafs gegen Senators …«

Anna folgte dem Lärm und tastete sich vorsichtig über den glatten Gehweg bis zur Tür eines Pubs.

Der Laden war proppenvoll, doch einer der Barkeeper hatte sie hereinkommen sehen und winkte sie zu einem leeren Hocker an der Bar. Anna stützte die Ellbogen auf die glatte Theke aus Walnussholz und spürte, wie die Wärme im Raum durch ihren Körper flutete, bis hinunter zu den Füßen in ihren ruinierten Manolos.

Im Regal hinter der Bar reihten sich Flaschen mit Hochprozentigem aneinander, Pfefferminzschnaps, Weihnachtsrum und Irish Cream – Annas Eltern hatten diese Drinks vor Jahren, als sie noch klein war, bei Cocktailpartys zu

Weihnachten serviert. Ein Fernseher über dem Regal zeigte das Eishockeymatch der Toronto Maple Leafs gegen die Ottawa Senators. Die Gäste an der Bar waren unübersehbar geteilter Meinung: die einen in den blauweißen Trikots der Leafs, die anderen in den Farben der Senators, rot und schwarz. Trotzdem unterhielten sich alle vergnügt miteinander. Anna musste unwillkürlich lächeln, weil sie daran dachte, wie aufgeregt ihr Dad bei jedem Spiel der Maple Leafs gewesen war. Nachdem sie von Toronto nach Denver gezogen waren, hatte sie sich schnell eingelebt, aber ihre Besuche in Toronto hatte sie trotzdem geliebt, genau wie ihr Vater. Spiele der Maple Leafs hatten immer dazugehört.

Während Anna den Spielern dabei zusah, wie sie den Puck hin und her schossen, fiel ihr ein, dass sie Nick vorgeschlagen hatte, bei ihrem Besuch in Toronto auch ein Spiel der Leafs zu besuchen. Nick hielt es für einen Scherz. »Meine perfekte Anna bei einem Hockey-Match«, hatte er lachend gesagt – und dann das Thema gewechselt. Sie hatte keine Chance gehabt, ihm zu erklären, dass ihr Vater sie regelmäßig mit ins Stadion genommen hatte und sie ein echter Leafs-Fan war.

Während Anna es sich bequem machte und den Schnee von ihrem Blazer klopfte, erzielte Jonas Höglund nach einem Assist von Mats Sundin ein Tor. Einer der Barkeeper, ein groß gewachsener Mann mit Brille und einem Leafs-Trikot, wandte sich ihr zu. »Glühwein oder heißer Apfelmost? Beides geht aufs Haus, wenn die Leafs punkten.«

»Heißer Apfelmost wäre toll. Aber dürfte ich dafür bezahlen?« Als sie ihr Portemonnaie aus der Handtasche zog, wehrte der Barmann mit erhobenen Händen gutmütig ab.

»Auf keinen Fall. Ich kann kein Geld annehmen, nachdem die Leafs ein Tor geschossen haben, das bringt Unglück.«

»Ich weiß nicht, wie wir über die Runden kommen sollen, Don«, sagte eine Frau rechts neben Anna. Sie trug, was etwas verwirrend war, eine Senators-Mütze zum Maple Leafs-Trikot. Da erzielte Marián Hossa einen Treffer für die Senators. »Ach verflucht!«, rief die Frau da, um gleich darauf in Jubel auszubrechen: »Bravo, Hossa!«

Wieder stand der Barmann vor Anna. »Bei jedem Tor der Sens gehen Glühwein und Apfelmost aufs Haus«, sagte er grinsend.

»Moment mal, haben Sie nicht eben noch ein Leafs-Trikot getragen …?«, fragte Anna. Der Barmann zuckte nur mit den Schultern, füllte Annas dampfenden, duftenden Becher auf und ging dann die Theke entlang, um weitere Drinks auszugeben.

»Es sind Zwillinge. Das eben war Ron«, sagte eine Stimme neben ihr – eine tiefe Stimme, warm und angenehm, genau wie der Most. Sie wandte den Kopf. Der Mann neben ihr hatte einen schokobraunen Bart, trug eine Brille mit schwarzem Rand und hatte sich die Maple-Leafs-Mütze tief in die Stirn gezogen. Seine kastanienbraunen Augen blickten sie warm und freundlich an, und wenn er lächelte – wie gerade eben –, entstanden viele kleine Lachfältchen in den Augenwinkeln. Plötzlich war ihr, als hätte sie ihn schon mal irgendwo gesehen. »Der andere ist Don.«

»Danke für die Aufklärung«, sagte sie.

Auf dem Bildschirm vor ihnen erzielte ein Spieler der

Senators beinahe ein Tor, doch ein Leafs-Spieler stellte sich ihm in den Weg, und die beiden lieferten sich einen Ringkampf, der von lauten *Ooh-* und *Aah*-Rufen begleitet wurde, in die auch Anna miteinstimmte. Als der Moment vorbei war, bemerkte sie, dass ihr Barnachbar sie genau in Augenschein nahm.

»Du siehst nicht aus wie ein Eishockey-Fan.«

»Warum nicht?«, sagte sie und legte den Kopf in den Nacken. »Dürfen Leafs-Fans in Pubs etwa keine Cocktailkleider tragen? Meines ist immerhin blau.«

»Stimmt, aber hat dir keiner gesagt, dass draußen Winter ist? Die Jahreszeit, in der die Leute normalerweise Parkas und Stiefel anziehen ... Mützen und Fäustlinge? So was eben?«

Anna blies auf ihren Most und nahm dann einen Schluck. Er schmeckte würzig und stärkend. »Ich sollte ja auch gar nicht hier sein«, sagte sie. »Ich war eigentlich zu einer Galaveranstaltung eingeladen.«

Er sah sie fragend an. »In Snow Falls?«

»Toronto. Aber mein Flieger wurde umgeleitet.« Sie wandte den Kopf, und ihre Blicke trafen sich. Wieder hatte sie das Gefühl, ihn von irgendwoher zu kennen. »Hier bin ich also«, sagte sie und wusste nicht so recht, warum ihr Herz umherflitzte wie ein Puck auf dem Eis.

»Hier bist du also«, wiederholte er. »Ausgerechnet in diesem Pub ...«

»Das ist doch wohl der einzige hier, oder?«

Wieder ein Lächeln. »Wahrscheinlich schon. Ich hab gesehen, wie du draußen mit deiner Zunge Schneeflocken aufgefangen hast. Ich dachte, ich hätte mir das eingebildet, eine Frau im Cocktailkleid, hier in dieser kleinen Stadt … und dann kommst du reingeschneit.« Lächelnd wandte er seinen sanften Blick wieder dem Bildschirm zu, gerade als Mats Sundin zum Gegenangriff überging und fast einen Treffer landete.

Anna klatschte in die Hände. »Das war knapp. Er ist mein Lieblingsspieler!«

»Meiner auch. Aber Gary Roberts finde ich auch nicht übel. Jetzt, wo er unterzeichnet hat, hat er gute Chancen auf den Lieblingsspielertitel.«

»Er hat Charakter«, pflichtete Anna ihm bei und nippte an ihrem Apfelmost.

»Vielleicht gewinnen wir dann endlich mal den Stanley Cup? Wer weiß, wäre doch möglich …«

Anna seufzte, er ebenso. Und dieses Seufzen, das allen Maple-Leafs-Fans vertraut war, sollte in etwa bedeuten: *Möglich ist es … nur nicht sehr wahrscheinlich*. »Vielleicht«, sagten sie beide gleichzeitig. Dann tauschten sie einen verzagten Blick und lachten über sich selbst. Die Leafs hatten den Stanley Cup noch nie gewonnen, nicht mal annähernd, und das in dreiunddreißig langen Jahren.

»Champions spielen so lange, bis sie es geschafft haben. Das hat zumindest mein Dad immer gesagt.«

Jubel wurde laut – aber für die falsche Seite. Die Senators hatten wieder einen Treffer gelandet.

»Na ja, die Leafs lassen sich offenbar Zeit.«

»Soll ich nachschenken?« Der Zwilling mit dem Senators-Trikot stand wieder hinter der Theke.

Anna schüttelte den Kopf. »Ich hab ja mein erstes Glas noch nicht mal richtig angetrunken. Aber nein zu sagen bringt hoffentlich kein Unglück, oder? Ich gratuliere zum Tor.«

Der Barmann lachte. »Mein Bruder ist der Abergläubische von uns beiden. Ich weiß, dass man ein Eishockeyspiel nur gewinnen kann, wenn man's auch wirklich draufhat.« Er warf seinem Zwillingsbruder einen vielsagenden Blick zu – und der Leafs-Fan-Zwilling schüttelte in gespieltem Zorn die Faust. Anna konzentrierte sich wieder auf den Bildschirm – im selben Moment kassierten die Leafs einen unglücklichen Strafstoß.

»Ich kann gar nicht hinsehen«, sagte der gutaussehende Fremde neben ihr. »Rede mit mir. Erlöse mich aus meinem Elend.«

»Okay. Du bist also … aus Toronto?«

»Dort geboren und aufgewachsen.«

»Was führt dich dann nach Snow Falls?«

»Ich bin beruflich hier«, sagte er, und plötzlich wurde sein Ton ausweichend.

»Was arbeitest du denn?«

»Nicht so interessant. Erzähl mir lieber was von dir. Du warst also auf dem Weg zu einer Gala in Toronto, und der Sturm hat dich hierher geweht?«

»Genau. Na ja, so ungefähr. Die Gala war nicht der einzige Grund. Ich wollte die Feiertage in Toronto verbringen. Doch wegen des vielen Schnees musste unser Flieger stattdessen hier landen. Es war ein bisschen beängstigend, um ehrlich zu sein.«

»Alle Passagiere übernachten drüben im Snow Falls Inn, stimmt's? Neuigkeiten verbreiten sich schnell in diesem Städtchen. Obwohl …« Für einen Moment wirkte er nachdenklich. »Die Leute, die hier leben, sind auch erstaunlich gut darin, ein Geheimnis für sich zu behalten.«

Er hatte etwas Mysteriöses an sich, etwas, das sie neugierig machte, er dagegen wollte lieber mehr über sie erfahren. »Dann gehörst du zu den Reisenden aus dem umgeleiteten Flieger?«, ermunterte er sie.

»Eigentlich schon – aber ich hab den Bus verpasst und weiß nicht genau, wo das Hotel liegt.« Sie blickte über die Schulter, aus dem Fenster. »Ich sollte mich wirklich langsam auf die Suche machen …«

»In dieser Stadt ist alles nah beieinander. Du gehst aus der Tür, dann zweimal nach links, und wieder nach rechts – aber ich wohne auch dort. Wir können nach dem Spiel zusammen hingehen.«

»Hmm.« Es war lange her, seit sie das letzte Mal in aller Ruhe ein Spiel der Maple Leafs gesehen hatte. Und so stark ihr Bedürfnis nach einer Bleibe auch war, so richtig Lust, die gemütliche Bar schon wieder zu verlassen, hatte sie nicht.

»Willst du nicht noch bleiben, um zu sehen, wie haushoch die Leafs dieses Match verlieren?«

Wieder hatte Anna dieses Déja-vu-Gefühl, als sie in sein dezent gutaussehendes Gesicht blickte. »Sind wir uns eigentlich schon mal begegnet?«, fragte sie ihn unvermittelt.

Seine Augen entglitten den ihren, kehrten zum Spiel auf dem Bildschirm zurück. »Hmm, das glaub ich nicht. Wie heißt du denn?«

»Anna Gibson.« Sie gab ihm die Hand, und er wandte sich ihr wieder zu. »Freut mich, dich kennenzulernen. Ich bin in Toronto geboren, aber nach Denver gezogen, als ich sieben war. Wer weiß, vielleicht sind wir uns vor sehr langer Zeit mal begegnet.«

»Josh Tannenbaum«, sagte er und hielt noch immer ihre Hand in der seinen. Seine Haut war weich und warm. Er gab sie erst wieder frei, als die Leafs einen Treffer landeten und der gesamte Pub in lauten Jubel ausbrach. Anna und Josh stimmten in das Gejohle und Geschrei mit ein.

Sofort stand der Leafs-Fan-Zwilling mit einer Kanne Glühwein vor ihnen. »Bereit für das Hochprozentige?«

Anna schüttelte den Kopf, und auch Josh hielt die Hand über seinen Becher. »Muss morgen früh raus«, sagte er. »Bin schon am Limit. Aber vielleicht einen Teller Poutine?«

Die Leafs waren mittlerweile in der Unterzahl und gaben im Machtkampf ein erbärmliches Bild ab.

»Erzähl mir was von dir, Josh«, sagte Anna, während sie fröhlich Pommes mit Käse und Soße mampfte. »Was hat dich denn nach Snow Falls verschlagen? Bist du auch gestrandet?«

Er senkte für einen Sekundenbruchteil den Blick, doch dann waren seine warmen braunen Augen wieder in den ihren. »Nö«, sagte er. »Ich bin aus freien Stücken hier. Aber mein Job ist sterbenslangweilig. Sag mir lieber, was *du* so machst?«

»Ganz ehrlich: Ich hasse meinen Job«, gab Anna zu. »Tut mir leid, das klingt sicher furchtbar. Aber es stimmt leider. Was ich heute im Flugzeug erlebt habe, hat mich daran erinnert, wie kurz das Leben doch ist.«

»Hat es Turbulenzen gegeben? Und du dachtest, das Flugzeug würde jeden Moment abstürzen? Das kenn ich gut.« Josh lachte. »Als ich das letzte Mal einen turbulenten Flug hatte, wollte ich den Kilimandscharo besteigen, wenn ich überlebe.«

»Und? Hast du's getan?«

»Nein. Bin noch nicht dazu gekommen, leider.«

»Ach so, verstehe. Das *Einzige,* was dich davon abhält, den Kilimandscharo zu besteigen, ist also die fehlende Zeit?«

»Na ja, das und meine Höhenangst.« Er zuckte mit den Schultern, und Anna musste lachen. »Und du? Welche wichtigen Lebensentscheidungen hast du getroffen während deiner Angstmomente am rauen Himmel?«

Anna überlegte. »Es war weniger die Entscheidung, etwas zu *tun* – eher eine Erkenntnis: Ich war der festen Überzeugung, das Leben zu führen, das ich mir immer gewünscht hatte – aber möglicherweise stimmt das gar nicht. Mir das einzugestehen war am Ende noch beängstigender als der Gedanke, dass das Flugzeug abstürzen könnte.« Sie schob den Teller beiseite und blickte wieder zu Josh auf. Er sah sie eindringlich an. »Tut mir leid. Heute scheint mein mitteilsamer Tag zu sein. Es ist nur … Ich hab andauernd das Gefühl, dich zu kennen. Als wären wir uns schon mal begegnet.« Sie neigte den Kopf zur Seite und musterte ihn. »Es ist fast ein wenig unheimlich.«

»Ich hab eben ein Allerweltsgesicht. Das erlebe ich andauernd. Also, was du da gerade gesagt hast …« Er unterbrach sich und blickte auf zu Tie Domi und Chris Neil, die sich ineinander verkeilt hatten, wobei jeder versuchte, den anderen am Trikot zu reißen –, schien aber nicht wirklich bei der Sache, sondern mit seinen Gedanken beschäftigt.

»Ich versteh dich. Ich hatte auch schon mal so ein Gefühl. Ich hatte mich wirklich sehr für etwas ins Zeug gelegt, von dem ich glaubte, dass ich es will, und es war kein leichter Weg. Irgendwann kam ich ins Schleudern, konnte mich aber wieder fangen. Jetzt läuft alles bestens für mich. Ich hab erreicht, was ich wollte. Nur ist es trotzdem nicht … einfach.« Er seufzte. »Aber das ist doch absurd, oder?« Er wies auf den Bildschirm, wo die Spieler der Leafs sich gerade verzweifelt abstrampelten, noch ein Tor zu schießen. »Nehmen wir an, die Leafs schaffen es ins Stanley Cup Finale – dann werden sie wohl kaum beschließen, dass es ihnen doch nicht so viel Spaß macht, wie sie immer dachten, oder? Weil es harte *Arbeit* ist. Sie müssten es einfach akzeptieren. Ich dagegen …« Er schüttelte den Kopf. »Tut mir leid. Jetzt bin ich derjenige, der seine Probleme bei jemandem ablädt, den er gerade erst kennengelernt hat. Du kannst gut zuhören, Anna.«

»Du aber auch.«

Ihre Blicke trafen sich, und Anna spürte ein verwirrendes Flattern in der Brust. Sie ertappte sich bei dem Wunsch, ihm die Brille abzunehmen und sich seine warmen braunen Augen genauer anzusehen –, doch man konnte einem Fremden, den man eben in einer Bar kennengelernt hatte, nicht einfach ins Gesicht fassen. Schon gar nicht, wenn der eigene Freund in Toronto gerade voller Sorge auf einen wartete.

»Machen wir uns nichts vor«, sagte sie und versuchte zu vertuschen, wie verwirrt sie war. »Die Leafs werden es nie ins Stanley Cup Finale schaffen – dein Vergleich hinkt also, fürchte ich.«

Er belohnte sie mit einem polternden Gelächter, warm wie Kaminfeuer in einer kalten Winternacht. Sie sah zu, wie von ihrem Glas der Dampf aufstieg und sich träge kräuselte, und wandte sich dann wieder ihm zu. Sie konnte es nicht leugnen: Er hatte etwas an sich, das sie reizte, ihn besser kennenzulernen. Es kam ihr so vor, als lägen all ihre Gefühle näher an der Oberfläche, seit sie sich im Flieger dem Tod so nah gefühlt hatte. Sie genoss jeden Moment. War das so schlimm?

»Alles, was du dir jemals gewünscht hast, liegt jenseits der Angst«, sagte sie.

Er lächelte. »Wer bist du, Yoda?«

Anna lachte. »Ich nicht, aber mein Dad. Er sagte immer solche Sachen, kleine Weisheiten, die mir durchs Leben helfen sollten.«

»Ausgezeichnetes Timing. Woher hast du gewusst, dass ich genau diese Worte gebraucht habe?«

»Einfach nur Glück, denke ich«, sagte Anna und sah, wie ein Gast die Rechnung verlangte und dann mit einem handgeschriebenen Schuldschein bezahlte. »Kleinstädte muss man einfach lieben«, murmelte sie.

»Ganz besonders diese hier.«

Sie wandte sich ihm zu. »Du scheinst dich hier schon richtig heimisch zu fühlen.«

»Ich bin zum zweiten Mal in Snow Falls. Vor ein paar Jahren war ich schon mal hier.«

»Der sterbenslangweilige Job?«

Er sah sie kurz an, als überlege er, ob er ihr trauen konnte. »Genau.« Er trank einen Schluck Glühwein und wandte den Blick ab.

Sie neigte den Kopf zur Seite und musterte ihn. »Josh, bist du ein Spion?«

Um ein Haar hätte er sich verschluckt. »Ein Spion? Wie kommst du denn auf die Idee?«

»Du wirkst eben ein bisschen ... mysteriös, das ist alles. Außerdem hab ich irgendwo gelesen, dass Agenten vorzugsweise danach ausgewählt werden, wie schnell man ihre Gesichter vergessen kann.«

»Tatsächlich?« Er lachte.

Sie wurde rot. »Hey! Moment! Ich hab nur zitiert, was im *Artikel* stand! Ich finde überhaupt nicht, dass man dich schnell wieder vergisst, sondern ...« Beinahe hätte sie »dass du total süß aussiehst« gesagt, aber sie unterbrach sich und konzentrierte sich auf ihr Glas Apfelmost. Hatte der Barmann ihr versehentlich doch das starke Zeug gegeben? Nein. Ihr Kopf war glasklar. Und in diesem glasklaren Zustand war sie drauf und dran gewesen, einem Typen, den sie gerade erst in einer Bar kennengelernt hatte, zu verraten, dass sie ihn süß fand –, dabei stand Nick kurz davor, ihr einen Heiratsantrag zu machen. »Du wirkst so normal«, redete sie weiter. »Aber irgendetwas an dir sagt mir, dass du das nicht bist.«

»Und daraus schließt du sofort, dass ich wohl ein Spion sein muss.«

Wieder lachte sie. »Was soll ich sagen, ich hab eben eine lebhafte Phantasie.«

»Glaube mir«, sagte er, und sein Blick wurde überraschend eindringlich, »Ich bin wirklich ein ganz normaler Typ.« Er lehnte sich leicht zurück und zeigte auf sich. »Sieh mich an! Leafs-Trikot, Leafs-Mütze, ich häng in der tiefsten Provinz von Ontario in einem Pub ab und sehe mir das Spiel an. Was könnte normaler sein als das? *Du* hingegen ...«

Er verstummte, und sie sah ihn erwartungsvoll an, plötzlich sehr neugierig, was er über sie zu sagen hatte.

»Du siehst ganz und gar nicht aus wie ein gewöhnliches Mädchen.«

Sie blickten einander eine Weile in die Augen. Der Lärm im Pub verebbte.

Da ertönte das Signal, dass das Match zu Ende war. Es war unentschieden ausgegangen, jetzt gäbe es eine Verlängerung. Die beiden Barkeeper spendierten den Gästen an der Theke erneut eine Runde Apfelmost beziehungsweise Glühwein. Als sie bei Anna anlangten, schüttelte diese den Kopf.

»Nein, für mich nicht mehr, aber danke.« Sie hielt ihnen Bargeld hin, aber die Zwillinge lehnten ab und sagten einstimmig: »Kommt nicht in Frage, bringt Unglück!«

»Moment, ich dachte, nur einer von Ihnen ist abergläubisch?«

»Nicht bei Unentschieden!«, sagte der Zwilling im Senators-Trikot. »Bei Unentschieden ist alles möglich!«

Anna steckte ihr Portemonnaie wieder ein und sah Josh an. »Danke, dass du mir Gesellschaft geleistet hast, aber jetzt sollte ich gehen. Es war ein langer Tag, und ich muss noch herausfinden, wo ich übernachten werde. Ich glaube nicht, dass ich die Verlängerung noch packe.«

»Ich auch nicht. Das Ergebnis erfahren wir morgen sowieso. Aber was ich vorhin gesagt habe, war ernst gemeint. Ich möchte dich zum Hotel begleiten. Ich würde es mir nie verzeihen, wenn du dich im Schnee verirrst. Und …« Er nahm einen schwarzen Parka von der Rückenlehne seines Barhockers und hielt ihn ihr hin. »Ziehst du ihn an? Bitte? Sonst gefrierst du unterwegs noch zum Eiszapfen.«

Anna protestierte, aber er gab nicht nach. Also schlüpfte sie in seine Jacke und fühlte sich sofort warm und behaglich. Dabei fiel ihr auf, wie angenehm die Jacke duftete. Dezent und teuer, eine Mischung aus Ambra und Bergamotte, sicher kein alltägliches Eau de Cologne.

Sie bahnten sich einen Weg zur Tür und traten hinaus in die verschneite Nacht – doch Anna blieb auf dem Gehweg stehen, weil mittlerweile noch mehr Schnee gefallen war. »Diese albernen Schuhe«, murmelte sie. »Ich muss wohl ein Taxi rufen, tut mir leid.«

»Um diese Zeit fährt in Snow Falls kein Taxi mehr. Die meisten Leute gehen zu Fuß nach Hause – oder mit Schneeschuhen oder Langlaufskiern«, sagte er –, und schon glitten zwei Pubgäste fröhlich auf ihren Skiern an ihnen vorbei. »Aber wie wäre es mit einer Rikscha?«

»Eine Rikscha?«

»Na schön, keine richtige Rikscha, aber ich könnte dich tragen. Wirklich, was bleibt dir übrig, oder willst du lieber erfrorene Zehen?«

Sie wollte schon ablehnen – wusste aber, dass er recht hatte. Mit ihren Schuhen waren Frostbeulen vorprogrammiert. Der Schnee fiel sanft in sein kurzes welliges Haar, das sich um seinen Nacken schmiegte. Sie sah zu ihm auf, wusste, sie sollte nein sagen – sie kannte den Typen doch überhaupt nicht, egal, welche Gefühle die Aufregung dieses langen, unvorhersehbaren Tages ihr vorgaukelte. Doch als er ihr sein liebenswürdiges, großherziges Lächeln schenkte, sagte sie unwillkürlich: »Ja, bitte.«

»Okay, bereit?« Er hob sie hoch, und trug sie in seinen muskulösen Armen durch den Schnee, als wäre er ein Feuerwehrmann und hätte sie aus einem brennenden Gebäude gerettet. Sie spürte seine feste Brust an der Seite ihres Körpers, roch sein Eau de Cologne und den würzigen Zimt-und-Nelken-Duft seines Atems.

»Das ist wahrscheinlich das Lächerlichste, was ich je getan habe«, sagte sie, als er sie durch die Schneenacht trug.

»Stimmt«, sagte er, »mitten im Winter solche Schuhe zu tragen, *ist* lächerlich.« Sie zwickte ihn spielerisch in den Arm, und er sah zu ihr hinunter. Ihre Gesichter waren sich sehr nah. »Aber gib's zu, es ist auch lustig. Hast du nicht gesagt, dass die Angst, du könntest abstürzen und sterben, dich auf die Idee gebracht hat, ein paar Dinge in deinem Leben zu ändern? Sollten diese Veränderungen nicht auch mehr Spaß beinhalten?«

»Dagegen lässt sich nichts sagen!« Sie blickte in die wirbelnden Flocken, als er sie durch Snow Falls trug. Zweimal links, einmal rechts, und im Handumdrehen erreichten sie ein stattliches dreistöckiges graues Backsteingebäude. An einer Seite war es eingerüstet, bot aber trotzdem einen hinreißenden Anblick – abgesehen vielleicht von den zahllosen Lichterketten in allen Farben, die seine Fassade schmückten. Auf der Stelle verspürte sie den Drang, den Eigentümern ein paar Weihnachtsdeko-Tipps zu geben. *Weniger ist mehr*, würde sie sagen. *Ein, zwei Farben höchstens, für die klassische Anmutung dieses Gebäudes ist alles andere zu viel.*

Ein handbemaltes Schild zur Rechten der kurzen Steintreppe, die Josh sie hinauftrug, wies das Haus als Snow Falls Inn aus – nur war eines der *n*'s von Schnee verdeckt, so dass man *Snow Falls In*, Schnee fällt hinein, las.

Josh setzte sie vor der hohen Eichentür ab, die nicht nur mit einem, sondern mit drei unterschiedlichen Kränzen geschmückt war. »Da wären wir, Lieferung frei Haus.«

»Vielen Dank, Josh.«

Er lächelte ihr zu. »Hat mir großen Spaß gemacht, das Spiel mit dir anzusehen, Anna.«

»Mir auch. Danke, dass du mich sicher hergebracht hast.«

Als weiche weiße Flocken sanft auf sie herabfielen, kam es Anna vor, als befänden sie sich mitten in einer Schneekugel. »Also«, sagte er schließlich. »Findest du immer noch, dass man mich – wie war das noch? – schnell vergisst?«

»Da du mich durch den Schnee getragen hast, werde ich dich garantiert nicht so schnell wieder vergessen.« Sie konnte sich nicht von seinem Blick lösen.

»Da bin ich aber erleichtert«, sagte er sanft, während er ihr tief in die Augen sah und die Hand ausstreckte, um ihr den Schnee aus dem Haar zu streichen. Als seine Hand dabei sanft ihre Schulter streifte, fühlte ihr Körper sich an wie eine funkensprühende Wunderkerze in der Dunkelheit. Er räusperte sich. »Wir bringen dich lieber hinein, wo es warm ist.« Er wandte sich ab, stieß die schwere Eingangstür auf und ließ ihr den Vortritt. »Willkommen in Snow Falls Inn«, sagte er lächelnd.

Jenseits des Empfangsbereichs befand sich ein Kamin, in dem ein einladendes Feuer knisterte. Drumherum standen gemütlich anmutende Sofas und Sessel. All das hätte ein wunderbar stimmiges Gesamtbild ergeben – wäre nicht jede verfügbare Fläche mit Weihnachtsschmuck in allen Farben, Formen und Größen dekoriert gewesen.

Anna schälte sich gerade aus Joshs Parka, als sie Mr. Dadu entdeckte, Maryams liebenswürdigen Großvater, der in einem behaglichen Sessel am knisternden Kaminfeuer saß. Er winkte ihr freundlich zu, und sie winkte zurück.

»Deb und Kath, die Besitzerinnen, werden sich bestimmt gut um dich kümmern«, sagte Josh.

Seine Brille war von schmelzenden Schneeflocken beschlagen. Sie hoffte, er werde sie abnehmen und putzen, damit sie ihn sich genauer ansehen konnte – und plötzlich überkam sie das Verlangen, sich sein Gesicht gut einzuprägen für den Fall, dass sie ihn nicht mehr wiedersah. Aber er behielt sie auf. Sie gab ihm seinen Parka zurück. »Danke, Josh.«

Irgendetwas war jetzt anders an ihm. Sein Verhalten hatte sich plötzlich geändert. Er blickte sich nach allen Seiten um, als suche er nach jemandem – oder wolle sich vor jemandem verstecken.

Am Ende war er *doch* ein Spion.

»Ich sollte jetzt gehen«, sagte er. »Gute Nacht, Anna. Noch mal: Ich hab unseren Abend wirklich genossen.«

»Gute Nacht, Josh«, sagte sie und versuchte, das Unbehagen zu verdrängen, das ihr der Gedanke versetzte, ihn womöglich nie mehr wiederzusehen. »Ging mir genauso.«

»Gute Reise morgen.« Er ging zur Treppe und winkte ihr noch einmal zu.

Sie sah ihm hinterher und begab sich dann an die Rezeption. Eine Frau im schrillen Weihnachtspulli – die grelle Lichtershow draußen und der fragwürdige Weihnachtsschmuck hier drin waren sicher ihr Werk, dachte Anna – hieß sie lächelnd willkommen.

»Zuerst die gute Nachricht: Wir *haben* noch ein Zimmer frei«, sagte sie mit australischem Akzent. Sie überreichte Anna einen Schlüsselanhänger in der Form eines Stechpalmenzweigs. »Man sagte mir, dass da noch eine Nachzüglerin wäre, und ich dachte schon daran, einen Suchtrupp loszuschicken! Leider – und das ist jetzt die schlechte Nachricht – ist Ihr Zimmer eines von denen, die noch nicht fertig renoviert sind. Dieses Haus ist eine Endlosbaustelle, und wir haben ein großes ... äh Unternehmen hier, das die Zimmer auf der renovierten Seite des Hotels gebucht hat.« Sie nickte in die Richtung, in der Josh verschwunden war. »Aber das Bett ist gemütlich. Und wir haben den Schimmel an der Zimmerdecke prüfen lassen – ich kann Ihnen versichern, dass es sich um die ungiftige Art handelt! Aber ... nicht anfassen! Niemals. Versprochen?«

Das alles klang nicht gerade vielversprechend, aber im Grunde brauchte sie nach diesem langen Tag nichts weiter als ein gemütliches Bett zum Schlafen. Die Frau gab ihr eine Flasche Wasser und einen dieser Müsliriegel, die angeblich nur gesundes Zeug enthielten, aber immer wie Sägespäne schmeckten. Anna nahm ihn dankbar an, weil sie nicht wusste, ob es einfach wäre, am Morgen ein Frühstück zu bekommen.

»Ach ja«, sagte sie, weil ihr Janeys dringende Layout-Bitte einfiel. »Haben Sie zufällig einen Computer mit Internet-Zugang oder ein Faxgerät?«

»Tut mir so leid, Liebes, wir haben hier kein Internet, und unsere Telefonverbindung hat der Sturm zunichtegemacht. Das bedeutet, dass auch unser Faxgerät nicht funktioniert. Wir hoffen sehr, dass der Schaden bis morgen früh behoben ist.«

»Trotzdem danke.«

Im ersten Stock fand Anna ihr Zimmer, schaltete das Licht an und sah sich um. Leider hatte die gutgelaunte Frau am Empfang mit ihrem Lob schamlos übertrieben. Die Decke wies Wasserflecken auf – und war mit Schimmelstrukturen übersät, die an den Rorschachtest denken ließen. Anna erkannte einen Mann mit Axt und einen Fisch mit zwei Köpfen. Das Deckenlicht war trübe und flackerte. Sie schaltete eine Nachttischlampe ein, in der Hoffnung, das weichere Licht werde den Eindruck verbessern – aber weit gefehlt. Durch den schrägen Lichteinfall traten an den Wänden noch mehr seltsame Flecken zutage, und zudem die Stellen, an denen die Tapete sich löste. Anna seufzte.

Zwar war sie nicht wie Nick im Luxus aufgewachsen und nur erstklassige Hotels gewohnt, ganz und gar nicht. Ihr Vater war Anwalt gewesen, doch nachdem er Beth begegnet war, hatte er sich auf Familienrecht spezialisiert und in Golden eine eigene Kanzlei eröffnet. Als großherziger Mensch hatte er viele Leute kostenlos vertreten und kam deshalb nie so richtig aus den roten Zahlen. Beth dagegen war Innenarchitektin – sie hatte Annas Vorliebe für elegante Interieurs geprägt, auch wenn diese allein Beths Einfallsreichtum geschuldet waren. Sie und Anna mussten mit dem auskommen, was sie hatten. In Anlehnung an ihre Lieblingsshow *This Old House*, die auf PBS lief, hatten

Anna und Beth ihre eigene Show erfunden, *Neues Zimmer ohne Budget,* in der sie so taten, als würden sie an einer Reality-Show teilnehmen: Vor imaginären Kameras führten sie daheim in dem jeweiligen Zimmer, das sie an diesem Tag umgestalten wollten, ihre Show auf. *Verwende, was du hast, und tu, was du kannst*, lautete Beths Devise. Und wenn Annas Vater von der Arbeit nach Hause kam, hatte sich das besagte Zimmer in etwas völlig Neues und Andersartiges verwandelt – dabei hatten Anna und Beth nicht *einen* Cent ausgegeben.

Anna seufzte und schob die Erinnerungen beiseite. Keine noch so engagierte Runde von *Neues Zimmer ohne Budget* könnte hier irgendetwas verbessern. Sie kippte den Inhalt ihrer Handtasche aufs Bett: ein halb leeres Parfumölfläschchen von The Body Shop, eine angebrochene Packung Minzpastillen, ein zerquetschter Muffin, ein Packen Zeitschriften, ihr Schminkbeutel und der Paschmina – nichts, womit sich dieser Raum etwas gemütlicher gestalten ließe. Vergeblich durchwühlte sie den Haufen auf der Suche nach dem Ladegerät für ihr Handy. Ach nein, sie hatte es in ihren Koffer gepackt, erinnerte sie sich, in der Annahme, dass sie es erst in Toronto wieder brauchen würde. Sie griff zum Zimmertelefon, aber die Leitung war tot, wie Kath es ihr gesagt hatte. Anna atmete auf, genauso erleichtert wie im Taxi, als ihr Handy den Geist aufgegeben hatte.

Sie rollte ihren Schal auf, breitete ihn über das Fußende ihres Bettes, schlüpfte aus Kleid und Strumpfhose, glitt zwischen die Laken – und war angenehm überrascht: Entgegen ihrer Befürchtung war die Matratze ganz und gar nicht uneben oder muffig. Die blütenweißen Laken dufteten, als hätten sie mitten im Frühling an der Wäscheleine gehangen. Die Matratze war perfekt, fest zwar, aber doch nachgiebig. Dieses Bett hätte es niemals in eine Folge von *Neues Zimmer ohne Budget* geschafft, weil es anscheinend sehr teuer gewesen war.

Sie schmiegte den Kopf an ein Kissen, das wie von Zauberhand die ideale Höhe und Textur für sie hatte, schlief schon bald ein und träumte davon, dass ein freundlicher, gutaussehender Fremder sie durch den Schnee trug.

SECHS

Maryam

21. Dezember

Noch vier Tage bis Weihnachten
Ein Tag bis zum Beginn des Chanukkafestes
Der 26. Tag des Fastenmonats Ramadan

Sahur war die reinste Katastrophe. Maryam war am Abend zuvor so erschöpft gewesen und dermaßen durcheinander nach ihrer Begegnung mit Saif, dass sie vergessen hatte, Deb und Kath, ihre freundlichen australischen Gastgeberinnen, bei der Beschaffung der frühmorgendlichen Mahlzeit um Hilfe zu bitten, die sie einen ganzen Tag lang bei Kräften halten sollte. Natürlich hatte auch keiner der anderen daran gedacht, und so begab sich Maryam um vier Uhr morgens auf die Jagd nach genügend Essen für die Hochzeitsgesellschaft – ihre eigene Familie plus Saif und Farah.

Maryam wünschte sich, sie könnte nur ein einziges Mal selbst die Hände in den Schoß legen, sich auf den Boden fallen lassen und darauf bestehen, dass ein anderer diese Bürde auf sich nahm.

Bis fünf Uhr morgens hatte sie ein halbes Dutzend Müsliriegel, eine Schachtel mit Datteln, ein paar Äpfel und einige Päckchen Kakaopulver aufgetrieben. Dazu kam, was Saima dem Snackautomaten entlocken konnte: Kartoffelchips mit Ketchup-Geschmack (warum nur, Kanada?) und Coffee-Crisp-Schokoriegel; na gut, die waren lecker.

»Der Prophet Muhammad, Friede sei mit ihm, pflegte einen ganzen Tag lang in der heißen Wüstensonne zu fasten, nachdem er nur zwei Datteln gegessen und dazu Wasser getrunken hatte«, sagte Ghulam zu Maryam im Foyer, als er das Ergebnis ihrer Bemühungen in Augenschein nahm. »Im Vergleich dazu ist das hier ein Festmahl.«

Weil er an Diabetes litt, fastete ihr Großvater nicht – Muslime mit chronischen Beschwerden brauchten nicht auf Speisen und Getränke zu verzichten –, aber er war früh aufgestanden, »um den Spaß nicht zu verpassen«. Sie gab ihm trotzdem mehr Datteln, Müsliriegel und Früchte als den anderen, und er ließ sich in einem der gemütlichen Sessel vor dem Kamin nieder. In den vergangenen Jahren, seit dem Tod ihrer Dadi-ma, hatte er nur noch sporadisch geschlafen, und sie wusste, dass Dadu Menschen um sich brauchte. Sie wäre nicht überrascht, wenn er den ganzen Tag in der Lobby sitzen würde, um mit allen Leuten zu plaudern, die an ihm vorübergingen. Die Hochzeitsgesellschaft aß still im Hotelfoyer. Es war noch so früh am Morgen, dass außer ihnen niemand auf den Beinen war, nicht mal Deb und Kath. Maryam notierte sich im Geiste, dass sie für Iftar, das abendliche Fastenbrechen, Vorsorge treffen musste, bis ihr einfiel, dass das gar nicht nötig war.

Wir sind bei Sonnenuntergang doch längst nicht mehr hier, rief sie sich ins Gedächtnis. Sobald es aufhört zu schneien, verlassen wir Snow Falls. Maryam versuchte,

Saimas Blick einzufangen, aber ihre Schwester brütete nur übellaunig über ihrem Chai, den Maryam mit Hilfe des Wasserkochers auf ihrem Zimmer bereitet hatte.

Saif Rasool stand am Rand der Gruppe. Er lächelte ihr zu und salutierte zum Spaß mit seinem Müsliriegel. Maryam wandte sich ab, feuerrot im Gesicht. Ihre Blamage stand ihr noch allzu frisch vor Augen. *Wäre Anna nicht gewesen, hätte ich nie …*

Sie besann sich. Nur dank Anna hatte sie im Flieger keine Panikattacke bekommen, was in letzter Zeit wieder häufiger der Fall gewesen war. Im College war ihr das vor jedem Examen passiert. Ohne Anna mit ihrem unerschütterlich fröhlichen Geschnatter hätte sie sich vor Saif also womöglich noch viel mehr blamiert.

Stattdessen kannte er lediglich ihre intimsten Geheimnisse … und fand sie *irrsinnig witzig*. Wo war ihre Sitznachbarin eigentlich abgeblieben, fragte sie sich und hoffte, Anna hatte ein sicheres Hotel gefunden und kam besser klar als sie.

Maryam trank den letzten Schluck Wasser – sie trank immer mindestens zwei Tassen zum Sahur –, stand auf und wandte sich an die Gruppe. »In ein paar Minuten sprechen wir das Fadschr-Gebet«, sagte sie. Es war das erste Gebet am Morgen und kennzeichnete den Beginn des Fastens. »Als Gebetsteppiche können wir die Tischtücher verwenden.«

Einige Mitglieder der Gruppe zogen sich diskret zurück, um vor dem Gebet die rituelle Waschung Wudu durchzuführen, und Saima ergriff die Gelegenheit, mit ihrer Schwester zu sprechen.

»Der Plan ist doch, gleich nach dem Gebet von hier zu verschwinden, oder?«, fragte ihre Schwester.

Maryam zögerte. »Ich hab mir heute Morgen die Wetteraussichten angesehen ...«, sagte sie dann.

»Bitte. Wir müssen heute noch nach Toronto«, sagte Saima und hatte sichtlich Mühe, sich zusammenzureißen.

»Ich weiß, aber es hat unaufhörlich geschneit«, sagte Maryam geduldig. Sie hatte sich mit Hilfe des kleinen Fernsehers in ihrem Zimmer auf dem Laufenden gehalten, und die Aussichten waren nicht gerade vielversprechend. Die Nachrichtensprecher des Wetterdienstes hatten zu oft das Wort »Schneehölle« benutzt, als dass sie den Ernst der Lage hätte ignorieren können. Es war ein kleines Wunder, dass diese kleine Stadt noch immer Strom hatte.

»Wir müssen es aber doch versuchen«, drängte Saima mit weinerlicher Stimme, und eine Träne lief ihr langsam die Wange hinunter. »Du hast mir versprochen, dass wir heute aufbrechen.« Sie wischte sich über die Augen, als Maryam bemerkte, dass sie Publikum hatten – ihre Eltern, Farah, sogar Saif, alle hatten Saimas Zusammenbruch mitbekommen.

Maryam seufzte. Ihre Schwester war vielleicht unvernünftig, aber sie hatte recht – ein Versprechen war ein Versprechen. »Nach dem Fadschr-Gebet überlegen wir uns etwas«, sagte sie, als ihre Mutter herüberkam und den Arm um Saima legte. So musste Maryam ihren provisorischen Gebetsbereich allein vorbereiten.

Sie breitete die Tischtücher über den Boden, während sich alle übrigen um Saima scharten – alle bis auf Saif, der sich das andere Ende des langen, rechteckigen Tuchs schnappte, mit dem Maryam sich abmühte.

»Danke«, murmelte sie.

Er lächelte ihr zu. »Du legst dich ganz schön ins Zeug mit der Organisation«, sagte er und griff nach dem zweiten Tischtuch. »Ich folge nur deinem Beispiel. Geht's deiner Schwester gut?«

»Sie heißt Saima«, entgegnete Maryam und griff sich das andere Ende des Tischtuchs.

Sichtlich überrascht von ihrem barschen Ton sah er sie an. »Ich weiß, wie sie heißt, Maryam. Wir sind zusammen aufgewachsen.«

»Wir waren auf denselben Partys und Veranstaltungen, aber zusammen aufgewachsen sind wir nicht. Wir kennen uns kaum«, hielt Maryam dagegen.

Saif beugte sich zu ihr vor. »Ich kenne dich«, sagte er, seine Stimme leise und vielsagend, und sie unterdrückte ein Schaudern. Er hatte kein Recht dazu, rief sie sich ins Gedächtnis.

»Nur weil du ein Gespräch belauscht hast, das nie für deine Ohren bestimmt war«, sagte sie.

»Du hättest leise sprechen können, hast du aber nicht«, sagte er. »Ich hab vielleicht das eine oder andere aufgeschnappt, aber ist das wirklich wichtig? Wir kennen einander, seit wir Kinder waren.«

Maryam ließ das Tischtuch in Ruhe. »Warum konntest du nicht einfach so tun, als hättest du nichts gehört?«

Saif sagte nichts, doch seine braunen Augen musterten sie eindringlich. »Was stört dich wirklich?«, fragte er, und klang so sanft, so sicher, dass sie das plötzliche Verlangen verspürte, den Kopf an seine breite Schulter zu legen und einfach nur … zu atmen.

»Jetzt weißt du diesen ganzen *Blödsinn* über mich!«, platzte sie heraus. »Damit bist du im Vorteil!« Sie verhielt sich kindisch, das war ihr bewusst, und sie wartete darauf, dass er sich über sie lustig machte. Doch das tat er nicht.

»Du hast recht«, sagte Saif ruhig. »Dann erzähl ich dir jetzt etwas über mich. Etwas, das außer dir niemand weiß.«

Maryam wollte nicht neugierig sein, aber sie konnte nicht anders. Sie hatte sich zu viele Jahre über Saif den Kopf zerbrochen. Sie betrachtete ihn, und seine Augen, umrahmt von rußschwarzen Wimpern, wurden hellbraun, als er sie ansah. Sein dichtes Haar war ein wenig zerzaust, und sie fragte sich, wie viel Schlaf er letzte Nacht wohl abbekommen hatte und ob er auch ein wenig über sie nachgedacht hatte. Die Vorstellung machte sie unruhig, und sie wand sich unter seinem Blick, als er ihr zulächelte, seine Aufmerksamkeit ganz auf sie fokussiert. Er war immer schon intensiv gewesen, doch dass er diese Intensität auf sie richtete, empfand sie als … gefährlich.

Er beugte sich zu ihr vor; es war noch so früh am Morgen, und trotzdem duftete er schon unglaublich gut. »Ich bin auch nicht glücklich«, flüsterte er.

Er zerrte sanft an seinem Ende des Tischtuchs und zog sie einen halben Schritt näher zu sich heran. Saif spielte mit ihr, sagte sie sich, wie die Katze mit der Maus. Sie hatte ihn über fünf Jahre nicht gesehen und misstraute seinem Charme. Als könne er ihre Gedanken lesen, kam ihr Vater, wie um sie in Schutz zu nehmen, zu ihnen herüber.

»Alle sind zum Fadschr bereit«, sagte Ghulam und warf Saif einen strengen Blick zu.

Schweigend stellte Maryam sich für das gemeinsame Gebet zu ihrer Schwester und ihrer Mutter, wobei Saifs Worte ihr nicht mehr aus dem Kopf gingen.

Ich bin auch nicht glücklich.

Hatte er das ernst gemeint? Und wenn ja, war es wichtig? Sie kannten einander kaum, auch wenn Saif das Gegenteil angedeutet hatte. Sie konnte sich wünschen, die Dinge wären anders, aber das waren sie nicht. Und ihre Familie brauchte sie jetzt.

Nachdem Dadu sie durch das Gebet geführt hatte, saßen alle still da, formulierten persönliche Du'as und genossen die Ruhe. Saima gab Maryam ein Zeichen.

»Ich habe versucht, ein Taxi zu rufen«, sagte sie mit gedämpfter Stimme. »Aber die Telefone funktionieren nicht. Der Flughafen liegt vielleicht zehn Meilen von hier entfernt. Wie wär's, wenn wir zu Fuß gehen?«

Maryam starrte ihre Schwester ungläubig an. »Du willst, dass Mom und Dad zehn Meilen durch den Schnee stapfen? Und Dadu soll sich durch übermannshohe Schneewehen kämpfen?«

Saima neben ihr vibrierte vor nervöser Ungeduld. »Deshalb wollte ich ja auch die Nacht am Flughafen verbringen!«

Sie rappelte sich hoch und stakste zum Haupteingang. Dort löste sie den Riegel und wollte die Tür aufstoßen. Die aber rührte sich nicht vom Fleck. Sie stemmte die Schulter gegen das Vollholz, drehte sich um und hielt mit dem Rücken dagegen. Maryam wusste nicht recht, sollte sie lachen oder ihr helfen.

»Lass mich mal, Saima«, sagte Saif.

Er versetzte der Tür einen energischen Stoß, wobei sich

sein Bizeps unter dem dünnen Hemd eindrucksvoll spannte. Die Tür ließ sich etwa einen halben Meter öffnen – und ein Haufen Schnee drang ins Foyer. Saima, Maryam und Saif wichen zurück und spähten dann vorsichtig durch den Spalt nach draußen in die fremdartige Landschaft.

Es hatte heftig geschneit in der vergangenen Nacht, aber es war zu dunkel gewesen, um etwas von der Umgebung zu erkennen; außerdem waren sie viel zu müde gewesen, um darauf zu achten. Jetzt, da sich der Himmel lichtete, ein rosafarbenes Band am Horizont, starrten sie schweigend auf ihr Gefängnis aus Schnee.

Die Autos auf dem Parkplatz, tief eingeschneit, waren nichts weiter als weiße Klumpen, die Straßen nicht von den Gehwegen zu unterscheiden, die Satteldächer mit einer dicken Schicht fluffigen Schnees geschmückt. Eine massive Kiefer vor dem Hotel, die Zweige tief nach unten gebogen, glich einer Dame im weißen Rüschenkleid. Soweit das Auge reichte, war alles reglos und still, als hätte der Rest der Welt beschlossen, dieses signifikante Wetterereignis auszusitzen.

»Schneehölle«? Wie wär's mit Apokalypse in einer pittoresken Schneekugel, dachte Maryam. *Es fühlt sich an wie der Morgen nach dem Weltuntergang.* Saif und Maryam sahen einander an. Saima neben ihnen unterdrückte ein Schluchzen, machte kehrt und eilte zurück in ihr Zimmer.

»Möchtest du ihr hinterhergehen?«, fragte Saif.

Maryam schüttelte den Kopf. »Sie muss erst mal Dampf ablassen. Dann überlege ich mir was.« Sie wandte sich Saif zu, der trotz der Kälte entspannt wirkte. Er blickte hinaus, wo die Sonne langsam aufging und den Himmel mit rosa und orangefarbenen Streifen überzog. Der Tag nach der Apokalypse versprach schön zu werden.

»Es ist schon seltsam. Ich träume oft von so einem Ort«, sagte er, seine Stimme rauchig in der stillen Dunkelheit. »Eine ruhige Kleinstadt, abseits von allem, tief verschneit. Wie damals, als wir Kinder waren. Weißt du noch?«

Plötzlich meldete sich ungebeten eine Erinnerung zurück: Maryam musste damals etwa zehn Jahre alt gewesen sein, und ihre Familien hatten während der Weihnachtszeit eine Wochenendhütte gemietet. Eine neue Erfahrung für alle – beide Elternpaare waren aus Indien zugewandert und hatten noch nie die Ferien auf einem Campingplatz oder einer Hütte verbracht, schon gar nicht im Winter. Aber ihr Vater hatte gedacht, es könnte Spaß machen, ebenso Saifs Vater, und so hatten sie unweit eines kleinen zugefrorenen Sees ein Haus mit vier Schlafzimmern und einem einzigen Badezimmer gemietet. Maryam hatte eine Schneefamilie gebaut, während Saima auf Katzen, Hunden und sogar einem Papagei aus Schnee bestand. Geholfen hatte ihnen Saifs großer Bruder Raihan, bis Saif sie hinterrücks überfiel, um eine Schneeballschlacht zu provozieren. Nachdem ihre Väter es endlich geschafft hatten, in dem kleinen offenen Kamin Feuer zu machen, hatten sie Halal-Marshmallows geröstet, und ihre Mütter hatten zur Feier des Tages Naanbrot gebacken; dazu gab es duftenden Pilaw mit frischen Erbsen, gebackenes Tandoori-Huhn und einen schmackhaften Fleischeintopf – Haleem, Maryams Lieblingsgericht – mit Linsen, Weizen und Gerste, abgerundet mit gerösteten Zwiebeln, frischem Koriander und dem Saft von Limetten. Am Morgen hatte Ghulam gemeinsam mit

Saifs Vater Eier und Pfannkuchen für die beiden Familien zubereitet, und nach dem Frühstück durften die Kinder rodeln und kamen nach Stunden müde und zufrieden zurück. In den folgenden Jahren hatten beide Familien oft den Wunsch geäußert, in dieses zauberhafte Haus am gefrorenen See zurückzukehren, aber nie die Zeit dafür gefunden.

»Du hast Saimas Schneekatze zerschlagen«, sagte Maryam.

Saif zog eine Augenbraue in die Höhe. »Und du hast dich auf meinen Schneemann gesetzt.«

»Schneeklumpen meinst du wohl?«, neckte ihn Maryam.

»He, auch Schneeklumpen haben Gefühle.«

Sie lächelten einander zu, und einen Moment lang wurde Maryam wehmütig. Hätte sie sich mit zwölf nicht so heftig in ihn verknallt, dass es ihr komplett die Sprache verschlug, sobald sie im selben Zimmer waren, dann hätten sie sich als Erwachsene nicht aus den Augen verloren! Vielleicht wäre dann jetzt alles anders. Aber das war es nicht.

Sie sollte wirklich nach Saima sehen. Stattdessen legte Maryam den Kopf an den Türpfosten und widerstand dem Verlangen, die Hand auszustrecken und Saifs Arm zu berühren. Er hatte wirklich schöne Unterarme. Als er sich gegen die Tür gestemmt hatte, war sein Hemd hochgerutscht und hatte einen flachen Bauch, ansatzweise Muskeln und einen dunklen Flaum entblößt. Saif war nicht nur süß, dachte sie. Er war sexy. Da wurde ihr klar, an wen er sie erinnerte, und sofort richtete sie sich auf, wieder kühl und sachlich.

»Tja, ich sollte mich jetzt um Saima kümmern, wir müssen uns überlegen, was wir tun können – oder kommst du irgendwie an einen Privatjet oder Helikopter, um die Hochzeit meiner Schwester zu retten?«

»Nein, leider nicht. Meine Klienten versichern normalerweise ihre erste Wohnung – nicht ihren ersten Privatjet.«

Seine Augen funkelten belustigt, aber diesmal erkannte Maryam die Gefahr. Sie war schon einmal auf einen gefährlich charmanten Mann hereingefallen, ein zweites Mal würde ihr das nicht passieren.

»Ich bin sicher, dass am Ende alles gutgehen wird, sag das Saima. Wir sehen uns zum Iftar, Maryam Aziz«, sagte er und wandte sich der Treppe zu.

Ghulam hielt Ausschau nach ihr und winkte sie zu sich in die Nische, wo das Feuerholz gestapelt war. Auch ihre Mutter war da, und als Maryam näher kam, bemerkte sie die bekümmerten Mienen der beiden.

»Ich gehe zu Saima und versuche, sie zu beruhigen«, sagte Maryam beschwichtigend, doch Azizah ergriff ihren Arm, während ihr Vater unbehaglich von einem Fuß auf den anderen trat.

»Uns ist aufgefallen, dass du letzte Nacht mit Saif gesprochen hast und heute schon wieder«, fing ihre Mutter an, und Maryam wäre am liebsten im Erdboden versunken.

»Ich muss zu Saima«, sagte sie und wich zurück. »Sie ist wirklich sehr mitgenommen.«

Im Augenblick schien allerdings eher ihr Vater mitgenommen zu sein. »*Beti*, ich weiß, dass Saif ein gutaussehender junger Mann ist ...«

Bitte nicht, dachte Maryam und bat verzweifelt um das Eingreifen höherer Mächte.

»… aber wir haben das eine oder andere über ihn gehört«, fuhr Ghulam fort.

»Von seiner eigenen *Mutter*«, sagte Azizah. »Er besucht sie nicht sehr oft, obwohl seine Eltern langsam alt werden. Und Shukriya hat mir selbst erzählt, dass er eine *Freundin* hat«, sagte sie, jetzt flüsternd.

Ihre Worte trafen Maryam wie ein Schlag ins Gesicht, und sie wich einen Schritt zurück, starrte auf die Treppe am Ende des Raums, wo Saif gerade verschwunden war. Er hatte eine Freundin? Nicht dass er mit ihr geflirtet hätte. Das alles hatte sich ausschließlich in ihrem Kopf abgespielt.

»Sei vorsichtig, *beti*«, sagte ihr Vater. »Wir wollen nicht, dass man dir noch einmal weh tut.«

Maryam nickte. »Ihr braucht euch keine Sorgen zu machen«, sagte sie zu ihren Eltern. »Ich sollte zurück aufs Zimmer gehen. Ich bin ziemlich müde.«

Maryam erwachte gegen Mittag. Benommen betrachtete sie aus zusammengekniffenen Augen die dichten Vorhänge. Sie hatte ihrer Umgebung nicht sonderlich viel Aufmerksamkeit geschenkt, allenfalls den Shabby-Chic-Stil des Hotels registriert, der wohl eher den Umständen geschuldet war, wie sie vermutete. Sie teilte sich ein Doppelbett mit ihrer Schwester. Auf einem hübschen Schreibtisch mit antikem Anstrich befand sich der kleine holzvertäfelte Röhrenfernseher, in dem sie vergangene Nacht die düsteren Wetterprognosen verfolgt hatte. Vor dem Fenster stand ein eleganter Sessel im Queen-Anne-Stil, gepolstert in grau gestreiftem Damast, den Boden jedoch bedeckte ein hässlicher rotbrauner Teppich.

Saima war gerade im Bad, und so hatte Maryam ein paar Minuten für sich. Sie waren spät schlafen gegangen, hatten immer wieder ausprobiert, ob das Telefon funktionierte, bis sie schließlich erschöpft eingenickt waren. Wie es aussah, würden sie einen weiteren Tag in Snow Falls feststecken. Hinter ihren Augen setzte ein dumpfer Kopfschmerz ein.

Maryam ließ sich auf die Kissen zurückfallen und betrachtete den Deckenputz, eine endlose Abfolge wirbelnder Formen. Genauso fühlte sich neuerdings ihr Leben an – wie ein unaufhörlicher Strudel aus Problemen und Katastrophen, die es zu lösen galt. Sie war es leid, Feuer zu löschen.

Saima kam aus dem Bad, nur mit ihrem knielangen Nachthemd bekleidet, die lockigen Haare lose um die Schultern. Schweigend begann sie sich anzuziehen. »Ich geh hinunter in die Halle und sehe nach, ob die Telefone inzwischen funktionieren; dann ruf ich Miraj an«, sagte sie steif. »Ich bin mir ziemlich sicher, dass wir die Anzahlung für den Mehndi-Saal nicht zurückbekommen werden.« Mit dem für den morgigen Tag geplanten Mehndi-Ritual und der Tanzparty nur für die Frauen sollten die Hochzeitsfeierlichkeiten beginnen. Auf das Mehndi-Ritual hatte Maryam sich am meisten gefreut und eigens eine Tanzchoreographie vorbereitet.

Maryam wartete, bis Saima gegangen war, bevor sie aufstand und in dem kleinen Bad eine kurze Dusche nahm. Sie hatte gerade den dunkelblauen Hidschab verknotet, als es an der Tür klopfte. Saima hatte vermutlich ihre Schlüsselkarte vergessen.

Sie öffnete die Tür und sah zu ihrer Überraschung Saif draußen stehen.

»Was …« begann sie, doch er murmelte nur ein eiliges »entschuldige«, ehe er im Wandschrank hinter ihr verschwand und die Tür schloss.

»Was zur Hölle …?«, sagte Maryam laut.

»Hey, Maryam, hast du Saif gesehen?«, rief Farah ihr zu, die gerade um die Ecke kam. Sie musste gerannt sein und war noch ganz außer Atem.

Maryam widerstand dem Drang, sich zum Wandschrank umzudrehen. »Wen?«, fragte sie, um Zeit zu gewinnen.

»Saif. Du kennst ihn doch? Er muss hier langgegangen sein.« Farah senkte die Stimme. »Unsere Eltern versuchen, uns zu verkuppeln. Die Gerüchte sind ihnen egal. Ich dachte, wenn wir schon alle in diesem merkwürdigen Hotel feststecken, können wir auch dieses Gespräch hinter uns bringen, du weißt schon.«

Maryam hätte schreien können. *Das* war also der Grund, warum Farah zur Hochzeit kam, ja natürlich. Eine Desi-Hochzeit, so die Erwartung, würde unweigerlich weitere Hochzeiten nach sich ziehen. Wusste Farah, dass Saif in Kalifornien eine Freundin hatte, fragte sich Maryam? Oder dass er eine Enttäuschung war für seine Familie?

Aber natürlich wusste Farah Bescheid. Sie war klug und besaß ein einnehmendes, freundliches Wesen, das sicher gut ankam bei ihren Physikschülern in der Mittelstufe. Maryam hätte wetten können, dass sie hervorragend darin war, ihnen mit anschaulichen Experimenten das Licht zu erklären, die Geschwindigkeit oder …«

»Prismen«, platzte es aus Maryam heraus.

Farah sah sie verständnislos an. »Nein«, sagte sie geduldig. »Saif. Hast du ihn gesehen?«

Maryam verschränkte die Arme und versuchte verzweifelt, nicht an Wandschränke zu denken. Sie setzte eine nachdenkliche Miene auf. »Hm. Saif. Ja. Saif Rasool.«

Farah beugte sich erwartungsvoll zu ihr vor. »So heißt er, genau. Er ist eben hier um die Ecke gebogen. Hör zu, ich hab euch beide heute Morgen beim Flirten gesehen, also nimm es mir bitte nicht übel, aber ich muss dringend mit ihm sprechen.«

»Beim Flirten?«, rief Maryam aus und lief rot an. »Das war doch kein Flirt! Ich hab ihn nur gefragt, ob er vielleicht einen Privatjet hätte, den er mir borgen könnte. Oder einen Helikopter.«

Farah seufzte. »Du bist echt seltsam. Wenn du ihn zufällig siehst, würdest du ihm was von mir bestellen?« Sie warf einen vielsagenden Blick auf den Wandschrank hinter Maryam und sagte, ein wenig lauter: »Sag ihm, dass ich ihn *wirklich* nett finde, und meine Eltern *total* auf ihn abfahren, aber dass ich mit dem Sportlehrer an meiner Schule zusammen bin. Deshalb wäre es SUPERTOLL« – Farah brüllte jetzt regelrecht –, »wenn er sich während der Hochzeitsfeier wie ein Volltrottel aufführen würde. Dann könnte ich meine Eltern nämlich leichter davon überzeugen, dass wir nicht füreinander bestimmt sind, klar?«

Maryam verbiss sich ein Lächeln. »Sicher«, sagte sie. »Wenn ich ihm zufällig über den Weg laufe, sag ich es ihm.«

Farah drückte Maryam die Hand. »Danke. Schade um die Hochzeit. Aber wer weiß, wozu's gut ist. Desi-Hochzeiten führen zu weiteren Hochzeiten, hab ich recht? Das ist ja praktisch in Stein gemeißelt.« Sie zwinkerte und verschwand um die Ecke.

Maryam öffnete die Tür des Wandschranks und wandte sich mit hochgezogener Augenbraue an einen verlegen wirkenden Saif. »Ich hoffe, du hast alles gehört, weil es echt peinlich für uns beide wäre, wenn ich es wiederholen müsste. Was genau sollte das werden?«

Saif trat heraus und blinzelte ins helle Zimmer. »Ich dachte, sie würde ... äh ...«

Maryams Augenbraue wanderte noch höher. »Dich abservieren? Ich meine, wer kassiert schon gern einen Korb, aber das hier geht dann doch ein bisschen zu weit. Hast du überlegt, mal eine Therapie zu machen wegen dieser Phobie?«

Saif wurde rot bis hinter die Ohren. »Meine Eltern sagten mir, Farah würde sich auf ein Treffen mit mir freuen. Sie hat schon gestern am Flughafen versucht, mich in die Enge zu treiben, und heute Morgen, beim Sahur schon wieder. Als ich sie vorhin den Flur langgehen sah, hab ich wohl Panik bekommen.«

Maryam grinste ihn an. »In irgendwelche Wandschränke zu springen ist definitiv die beste Art und Weise, jemanden abzuwimmeln. Was ist dagegen schon ein klärendes Gespräch!«

»Sehr komisch!« Saif trug ein weißes Hemd und eine schwarze Hose mit schmalem Bein; in Hoodie und Jeans gefiel er ihr besser, sein gutes Aussehen war dann leichter zu handhaben. Gerade jetzt ließ sich kaum ignorieren, wie umwerfend er aussah. Da kam ihr die Unterhaltung mit ihren Eltern heute Morgen in den Sinn, und ihr Lächeln verblasste. Saif hatte eine Freundin, und trotzdem hatte er – nach Ansicht Farahs – heute Morgen mit ihr geflirtet, und tat es möglicherweise schon wieder. Und sie ließ es zu.

Sie hielt ihm die Tür auf, aber Saif rührte sich nicht vom Fleck.

»Danke«, sagte er kleinlaut. »Meine Eltern versuchen schon seit längerem, mich zur Heirat zu drängen. Ich will das aber lieber selbst entscheiden, ohne Druck, verstehst du?«

»Ich glaube, diese Unterhaltung solltest du lieber mit deinen Eltern führen«, sagte sie bestimmt und versuchte bewusst zu ignorieren, wie sich sein Hemd um seine breiten Schultern spannte. »Wir kennen uns ja nicht mal, weißt du noch?«

Saif nickte, und wirkte sichtlich verlegen. »Es ist nur, weil …« Er verstummte, und da war wieder dieser forschende Blick, der von ihren Augen zu ihren Lippen wanderte, und einen Moment lang fragte Maryam sich, ob Farah etwa recht gehabt hatte. Und als Nächstes: Flirtete sie zurück?

»Hast du dich schon mal gefragt, ob das alles war?«, wollte er wissen, und es hörte sich an, als würde man ihm die Worte aus der Nase ziehen.

Maryam blickte kurz in seine schönen braunen Augen und nickte dann.

Saif redete weiter. »Jeden Tag habe ich das Gefühl, als würde ich einfach nur funktionieren. Ich hab immer getan, was man von mir verlangt hat, und was hab ich jetzt davon? Dass ich ein und denselben Tag immer und immer wieder erlebe, bis zum Ende meines Lebens?«

Saifs Worte spiegelten ihre eigenen Gedanken so exakt,

dass es Maryam den Atem verschlug. Während sie sich Saifs Geständnis durch den Kopf gehen ließ, dachte sie seltsamerweise an ihren Vater.

Ghulam Aziz war als zweiundzwanzigjähriger Student aus dem indischen Hyderabad in die USA gegangen mit dem Plan, nach seinem Abschluss in die Heimat zurückzukehren und eine erfolgreiche Drogeriekette zu eröffnen. Stattdessen hatte er sich in Azizah verliebt, die in Amerika geborene Tochter von Freunden der Familie, und sie hatte eingewilligt, ihn zu heiraten, obwohl ihr Ehename dann Azizah Aziz lauten würde. Sie zogen schließlich an den Stadtrand von Denver, wo Ghulam eine unabhängige Apotheke eröffnete. Als Teenagerin hatte Saima davon geträumt, für Ärzte ohne Grenzen zu arbeiten, und so hatte sich Maryam mit einundzwanzig im Studiengang Pharmazie eingeschrieben und sich begeistert gezeigt, das Familienunternehmen weiterführen zu dürfen. Seit ihrem Abschluss vor fünf Jahren hatte sie an der Seite ihres Vaters gearbeitet. So wollte es die Familie: Man half sich gegenseitig, opferte seinen Schlaf, seine Zeit und Energie, um den anderen dabei zu unterstützen, seine Träume zu verwirklichen. Doch in letzter Zeit hatte Maryam die beunruhigenden Gedanken kaum noch ignorieren können.

Irgendetwas war im Flugzeug passiert. Eine kleine Wolke der Unzufriedenheit hatte sich gelöst, und die Fragen, die sie in sich begraben hatte – *Wer bin ich? Wer will ich sein? Bin ich glücklich?* –, drängten sich nun lautstark in den Vordergrund. Vielleicht hatte Saif ihre Worte doch nicht so komisch gefunden, wie sie anfangs vermutet hatte. Möglicherweise trafen sie sogar auch auf ihn zu.

Als könnte er ihre Gedanken lesen, sagte Saif: »Wir waren als Kinder dem gleichen Druck, den gleichen Erwartungen ausgesetzt. Ich bedaure nicht, dass ich Anwalt geworden bin, aber manchmal frage ich mich, ob da nicht noch … mehr kommt.«

Als Schülerin war sie immer mit einem Notizbuch herumgelaufen. Ein billiges Heft mit Spiralbindung, in dem sie ihre Ideen für Geschichten festhielt, Charakterskizzen, sogar die lustigen Gespräche, die sie auf dem Schulweg hörte. Als sie ein paar ihrer halbfertigen Geschichten Saima vorgelesen hatte, hatte die sie richtig gut gefunden, Maryam müsste sie nur etwas aufpolieren und dann versuchen, sie zu veröffentlichen. Doch das hatte Maryam nie getan. Sie hatte zu viel Angst gehabt und war dann zu sehr mit der Schule und anderen Dingen beschäftigt gewesen. Es war einfacher gewesen, über ein charmantes Lächeln und ein beiläufiges Kompliment nachzudenken, als einem vagen Traum hinterherzujagen, von dessen Umsetzung sie keine Ahnung hatte. Als ihr Leben dann eine unerwartete Wendung nahm, war sie viel zu geknickt, um sich wieder dem Schreiben zu widmen.

Doch jetzt war das unsichere Flämmchen der … *Sehnsucht* entfacht worden, und schon nach wenigen Stunden war es nur noch schwer zu ignorieren.

Sie würde es trotzdem versuchen. Sie hatte keine Zeit für so was – nicht für charmante Lügner, und schon gar nicht für gescheiterte Träume, die zu nichts führten. Sie hatte keine *Zeit*. Saimas Hochzeitsfeierlichkeiten – Desi-Hochzeiten nahmen mehrere Tage in Anspruch – sollten eigentlich morgen beginnen. Ihre Familie zählte auf sie. Sie war nicht irgendeine tragische Heldin aus einem von Dadus Bollywood-Schmachtfetzen, in ein Leben gedrängt, das sie niemals gewollt hatte. Sie hatte ihre Entscheidungen selbst getroffen – die guten wie die schlechten –, es waren die ihren. Vielleicht sah ihr Glück nun mal so aus: ein bescheidenes Leben mit ein paar verlorenen Träumen. Im Grunde gar nicht so schlecht.

Maryam gab sich einen Ruck und schob Saif Richtung Tür. Diesmal war ihre Aufforderung unmissverständlich. »Zwing mich nie wieder, für dich zu lügen«, sagte sie zu ihm, ihre Stimme kalt und resolut.

Nach einem letzten prüfenden Blick ging er hinaus.

SIEBEN

Anna

21. Dezember

Stimmen vor ihrer Tür rissen Anna aus dem Schlaf. Sie warf einen Blick auf den Radiowecker neben ihrem Bett – 10.27 Uhr. Die zwei Stunden Zeitverschiebung zwischen Denver und Ottawa hatten dazu geführt, dass sie verschlafen hatte. Sie blieb still liegen und blinzelte zur fleckigen Zimmerdecke hinauf. Während sich ihre Augen langsam an die Helligkeit gewöhnten, ließ sie die Ereignisse des Vortags Revue passieren. Der holprige Flug, die Ankunft in Snow Falls, der Pub. Dann der mysteriöse Josh Tannenbaum, der sie durch den Schnee getragen hatte …

Nick, rief sie sich in Erinnerung. Er war wahrscheinlich schon ganz krank vor Sorge. In diesem Moment saß er ohne sie beim Brunch in einem exklusiven Restaurant in Forest Hill, einem der elegantesten Viertel Torontos. Dann war da noch Janey, ihre Chefin, die mittlerweile sicher kochte vor Wut. Anna streckte die Hand nach dem Zimmertelefon aus, um zu prüfen, ob es wieder funktionierte –, doch als sie den Hörer abnahm, war die Leitung weiterhin tot. Noch immer keine Verbindung.

Anna stand auf und ging barfuß über den kalten, seltsam feuchten Teppich zum Fenster. Sie zerrte an den schweren

Vorhängen – und schauderte, denn auch sie fühlten sich ein wenig klamm an –, zog sie auseinander und blickte in eine tief verschneite Welt. Zunächst erkannte sie nicht, dass die massigen Klumpen, die sich aneinanderreihten, die Autos auf dem kleinen Hotelparkplatz waren. Die Innenseite des Fensters war mit Kondenswasser beschlagen, das von der Wand tropfte – was die Feuchtigkeit überall erklärte. *Schnee fällt hinein*, dachte sie und verzog das Gesicht. Falls die Schneemenge draußen ein Indiz war, dann sah es nicht danach aus, als würde sie die Stadt demnächst verlassen. Sie hätte nicht einmal sagen können, wo sich in diesem Winterwunderland die Straße zum Flughafen verbarg.

Rasch zog sie sich an. Im Badezimmer spritzte sie sich kaltes Wasser ins Gesicht und seufzte angesichts der Knitterfalten in ihrer Kleidung. Cocktailkleid, Strumpfhose und Blazer waren ihr so praktisch erschienen – allerdings bevor sie ohne Gepäck gestrandet war. Sie würde sich nicht nur mit ihrer unangemessenen Kleidung und der Minimalausstattung an Toilettenartikeln abfinden müssen, sondern vor allem auch mit der Tatsache, dass ihr Telefon tot war und sie kein Ladegerät hatte. Dabei hatte sie wichtige Anrufe zu tätigen und Entscheidungen zu treffen, die ihr gesamtes künftiges Leben betrafen. Sie sah auf die Uhr. *Nur die Gegenwart zählt*, beschloss sie. Der Brunch im Forest Hill wäre bald zu Ende, dann würde Nick mit seiner Familie zu einem schicken Weihnachtsmarkt fahren und letzte Einkäufe tätigen. Sie musste eine Möglichkeit finden, um so bald wie möglich nach Toronto zu kommen.

In der Lobby unten war es ruhig, die Rezeption leer.

Anna beugte sich über die Theke und griff zum Telefon – es war ebenso tot wie das in ihrem Zimmer. Sie wandte sich ab und ging in den großen Loungebereich des Hotelfoyers, wo sie sich auf dem Polsterhocker niederließ, der dem knisternden Kaminfeuer am nächsten stand. Sie zog den Müsliriegel aus der Tasche, den Kath ihr am Abend zuvor zugesteckt hatte, und knabberte daran, während sie in die Flammen starrte und einen Plan zu fassen versuchte.

»Ich wäre auch ganz schön traurig, wenn das alles wäre, was ich zum Frühstück bekäme.«

»Mr. Dadu!«

»Guten Morgen.« Der Patriarch saß zur Rechten des Kamins und stocherte mit einem Messingschürhaken in der Asche herum. »Ich genieße ein wenig Ruhe und Frieden.« Neben ihm stand ein Teller mit Datteln, Müsliriegeln und Apfelstücken.

»Wo sind denn alle?«

»Die sind wieder zu Bett gegangen, nachdem sie im Morgengrauen die Sahur-Mahlzeit zu sich genommen haben«, erklärte er ihr und beugte sich zu ihr vor, die Augenbrauen hochgezogen. »Vorhin hab ich ein Filmteam weggehen sehen. Offenbar ist diese Stadt so etwas wie das Hollywood des hohen Nordens – hier entstehen eine Menge Filme – sehr aufregend.«

»Wirklich?«, sagte Anna interessiert. »Welchen Film drehen die denn gerade, wissen Sie das?«

Er schüttelte den Kopf. »Das nicht, aber ich hätte schwören können, dass ich die berühmte Regisseurin Katrina Wakes gesehen habe, mit Mütze und Sonnenbrille.«

»*Wow*.«

Mr. Dadu hielt ihr seinen Teller hin und forderte sie auf, sich etwas zu nehmen.

»Nein, nein, das ist doch für Sie«, protestierte Anna.

»Sie sehen aber hungrig aus«, sagte er.

Missmutig betrachtete sie ihren angebissenen Müsliriegel. Ihr knurrte tatsächlich der Magen.

»Bitte«, insistierte er. »Die glauben, ich bin krank und kann jeden Moment tot umfallen – dabei ist es nur Diabetes. Sie lassen mich nicht mal fasten und stecken mir den ganzen Tag was zu essen zu, während sie selbst auf alles verzichten.« Er wirkte kurz ein wenig wehmütig und hielt ihr dann erneut den Teller hin. »Ich vermisse es, mit den anderen zu fasten.«

»Sie vermissen es also, kein Wasser trinken zu dürfen?«

Er lachte. »Ich vermisse alles. Jetzt kommen Sie schon, leisten Sie mir Gesellschaft. Sie nehmen mir nichts weg, bestimmt nicht«, insistierte Mr. Dadu. »Ich kann essen, wann immer ich will.«

Während sie aßen, fragte ihn Anna, was genau er am Fasten vermisse. Er beschrieb ihr das Gefühl von Nähe, wenn die Umma, die Gemeinschaft der Muslime, zur selben Zeit fastete, und erzählte von den guten Vorsätzen, die man während des Fastens fassen konnte, zum Beispiel mehr Großzügigkeit oder Freundlichkeit an den Tag zu legen. »Als Ausgleich, weil ich nicht faste, spende ich für einen guten Zweck, aber es ist nicht dasselbe«, erklärte er.

»Auch ich hab früher gefastet, einmal im Jahr an Jom Kippur, dem jüdischen Versöhnungsfest, mit meiner Stiefmutter.« Sie hielt inne, um sich an Beths Worte zu erinnern. »Beth beschrieb es als einen … Tag der Ruhe, an dem man seine Seele erforschte, um herauszufinden, was es zu bereuen gab und was man im kommenden Jahr besser machen wollte. Zum Beispiel ehrlicher sein oder großzügiger oder dankbarer. Es war immer ein angenehmer, ruhiger Tag für uns. Normalerweise waren wir immer sehr geschäftig, aber nicht an diesem Tag. Da existierten wir einfach nur.«

»Sie und Ihre Stiefmutter haben offenbar ganz besondere Stunden miteinander erlebt.«

»Ex-Stiefmutter«, murmelte Anna und starrte ins Feuer. Dann wandte sie sich wieder Mr. Dadu zu. »In letzter Zeit mache ich mir nur noch Sorgen. Ich komme nie zur Ruhe. Als ich mit Beth gefastet habe, stand mir plötzlich alles ganz klar vor Augen, und ich konnte genau sehen, wer ich war. Das fehlt mir jetzt.«

»Meine Maryam ist wie Sie. Sie beide haben eine Menge gemeinsam.«

»Tatsächlich? Ich hatte das Gefühl, wir wären totale Gegensätze.«

»Es dauert, bis man die wahre Maryam kennenlernt. Sie ist immer so fleißig. Wie eine Biene. Unentbehrlich für das Funktionieren dieser Familie – wichtiger, als ihr selbst klar ist. Sie kann sehr lieb und süß sein, wenn man sie erst mal kennt. Aber« – er lächelte wehmütig – »sie hat einen Stachel. Hatte sie schon immer. Ihre Dadi-ma war genauso. Ohne Gnade, diese Frau, sie hat mich manchmal in den Wahnsinn getrieben. Aber ach, wie ich sie vermisse!«

Anna lächelte. Sicher würde es Maryam nicht gefallen, mit einer Biene verglichen zu werden, dachte sie, auch wenn es eine liebe, süße Biene wäre, fand die Beschreibung aber ziemlich treffend.

»Vielleicht sollten Sie Maryam suchen und ein wenig Zeit mit ihr verbringen«, schlug Mr. Dadu vor.

»Maryam hat bestimmt eine Menge um die Ohren. Ich würde sie nur nerven.«

»Maryam hat wegen uns so viel zu tun. Was sie *braucht*, ist eine Freundin – jemand, mit dem sie sprechen kann. *Über* uns. Über die Art und Weise, wie sie sich verbiegt, um so zu sein, wie wir sie ihrer Meinung nach haben wollen.«

Anna überraschten seine Worte. Maryam hatte im Flugzeug fast dasselbe gesagt. Aber sie war überzeugt gewesen, dass ihre Familie sie nicht verstand. Ihr Großvater jedoch schien sie sehr genau zu verstehen.

Mr. Dadu legte den Schürhaken beiseite und klopfte sich den Staub von den Händen. »Ich hab so ein Gefühl, was Sie beide betrifft. Ungleiche Freunde – im Film ein bekanntes Stilmittel, wissen Sie. Apropos, ich möchte mir ein paar Bollywood-Filme ansehen. Möchten Sie mir Gesellschaft leisten und mit mir die Zeit vertrödeln?« Er legte die Hand auf einen Stapel Videokassetten auf einem kleinen Tisch neben sich und deutete auf den Fernseher. »Ich reise nie, ohne vorher für meine Unterhaltung gesorgt zu haben.«

»Klingt verlockend«, sagte Anna, »aber …« Sie runzelte die Stirn. »Ich hab noch so viel zu erledigen heute.«

»Was kann es denn in einer Stadt wie Snow Falls so Dringendes geben?«

Sie wies auf ihr Cocktailkleid und die unpraktischen Schuhe. »In dieser verschneiten Gegend werde ich mehr brauchen als das, was ich anhabe. Und Sie haben recht, in Snow Falls drängt mich überhaupt nichts – es ist mein

Leben *außerhalb* dieser Stadt, um das ich mich kümmern muss.« Sie wollte Mr. Dadu die Punkte auf ihrer To-do-Liste aufzählen, aber er schüttelte nur den Kopf.

»Sie können diese Probleme jetzt nicht lösen. Haben Sie schon einen Blick nach draußen geworfen? Eine regelrechte … Wie war das gleich? Ach ja, Schneehölle. Sie bleiben also am besten hier, wo Sie's warm und gemütlich haben. Vielleicht sollten *Sie* ein wenig fasten, Miss Anna.«

»Du meine Güte«, sagte Anna nachdenklich. »Ich hab das nicht mehr getan, seit Beth und ich gemeinsam …« Sie runzelte die Stirn, schob die Erinnerung an Jom Kippur mit Beth beiseite und hob ein Apfelstückchen in die Höhe. »Außerdem esse ich ja schon!«

»Ich meine ja gar nicht das Essen. Sie sollen darauf verzichten, sich so viele Sorgen zu machen. Weiß der Kuckuck, wie lange Sie hier in Snow Falls festsitzen. Vielleicht können Sie sich ja vornehmen, für die Zeit, in der Sie hier sind, den Dingen ihren Lauf zu lassen – sparen Sie sich die Sorgen für später auf. Für morgen. Oder übermorgen. Und wer weiß, wenn Sie Ihren Sorgen ein bisschen Zeit lassen, schrumpfen sie vielleicht.« Er zwinkerte ihr zu und summte dann den Weihnachtssong mit, der im Foyer spielte. »Ein Trick, den ich andauernd anwende.«

Anna dachte über seine Worte nach. Ihre Gedanken wurden ständig in alle Richtungen gezerrt – nur gestern im Flieger nicht: Mit dem Tod vor Augen, hatte sie sich nicht mehr den Kopf zermartert, wer sie sein sollte und was von ihr erwartet wurde, sondern sich auf nichts anderes konzentriert als auf die tiefsten Wahrheiten in ihr. Trotz der Angst war sie ganz in ihrer Mitte gewesen. Ein befreiendes

Gefühl. Ganz ähnlich wie früher an Jom Kippur. »Gut, ich versuch's«, sagte sie zu Mr. Dadu.

»Sehr schön. Also, wie wäre es mit ein paar Filmen zur Entspannung?«

Er schaltete den Fernseher ein – und auf dem Bildschirm waren vor verschneiter Landschaft zwei Verliebte zu sehen, die einander tief in die Augen blickten.

»Wir haben Glück!«, rief Mr. Dadu begeistert. »Das ist einer meiner Lieblingsfilme. *Eine Nacht zur Weihnachtszeit* – kennen Sie den?«

»Nein, ich glaube nicht«, sagte Anna.

»Bollywood kann warten – wir müssen uns diesen Film ansehen!«

Der Streifen zeigte ein Liebespaar, das durch die nächtlichen Straßen einer kleinen Stadt schlenderte. »Das kommt mir irgendwie bekannt vor«, sagte Anna. »Diese Stadt …«

»In Weihnachtsfilmen sehen alle Städte gleich aus. Das ist der beste Teil. Auch die Schauspieler sind hervorragend.«

»Die Schauspieler? Aber es ist doch ein kitschiger Weihnachtsfilm.«

»Könnte man meinen – aber *Eine Nacht zur Weihnachtszeit* ist was Besonderes. Der Protagonist ist ein in Hollywood völlig unterschätzter Schauspieler – Chase Taylor. Der Ärmste spielte die Hauptrolle in einem scheußlichen Film namens *Captain Eagleman* – ehrlich, jemand sollte mal ein ernstes Wort mit seinem Agenten sprechen –, es hätte ihn fast die Karriere gekostet. Doch dann erschien er gemeinsam mit Tenisha Barlowe – das ist die hier – in *Mondschein.*« Mr. Dadu deutete auf die hinreißende Frau auf dem Bildschirm, die gerade Chase Taylor tief in die Augen blickte, während ringsum Schnee fiel. »Sie ist ein wahres Juwel. Für meinen Geschmack war der Film ein wenig zu anspruchsvoll und künstlerisch – und Tanzszenen hatte er auch keine.« Er zwinkerte ihr zu. »Aber ich erkannte den Zauber. Maryam hat ihn geliebt. Und er bekam viel Lob von den Kritikern.«

»Ach ja, ich habe im Flugzeug was darüber gelesen. Und die Tatsache, dass die beiden offenbar ein Paar sind, ist auch ganz schön aufregend, oder?«

»Ja, und wie. Es ist so Bollywood-mäßig, dabei ist es das reale Leben! Sie haben sich auf dem Set einer romantischen Weihnachtskomödie kennengelernt, und jetzt sehen Sie sich die beiden an!« Er wandte sich wieder dem Bildschirm zu. »Okay, die Handlung ist schnell erklärt: Jane – gespielt von Tenisha – kehrt mit gebrochenem Herzen in ihre Heimatstadt zurück. Tyler – gespielt von Chase – war ihr Highschool-Schwarm, nur hat er sie auf dem Abschlussball versetzt. Er hatte natürlich seine Gründe, aber die werde ich Ihnen nicht verraten. Sie brauchen nur zu wissen, dass es sich um einen der romantischsten Weihnachtsfilme aller Zeiten handelt.« Er rieb sich vergnügt die Hände.

Anna beugte sich vor und sah, wie Tyler und Jane einander küssen wollten, aber von einem Pferd samt Fuhrwerk unterbrochen wurden, das führerlos durch die Stadt preschte. Bald wurde sie in die Geschichte hineingezogen – und sie musste zugeben, dass sowohl Chase Taylor als auch Tenisha Barlowe viel Talent besaßen und der schlichten Story überraschende Tiefe verliehen. Als die Kamera Chase heranzoomte, betrachtete sie ihn aus zusammengekniffenen Augen. Er war gutaussehend und glatt rasiert, hatte warme braune Augen und ein gewinnendes Lächeln. »Er kommt mir so bekannt vor – ich muss ihn schon mal gesehen haben«, stellte sie schließlich fest.

»Hoffentlich nicht in *Captain Eagleman*, der Film ist wirklich unerträglich.« Mr. Dadu schüttelte sich, und Anna musste unwillkürlich lachen, doch dann wurde er ernst. »*Mondschein* dagegen, den sollten Sie sich ansehen. Mr. Taylor hat auch das Drehbuch dafür geschrieben und dann seine ›Bekannte‹ Miss Barlowe« – er hob vielsagend die Augenbrauen – »gebeten, die Hauptrolle zu übernehmen. Er hat auf dem Toronto International Filmfestival den Publikumspreis gewonnen! Und Mr. Taylor stammt ja auch aus Toronto – was für ein Triumph!«

»Ah ja, meine Freundinnen im Büro haben darüber gesprochen, jetzt weiß ich es wieder, aber mein Freund Nick hatte kein Interesse an so etwas, also haben wir uns den Film nicht angesehen. Geht's nicht über einen Künstler in L.A., der versucht, über die Runden zu kommen …?«

»Genau! Für den Oscar hat's leider nicht gereicht. Keine Nominierungen, weder für den besten Film noch das beste Drehbuch. Mr. Taylor hat seither kein Drehbuch mehr geschrieben, sondern sich wieder ganz auf die Schauspielerei konzentriert. Gerade drehen sie *Zwei Nächte zur Weihnachtszeit*, wieder mit Barlowe und Taylor als Paar auf der Leinwand – und möglicherweise auch im richtigen Leben!« Er wies auf den Film, der gerade lief. »Aber wenn Sie den hier nicht gesehen haben, brauchen Sie die Fortsetzung gar nicht erst anzuschauen!«

»Wow, Sie wissen ziemlich viel über die Filmbranche.«

»Neben meiner geliebten verstorbenen Frau ist das Kino

meine größte Liebe«, sagte Mr. Dadu mit einem glücklichen Seufzer.

Später, als der Abspann lief, fühlte Anna sich tiefenentspannt – und sehr zufrieden.

»Es geht doch nichts über ein Happy End, oder?«, sagte Mr. Dadu und wischte eine kleine Freudenträne beiseite. Im Heartline Channel lief offenbar ein regelrechter Weihnachtsfilm-Marathon, denn sofort begann der nächste Streifen. Doch Anna hatte gesehen, dass Kath jetzt wieder an der Rezeption stand. »Ich hab zwar versprochen, mir keine Sorgen zu machen«, sagte Anna zu Mr. Dadu. »Aber eine Zahnbürste brauche ich trotzdem. Außerdem muss ich wissen, wie es mit der Telefonverbindung aussieht. Bin gleich wieder da.«

Anna eilte an die Rezeption und hoffte auf gute Neuigkeiten.

»Wie's aussieht, meine Liebe, werden Sie mindestens noch einen Tag hierbleiben müssen«, sagte Kath. »Der Flughafen ist noch immer geschlossen.«

Ein wenig bestürzt sah Anna auf die Uhr. »Und was ist mit der Telefonleitung?«

»Tut mir leid. Auch noch nichts Neues. Im Ort gibt es allerdings ein Münztelefon, das immer zu funktionieren scheint, selbst dann, wenn der Schnee alle anderen Leitungen lahmgelegt hat.« Sie griff unter die Theke und gab Anna eine Handvoll kanadischer Münzen. »Die müssten reichen für ein Ferngespräch. Und eine Zahnbürste und andere Dinge des täglichen Bedarfs finden Sie in der Apotheke – tut mir leid, dass wir nichts mehr dahaben, aber wir hatten nicht mit einem solchen Ansturm gerechnet. Hier ist aber alles nah beieinander. Sie finden sich schon zurecht, sogar im Schnee.«

Anna zeigte ihr einen ihrer unpraktischen, mittlerweile vom Schnee ruinierten High Heels. »In diesen Schuhen kann ich unmöglich durch meterhohen Schnee laufen …«

»Keine Sorge! Wir haben haufenweise Winterklamotten hier. Unsere Gäste lassen immer mal wieder etwas zurück. Gleich hier draußen, neben der Tür. Dort bewahren wir Parkas und Stiefel auf.«

Anna verabschiedete sich von Mr. Dadu, der sich jetzt einen Bollywood-Film ansah. Es ging offenbar um einen Mann, der in eine wunderschöne Frau in einem spektakulären Sari verliebt war. »Spoiler-Alarm, sie verliebt sich auch in ihn«, raunte Mr. Dadu und deutete auf den Bildschirm. Dann winkte er ihr zu. »Viel Glück heute!«

Neben der Eingangstür fand Anna einen weiten, warmen Parka – und errötete leicht, als sie daran dachte, wie wohl sie sich im Parka des mysteriösen Josh gefühlt hatte, wie angenehm sein Duft gewesen war. Dieser hier roch nicht ganz so gut, aber er war dick und warm. Sie fand auch ein Paar Stiefel, die ihr zwar eine Nummer zu groß waren, aber immer noch besser als ihre High Heels. *Sehr gut.* Zwei Probleme gelöst, und das fast ohne Sorgen.

Schon bald erreichte sie die Innenstadt. Ladenbesitzer räumten Schnee und grüßten einander. Sie winkten Anna zu, als sie vorüberging, und wünschten ihr lächelnd frohe Feiertage. Rote Backsteingebäude, geschmückt mit Lichterketten und Girlanden, säumten wie gutgekleidete Weihnachtselfen die verschneite Straße. Sie entdeckte einen hübschen kleinen Laden für Weihnachtsschmuck mit Namen Jingle Bells & Co., ein Geschäft mit kuriosem Allerlei namens Yule Love It, einen Dessous-Laden , der vielsagend »Böse oder Brav« hieß, ein Lampengeschäft, das historische Theater und ein Geschäft, das sich ganz und gar dem weihnachtlichen Gartenzwerg verschrieben hatte. Es gab eine Eislaufbahn mit einem Pavillon in der Mitte, behängt mit zauberhaften runden Laternen, die im dämmrigen Licht des verschneiten Tages funkelten. Anna seufzte glücklich. Hier in dieser Stadt haben die Bewohner wirklich einen hervorragenden Geschmack.

Auf der Straßenseite gegenüber erspähte Anna die Telefonzelle. Sie holte das Kleingeld aus der Tasche, das Kath ihr gegeben hatte, ging hinein, schloss die Tür gegen die wirbelnden Flocken, holte tief Luft und griff zum Hörer. Wie durch ein Wunder war ein Freizeichen zu hören. Sie wählte Nicks Nummer, warf den erforderlichen Betrag für Ferngespräche ein und wartete. *Ring. Ring. Ring.* Nach dem vierten Klingeln meldete sich Nick. Er klang, als hätte er noch geschlafen.

»Nick! Ich bin's! Es geht mir gut!«

»Tja, *mir* nicht!« Sein barscher Ton überraschte Anna. Sie hatte angenommen, er würde sich Sorgen machen – stattdessen schien er wütend auf sie zu sein. »Du hast den Cocktailempfang verpasst. Und das Dinner, die Symphonie, den Brunch, und jetzt auch noch den Weihnachtsmarkt. Und du hast nicht mal angerufen.«

»Ich hab aber doch angerufen! Gestern.«

»Der Anruf war hektisch, und du hast einfach aufgelegt!«

»Weil der Akku leer war.«

»Wo in aller Welt steckst du überhaupt?«

»Snow Falls, östlich von Ottawa, unser Flugzeug wurde dorthin umgeleitet. Der Schneesturm hat die Telefonleitungen lahmgelegt …«

»Aber wir telefonieren doch gerade!«

»Ich bin in einer Telefonzelle und …«

»Wie kann das sein, wenn alle übrigen Telefone tot sind? Und was ist mit deinem Handy?«

»Der Akku ist leer, mein Ladegerät ist im Koffer, und der ist verloren gegangen. Ich dachte nur, du willst vielleicht wissen, dass es mir gutgeht und …«

»Du hast mich blamiert, Anna. Ich hatte allen erzählt, dass ich jemanden mitbringen würde!«

Anna konnte natürlich verstehen, dass Nick durcheinander war. Sie hatten ihr erstes gemeinsames Weihnachten monatelang geplant, praktisch vom Anfang ihrer Beziehung an. Sie verpasste so viel. Zum Beispiel die festliche Cocktailparty heute Abend, wo sie zum ersten Mal den berühmten Martini der Vandergreys hätte kosten sollen. Die Geheimzutat war offenbar Goldschläger-Zimtlikör, nicht gerade Annas Lieblingsgetränk, da ihr der Verzehr von Goldflöckchen nicht wirklich gesundheitsfördernd zu sein schien. Doch sie hatte sich vorgenommen, keine Spielverderberin zu sein. Dann wollten sie in die Innenstadt fahren, um eine Aufführung von Händels *Messias* bei Kerzenschein zu besuchen, gefolgt von einem Dinner in einem Restaurant namens Canoe, in der obersten Etage eines der höchsten Gebäude in Toronto. Seine Eltern, hatte Nick ihr erklärt, besaßen dort praktisch einen Tisch. An Heiligabend würde die gesamte Familie tagsüber in einer karitativen Suppenküche arbeiten – und dann anschließend im Familiensitz in Forest Hills ein exquisites Weihnachtsdinner zu sich nehmen, das mehr kostete, als der Suppenküche in einem ganzen Jahr als Budget zur Verfügung stand.

Und neben all diesen Aktivitäten hatte Nick, wie Anna jetzt wusste, noch etwas anderes geplant. Den Antrag. Sie schluckte. »Noch drei Tage bis Heiligabend. Das schaff ich schon.«

»Du klingst aber nicht so, als würde es dir besonders viel ausmachen«, sagte Nick.

»Ich versuche, ruhig zu bleiben, okay? Das ist schwer genug. Ich stecke hier fest. Wenn ich völlig austicke deswegen, macht es alles nur noch schlimmer«, protestierte Anna.

»Weißt du eigentlich, wie stressig das für mich ist? Ich brauche dich hier, Anna. Du hast es mir *versprochen*. Ich weiß gar nicht, was ich sagen soll!«

Anna biss sich auf die Lippe – und merkte, dass auch sie nichts zu sagen hatte.

Doch da kamen ihr ganz plötzlich Worte in den Sinn, laut und eindringlich, nicht zu überhören: *Ich will das nicht. Das bin ich nicht. Ich brauche mehr Platz*. All die Emotionen, die durch die Turbulenzen während des Flugs aus ihr herausgerüttelt worden waren, wirbelten jetzt in ihrem Kopf herum, als wäre er eine Schneekugel, die jemand geschüttelt hatte. Plötzlich stand Anna vor der Frage: Kannte Nick Vandergrey eigentlich die echte Anna Gibson – oder sah er in ihr nur die Frau, die sie für ihn sein sollte?

»Anna? Bist du noch da?«

»Ja, bin ich«, sagte sie. »Ich sitze hier in dieser fremden

Stadt fest, draußen weht ein gewaltiger Schneesturm, ich hab kein Gepäck und weiß nicht, wie ich wieder von hier wegkomme ...«

»Kein Gepäck, was soll das heißen?«

»Mein Koffer ist verlorengegangen! Das wüsstest du, wenn du mir zugehört und mich mal gefragt hättest, wie's mir geht, anstatt immer nur an dich und deine Pläne zu denken.«

»*Unsere* Pläne! Ich kann einfach nicht glauben, dass du nichts tun kannst, um die Sache wieder geradezubiegen«, sagte er bockig. Die Wut, die in Anna geschwelt hatte, nahm zu.

»Ich bin nicht für das Wetter verantwortlich«, warf sie ihm hin.

»Das hat auch keiner behauptet!«, schoss er zurück.

»Ich brauch eine Pause«, platzte es da zu ihrer eigenen Überraschung aus ihr heraus.

»Anna!« Nick klang schockiert, hatte sich aber schnell wieder im Griff. »Also schön«, sagte er in eisigem Ton. »Wenn du jetzt noch nicht weißt, wie du zu mir stehst, weißt du es vermutlich nie.«

»So war das doch nicht gemeint ...« Vor ihrem geistigen Auge sah Anna den glitzernden Diamantring. Die Ehe war eine gewaltige Entscheidung – und noch tags zuvor hatte sie sich selbst davon überzeugen müssen, dass es richtig war, ja zu sagen. Sie war längst daran gewöhnt, sich nach Nicks Wünschen zu richten. Doch wie wollten sie gemeinsam durchs Leben gehen, wenn sie nicht mal mit durchkreuzten Weihnachtsplänen zurechtkamen?

Bevor sie noch etwas sagen konnte, rief Nick aufbrausend: »Also gut! Wenn du eine Pause brauchst, dann sollst du sie kriegen. Leb wohl, Anna.«

Die Leitung war tot.

Anna starrte auf den Hörer. In der stillen Telefonzelle erschien ihr der Streit mit Nick plötzlich wie ein riesiger, entsetzlicher Fehler.

Sie konnte ihn wiedergutmachen, es war noch nicht zu spät. Ihr Finger schwebte über der Taste, die Nick zurückholen würde. Sie konnte ihm sagen, dass es ihr leidtat, dass sie es nicht so gemeint hatte, dass sie ganz sicher keine Beziehungspause wollte.

Oder … sie ließ es sein. Sie konnte Mr. Dadus weisen Rat beherzigen und *das Problem auf später verschieben*. Sie konnte beschließen, auch Janey nicht anzurufen – denn mitten im Niemandsland eingeschneit zu sein, war doch die perfekte Ausrede, sich nicht zu melden. Anna stieß einen derart gewaltigen Seufzer aus, dass die Scheibe der Telefonzelle beschlug. Ihr Verstand dagegen war klar wie ein Kristall, befreit vom Schutt ihrer vielen Sorgen, wie ein frisch gereinigtes und gestrichenes Zimmer.

Sie erschrak, als jemand gegen die Scheibe klopfte.

»Alles in Ordnung?«

Die Stimme kam ihr bekannt vor. Sie öffnete die Tür.

»Josh!«

»Tut mir leid, ich wollte nicht neugierig sein – aber du hast dich so beunruhigt angehört. Wollte nur sichergehen, dass alles in Ordnung ist …«

Sie trat aus der Telefonzelle zu ihm in den rieselnden Schnee. Diesmal trug er keine Brille, und so tauchte sie unvermittelt in seine besorgten, warmherzigen braunen Augen. Und wieder befiel sie dieses Déjà-vu-Gefühl, das sie in seiner Nähe hatte. »Kommst du etwa schon wieder zu meiner Rettung?«, stammelte sie.

»Schön zu sehen, dass du heute wenigstens eine Jacke und Stiefel trägst«, erwiderte er. »Aber im Ernst, Anna, ist alles okay?«

»Ja, ist es«, sagte Anna und meinte es auch. »Das war nur … Bürokram«, schummelte sie. »Meine Chefin ist nicht gerade begeistert, dass ich immer noch hier festsitze.«

»Vermutlich bleiben sämtliche Flugzeuge am Boden«, sagte Josh. »Es schneit schon wieder, und allmählich sieht es ganz danach aus, als wäre das gestern nur die Generalprobe für den eigentlichen Schneesturm gewesen.«

Anna nickte. »Ich wollte noch ein paar Sachen besorgen, aber ich hab ehrlich gesagt keine Ahnung, wo ich sie finde.«

Josh sah auf die Uhr. »Ich hab noch eine halbe Stunde, dann muss ich wieder am … in der Arbeit sein. Ich kann dir helfen«, sagte er. »Komm mit.«

Bald kamen sie an ein paar Geschäften und Läden vorbei, die ganz anders waren als die in der Main Street. Mit ihren roten Backsteinfassaden erinnerten sie an Lebkuchenhäuschen, alle mit den gleichen bunten Lichterketten geschmückt. Doch dieser Bereich der Stadt war ein sympathisches Durcheinander. Es gab vier alte Stadthäuser in einer Reihe, Miniaturversionen der Brownstones in Brooklyn, und jedes enthielt ein anderes Geschäft: Funkytown Cheese, Randy's Manuskripte, Jatinder's Textilwaren und Sankos japanische Köstlichkeiten. Es gab auch ein türkisches Café namens Topkapi, ein chinesisches Restaurant namens Heavenly Hakka, ein jüdisches Deli namens Lala Lavine's (»Die besten Schinkensandwiches weit und breit!«, sagte Josh), zwei weitere chinesische Lokale namens Hav-a-Hakka und Hakka Empire, und das Tandoori House mit indischer Küche.

»Wow!«, sagte Anna, während sie durch die Stadt schlenderten. »Das hätte ich nicht erwartet.«

»Snow Falls ist wirklich bunt«, pflichtete Josh ihr bei. »Deshalb gefällt's mir hier so gut. Und da sind wir auch schon.«

Sie standen vor einer Apotheke. Anna musste lachen, als sie das Schild las. »Chemis-Tree, klingt logisch«, sagte sie.

»Na klar. Ich warte hier, okay?«

Anna huschte hinein und kam bald mit einer Tüte voller Toilettenartikel wieder heraus.

»Siehst du?«, sagte Josh. »Wieder ein Problem gelöst. Was steht als Nächstes auf der Liste?«

»Ich könnte noch ein paar praktischere Klamotten gebrauchen ...«

»Snow Falls ist nicht gerade der Hotspot für vernünftige Kleidung, aber ich weiß, wo du einen warmen Pulli bekommen kannst. Gleich hier drüben.«

Er führte sie zu einem Geschäft namens Don't Sweater It. Glöckchen bimmelten, als sie die Tür aufstieß. Das Innere des Ladens sah aus wie die Ideenschmiede für sämtliche Hässliche-Weihnachtspullover-Partys auf der ganzen Welt. Hinter der Ladentheke stand ein älteres Paar in identischen rot-grün-weißen Pullis, auf denen in riesigen gestrickten Blockbuchstaben »Frohe Weihnachten« stand, und strickte gemeinsam an einem weiteren grellbunten Weihnachtspullover. Zum lustigen Geklapper der Stricknadeln tönte »Last Christmas« von Wham! aus der Stereoanlage.

»Es ist vielleicht nicht der Standard, den du gewohnt bist, Anna«, sagte Josh augenzwinkernd. »Aber einen kuscheligen Pullover findest du hier mit Sicherheit.«

Seite an Seite durchsuchten sie die Regale. Josh zog einen königsblauen Pulli mit Zopfmuster heraus, auf dem in Knallgelb die Worte »I Love You a Latke« prangten. »Ich glaube, den muss ich für meine Mom kaufen«, sagte er und legte ihn sich über den Arm.

Denselben hätte Beth für ihren Dad ausgesucht, dachte Anna mit einem Anflug von Wehmut. Sie lenkte sich ab, indem sie einen minzgrünen Pulli mit einer niedlichen kleinen Elfe auf der Brust herauszog. Er war zwar kitschig, aber die Wolle war weich, und die Farbe gefiel ihr.

»Sie haben wohl nichts … Neutrales?«, fragte sie das strickende Paar, während sie den Pullover ihrer Wahl neben die Kasse legte.

»Wir heben nichts auf«, antwortete die Frau mit einem Lächeln, ohne ihr Stricken zu unterbrechen. »Was wir stricken und nicht verkaufen, geht an Obdachlose in Ottawa. Was Sie hier sehen, ist alles, was wir derzeit haben.« Um ihren Worten Nachdruck zu verleihen, klapperte sie mit den Stricknadeln. »Aber es ist doch Weihnachten, Schatz! Der Dezember gehört« – Sie hielt den Pulli in die Höhe, den sie mit ihrem Partner strickte – »den Farben Rot, Grün, Gold und Silber! Was es außerdem braucht, sind …« Sie legte die Stricknadeln beiseite und griff sich einen Paillettenhefter, der neben ihr auf der Theke lag. Als sie ihn auf Anna und Josh richtete, duckten sie sich unwillkürlich. »Pailletten!

Solche Pullis sind genau das Richtige für Sie beide. Lieb von Ihnen, dass Sie den ›Love You a Latke‹-Pulli für Ihren Mann kaufen, übrigens. Ein richtiger Hingucker ist das.«

»Oh, das ist nicht mein Mann.« Anna spürte, wie ihr das Blut in die Wangen schoss. »Wir haben uns eben erst kennengelernt.«

»Eben erst?« Die Frau neigte den Kopf zur Seite, sichtlich verwirrt. »Ich hätte schwören können, dass Sie beide sich schon ewig kennen.«

»Der Pulli ist für meine Mom«, sagte Josh – und Anna war fast sicher, dass er unter seinem kurzgeschnittenen Bart ebenfalls rot geworden war.

Der Mann hinter der Ladentheke nahm Anna genau in Augenschein. Er legte seine Strickarbeit ab und griff unter die Theke. »Es ist die Zeit des Schenkens«, sagte er. »Und ich suche schon lange nach der idealen Person, der ich das hier schenken kann.«

Er hielt eine Strickmütze in die Höhe, die nicht nur einen, sondern gleich *zwei* Bommel hatte: der eine rot, der andere grün. Bevor Anna protestieren konnte, lachte die Frau vor Entzücken, griff sich die Mütze, kam hinter der Theke vor und setzte sie Anna auf den Kopf.

»Mein Göttergatte hat recht, die ist wie geschaffen für Sie. Na *das* sieht wirklich mal festlich aus, nicht wahr, Schatz? Probieren Sie doch mal den Pulli dazu. Sie können ihn gleich anbehalten.«

Draußen musterte Josh sie von der Seite. »Du siehst wirklich … festlich aus«, stellte er fest.

»Seien wir ehrlich, ich sehe aus, als hätte sich Weihnachten über mir ausgekotzt.«

Er drehte sich zu ihr um, kniff in einen der Bommel und sah ihr dabei in die Augen. »Ich find sie niedlich«, sagte Josh. Sie standen einander gegenüber, während weiche Schneeflocken zwischen ihnen umherwirbelten. Anna spürte ein Flattern in der Brust, doch Schuldgefühle hatten es bald erstickt. Sie und Nick hatten sich gerade fürchterlich gestritten und eine Beziehungspause beschlossen. War es in Ordnung, im sanft fallenden Schnee mit einem Fremden zu flirten, als hätte sie keinerlei Sorgen?

Dann dachte Anna an Mr. Dadus Rat, sie solle sich ein Sorgenfasten auferlegen. Dieses Städtchen hatte etwas an sich – dazu noch Joshs humorvolle, umgängliche Art –, was es ihr erstaunlich leicht machte, ihre Probleme beiseitezuschieben.

»Also schön, zu einem Laden müssen wir noch, bevor ich wieder zur Arbeit gehe«, sagte Josh. »Es gibt etwas, das in Snow Falls wirklich unverzichtbar ist.«

Sie schlenderten in kameradschaftlichem Schweigen die Straße entlang, bis er sagte: »Geht's besser? Du hast dich so verzweifelt angehört vorhin in der Telefonzelle, ich hab mir Sorgen gemacht.«

Anna blieb stehen, holte tief Luft, ließ den Blick über die kleine verschneite Stadt gleiten, in der sie so unvermutet gelandet war, und blickte dann in Josh Tannenbaums einladende braune Augen. »Ich weiß es nicht«, sagte sie wahrheitsgemäß, weil sie an das aufreibende Gespräch mit Nick denken musste. »Ich muss ein paar persönliche Dinge klären, aber ich bekomme das hin.«

»Wenn du irgendwas brauchst, lass es mich wissen, ja?«

»Danke, Josh«, sagte sie. Die Wahrheit war, dass sie sich

fast *glücklich* fühlte. Fast ... frei. Im selben Moment, als ihr dieser Gedanke kam, stieg ihr ein verlockender Duft in die Nase. »Du meine Güte, was ist das ...?«

Joshs Augenwinkel kräuselten sich, als er lächelte. »Unser letzter Aufenthalt auf unserer Snow-Falls-Tour. Komm schon«, sagte er und führte sie in eine Konditorei namens Gingersnaps.

Im Inneren spielte gerade »O Tannenbaum«, eines von Annas allerliebsten Weihnachtsliedern. Wer es hörte, dem wurde gleich etliche Grad wärmer ums Herz. Nat King Coles Stimme erinnerte an geschmolzene Butter auf einem frischgebackenen Muffin. Doch diese Konditorei hatte noch viel mehr zu bieten als die Standardleckereien wie Muffins und Plätzchen, bemerkte Anna staunend.

»Rugelach!«, rief sie aus. In so vielen Geschmacksrichtungen hatte sie sie noch nie zuvor gesehen. »Und Babka!«

»Ja, und schau mal hier! Chanukka-Schokogeld.« Er beugte sich zu ihr hinunter und raunte ihr ins Ohr: »Auf den ersten Blick ist Snow Falls die Weihnachtsstadt schlechthin – aber auch das jüdische Lichterfest ist hier vertreten.«

»Was für ein wunderschöner Laden!«

Einige Kunden standen Espresso trinkend an einer Vollholztheke und plauderten. In einer blitzsauberen Glasvitrine waren sämtliche Backwaren aufs Feinste arrangiert. »Ich kann mich nicht entscheiden«, stöhnte Anna. »Was soll ich probieren? Weihnachtsplätzchen? Einen Olivenöl-Donut? Mini-Baumkuchen?«

»Vertraust du mir?«, fragte Josh, und Anna spürte erneut dieses unerwartete Flattern. Diesmal verscheuchte sie es nicht.

»Ja.«

»Dann bestell dir Ananas-Rugelach. Etwas Feineres hast du noch nie gekostet, versprochen.«

»Wird gemacht. Dazu ein Cappuccino«, fügte Anna hinzu.

»*Und* ein Stück von Großmama Jeans preisgekröntem Fondant«, fügte Josh hinzu und warf ihr von der Seite einen Blick zu. »Vorausgesetzt, du hast wirklich Vertrauen zu mir.«

»Schokoladenfondants sind eine ernste Sache, aber ich vertrau dir und geh das Risiko ein.«

Die Theke war dick wie Zuckerguss und glänzend wie Kuchenglasur. Sie und Josh lehnten sich daran, um ihre süßen Leckereien zu verspeisen, die sie mit Kaffee hinunterspülten.

»Du hattest recht«, sagte sie, nachdem sie einen Bissen von dem köstlichen Gebäck in den Mund geschoben hatte, das mit Maraschinokirschen und karamellisierter Ananas gefüllt war. »*Unfassbar* lecker.« Dann probierte sie den köstlichen Fondant. »Ich fühle mich wie im Himmel!«

Anna wäre am liebsten den ganzen Tag geblieben, um all die Leckereien und die Atmosphäre zu genießen –, aber Josh blickte bedauernd zur Tür. »Tut mir leid«, sagte er. »Ich bin schon spät dran. Aber bleib ruhig noch hier. Meine Rugelach darfst du auch noch aufessen, wenn du magst. Und …« Sie wurde das Gefühl nicht los, dass Josh plötzlich traurig aussah. »… Ich hoffe, wir sehen uns noch mal.«

Das war alles. Bevor sie sich bei ihm bedanken konnte, war er schon im Gedränge, dann durch die Tür und in den verschneiten Tag verschwunden.

Anna zwang sich, nicht weiter darüber nachzudenken, welches Verlustgefühl seine plötzliche Abwesenheit in ihr auslöste – und sie fragte sich auch nicht, warum einige der Konditoreikundinnen zuerst Josh hinterherstarrten und sich dann mit unerklärlichem Interesse ihr zuwandten. Während sie ihren Kaffee trank und die Süßigkeiten verspeiste, dachte sie über Maryam nach und was Mr. Dadu über eine mögliche Freundschaft zwischen ihnen beiden angedeutet hatte. Maryam wirkte auf sie wie eine ziemlich harte Nuss – aber vielleicht wäre sie ja doch zu knacken, dachte Anna und ließ sich eine Schachtel voller Köstlichkeiten einpacken. Solchen Leckereien konnte niemand widerstehen, schon gar nicht nach einem langen Fastentag. Bepackt mit den Schätzen eines erfolgreichen Einkaufsmorgens verließ sie den Laden.

»So, wie komme ich jetzt zum Hotel zurück? Zuerst nach rechts, dann nach links, und wieder links, oder nach links, dann nach rechts und wieder rechts?«, murmelte Anna im Gehen leise vor sich hin.

Es gab schlimmere Orte, um sich zu verlaufen, dachte sie und blieb kurz vor einem Geschäft für Haustierbedarf stehen. Im Schaufenster war eine Sammlung niedlicher Weihnachtskostüme für Hunde und Katzen ausgestellt. Das hinreißende italienische Lokal nebenan war leider noch geschlossen. Als sie hineinspähte, entdeckte sie weißrot karierte Tischtücher, die über die leeren Tische gebreitet waren, auf denen rote und grüne Kerzen standen. Plötzlich überlief sie ein Schauer. War sie schon einmal hier gewesen? Nein, unmöglich. Doch sie hätte schwören können, dass sie exakt dasselbe Restaurant bis hin zu den Botticelli-Drucken an den unverputzten Backsteinwänden schon einmal gesehen hatte.

Da fiel es ihr wie Schuppen von den Augen, und sie stieß einen kleinen Freudenschrei aus: Sie stand vor Buon Natalie's, dem italienischen Restaurant aus *Eine Nacht zur Weihnachtszeit.* Es war die exakte Kopie des italienischen Lokals, in dem Tyler um Janes Hand angehalten hatte!

Anna trat einen Schritt zurück – und sah eine kleine Menschentraube auf sich zukommen. Als sie eine Kamera und ein Galgenmikrophon entdeckte, wurde ihr klar, dass es sich um eine Filmcrew handelte. Das war sicher keine Einbildung – es *musste* stimmen: Snow Falls war der geheime Drehort des heißersehnten Films *Zwei Nächte zur Weihnachtszeit.* Ihr neuer Freund, Mr. Dadu, würde begeistert sein.

Anna machte auf dem Absatz kehrt und schlug den Weg zum Hotel ein. Sie konnte es kaum erwarten, ihm davon zu erzählen.

ACHT

Maryam

21. Dezember

Maryam hatte nichts tun können, um ihrer Schwester mit der Hochzeit zu helfen, also orderte sie stattdessen Saimas Lieblingsessen. Zu ihrer Überraschung gab es in Snow Falls ein hakka-chinesisches Restaurant mit Halal-Gerichten, und besser noch, sie versprachen trotz des vielen Schnees zu liefern.

Als sie die junge Frau am anderen Ende der Leitung bat, das Essen kurz vor Sonnenuntergang zu schicken, hielt diese inne. »Muslima?«, fragte sie, und Maryam bejahte. »*Ramadan Kareem*, habt einen großzügigen Ramadan«, sagte die Frau, ehe sie auflegte.

Maryam blickte verdutzt auf den Hörer. Sie hatte Snow Falls für eine Kleinstadt mit Weihnachtsfimmel gehalten. Das Hotelfoyer erstickte geradezu in Weihnachtsdeko, einschließlich eines gewaltigen Christbaums, der sich regelrecht krümmte unter der Last des Schmucks – glänzende Kugeln in Rot, Grün, Silber und Gold; allerlei Figürchen aus Emaille, die lachende Elfen, Schlitten, Rentiere und Weihnachtsmänner darstellten; außerdem Schnüre aus Popcorn und roten Beeren, dazu Lametta und Lichterketten in sämtlichen Farben des Regenbogens, eindeutig das Ergebnis von Kaths enthusiastischem Einsatz. Kränze schmückten jede Tür. Und trotz alledem wussten ihre australischen Gastgeberinnen, dass gerade Ramadan war und was es damit auf sich hatte.

Nach ihrer (zugegebenermaßen begrenzten) Erfahrung waren Kleinstädte nicht gerade Hotspots der Diversität. Dennoch war es bereits das zweite Mal, dass der Fastenmonat von den Ortsansässigen honoriert worden war. Ein leises Gefühl der Verwunderung regte sich in ihr.

Ein Teil der Hochzeitsgesellschaft verbrachte den Tag mit Schlafen und Fernsehen auf den Zimmern, andere plauderten im vorderen Teil des Foyers, der ihnen als Versammlungsort diente. Ihre Eltern und Dadu waren in Indien aufgewachsen, hatten den Großteil ihrer Zeit in Gemeinschaftsräumen verbracht, und das Foyer mit seiner zentralen Lage, den komfortablen Sitzgelegenheiten und dem warmen Kamin erfüllte diesen Zweck sehr gut. Außerdem schienen Deb und Kath sich zu freuen, dass ihr Foyer von den Gästen genutzt wurde. Dadu hatte entdeckt, dass im Heartline Channel ein Weihnachtsfilm-Marathon lief, und als Maryam, die wie die Übrigen den verlorenen Schlaf nachgeholt hatte, zu ihm stieß, hatte er schon *Eine Nacht zur Weihnachtszeit* hinter sich. Sie bedauerte es, ihren Lieblingsfilm verpasst zu haben, tröstete sich aber mit dem Gedanken, dass er bestimmt noch öfter laufen würde. Zu Mittag machte Dadu eine Pause, um das Zuhrgebet zu sprechen. Währenddessen setzte Farah sich zu Maryam, die den nächsten Film einschaltete. Dadu hatte einen ganzen Stapel VHS-Kassetten eingepackt und wollte sich unbedingt *Kuch Kuch Hota Hai* ansehen. Der Film war erst zwei Jahre zuvor herausgekommen, aber schon jetzt ein Klassiker.

»Hast du meine Nachricht an Saif weitergegeben?«, fragte Farah.

Maryam nickte und versuchte, ihre Geschichte glaubhaft klingen zu lassen. Dadu betete in der Nähe, und sollten ihre Eltern erfahren, dass Saif in ihrem Hotelzimmer gewesen war, wären sie ganz und gar nicht erfreut. »Ja ... ich bin ihm zufällig in die Arme gelaufen. An der ... Eismaschine ..., denn ich brauchte Eis, nachdem ich ... ihm in die Arme gelaufen war«, improvisierte sie. Farah hörte sich Maryams Gestammel an, und lachte dann.

»Du kannst immer noch nicht lügen«, stellte sie fest. »Saima und ich haben mal versucht, dich zum Lügen zu bringen, weil wir sehen wollten, wie du rot wirst. Es war zum Schreien.«

Maryam schlug spielerisch nach Farah. »Wenn du nicht zur Hochzeit kommst, um mit Saif verkuppelt zu werden, warum bist du dann hier?«, fragte sie, ehrlich interessiert.

Farah seufzte. »Ich wusste nicht, wo ich die Feiertage verbringen sollte. Adam feiert mit seiner Mom und seinem Stiefvater in Denver Weihnachten, und die Sache mit uns ist gerade ... ziemlich kompliziert. Ich war wohl in der Stimmung für eine altmodische Desi-Hochzeit. Wir waren bei so vielen, als wir Kinder waren, weißt du noch?«

Es stimmte – ihre Kindheit war voller Hochzeiten, Mehndi-Tanzpartys nur für Frauen und Familiendinner gewesen. In der südasiatischen Kultur drehte sich alles um die Familie, und eine Hochzeit war immer ein großes Ereignis. Die meisten Leute kamen mit sämtlichen Familienangehörigen zu den Feierlichkeiten, die daher zumeist in Gemeindezentren, Moscheen oder Bankettsälen stattfanden.

Maryam nickte. »Weihnachten war im Grunde der inoffizielle Saisonstart für Desi-Hochzeiten«, scherzte sie, und Farah nickte lächelnd.

»Sind deine Eltern unglücklich mit Adam?«, fragte sie, nachdem sie die VHS-Kassette eingelegt und sich vergewissert hatte, dass die Untertitel funktionierten, falls sich jemand dazugesellen sollte, der oder die kein Hindi sprach. Sie dachte an Anna und fragte sich, was ihre neue Bekanntschaft wohl gerade unternahm. *Nicht mein Problem*, rief sie sich ins Gedächtnis.

Farah zuckte mit den Schultern. »Sie wollen, dass ich einen Mann heirate, der desi und muslimisch ist. In ihren Augen hat Saima das große Los gezogen. Ein indischstämmiger Arzt aus reichem Hause, besser geht's kaum.«

»Der heilige Gral«, pflichtete Maryam ihr bei, und die Frauen lachten.

»Ich bin eine Enttäuschung für sie. Mein Freund ist nicht muslimisch, und ich bringe Grundschulkindern Kunst bei …«

»Mom meinte, du bist Physiklehrerin an einer Charterschule und hast es nur mit Mittelstufen-Genies zu tun!«, fiel Maryam ihr ins Wort.

Farah verdrehte die Augen. »Physik hab ich schon nach der neunten Klasse abgewählt. Ich bringe Achtjährigen bei, wie man Linien zeichnet und aus Ton Skulpturen knetet. Außerdem hab ich auf dem örtlichen Flohmarkt einen Verkaufsstand. Er heißt Farah-licious. Die meisten Bilder, die ich dort verkaufe, sind Porträts von meiner Katze.«

Maryam lachte. »Ich bin froh, dass du zur Hochzeit kommst«, sagte sie ehrlich. »Ich hoffe, du findest, wonach du suchst.«

Farah zwinkerte ihr verschwörerisch zu. »Du hoffentlich auch. Ich glaube, Saif macht endlich die Augen auf.«

»Was meinst du?«, fragte Maryam, obwohl bereits eine zarte Röte ihren Hals heraufgekrochen kam. Farah hatte recht – ihre Gefühle waren ihr viel zu deutlich anzusehen.

»Du stehst auf Saif, seit wir Kinder waren. Ich freue mich, dass er es endlich kapiert.« Farah zögerte, als sei sie unsicher, ob sie weitersprechen sollte. »Ich hab den Eindruck, dass du dir vielleicht nicht ganz ... sicher bist«, sagte sie vorsichtig. »Nach allem, was du durchgemacht hast, ist das normal. Und wie ich deine Eltern kenne, wollen sie, dass du dich von Saif fernhältst.« Sie sprach erst weiter, als Maryam verlegen nickte. »Darf ich dir als alte Freundin einen unaufgeforderten Rat geben? Saif ist ein guter Kerl. Lass dich von den Gerüchten über ihn nicht verunsichern. Greif zu, wenn sich eine Chance bietet.«

Maryam sah Farah verdutzt an. Das Mädchen war drei Jahre jünger als sie, und doch erschien sie ihr in diesem Moment genauso weise wie Dadu. »Woher weißt du das alles?«

Der mitfühlende Blick, den Farah ihr zuwarf, gab Maryam wie schon lange nicht mehr das Gefühl, von jemandem gesehen zu werden. »Du bist nicht das einzige Desi-Mädchen, das die Hoffnungen und Lasten ihrer Familie zu schleppen hat, Maryam. Ich hab lange gebraucht, bis ich akzeptieren konnte, dass auch wir unsere Happy Ends verdient haben – auch wenn sie ein bisschen anders aussehen, als sich unsere Familien das für uns vorgestellt haben.«

Bevor Maryam antworten konnte, klopfte Farah ihr auf die Schulter und ging. Da kam Kath vorbei, sauberes Bettzeug im Arm. Heute trug sie eine schnittige graue Stoffhose zum schwarzen Kaschmirpulli, dessen Halsausschnitt rote Glöckchen säumten.

»Na wie geht's meinen muslimischen Lieblingsgästen?«, fragte sie.

»Ausgezeichnet. Wir haben nach dem Morgenessen die Tischtücher als Gebetsteppiche benutzt, das geht doch in Ordnung?«

Kath hielt inne, und ihre Miene verfinsterte sich. »Wir wollten Ihnen heute Morgen doch etwas Besonderes zubereiten, und haben es prompt vergessen! Der Fastentag endet bei Sonnenuntergang, oder? Ich gehe zu Deb, damit sie rasch ein paar Häppchen zurechtmacht und ...«

»Ist schon gut«, sagte Maryam, um die Frau zu beruhigen. »Ich hab uns was beim Hakka-Chinesen bestellt.«

»Bei welchem denn, Hav-a-Hakka?«, fragte Kath.

»Nein«, sagte Maryam.

»Heavenly Hakka? Die sind auch ein Café.«

»Hakka Empire, glaube ich.«

»Ah ja, das betreiben Muriel und ihre Tochter. Gute Wahl. Also schön, dann bekommen Sie morgen was Feines zum Frühstück.«

»Mit Verlaub, Miss Kath?« Dadu hatte sich wieder zu den Frauen gesellt und meldete sich jetzt höflich zu Wort. »Wir würden uns lieber selbst ein paar Häppchen zurechtmachen«, sagte er, Kaths Ausdrucksweise übernehmend.

»Was er sagen möchte, ist: Dürfen wir Ihre Küche benutzen?«, fragte Maryam lächelnd. In Anbetracht der enormen Arbeitsbelastung der Hotelbetreiberinnen hatte die Hochzeitsgruppe beschlossen, die beiden zu entlasten. Die Erleichterung auf Kaths Gesicht bestätigte ihren Verdacht.

»Natürlich, meine Liebe, wir zeigen Ihnen alles. Ich kann doch nicht zulassen, dass meine muslimischen Gäste während des Ramadans hungern.« Sie stockte und fügte hinzu: »Außer am helllichten Tag natürlich, wollte ich sagen.« Sie lachte über den eigenen Witz und eilte weiter.

»Dadu«, sagte Maryam nachdenklich, »ist dir an Snow Falls irgendwas Merkwürdiges aufgefallen?«

»Dass die Menschen hier außerordentlich freundlich und auch attraktiv sind, vielleicht?«, fragte Dadu. »Es liegt wohl am guten kanadischen Wasser.«

Maryam schüttelte den Kopf. »Ich meinte ... na ja, die Stadt überrascht mich, das ist alles. Ich hatte sie mir völlig anders vorgestellt. Ich sehe mal nach unserem Essen – es müsste jeden Moment hier sein.«

Draußen ging Maryam um das Gebäude herum in die Seitenstraße am Hotelparkplatz – und lief geradewegs Anna in die Arme.

»Anna! Ich hab am Flughafen nach dir gesucht, konnte dich aber nirgends finden!«, rief Maryam. Das freudige Lächeln, das ihre Miene erhellte, als sie Anna wiedersah, kam völlig unerwartet.

Sie nahm Annas Outfit in Augenschein: eine Wollmütze mit nicht nur einem, sondern zwei Bommeln, und über dem blauen Cocktailkleid ein giftgrüner Strickpullover, auf dem sich eine muntere kleine Elfe tummelte. Den Parka trug sie über dem Arm.

Anna zuckte hilflos mit den Schultern. »Du weißt ja, mein Koffer ist verschwunden!«

Und ob sich Maryam erinnerte, und sie fröstelte mitfühlend. Es schneite immer noch und war auch ziemlich kalt. »Dein Pulli ist wirklich hübsch«, sagte sie, weil Anna ihr leidtat.

»Ich glaube, das treffende Wort dafür ist ›kitschig‹. Aber ich hab ihn in der Stadt gekauft, da findest du eine Menge süßer Läden und Restaurants. Ich hab mich stundenlang umgesehen, und es gibt nicht nur Weihnachtsläden – Snow Falls hat wirklich alles, was man sich nur vorstellen kann. Und eine wunderbare Konditorei noch dazu.« Sie hielt eine große Schachtel in die Höhe, der ein herrlich süßer Duft entströmte.

»Hmm, köstlich. Woher wusstest du, wo du hingehen musst?«

»Ein neuer Freund hat mir die Stadt gezeigt«, sagte Anna, und sah aus, als wollte sie Maryam etwas erzählen. »Die sind für euch, zum Fastenbrechen – als Dankeschön für die Anregung deines Großvaters; auf seinen Rat hin habe ich heute gefastet.«

Maryam wusste zwar nicht, was Anna genau meinte, war aber froh zu hören, dass ihr Dadu offenbar reichlich Gelegenheit hatte, seiner Lieblingsbeschäftigung nachzugehen: kluge Ratschläge an die jüngere Generation weiterzugeben. »Das ist sehr nett von dir«, sagte sie. Und das war es tatsächlich. »Du hast also gefastet?«

Anna schüttelte verlegen den Kopf. »Nein, nicht wirklich. Mr. Dadu erzählte mir, dass er als Diabetiker zwar nicht mit euch fastet, aber trotzdem versucht, diesem besonderen Monat etwas abzugewinnen. Ich hatte einige Dinge in meinem Leben zu regeln, und er schlug vor, ich sollte es doch mal mit Sorgenfasten probieren. Ich habe mir vorgestellt, dass das Fasten so etwas wie ein Akt des radikalen Mitgefühls ist, und einen Teil dieses Mitgefühls habe ich nun auch auf mich selbst angewendet.« Das Geständnis schien sie nervös zu machen, und Maryam unterdrückte den Drang, Anna wegen ihrer Ernsthaftigkeit aufzuziehen.

»So hab ich das noch nie gehört«, sagte sie stattdessen. Und dann, sanfter: »Ich finde es großartig, dass du auf Dadus Rat hin beschlossen hast, heute mal netter zu dir selbst zu sein. Ich sollte mir ein Beispiel daran nehmen.«

»Ich dachte, du findest die Idee blöd«, gab Anna zu, und wieder hatte Maryam ein schlechtes Gewissen. Sie hatte dafür gesorgt, dass Anna sich klein fühlte, benahm sich voreingenommen gegen sie, während Anna immer nur nett zu ihr gewesen war – na ja, auch ein bisschen nervig, aber meistens doch sehr nett.

»Ganz und gar nicht«, sagte Maryam. »Danke, dass du mit meinem Dadu geredet hast. Dadu bedeutet übrigens ›Großvater‹. Sein eigentlicher Name lautet Mohamed Ali Mumtaz Aziz, aber wir nennen ihn Dadu.«

»Ach so«, sagte Anna, schon wieder verlegen. »Er hat mich nie korrigiert, wenn ich Mr. Dadu zu ihm gesagt habe.«

»Er will eben jedermanns Großvater sein«, erwiderte Maryam.

Sie lächelten einander zu. Zwei Lieferwagen kamen angefahren und hielten am Straßenrand. Im nächsten Moment sprang Saif aus dem Hoteleingang, so dass die Frauen erschrocken zusammenfuhren.

»Überraschung! Ich hab uns zum Iftar chinesisches Essen bestellt«, verkündete er.

Ratlos blickte Maryam zwischen Saif und den Lieferwagen hin und her. »Ich doch auch.«

Anna hob die Schachtel mit den Süßigkeiten in die Höhe. »Und ich hab den Nachtisch besorgt.«

Maryam musste lachen und winkte den Lieferanten, ihr ins Hotel zu folgen.

Am Ende hatten sie so viel zu essen, dass sie die Reste mit den anderen Gästen teilen konnten. Mit ein wenig Glück wären sie morgen auf dem Weg nach Toronto – je früher, desto besser. Saima hatte sich ausgerechnet, dass die Hochzeit, falls sie es auf wundersame Weise tatsächlich nach Toronto schaffen würden, doch noch stattfinden könnte. Die Mehndi-Party müsste allerdings ausfallen. Da es immer noch schneite, wollte Maryam nicht so recht daran glauben, aber sie war es leid, die Hoffnungen ihrer Schwester zunichtezumachen. Wenigstens nicht vor dem Essen und einer besonders großen Tasse Chai. Für Maryam selbst war die Vorstellung, noch einen weiteren Tag in Snow Falls festzusitzen, gar nicht so abstoßend.

Im massiven Kamin knisterte und prasselte das Feuer, während sich die Hochzeitsgäste und Anna Rindfleisch mit scharfem Chili, Garnelen mit schwarzem Pfeffer, Nudeln mit Huhn, geröstetem Reis, Momos süß-sauer und Tofu in einer Sauce aus Schwarzen Bohnen schmecken ließen. Alle Gerichte, auch das Gebäck aus der Konditorei, türmten sich auf der großen Tafel im Foyer. Eine zufriedene Stimmung legte sich über die spontane Dinnerparty, und sogar Saima schien sich gefangen zu haben.

Anna ließ sich neben den Schwestern auf der Couch nieder, und Saima musterte ihren bunten Weihnachtspullover. »Lass mich raten. Gepäck verloren?«

Anna nickte.

»Hör mal, wir haben immer zu viel eingepackt«, sagte Maryam. »Veranlagung, nehme ich an. Sind Jeans und Pullover für dich in Ordnung? Wir dürften ungefähr die gleiche Größe haben …« Sie unterbrach sich, weil Saima aufgesprungen war, plötzlich wieder voller Energie.

»Ich such ein paar Outfits für dich zusammen, Anna. Es macht dir doch nichts aus, Maryam, wenn ich in deinen Sachen stöbere?« Ohne die Antwort ihrer Schwester abzuwarten, eilte Saima die Treppe hinauf. Maryam war so erleichtert, ihre Schwester abgelenkt zu sehen, dass sie keine Einwände hatte. Sie würde später überlegen, wie sie ihre Klamotten von Anna zurückbekäme.

»Ich weiß das sehr zu schätzen«, sagte Anna zu Maryam.

»Ist schon gut. Das alles war ganz schön … heftig.«

»Wenigstens hast du deine Familie um dich. Du hast so ein Glück, weißt du das? Du hast eine große Familie, eine Schwester …« Anna blickte wehmütig in Saimas Richtung und seufzte. »Ich hab mir immer eine Schwester gewünscht. Oder einen Bruder, überhaupt Geschwister. Eben eine große Familie wie die deine. Es kommt mir so …«

»Glaub mir, es ist nicht so lustig, wie es von außen den Anschein hat«, sagte Maryam.

Anna neben ihr wurde steif. »Ich meinte doch nur, dass

es sicher ein Trost ist, Menschen um sich zu haben, wenn man sie braucht. Wenn alles fürchterlich schiefläuft und man mutterseelenallein in einer fremden Stadt feststeckt. Aber egal« – Anna begann, ein paar Teller aufeinanderzustapeln – »ich trag das mal in die Küche.«

»Du hast ja recht, ich hab eine tolle Familie, und ich liebe sie sehr«, sagte Maryam mit reumütigem Lächeln. »Aber sie können auch fürchterlich anstrengend sein. Ständig muss ich all ihre Probleme lösen, und wenn mal was schiefgeht, geben sie mir die Schuld. Manchmal wünsche ich mir ganz einfach, ich könnte mich für eine Weile dem Ganzen entziehen.«

Anna nickte verständnisvoll, hatte aber immer noch diesen sehnsüchtigen Blick. »Du bist eine wunderbare Schwester. Und Tochter. Und Enkelin. Ich kann mir schon vorstellen, dass es auch mal stressig ist, so vieles auf einmal zu sein. Ich finde übrigens, du machst das ganz toll. Saima weiß es zu schätzen, und Dadu versteht dich.«

Annas Worte rührten Maryam. Sie wollte gerade antworten und fragen, was aus Nick und ihren durchkreuzten Weihnachtsplänen geworden war, als Saima mit einem riesigen Stapel Klamotten zurückkam.

»Okay, los geht's.« Saima ließ den Kleiderhaufen auf die Couch fallen und hielt Anna eine blaue Bluse hin. »Nö! Zu unelegant!« Sie warf sie beiseite. »He, meine Lieblingsbluse ...« protestierte Maryam.

Ein paar Minuten später hatte Anna Klamotten für eine ganze Woche im Arm.

»Vielen, vielen Dank ihr zwei«, sagte sie. »Ich geh mal rauf ...«

»Bleib noch ein bisschen«, bat Saima. »Wir sehen uns ein paar Bollywood-Filme an. Du hast nicht gelebt, bevor du nicht Shah Rukh Khans schmachtenden Blick gesehen hast.«

Anna lachte. »Es geht wirklich nicht«, sagte sie schweren Herzens. »Ich will mich nicht aufdrängen, ihr seid schon liebenswürdig genug gewesen.«

Sie glaubt immer noch, ich will sie nicht um mich haben, dachte Maryam und dann: *Will ich sie denn um mich haben?* Sie dachte daran, was Dadu immer sagte: *Reiche anderen die Hand; du weißt nie, wann du ihre Freundlichkeit brauchst.*

»Wir hätten dich sehr gern bei uns«, sagte Maryam. »Dieser Monat ist heilig – heute ist die siebenundzwanzigste Nacht, die ist etwas ganz Besonderes –, aber er gehört auch der Familie und neuen Freunden.«

»Also gut«, sagte Anna und setzte sich wieder auf die Couch. »Apropos Filme, wenn euer Dadu herunterkommt, habe ich eine Neuigkeit für ihn: Ich glaube, hier in Snow Falls wird gerade ein Film gedreht – und zwar der Nachfolger von *Eine Nacht zur Weihnachtszeit*. Mr. Dadu meinte, den findet ihr toll, stimmt das?«

Die Schwestern sahen einander mit weit aufgerissenen Augen an. Saima legte die Hand aufs Herz. »Das gibt's nicht! Ich steh total auf Chase Taylor«, sagte sie. »Ich hab diesen Film bestimmt schon zehnmal gesehen, und Maryam hat sich mindestens zwanzigmal *Mondschein* reingezogen!«

»So oft jetzt auch wieder nicht«, murmelte Maryam.

»Letztes Jahr hast du Chase einen ganzen Monat lang

›Mr. Maryam Aziz‹ genannt«, sagte Saima, und diesmal lief Maryam rot an. »Und du hast andauernd davon gesprochen, dass du einem attraktiven Mann, der auch noch Drehbücher schreibt, nicht widerstehen kannst.«

Saif am anderen Ende des Raums sah Maryam mit hochgezogener Augenbraue an und kam dann beiläufig herübergeschlendert, um sich zu ihnen zu gesellen. »Was höre ich da? In Snow Falls wurden Promis gesichtet?«, fragte er.

»Anna glaubt, dass Maryams Zukünftiger, Chase Taylor, gerade einen Film in der Stadt dreht, und wir suchen nach dem perfekten Ort für ein erstes Date«, sagte Saima, um ihn aufzuziehen. Als Saif sie verständnislos ansah, erklärte Saima: »Er hat in einem romantischen Weihnachtsfilm, auf den unsere ganze Familie abfährt, die Hauptrolle gespielt, und war dann gleich darauf in einem total miesen Superheldenstreifen zu sehen. Dann hat er das Drehbuch zu Maryams liebstem Indie-Film verfasst und darüber hinaus noch die Hauptrolle gespielt.«

Saif schnippte mit den Fingern. »Seinen großen Flop hab ich im Kino gesehen, *Captain Eagleman*! Ich bin schon nach der Hälfte gegangen. Hat der Film nicht eine Goldene Himbeere gewonnen?«, sagte er und bezog sich auf den Preis für die schlechtesten Filme des Jahres. »Aber Chase ist zur Preisverleihung erschienen, hat also Größe bewiesen.«

Saima blätterte durch den Stapel Zeitschriften neben der Couch und förderte eine alte *Us Weekly* zutage. »Da haben wir's!«, sagte sie aufgeregt. »Vor ein paar Wochen hab ich gelesen, dass der Nachfolgefilm von *Eine Nacht zur Weihnachtszeit* in irgendeinem entlegenen kanadischen Dorf gedreht wird.« Sie blickte mit weit aufgerissenen Augen in die

Runde. »Sie drehen *Zwei Nächte zur Weihnachtszeit* hier in Snow Falls!«, kreischte sie.

Maryam freute sich über die Begeisterung ihrer Schwester. Zum ersten Mal, seit sie in dieser Kleinstadt gestrandet waren, sah sie Saima lächeln.

»Ich hab sogar vor dem Restaurant gestanden, das im Film so wichtig war – ihr wisst schon, dieses süße italienische Lokal? Ich hab's wiedererkannt, weil ich mir heute Morgen mit eurem Dadu *Eine Nacht zur Weihnachtszeit* angesehen habe. Das muss ich unbedingt Josh erzählen ...« Anna wurde rot, wie Maryam verwundert feststellte.

Saima war das offensichtlich auch aufgefallen. »Oho, wer ist denn Josh?«, fragte sie. »Hast du etwa einen süßen *Jungen* kennengelernt, Anna?«, stichelte sie, während Anna sich sichtlich unbehaglich fühlte.

»Da war nichts, wirklich, ich bin ihm letzte Nacht im Pub begegnet. Wir stammen beide aus Toronto, und die Maple Leafs sind für jeden eingefleischten Fan ein wunder Punkt. Josh und ich hatten nur Mitleid, weiter nichts, keine große Sache ...« Sie verstummte.

Saima lächelte belustigt. »Und?«, bohrte sie weiter.

Anna wirkte verlegen. »Na ja ... möglicherweise hat er mich durch den Schnee getragen, weil ich gestern diese albernen High Heels anhatte, ihr wisst schon.«

Saima brüllte vor Lachen. Sie konnte ohne mit der Wimper zu zucken schwer verwundete Patienten behandeln, war aber hilflos, wenn es um Klatschgeschichten ging. Sobald Saima sich wieder gefangen hatte, bedeutete sie Anna, sie solle weitererzählen.

»Heute Vormittag bin ich ihm zufällig auf der Main

Street begegnet, und er hat mir die Stadt gezeigt. Keine große Sache also.«

»Nein, keine große Sache«, sagte Maryam mit neutraler Miene. Sie warf ihrer Schwester einen Blick zu, woraufhin Saima das Thema wechselte.

»Also schön, morgen gehen wir alle in die Stadt und sehen uns das Filmset an, abgemacht?«, sagte Saima. »Vielleicht will dein neuer Freund Josh ja mitkommen. Was meinst du, Maryam?«

»Gut, gehen wir auf Promijagd, ich bin dabei«, sagte Maryam, um Anna weitere Sticheleien zu ersparen. Sie wusste ja, dass Annas Liebesleben komplizierter war, als sie zugeben wollte.

»Und was ist mit dir, Saif?«, fragte Saima, und ihr Lächeln wurde boshaft. »Du willst doch sicher Tenisha Barlowe kennenlernen; außerdem könntest du Maryam dabei helfen, Chase Taylor aufzuspüren.«

Maryam stöhnte auf. Wie konnte ihre Schwester so wenig Feingefühl besitzen? Offenbar teilte diese die Vorbehalte ihrer Eltern ganz und gar nicht. »Saima«, zischte sie.

Aber Saif war gnädig. »Wir sind am Hollywood-Nordpol eingeschneit, also machen wir das Beste draus. Am Ende wird noch einer von uns gecastet.«

Nachdem sie vereinbart hatten, am Morgen gemeinsam loszugehen, wünschte Saif den Frauen augenzwinkernd eine gute Nacht. Maryam sah ihm mit gemischten Gefühlen hinterher. Sie respektierte die gutgemeinte Warnung ihrer Eltern, aber Farahs Worte hallten immer noch in ihr nach: *Saif ist ein guter Kerl. Lass dich von den Gerüchten über ihn nicht verunsichern.*

Saima sprang auf. »Ich muss mein Outfit planen für unseren großen Ausflug in die Stadt und Miraj anrufen. Hoffentlich sind die Straßen morgen frei, dann hol ich mir ein Autogramm von Chase, und wir können abreisen. Gute Nacht, ihr zwei!«

Während Saima die Treppe hinaufeilte, wandte Maryam sich lächelnd Anna zu. »Danke, dass du Saima abgelenkt hast. Es war das erste Mal heute, dass sie ein halbwegs normales Gespräch mit mir geführt hat.«

»Wenn *meine* Hochzeit von einem Schneesturm durchkreuzt würde, wäre ich auch verzweifelt«, versicherte Anna ihr. Nach einer kurzen Pause fragte sie vorsichtig: »Hat Saif etwas gesagt? Über die Unterhaltung im Flugzeug, die er eventuell belauscht hat?«

Maryam schlug die Hände vors Gesicht. Obwohl ein Teil von ihr gehofft hatte, Anna möge sich nicht erinnern, hatte ein anderer Teil darauf gewartet, dass sie das Thema ansprechen würde. Vielleicht würde ihr Annas Sicht auf die Dinge ja helfen. »Er hat alles mitangehört«, gab sie zu. »Es wär halb so wild, meinte er.«

Der Blick, den Anna ihr zuwarf, gab Maryam recht. *Männer!,* schien er zu sagen und zementierte ihre neue Freundschaft. »Heute Abend hat er auf jeden Fall sehr freundlich gewirkt«, meinte Anna.

»Ein bisschen zu freundlich. Meine Eltern haben mir heute Morgen erzählt, dass er eine Freundin hat und sich von seiner Familie fernhält. Zwei gewaltige rote Flaggen, die da im Wind wehen, und in puncto Liebe kann ich mir keine Fehler mehr leisten«, sagte Maryam.

Sicher wunderte sich Anna, was Maryam damit meinte,

fragte aber dankenswerterweise nicht weiter nach. »Hast du Saif darauf angesprochen? Das wäre vermutlich ein wenig peinlich, da er ja nun weiß, wie du zu ihm stehst. Du dagegen weißt nicht das Geringste über ihn, nur was deine Eltern dir erzählt haben.«

Maryam nickte unglücklich. »Als er noch in Denver lebte, war er ein süßer, zuverlässiger Junge aus dem Freundeskreis meiner Familie. Ihn anzuhimmeln war einfach, und da wir kaum miteinander redeten, brauchte ich keine Angst zu haben, dass irgendjemand etwas von meiner Schwärmerei mitbekam. Dann ist er nach Kalifornien gezogen, und das Leben ging weiter, aber seit er weiß, was ich für ihn empfunden habe – oder immer noch empfinde? –, ist er plötzlich so charmant.«

»Du denkst, er spielt mit deinen Gefühlen«, schlussfolgerte Anna.

»Farah meint, ich dürfte nicht voreingenommen sein. Meine Eltern dagegen glauben, mich vor ihm warnen zu müssen. Und Saima ist offenbar auf Saifs Seite.«

»Und wie denkst du darüber?«, fragte Anna.

Maryam seufzte. »Ich denke, dass ich keine Lust habe auf noch eine Liebestragödie in meinem Leben. Das hab ich hinter mir.«

»Dann mach eine Komödie draus«, sagte Anna nachdenklich. »Genieß einfach die Aufmerksamkeit.«

Maryam war dankbar, dass Anna sie nicht nach Einzelheiten gefragt hatte. Ihre Neugier konnte sie sich trotzdem nicht verkneifen: »Wie bei dir und diesem Josh?« Nick hatte sie absichtlich nicht erwähnt, doch es ließ sich kaum leugnen, dass es dabei auch um ihn ging.

Anna biss sich auf die Lippe. »Du kannst dir wahrscheinlich denken, dass ich mittlerweile gewisse Zweifel habe, was Nick angeht. Heute haben wir uns fürchterlich gestritten, und um ehrlich zu sein, weiß ich nicht, wo wir gerade stehen. Wir haben die Beziehung auf Eis gelegt. Dein Dadu hat mir den guten Rat gegeben, mir keine allzu großen Sorgen deswegen zu machen, und das ist mir auch gelungen, aber irgendwann *muss* ich mich dem Problem stellen. Die Telefone funktionieren endlich wieder, und ich denke andauernd, dass ich ihn anrufen sollte. Nur hab ich keine Ahnung, was ich ihm sagen soll. Und was Josh angeht – ehrlich, da weiß ich auch nicht weiter! Es ist kompliziert«, sagte sie schließlich.

»Manchmal lassen sich merkwürdige Beziehungsdynamiken eben nicht anders beschreiben«, meinte Maryam lächelnd. Anna wirkte bekümmert, und so beschloss Maryam, das Gespräch wieder in sicheres Fahrwasser zu steuern. »Tja, danke jedenfalls, dass du Saima abgelenkt hast. Nachdem sie ihren Verlobten bitten musste, die Mehndi-Party abzusagen, dachte ich allen Ernstes, sie würde mir eine reinhauen. Mehndi ist eine Tanzparty nur für Frauen: Wir bemalen uns mit Henna, singen auf Urdu lustige Lieder, erzählen uns Geschichten und rocken so richtig ab«, erklärte sie, als sie Annas verdutzte Miene bemerkte.

»Ich weiß, was Mehndi bedeutet«, sagte Anna lächelnd. »Ich hab mich nur gefragt, warum Saima auf dich wütend ist. Bist du neuerdings auch für das Wetter verantwortlich?«

»Hast du das nicht gewusst? Als älteste Tochter bin ich für alles verantwortlich.«

Anna sah sie einen Moment lang nachdenklich an. »Warum kann Saimas Mehndi eigentlich nicht hier stattfinden?«, fragte sie. »Ich helfe dir gern bei der Planung.«

Maryam lachte. »Für ein anständiges Mehndi braucht man eine ganze Menge: Häppchen, Deko, Henna …«

»Als ich vorhin mit Josh in der Stadt war, sind mir die vielen Geschäfte aufgefallen. Ich möchte wetten, dass es in Snow Falls alles gibt, was ihr braucht. Was sollten wir sonst tun morgen? Da noch immer Schnee fällt, kommen wir sicher nicht von hier weg. Das wird ein Spaß!« Anna sprang auf und hüpfte auf einem Bein auf und ab. Dabei streckte sie eine Hand nach oben und vollführte mit den Fingern Korkenzieherbewegungen.

»Was tust du denn da?«, fragte Maryam entsetzt.

»Im Frühling hat meine Collegefreundin Nadia geheiratet, da musste ich die Choreographie für diesen indischen Tanz lernen. Für einen der Moves sollte ich so tun, als würde ich eine Glühbirne reinschrauben, und dabei auf und ab hüpfen. Komm schon – draußen ist es kalt, und wir sind eingeschneit. Ich zeig dir auch ein paar von meinen Bollywood-Moves«, sagte Anna, spürbar aufgeregt. Gleich darauf zog sie ein langes Gesicht. »Ich misch mich schon wieder ein, oder?«

Maryam sah Anna an und ließ ihre hoffnungsfrohe Miene und optimistische Energie auf sich wirken. *Genau das brauchen wir*, dachte sie. *Vielleicht braucht Anna es auch*. »Stimmt, du mischst dich wieder mal ein. Dann erkläre ich dich hiermit zum Ehren-Desi-Girl.«

Anna gab breit grinsend ihr Einverständnis.

»Ich hab nur eine Bedingung«, sagte Maryam in gespieltem Ernst. »Deine Freundin Nadia hat es sicher nur gut mit dir gemeint, aber du brauchst unbedingt ordentlichen Tanzunterricht. Als deine Freundin kann ich nicht zulassen, dass du an einem Mehndi teilnimmst, ohne zu wissen, wie man den Bhangra tanzt.«

NEUN

Anna

21. Dezember

Anna musste so heftig lachen, dass ihr Tränen über die Wangen liefen. »Ach bitte«, bat sie Maryam. »Nur noch ein einziges Mal!«

Maryam verdrehte die Augen in gespieltem Ärger, aber sie lachte auch. »Ich sag dir was: Du bist ein hoffnungsloser Fall. Manche Menschen haben eben zwei linke Füße.«

»Ich hab doch keine zwei linken Füße!«, widersprach Anna. »Seit ich mit Nick für den Weihnachtsball seiner Familie einen Tanzkurs belegt habe, ist mein Rhythmus im Eimer!« Anna verspürte einen kleinen Stich, als sie das sagte, weil es nur unterstrich, wie sehr sie und Nick sich für ihr gemeinsames Weihnachten ins Zeug gelegt hatten – und nach ihrem Streit heute Morgen sollte sie vielleicht ein schlechtes Gewissen haben, weil sie hier wider Erwarten so glücklich war. Doch sie schob den Gedanken beiseite, wie schon so oft heute. Offenbar dachte sie gar nicht daran, ihr Sorgenfasten zum Sonnenuntergang zu brechen. Sie hatte Spaß. »Vielleicht versage ich beim Bhangra – aber du solltest mich mal Foxtrott tanzen sehen!«

»Ich kann's gar nicht erwarten!«, sagte Maryam, und Saima neben ihr lachte.

Von der Musik angezogen war sie nach ihrem Telefonat mit Miraj wieder heruntergekommen. Saima sah endlich glücklicher aus, stellte Anna zufrieden fest. Sie hatten die Möbel zur Seite geschoben und spielten die lebhaften Bhangra-Rhythmen von der CD-Sammlung, die Maryam eigens für Saimas Mehndi-Party in Toronto zusammengestellt hatte. Anna und Maryam hatten beschlossen, Saima vorläufig nicht zu verraten, dass sie am folgenden Abend eine Ersatzparty für sie arrangieren wollten – sie wollten erst sicherstellen, dass auch wirklich alles klappte. Also hatten sie Saima erzählt, dass sie nur zum Spaß ein bisschen tanzten.

Anna griff sich Maryam, bevor diese protestieren konnte, und sagte: »Tja, Foxtrott kann man nicht allein tanzen. Lass dich einfach von mir führen. Zwei langsame Schritte nach vorn. *Langsam*, Maryam, nicht davonlaufen. Autsch, mein Zeh. Jetzt …« Anna blieb stehen, zermarterte sich das Hirn, wie die Schrittfolge weiterging. »Zurück, zurück, nach links – nein, rechts. Zur Seite, langsam …« Sie ließ Maryam los und warf die Hände in die Luft. »Ach egal! Ich bin eine miserable Tänzerin, ich geb's zu!«

Im selben Moment rang Saima nach Luft und saß da wie vom Donner gerührt. Anna folgte ihrem erschrockenen Blick – und sah geradewegs in die Augen des mysteriösen Josh. »Unglaublich«, flüsterte Saima. »Das ist er.« Sie war von der Couch gehüpft.

»Der mysteriöse Josh!«, flüsterte Anna.

»Das ist Chase Taylor!«, rief gleichzeitig Saima. »Und Tenisha Barlowe! Ich werd ohnmächtig!«

Saima klammerte sich an Anna und Maryam, und Anna

beobachtete, was sich im Eingang abspielte: Neben Josh stand eine schöne, groß gewachsene Frau, und hinter den beiden strömten weitere Personen ins Foyer – bei einer davon musste es sich um die Regisseurin Katrina Wakes handeln.

»Mit dem Bart hätte ich ihn beinah nicht erkannt, aber ich glaube, du hast recht, Saima. Es ist Chase Taylor. Was tun wir jetzt?«, flüsterte Maryam aus dem Mundwinkel heraus.

»Hierbleiben und hübsch aussehen natürlich«, flüsterte Saima zurück.

Anna hatte das Gefühl, das Gleichgewicht zu verlieren. Sie hielt sich an den Schwestern fest und bemühte sich, ihre wirbelnden Gedanken in den Griff zu bekommen. Joshs Blick ruhte noch immer auf ihr. Anna gelang es nicht, ihn zu deuten. Es war wohl eine Mischung aus Verlegenheit und Schuldbewusstsein. Und ihr stand zweifellos der Schock ins Gesicht geschrieben.

»Ich dachte, er ist ein Spion«, hauchte Anna. »Und jetzt stellt sich raus, er ist …«

Saima, die nicht länger an sich halten konnte, wollte ihm entgegenlaufen. »Chase Taylor!«, rief sie. »Ich bin ein riesiger Fan! Und Tenisha Barlowe! Ein riesiger, riesiger, *riesiger* Fan.«

»O weh«, sagte Maryam mit gedämpfter Stimme. »Gleich wird's unfassbar peinlich, stell dich schon mal darauf ein. Dezent gibt's nicht bei Saima.«

Saima zerrte Anna und Maryam auf die Filmleute zu, und Anna hätte sich am liebsten in Luft aufgelöst.

»Ich bin Saima!« Sie schüttelte zuerst Josh die Hand,

dann Tenisha Barlowe, und schubste dann Anna und Maryam auf die beiden zu, damit sie ihrem Beispiel folgten.

Annas Wangen brannten wie Feuer, als sie fast gegen Joshs breite Brust gestolpert wäre. Oder war es doch nicht Josh? Jetzt wusste sie, warum sie geglaubt hatte, ihn schon einmal gesehen zu haben. Weil dem so *war*. Sie kannte ihn aus diversen Klatschblättern und dem Film, den sie sich am Morgen mit Mr. Dadu angesehen hatte. Josh war wirklich ein guter Schauspieler – er hatte ihr vorgemacht, dass er ein ganz gewöhnlicher Typ wäre, und sie war komplett darauf reingefallen.

»Sag was, Anna«, zischte Saima mit verkniffenem Grinsen.

»Äh, hi«, brachte Anna zustande. »Schön ... äh ... Sie kennenzulernen.«

»Die Freude ist ganz meinerseits.« Diese *Stimme*. Sie veranlasste ihr Herz dazu, Purzelbäume zu schlagen. Und jetzt wusste sie auch warum. Weil er ein Filmstar war – nicht der Mann, für den sie ihn gehalten hatte, nicht der liebenswürdige, ein wenig geheimnisvolle Fremde, der sie innerhalb von vierundzwanzig Stunden zweimal gerettet hatte.

Tenisha an seiner Seite lächelte gelassen. Sie hakte sich bei Josh – Chase? – unter und sagte: »Wir müssen noch proben. Lass uns nach oben gehen.«

Saima jedoch griff sich erneut Joshs Hand, als wollte sie sie in Bronze gießen und als Souvenir behalten.

»Unser Dadu ist leider schon zu Bett gegangen. Sicher ist er am Boden zerstört, wenn er erfährt, dass er es verpasst hat, Sie kennenzulernen. Er ist wirklich Ihr allergrößter Fan. Fast den ganzen Tag hat er auf dieser Couch gesessen und sich *Eine Nacht zur Weihnachtszeit* angesehen, sogar zweimal hintereinander.«

»Tatsächlich?«, sagte Josh und schenkte ihr sein charmantes Lächeln. Anna hatte es allerdings besser gefallen, als sie noch nicht wusste, dass er jede und jeden damit beglückte. »Gut, hören Sie zu.« Er beugte sich zu Saima hinunter. Maryam legte ihre Hand sanft auf den Rücken ihrer Schwester, wahrscheinlich um zu verhindern, dass sie ohnmächtig wurde und umkippte. »Zufällig weiß ich, dass für eine Szene, die wir morgen drehen und für die eine Menschenmenge erforderlich ist, noch Statisten gesucht werden. Personen aller Altersgruppen. Würden Sie und Ihre Familie gern mitmachen? Ihr Großvater natürlich auch?« Jetzt sah er zu Anna hinüber. »Und Sie?«

»Oh, na ja, danke, aber ich hab morgen ziemlich viel zu tun«, stammelte Anna.

Saima stupste sie mit dem Ellbogen an. »Hier in Snow Falls?«, sagte sie.

»Genau. Ich habe … eine Menge zu tun«, sagte sie zögernd. »Ich muss ein äußerst wichtiges Fax losschicken. Für meinen Job.«

»Kann das Fax nicht warten?« Wieder stupste Saima sie an, ungestümer diesmal, und wieder wäre Anna beinahe gegen Joshs Brust gestolpert.

»Na ja, ich …« Anna war ziemlich sicher, noch nie zuvor in ihrem Leben so verwirrt und verlegen gewesen zu sein. Wäre dieser Moment bloß schon vorbei, dachte sie. Soviel zu ihrem Entschluss, sich keine Sorgen mehr zu machen. Das hatte sie nun davon. Nur die Sorgenfasterei hatte sie in diese peinliche Situation hineinmanövriert! Sie hatte wichtige Details übersehen, und jetzt kam sie sich total dämlich vor.

»Chase, Schatz«, murmelte Tenisha und rückte noch näher an ihn heran. »Wir müssen jetzt wirklich gehen.«

Josh sah Anna an, als wollte er ihr etwas sagen. Das war komisch, fand Anna, denn schließlich war er doch Schauspieler und sollte sich besser unter Kontrolle haben. Er warf ihr einen Blick zu, der schwer zu deuten war, und wandte sich dann an Saima und Maryam. »Ich gebe dem Casting Director Bescheid, dass Sie morgen am Set sind, okay?«

»Absolut«, sagte Saima enthusiastisch. Josh lächelte und warf Anna dann einen letzten eindringlichen Blick zu. »Wenn Sie es schaffen, dieses wichtige Fax rechtzeitig abzuschicken, stoßen Sie vielleicht auch dazu. Der Termin für Statisten ist um Punkt neun.«

Dann machte er sich auf den Weg, mit Tenisha am Arm. Auf der Treppe, die vermutlich zu den Räumlichkeiten auf der renovierten Seite des Hotels führte, wo sämtliche Filmleute untergebracht waren, beugte er sich zu ihr hinunter und raunte ihr leise etwas ins Ohr. Tenisha warf Anna daraufhin einen flüchtigen Blick zu und erwiderte etwas – gleich darauf waren sie verschwunden.

»Das also war Chase Taylor«, sagte Maryam sanft.

»Um genau zu sein«, sagte Anna zu den Schwestern, »war das auch der mysteriöse Josh.«

»Was?«, platzte Saima heraus. »Willst du damit sagen, dass …?«

»Dass er mich für dumm verkauft hat, weil er mir nicht sagen wollte, wer er ist? Genau. Aber ich hätte es wissen müssen. Es ist mir ja so peinlich!«

»Du kannst doch nichts dafür«, sagte Maryam. »In *Eine Nacht zur Weihnachtszeit* hatte er noch keinen Bart.« Doch Maryams Miene war jetzt genauso schwer zu deuten wie die von Josh eben. Anna kam sich naiv und dumm vor – mehr war nicht zu sagen.

Plötzlich fühlte sie sich erschöpft. »Wisst ihr was? Es war ein langer, verwirrender, sehr merkwürdiger Tag, aber jetzt ist es genug. Ich hatte viel Spaß beim Tanzen ...«

»Experimentellen Tanzen«, warf Maryam ein, doch Anna konnte ihr Lächeln nicht erwidern.

»Und tausend Dank für die Klamotten. Wir sehen uns morgen, okay?« Ohne sich noch einmal umzusehen, eilte sie auf die Treppe zu, die zu ihrem Zimmer führte. Dabei hörte sie noch, wie Saima ihre Schwester anflehte, Anna hinterherlaufen zu dürfen, um sie auszufragen.

»Sie ist offenbar ganz schön mitgenommen«, hörte sie Maryam sagen. »Wir sollten sie in Ruhe lassen.«

Dabei hatte Anna sich nie einsamer gefühlt.

Oben in ihrem Zimmer ging sie rasch die Klamotten durch, hängte diejenigen, die zum Knittern neigten, in den Schrank, und schlüpfte in den fröhlichen, törtchenverzierten Pyjama, den sie sich von Maryam geborgt hatte. Mach dir bloß keine Sorgen, sagte sie sich immer wieder. Aber es funktionierte nicht mehr.

Als sie ins Bad ging, um sich die Zähne zu putzen, stieß sie versehentlich ihre Handtasche zu Boden, so dass alles herausfiel. Beths Weihnachtsbrief lag ganz oben, und Anna verfluchte innerlich den rotblonden Flugbegleiter, der ihr beim Verlassen des Flugzeugs hinterhergelaufen war, um ihr den Brief zuzustecken. Ohne ihn noch eines Blickes zu würdigen, schleuderte sie den Umschlag unters Bett, wo er hoffentlich bleiben würde. Dann legte sie sich hin.

Doch so sehr sie sich auch bemühte, der Schlaf wollte einfach nicht kommen. Nichts klappte. Nicht das Schäfchenzählen. Nicht das Zählen von Wandfarbennamen. Nicht das endlose Zählen ihrer Finger und Zehen in der Hoffnung, vor lauter Langeweile wegzudämmern. Die Sorgen, die sie den ganzen Tag gemieden hatte, drängten nun mit aller Macht wieder an die Oberfläche. All die vielen Dinge in ihrem Leben, die sie nicht in den Griff bekam. Würde Janey sie jetzt feuern? Hatte sie einen gewaltigen Fehler gemacht, als sie Nick abgewiesen hatte? Gehörten sie beide zusammen, oder nicht? Und warum musste sie immerzu an diesen Josh Tannenbaum denken – einen Typen, den es eigentlich gar nicht gab, dessen Freundin ein wunderschönes Starlet war und der ihr vorgegaukelt hatte, er wäre ein anderer?

Anna warf sich ruhelos hin und her, während diese Gedanken ihr im Kopf herumspukten, lauter Fragen ohne Antworten, Probleme ohne Lösungen, bis sie schließlich die Laken beiseite schleuderte, aufstand, ihren Schlafanzug glattstrich und zur Tür ging. Vielleicht würde sie unten in der Küche einen Kamillentee auftreiben, irgendetwas zur Beruhigung, damit sie endlich einschlafen könnte. Sie öffnete die Zimmertür, spähte in den spärlich erleuchteten Flur, stieg die Treppe hinunter, durchquerte das Foyer und ging in die Küche.

Auf dem Weg durch das stille Hotel fiel ihr auf, wie behaglich und bezaubernd es hier war, obwohl vieles noch renoviert werden musste. Und sofort kam ihr eine »Vorher-

Nachher«-Story in den Sinn: »Von schäbig zu schick, rechtzeitig zum Fest …«

Vor der Küchentür blieb sie stehen. Ein Scheppern und Klappern im Inneren hatte sie aus ihren Gedanken gerissen. War das etwa – sie kniff die Augen zu – eine *Ratte*? Ein Waschbär? Irgendein Tier, das in die Küche eingedrungen war, um die Reste des Iftar-Mahls zu stehlen? Was sollte sie tun? Davonrennen, sich in ihrem Zimmer die Bettdecke über den Kopf ziehen und die übrige Nacht schlottern vor Angst – oder der Gefahr furchtlos entgegentreten?

Ganz in der Nähe lehnte ein Besen, den schnappte sie sich und stieß die Tür auf. Bereit zum Angriff hielt sie den Besen in die Höhe und rief: »Ha, du kleines Mistvieh, hab ich dich!«

Doch es war kein kleines Mistvieh, das sie da in der Küche überraschte, sondern Josh Tannenbaum – besser gesagt Chase Taylor –, der zuerst erschrocken, dann verlegen dreinsah.

»Erwischt …«, sagte er und hielt eine Gabel in die Höhe, mit der er ein frittiertes süßsaures Hühnchen-Momo aufgespießt hatte. »Ich hatte Lust auf einen Mitternachtssnack. Niedlicher Pyjama übrigens.«

»Oh!« Anna sah an ihrem mit Törtchen verzierten Flanellschlafanzug herunter und wünschte, sie wäre in ihrem Zimmer geblieben. »Ich dachte, du wärst …«

»Ein kleines Mistvieh«, sagte er lächelnd. »Was vermutlich auch zutrifft, wenn man bedenkt, dass ich dich angelogen und mich vorhin im Foyer dummgestellt habe. Es tut mir echt leid, Anna. Ich wünschte, ich könnte es ungeschehen machen.«

»Warum hast du mir nicht erzählt, wer du bist? Du hättest mir doch vertrauen können.«

Er legte die Gabel beiseite und fuhr sich mit der Hand durchs Haar. »Die Wahrheit?«

»Was sonst«, sagte Anna.

Er überlegte eine Weile. »Ich dachte, ich sehe dich nie wieder«, sagte er endlich.

Sie musste unwillkürlich lachen. »Wow, herzlichen Dank.«

»Nein, so hab ich das nicht gemeint – na ja, ich *wollte* dich ja wiedersehen. Ich dachte nur, es würde nicht passieren. Ich wusste ja nicht, wie schlimm dieser Schneesturm werden würde. Gestern Abend, im Pub, da hatte ich das Gefühl, endlich wieder der zu sein, der ich früher war … vor Hollywood. Bei dir brauchte ich mich nicht zu verstellen, das ist mir schon sehr lange nicht mehr passiert.«

Anna stemmte die Hände in die Hüften. »Einmal hätte ich dir deine Unehrlichkeit vielleicht verzeihen können. Aber heute Morgen sind wir uns wieder begegnet! Du hattest die Gelegenheit, mir alles zu erklären. Aber du hast es nicht getan. Stattdessen hast du mich weiter an der Nase herumgeführt. Und mich noch dazu vor meinen neuen Freundinnen blamiert.«

»Das wollte ich nicht, bitte glaub mir. Die Sache ist die, Anna …« Er wirkte ehrlich zerknirscht, aber er war eben auch ein guter Schauspieler, sagte sie sich. »Ich heiße wirklich Josh Tannenbaum. Chase Taylor ist nur mein Künstlername. Es hat sich so gut angefühlt, wieder mal ich selbst zu sein. Ich wollte nicht, dass es aufhört.« Er schüttelte den Kopf. »Trotzdem war es nicht in Ordnung. Ich kann verstehen, wenn du nie mehr mit mir reden willst. Aber die Zeit mit dir hat mir wirklich Spaß gemacht. Wie gesagt, mit dir hatte ich das Gefühl, wieder ich selbst zu sein. Dafür bin ich dir sehr dankbar. Ich schulde dir was.«

»Warum benutzt du nicht deinen richtigen Namen?«, fragte Anna, ehrlich neugierig.

»Meine erste Agentin meinte, ein Künstlername müsste … ›universeller sein‹, so hat sie es wohl ausgedrückt. Aber manchmal gibt er mir das Gefühl, als würde ich ständig schauspielern, nicht nur auf der Leinwand, auch im richtigen Leben.« Sein Blick ging ins Leere, und es dauerte eine Weile, bis er wieder ins Hier und Jetzt zurückkehrte. »Tut mir leid. Ich hab kein Recht mehr, Probleme bei dir abzuladen. Schließlich hab ich dich angelogen.«

Anna wollte weiterhin wütend auf ihn sein, aber er tat ihr leid, sie konnte nicht anders. »Ist schon gut«, hörte sie sich sagen, »Ich versteh schon, glaube ich zumindest, warum du deine wirkliche – oder falsche – Identität vor mir geheim halten wolltest.« Sie dachte an die Art und Weise, wie Saima ihn angeschmachtet hatte. »Berühmt zu sein ist wohl ziemlich schräg.«

»Das ist noch nett formuliert«, sagte Josh mit einem erleichterten Lächeln.

»Ich komm mir immer noch dämlich vor. Hätte ich dich gleich erkannt, wäre uns das alles erspart geblieben. Aber als wir uns zum ersten Mal begegnet sind, hatte ich noch nie einen Film von dir gesehen. Mr. Dadu, ein Riesenfan von dir, hat mich heute Morgen dazu überredet, mir *Eine Nacht zur Weihnachtszeit* anzusehen. Ich bin eigentlich kein Fan von Weihnachtsfilmen, aber den fand ich toll!«

»Wirklich? Wer schaut sich denn nicht heimlich mal einen Weihnachtsfilm an?«

»Vielleicht hat mich immer gestört, dass es fast keinen Film gibt, in dem auch Chanukka eine Rolle spielt.«

»Du sprichst mir aus der Seele – ich bin jüdisch, und inzwischen habe ich es aufgegeben, Drehbuchautoren und Regisseure davon zu überzeugen, dass ein Chanukka-Liebesfilm eine gute Idee wäre. Sie fragen mich immer, was an Chanukka romantisch sein soll?« Josh verdrehte die Augen.

Anna blieb die Luft weg. »Na das Kerzenlicht zum Beispiel! Und das an acht Tagen, nicht nur an einem – genug Zeit für eine Liebesgeschichte, die sich langsam entspinnt, oder?«

Er grinste. »Ganz genau. Bist du auch jüdisch?«

»Ich nicht, aber meine Stiefmutter. Deshalb haben wir immer Weihnachten *und* Chanukka gefeiert.« Sie stockte. »Ich vermisse das.« Was hatte dieser Typ nur an sich, dass sie ständig das Bedürfnis hatte, ihm ihre Gedanken und Gefühle anzuvertrauen – sogar jetzt?

»Es ist schwer, über die Feiertage nicht zu Hause zu sein, stimmt's?«, sagte er. »Noch dazu weiß kein Mensch, wann wir wieder von hier wegkommen. Schauspieler und Crew sind im tiefen Schnee von der Außenwelt abgeschnitten, und Katrina, unsere Regisseurin, will diese Tatsache nutzen, um den authentischsten Weihnachtsfilm aller Zeiten zu drehen. Tenisha hat mich wegen ein paar zusätzlicher Szenen die ganze Nacht proben lassen. Ich hatte noch keine Chance, was zu essen – deshalb bin ich hier, um mir ein paar Reste zu klauen.«

Tenisha. Angeblich seine Freundin, und die schönste Frau, die Anna je gesehen hatte. Annas naives Herz rutschte ihr tief in die flauschige Hose. »Maryam und Saif haben so viel Essen bestellt, dass es für hundert Leute gereicht hätte«, stammelte sie. »Also bitte, bedien dich.«

»Möchtest du auch was?«

»Na ja, ich konnte nicht schlafen und wollte mir Tee machen – aber vielleicht ist ein Mitternachtssnack genau das Richtige.«

Sie unterhielten sich ungezwungen weiter, während Anna sich einen Teller schnappte und ihn mit Resten füllte. Wenn sie ihn nicht ansah und sich stattdessen auf ihr Essen konzentrierte, fühlte sie sich fast so entspannt in seiner Gegenwart wie zu Beginn, als sie dachte, er wäre nur irgendein netter Typ namens Josh Tannenbaum. Zu wissen, dass er tatsächlich so hieß, half schon ein wenig, ließ ihn wieder realer erscheinen irgendwie.

»Für deine Freunde ist es sicher schwierig, in einer fremden Stadt festzusitzen und dabei zu versuchen, ein so wichtiges religiöses Fest zu begehen«, sagte Josh. »In unserer Crew sind übrigens auch ein paar Muslime. Sie haben mal was von einem türkischen Café in der Stadt erzählt, das auch als Moschee fungiert. Das könntet ihr morgen suchen.«

»Gute Idee. Ich bin sicher, Maryam und ihre Familie wissen das zu schätzen.«

»Gegen Mittag soll das Schneetreiben nachlassen – dann kommen wir vielleicht alle bald nach Hause. Ich glaube, die meisten Mitglieder der Crew haben die Sorge, nicht rechtzeitig zum Fest zu Hause zu sein.« Die Vorstellung, Snow

Falls wieder zu verlassen, versetzte Anna einen Stich, was sie selbst überraschte. Sie bemühte sich aber, sich nichts anmerken zu lassen. Er stockte und legte seine Gabel ab. »Hey, hab ich was Falsches gesagt?«

»Es ist nur … ich liebe Schnee«, sagte Anna. Auch sie legte ihre Gabel ab und trug dann den Teller zur Spüle, damit er ihre Enttäuschung nicht sah. Der Schneesturm würde sich legen, man würde die Straßen freiräumen und den Flugverkehr wieder aufnehmen. So war es gut möglich, dass sie Snow Falls schon morgen verlassen und auf dem Weg nach Toronto sein würde. Aber … wäre sie denn überhaupt noch willkommen dort? Und wenn nicht, was dann? Sie hatte eine Patentante – die ehemals beste Freundin ihrer Mutter, die in all den Jahren mit Anna Kontakt gehalten hatte. Sie lebte in Kansas City, aber Anna hatte sie schon eine ganze Weile nicht gesehen. Auch ihr Vater hatte einige gute Freunde, die sie jederzeit anrufen konnte. Aber konnte man Leute, die man seit Ewigkeiten nicht gesehen hatte, einfach kontaktieren und ihnen sagen, man würde gern Weihnachten mit ihnen feiern? Sie hatte Freundinnen aus Collegezeiten und auch Arbeitskolleginnen – aber zugeben zu müssen, dass sie Weihnachten allein verbringen würde, wäre ihr einfach nur peinlich. Die vergangenen Jahre hatte Anna sich meistens einsam gefühlt. In Snow Falls war das anders. Hier gehörte sie irgendwie dazu. Sie wollte nicht daran denken, wie schnell das alles vorbei sein würde.

»Hey, lass mich das erledigen.« Josh nahm ihr sanft den Teller aus den Händen und machte sich selbst an den Abwasch. Als er fertig war, stellte er sich wieder zu ihr. Annas Herz unter den Flanelltörtchen fing an zu flimmern. So wirkte er nun mal auf andere, sagte sie sich. Er war Schauspieler. Charmant zu sein war sein Job. Er war einfach nur freundlich zu ihr, mehr war da nicht. Er schätzte sie als gute Freundin, weil er sich in ihrer Gegenwart wie ein ganz normaler Typ fühlen konnte. Noch dazu steckte sie in einem Flanellschlafanzug, der über und über mit riesigen Törtchen bedruckt war, während Josh die ganze Nacht über mit der schönen Tenisha Barlowe das Küssen geprobt hatte. Sie wandte sich ab, sah wieder aus dem Fenster in den Schnee – aber schon bald kehrte ihr Blick, wie magnetisch angezogen, zu seinem Gesicht zurück. Er betrachtete sie mit diesem schiefen Lächeln, das sie schon aus diversen Szenen in *Eine Nacht zur Weihnachtszeit* kannte. Im Film war es der Gesichtsausdruck, den er aufsetzte, wenn er drauf und dran war, seiner Filmpartnerin seine Liebe zu gestehen, doch im letzten Augenblick den Mut verlor.

»Ich bin sehr froh, dich kennengelernt zu haben, Anna«, sagte er.

»Geht mir genauso«, erwiderte sie aufrichtig.

»Es tut gut zu wissen, dass hier jemand meinen richtigen Namen kennt. Dass ich eine Freundin habe. Ich würde dich morgen wirklich gern am Set sehen. Ich glaube, du hättest Spaß. Ich kann dir auch eine Traumrolle verschaffen. Fröhliche Stadtbewohnerin Nr. 6, wie wär's?«

»Akzeptiert«, sagte Anna – und hatte zum ersten Mal seit langem nicht das Gefühl, etwas vorzugeben.

ZEHN

Maryam

22. Dezember

Noch drei Tage bis Weihnachten
Beginn des Chanukkafestes
Der 27. Tag des Fastenmonats Ramadan

Die Hochzeitsgesellschaft war bereits früh auf den Beinen und arbeitete gemeinsam in der weitläufigen Hotelküche, um für die Sahur-Mahlzeit Eier, Toast und frische Früchte zuzubereiten. Alle halfen mit, allen voran Maryam, Farah und Saif. Nach dem Essen sprachen sie gemeinsam das Fadschr-Gebet. Anschließend schaltete Saima den großen Fernseher im Foyer ein, um die Wetterprognose zu sehen. Es war kaum zu fassen, doch für diesen Tag wurde noch mehr Schnee erwartet.

»Ich rufe die Airline an, vielleicht wissen die mehr«, sagte Saima mit angespanntem Lächeln.

Maryam überlegte kurz, ob nicht sie das übernehmen sollte, als sie Anna ins Foyer kommen sah. Sie hatte dunkle Schatten unter den Augen, als hätte sie kaum geschlafen, aber gleichzeitig ein strahlendes Lächeln im Gesicht. Sie winkte Maryam zu sich.

»Stell dir vor, ich bin gestern Nacht zufällig noch mal

Josh – Chase … ach du weißt schon, wen ich meine – in die Arme gelaufen.«

»Gestern Nacht? Wann denn? Als ich dich zuletzt gesehen habe, wolltest du schlafen gehen.« Maryam konnte nicht anders; eigentlich brauchte sie nicht noch jemanden, für den sie sich verantwortlich fühlte, trotzdem war ihr Beschützerinstinkt geweckt.

»Ich konnte nicht schlafen. Also bin ich runter, um mir einen Tee zu kochen – da war Josh in der Küche und …« Anna verstummte und lächelte etwas verträumt. Maryam hätte schwören können, dass sie kleine Cartoon-Herzchen um den Kopf ihrer Freundin tanzen sah. »Er hat mich überredet, mit euch zum Set zu kommen. Das wird sicher lustig, oder?«

»Um ehrlich zu sein habe ich mir überlegt, gar nicht hinzugehen«, sagte Maryam nervös. »Es gibt so viel zu tun, und ich sollte besser bei meinen Eltern bleiben.« Außerdem war sie nicht sicher, ob sie sich tatsächlich der vollen Dröhnung von Saifs Charme aussetzen sollte – trotz letzter Nacht.

»Schau nach draußen, Maryam. Wir kommen heute nicht von hier weg. Wir haben schneefrei, ein Geschenk. Du sagtest, du hättest nie richtig Zeit für dich – und jetzt bekommst du diesen kostbaren Tag geschenkt und darfst einfach mal tun, was du willst. Vielleicht gibt es ja einen Grund, warum das alles geschieht.« Anna schenkte ihr ein weiteres verträumtes Lächeln, und entschwebte dann in Richtung Küche. Sie erwarte sie um Punkt acht am Eingang, rief sie ihr noch zu.

Anna hatte recht. Maryam konnte sich nicht erinnern, wann sie zuletzt so viel freie Zeit zur Verfügung gehabt hatte. Vielleicht am College, in den Sommerferien. Ach nein, da hatte sie gearbeitet. Vielleicht an der Highschool? Nein, damals hatte sie sich ehrenamtlich engagiert. Wenn sie jetzt darüber nachdachte, erkannte Maryam, dass die wenigen Tage, in denen sie einfach nur … *existiert* hatte, sehr lange zurücklagen.

Kein Wunder, dass Saima ihr den Spitznamen Fad-yam verpasst hatte. Immer-unter-Strom-yam wäre wohl zutreffender.

Sogar ihre Spitznamen waren tragisch. Es hatte schon seine Richtigkeit, dass sie Apothekerin und keine Schriftstellerin war. Irgendwie deprimierte sie dieser Gedanke am allermeisten. Als hätte er ihre miese Laune erschnuppert, machte Saif sich an sie heran.

»Diesen Blick kenne ich. Du planst deine Flucht«, sagte er mit leiser Stimme, damit der Rest der Hochzeitsgesellschaft, die plaudernd im Foyer saß, es nicht hörte.

Maryam musste gegen ihren Willen lächeln. »Hast du mal nach draußen gesehen? Da liegt eine Menge Schnee, und wir stecken immer noch fest.«

»Wann machen wir uns eigentlich auf den Weg, um Promis zu jagen?«, fragte er lächelnd.

Trotz ihrer finsteren Gedanken schnellten Maryams Mundwinkel nach oben. Sah ihre Familie etwa, wie sie – im Ramadan – gleich nach dem Fadschr-Gebet mit einem Mann flirtete? Sie blickte dezent um sich, und wie sie es vermutet hatte, brauchte Dadu auffällig lange, um sich die Schuhe anzuziehen, während ihr Vater Saif mit finsteren Blicken bedachte und Saima beide Daumen nach oben streckte. Sie würde ihnen später die Meinung sagen.

Jetzt konzentrierte sie sich erst einmal voll und ganz auf Saif. Greif-zu-yam passte definitiv besser zu ihr. Und einen neuen Freund konnte man immer gebrauchen, oder?

»Also gut, Planänderung aufgrund einer neuen Entwicklung. Nachdem du auf dein Zimmer gegangen warst, haben wir Chase Taylor getroffen, der nicht nur im selben Hotel wohnt, sondern sich auch als Annas neuer Freund herausgestellt hat! Er hat uns eingeladen, in seinem Weihnachtsfilm Statistenrollen zu übernehmen. Lust auf dein Hollywood-Debut?«

Zur verabredeten Zeit versammelte sich die kleine Gruppe im Eingangsbereich. »Kommt schon, kommt schon, wir dürfen uns nicht verspäten. Filmsets sind etwas Besonderes«, sagte ihr Großvater und eilte aus der Tür. Mit breitem Grinsen ging Saif ihm hinterher.

Während sie hinter den Männern herliefen, stimmte Saima ein kleines schräges Spottlied an: »Maryam und Saif sitzen auf 'nem Baum und halten Hochzeit. Als Zeugen anwesend sind der Imam und dreihundert Hochzeitsgäste!«

Dankenswerterweise war der Abstand zu den Männern recht groß, weil Dadu, der immerhin einen Kopf kleiner und vierzig Jahre älter war als Saif, einen forschen Schritt vorlegte. So blieben ihnen die schrägen Töne erspart.

Einen Moment lang fühlte Maryam sich überglücklich. Sie hakte sich bei ihrer Schwester und Anna unter und ging schneller. Dass ihr siebzigjähriger Großvater früher am Ziel wäre als sie, kam ja gar nicht in Frage. Außerdem war sie neugierig auf Snow Falls geworden. Sie wollte diese magische Stadt besser kennenlernen, in der es immerhin drei unterschiedliche chinesische Lokale gab.

Der Fußweg in die Stadt war anstrengend, und wäre Saif nicht neben ihrem Großvater gelaufen, hätte Maryam sich Sorgen gemacht. Zu beiden Seiten des schmalen Pfades, den eine furchtlose Schneefräse in den Gehweg geschnitten hatte, türmte sich meterhoch der Schnee, so dass die Gruppe immer wieder gezwungen war, im Gänsemarsch hintereinander herzulaufen. Maryam bildete das Schlusslicht, während Anna und Saima fröhlich plaudernd vorangingen. Sie brauchten fast eine halbe Stunde, bis sie das Stadtzentrum erreicht hatten. Schuld war vor allem der Schnee, aber auch die Tatsache, dass sie immer wieder stehen blieben, um Fotos zu machen. Saima hatte sich für ihre Flitterwochen eine dieser neuen Digitalkameras gekauft, und die Möglichkeit, auf dem kleinen Bildschirm durch die Fotos zu scrollen und ein jedes zu löschen, auf dem jemand die Augen geschlossen hatte (also ungefähr die Hälfte) oder nicht gut getroffen war, erwies sich als unwiderstehlich für sie.

Bald wurden die Häuser – die meisten klein und gemütlich, mit gemauerten Kaminen, aus denen sanft der Rauch aufstieg – abgelöst von mehreren Ladenzeilen. Schließlich mündete die Zufahrtstraße in eine Hauptstraße, gesäumt von hübschen Geschäften, die sich für die Festtage aufs Feinste herausgeputzt hatten. Weihnachtsglanz schmückte die Auslagen, und die Frauen blieben vor einem kleinen Buchladen stehen, um dessen besonders schön gestaltetes Schaufenster zu bewundern. Im Sortiment entdeckten sie Romane von Nora Roberts, Maeve Binchy, Terry McMillan, Margaret Atwood, Robert Munsch und vielen anderen.

Weiter vorn zerrte Dadu Saif gerade in ein kleines Café namens Topkapi.

»Das muss das Café sein, von dem Josh mir erzählt hat«, sagte Anna aufgeregt. »Er meinte, sie hätten im Keller einen Gebetsraum für die muslimische Community. Dazu ausgezeichneten Kaffee und Leckereien.« Da fiel ihr ein, dass sie alle noch fasteten, und sie zog ein langes Gesicht. »Ihr dürft ja nichts essen.«

»Wir lassen uns was einpacken und futtern es nach Sonnenuntergang«, versicherte ihr Saima.

Der heutige Tag fühlte sich wirklich an wie schneefrei, dachte Maryam, als sie ihrer Schwester und Anna ins Innere folgte. Ein Tag, an dem alles möglich schien. Die Welt war wie ein gefrorenes Winterwunderland, Schmutz und Matsch von frischem Pulverschnee ausgelöscht. Sie hob die Kamera in die Höhe und machte noch ein paar Fotos, versuchte, das sanfte, aber unaufhörliche Schneetreiben einzufangen, bevor sie den anderen ins Café folgte. Kein Wunder, dass keine Flugzeuge starteten, dachte Maryam. Sie hatte noch nie so ein Wetter erlebt.

Der Innenraum des Cafés war in Rot und hellem Blau gehalten und bot Sitzgelegenheiten für rund ein Dutzend Personen. Eine große Vitrine dominierte den vorderen Bereich, und Saima und Anna bewunderten die verführerischen Nachspeisen: honiggetränkte Blätterteigstückchen; Baklava, die zu platzen schienen vor lauter Walnüssen, Pistazien und Mandeln; ein luftiger Grießkuchen, bestreut mit leuchtend orangefarbenen Safranfäden und glasierten Mandeln. Zarte Glastassen und -untertassen, mit Goldfarbe verziert, waren auf dem Regal hinter der Ladentheke arrangiert, die leuchtend türkisfarbenen Fliesen an der Wand dahinter mit komplizierten geometrischen Mustern bemalt. An der Wand gegenüber hingen in kunstvollen Goldrahmen große Drucke von der Ägäis, dem Bosporus und islamischer Kalligraphie. Kaum hatte Maryam den Raum betreten, fühlte sie sich sofort zugehörig. Sie war zwar keine Türkin, aber sie spürte sofort, dass sie hier bei Freunden war. Eine junge Frau in einem schlichten weißen Hidschab kam aus dem Hinterzimmer und begrüßte sie mit freundlichem Lächeln.

»*Salam*! Ich bin Sarah. Willkommen in Snow Falls, Onkel«, sagte sie zu Maryams Großvater, bevor sie sich den Frauen und Saif zuwandte. »Meine Schwestern, mein Bruder. Wie kann ich euch helfen?«

Maryams Herz machte einen Sprung. Dieser subtile Hinweis auf ihr gemeinsames muslimisches Erbe bewirkte, dass sie sich gleich wie zu Hause fühlte.

Anna kam eifrig nach vorn. »In diesem Café soll es eine Moschee geben. Unser Flug wurde gestrichen, und wir sind vor zwei Tagen hier gelandet. Ich wollte meinen neuen« – sie stockte, als stolpere sie über das Wort – »Freunden Ihr Café zeigen, damit sie sich Ihrem Gebet anschließen können.«

Sarah merkte auf. »Ach ja, Sie sind die gestrandeten Passagiere, die im Snow Falls Inn übernachten!«, rief sie. »Letzte Nacht haben Sie zum Fastenbrechen viel zu viel chinesisches Essen bestellt. Muriel vom Hakka Empire ist eine liebe Freundin von mir, sie hat mir heute Morgen davon erzählt. Sie müssen heute das Iftar-Mahl mit uns teilen.«

Die Gruppe protestierte, aber Sarah ließ sich nicht erweichen, lenkte erst ein, als sie ihr versicherten, dass sie im

Hotel noch reichlich zu essen hätten, aber ein anderes Mal gern zum Tee kämen. Dadu, den der Fußmarsch ausgelaugt hatte, hatte sich bereits einen starken türkischen Mokka bestellt und sich an einem der Tische niedergelassen.

»Für mich bitte dasselbe, aber zum Mitnehmen«, sagte Anna. »Ich geh nur rasch in das Geschäft gegenüber, um mir was anzusehen. Wir haben ja noch ein bisschen Zeit.« Sie warf Maryam einen vielsagenden Blick zu, und die verstand sofort, dass sie noch ein paar Requisiten für die geheime Mehndi-Party besorgen wollte, und zwinkerte verschwörerisch.

Nachdem Anna gegangen war, unterhielt Maryam sich mit Sarah, bis die Türglocke bimmelte und ein weiterer Gast das Café betrat. Eine vertraute tiefe Stimme sagte: »Ich hätte gern einen Kaffee, Sarah.«

»Sofort, Chase«, sagte Sarah – und Maryam wandte den Kopf, um einen genaueren Blick auf den Schauspieler zu werfen.

Die Beleuchtung letzte Nacht im Hotel war spärlich gewesen, aber jetzt hatte sie ausreichend Gelegenheit, ihn von oben bis unten zu mustern. Chase – oder doch lieber Josh? – war nicht unbedingt der attraktivste Hollywoodstar; dazu fehlte ihm der unübersehbare Sexappeal eines Brad Pitt oder die schwelende Intensität eines George Clooney. Doch er besaß dieses gewisse Etwas, das den Blick auf sich zog und fesselte.

»Hey, hab ich gerade Anna von hier weggehen sehen?«, fragte er, und Maryam bemerkte ein Grübchen in seiner Wange.

Maryam nickte und spürte, dass sie rot wurde, weil sie

ihn angestarrt hatte. *Ich bin am Fasten*, rief sie sich ins Gedächtnis und bemerkte, wie Saif sich neben ihr versteifte.

Ihre Schwester versuchte, die Unbeteiligte zu spielen, wanzte sich dabei aber Zentimeter für Zentimeter an den Schauspieler heran.

»Chase – oder sollen wir dich Josh nennen? –, gestern ging alles so schnell, dass ich nicht dazu kam, dich um ein Autogramm zu bitten«, sagte Saima und steckte dem Schauspieler eine Serviette und einen Lipliner zu. »Ich hab mir *Eine Nacht zur Weihnachtszeit* sicher ein Dutzend mal angesehen. Maryam, schnell, wo ist die Kamera?«

»›Josh‹ ist okay«, versicherte der gutaussehende Schauspieler dem Trio. »›Chase‹ ist nur mein Künstlername.«

Saima forderte Saif mit hektischen Gesten auf, sie und Maryam zu fotografieren, wie sie neben dem Schauspieler posierten. Saif zog die Stirn kraus und schoss ohne Vorwarnung ein paar Fotos. Dann kam er näher, um sich vorzustellen.

»Hallo, Mr. Taylor, ich bin Rechtsanwalt Saif Rasool«, sagte er förmlich und streckte Josh die Hand entgegen. »Ich hab mir *Captain Eagleman* angesehen, aber nur bis zur Hälfte. Sie schulden mir zehn Mäuse.«

Sein Lächeln war wenig überzeugend, und Maryam unterdrückte ein Lachen. Es war nicht zu übersehen, dass Saif es nicht leiden konnte, von einem Filmstar in den Schatten gestellt zu werden.

»Sie müssen meinen Großvater kennenlernen«, sagte Maryam schnell, weil Josh ihr leidtat. »Er ist ein ehemaliger Bollywood-Regisseur, mittlerweile im Ruhestand.«

Dadu, der genüsslich seinen Kaffee geschlürft und das

Ganze beobachtet hatte, stand lächelnd auf und drückte Josh, der ihn weit überragte, die Hand. »Junger Mann, Sie flirten auf der Leinwand fast so gut wie Shah Rukh Khan«, sagte er. »Wäre ich noch im Geschäft, würde ich Sie engagieren, damit Sie den jungen Schauspielern beibringen, wie man mit der Kamera Liebe macht.«

Josh lachte, steckte den Kommentar locker weg. »Das Wichtigste ist der Augenkontakt; er darf aber nicht so intensiv sein, dass man wie ein Serienkiller rüberkommt«, scherzte er.

»Ich bin sicher, Sie können Ihre schauspielerischen Fähigkeiten mit Miss Barlowe gut zum Einsatz bringen«, bemerkte Dadu kryptisch.

Josh blinzelte verlegen. »Ähm ... ja«, sagte der gut aussehende Schauspieler und sah demonstrativ auf die Uhr. »Wir treffen uns alle am Set, ich habe« – er warf einen flüchtigen Blick auf die andere Straßenseite, wo Anna die Läden durchstöberte – »noch etwas zu erledigen.«

Maryams Beschützerinstinkt war alarmiert, aber was konnte sie tun? Sie war nicht Annas Aufpasserin. Außerdem hatten Saima und Dadu es plötzlich sehr eilig, da sie auf jeden Fall pünktlich am Set erscheinen wollten. Sarah gab ihnen noch eine Schachtel voller Leckereien mit auf den Weg, und sie traten wieder hinaus in den Schnee, um Joshs Wegbeschreibung zum Set zu folgen.

Den Blick auf den Schauspieler gerichtet, der vor der Ladentür zu Kate's Kuriositäten stand, nahm Saif Maryam die Schachtel aus den Händen. »In Wirklichkeit sieht er gar nicht so gut aus«, murmelte er, und Maryam verbarg ein Lächeln.

»O doch«, neckte sie ihn. »Und dieses ungewohnte Gefühl in deiner Magengrube nennt sich Eifersucht.«

»Ich bin nicht eifersüchtig, ich hätte nur nicht gedacht, dass dich ein Typ beeindruckt, der sich die Zähne bleichen lässt und wahrscheinlich mit seinem privaten Haarstylisten auf Reisen geht.«

Diesmal machte Maryam sich nicht die Mühe, ihre Belustigung zu verbergen – sie lachte laut heraus. »Ich bin noch keinem Mann begegnet, der so von seinen Haaren besessen ist wie du. Vor jeder spiegelnden Oberfläche fummelst du daran herum.«

Saif wurde rot, lenkte aber ein. »Na schön. Mr. Taylor ist toll, und vielleicht bin ich ein klein wenig eifersüchtig, weil du ihn angesehen hast, als wäre er ein Stück Baklava«, grummelte er, und diesmal war es Maryam, die rot wurde. Machte es ihm tatsächlich etwas aus, dass sie den Schauspieler attraktiv fand?

»Ich bin ziemlich sicher, dass er nur Augen für Anna hat«, räumte Maryam ein und sah sich erneut um, weil sie irgendwie hoffte, Anna würde sie einholen.

Saif zuckte nur mit den Schultern. »Anna ist eine tolle Frau, aber ein Typ wie Chase … Kann gut sein, dass er es im Moment genießt, mit ihr zusammen zu sein. Er sitzt hier fest und hat nichts Besseres zu tun, als mit hübschen Frauen zu flirten, die ebenfalls gestrandet sind.«

Maryam ließ sich Saifs Worte durch den Kopf gehen. Vielleicht hatte er ja mehr von sich verraten, als ihm bewusst war, und ohne es zu wollen auch preisgegeben, wie er zu ihr stand. War auch sie für ihn nur ein netter Zeitvertreib, bevor er wieder in sein eigentliches Leben zurückkehrte, zu seiner Freundin? *Reiß dich zusammen*, sagte sie sich streng. Sie war doch kein verknallter Teenager mehr. Sie hatten schneefrei, und der Zauber eines solchen Tages bestand darin, sich nicht um morgen und um all die aufgeschobenen Verpflichtungen zu sorgen.

Sie näherten sich dem Set, das ein kleines Publikum angezogen hatte. Maryam erkannte einige Leute aus dem Hotel, die sich zweifellos diese unerwartete Gelegenheit nicht entgehen lassen wollten. Auch sie waren im Schneefreimodus.

Dadu schlenderte auf eine große Frau zu, die eine orangefarbene Daunenjacke und eine übergroße Brille trug, die geflochtenen Zöpfe kunstvoll auf dem Kopf drapiert. Das musste die Regisseurin Katrina Wakes sein. Er raunte der Frau etwas zu, das Maryam nicht hören konnte, und deutete auf die Kamera. Die Regisseurin warf ihm einen flüchtigen Blick zu und warf dann lachend den Kopf in den Nacken.

Ihr Großvater fand überall neue Freunde, dachte Maryam. Nach dem Tod ihrer Dadi-ma vor drei Jahren war Dadu am Boden zerstört gewesen. Die Traurigkeit, die ihn umfing, beschrieb er als dichten Nebel. Er schlief zu ungewohnter Stunde und brachte seiner verstorbenen Frau täglich Blumen ans Grab – frischen Jasmin, wenn er gerade blühte, ansonsten Lilien, Narzissen und weiße Nelken. Dort las er ihr dann stundenlang Urdu-Poesie vor und hielt sie über das Leben der Familie auf dem Laufenden. Und Dadu wäre nicht Dadu gewesen, wenn er sich nicht mit allen angefreundet hätte, die diesen Teil des Friedhofs besuchten – er war der muslimischen Community vorbehalten –, trauernde Eheleute, Eltern oder Söhne und Töchter in unterschiedlichen Phasen ihrer Trauer. Es tat wohl, ihn wieder fröhlich zu sehen, so aktiv Anteil nehmend an der Welt der Lebenden.

Doch als sie in die Runde blickte, wurde Maryam plötzlich mulmig zumute. Sie hatte diese Statistinnenrolle in einem richtigen Film nicht wirklich durchdacht. So gern sie sich Filme im Kino ansah, so wenig erstrebenswert erschien es ihr, selbst vor der Kamera zu stehen, und sei es auch nur im Hintergrund. Saima schien ihr Unbehagen zu spüren, denn sie wandte sich ihr zu.

»Ich kümmere mich schon um Dadu«, bot sie an. Saima sog gierig und mit leuchtenden Augen das Filmset in sich ein. Sie wies auf Saif, der nicht weit von ihnen an einer Ladenfassade lehnte. »Warum gehst du mit deinem heißen Anwalt nicht ein bisschen in der Stadt spazieren?«, schlug sie ihr mit blitzenden Augen vor. »Seht euch die Sehenswürdigkeiten an, schmiedet Zukunftspläne. Redet darüber, wie viele Babys ihr haben wollt. Du weißt schon, das Übliche eben.«

Saif sah zu ihnen herüber. Als Maryam ihm sagte, sie werde lieber durch die Main Street schlendern, statt am Set zu warten, bot er ihr sofort an, sie zu begleiten.

»Bist du sicher, dass du nicht hierbleiben willst?«, fragte Maryam.

»Ich lebe in Kalifornien. Gegen Hollywoodzauber bin ich immun«, scherzte er.

»Ich dachte, du lebst in Sacramento«, sagte Maryam unschuldig, und Saif spielte den Gekränkten.

Gemeinsam stapften sie durch den meterhohen Schnee zur Hauptgeschäftsstraße. Sie entdeckte den Strickladen, in dem Anna ihren niedlichen Pulli gekauft hatte, dann June's Zauberkessel und Kate's Kuriositäten, doch ihre besondere Schönheit entfaltete die Stadt erst in einer Seitengasse.

Snow Falls war weit mehr als nur ein pittoreskes Weihnachtsstädtchen – genau wie Anna es beschrieben hatte. Wohin Maryam auch blickte, überall entdeckte sie Gegensätze: ein koscheres Deli neben einer Halal-Metzgerei; ein paar Meter weiter ein afghanischer Bäcker, der für frisch gebackenes Naanbrot warb. Im Laden nebenan gab es Lebensmittel aus Sri Lanka zu kaufen. Ein altmodischer Friseurladen befand sich neben einem Reparaturbetrieb, der einen Service bewarb, über den man Geld nach Hause schicken konnte. Ein libanesisches Restaurant neben einem jamaikanischen, ein pakistanisches Bekleidungsgeschäft neben einem Roti-Bäcker aus Guyana. Ausschließlich unabhängige Läden, fiel ihr auf, keine Ketten. Saif und Maryam tauschten verwirrte Blicke.

»Ist das hier die UNO unter den Kleinstädten Ontarios?«, fragte sie laut.

Saif zuckte nur mit den Schultern.

Und alle waren so freundlich. In der Roti-Bäckerei konnte Maryam nicht mehr an sich halten und fragte den freundlichen Betreiber Abdullah, einen älteren Mann mit rundem Bauch und graumeliertem Bart, warum man hier überall so herzlich empfangen wurde.

»Ist Snow Falls vielleicht die Kaderschmiede für die multikulturelle kanadische Gastfreundschaft?«, fragte sie ihn. Er hatte angeboten, der Hochzeitsgesellschaft kostenlos ein Dinner zu liefern, und nachdem sie höflich abgelehnt hatte, bestand er darauf, ihr zum Fastenbrechen wenigstens ein Dutzend Phulauri – federleichte tiefgefrorene Teigbällchen – einzupacken.

Abdullah lachte. »Viele von uns haben früher in Großstädten gelebt. Toronto, Montreal, Vancouver«, erklärte er. »Aber wir suchten etwas anderes, etwas völlig Neues, verstehen Sie?«

Maryam nickte, verstand aber immer noch nicht. Sie beugte sich zu ihm vor, um nicht belauscht zu werden. »Aber sind Kleinstädte nicht ein bisschen …« Sie verstummte und zog vielsagend die Augenbrauen in die Höhe: *engstirnig? Konservativ?*

Abdullah schien zu wissen, was sie meinte, und schmunzelte nur. »Snow Falls ist anders. Die meisten hier stammen aus dem Ausland oder aus einem anderen Teil dieses großen Landes. Vielleicht konnten wir so eine Gemeinschaft aufbauen.« Er zwinkerte Maryam zu. »Außerdem ist Snow Falls bei Filmleuten sehr beliebt. Gedreht wird das ganze Jahr über, und das ist gut fürs Geschäft. Unsere Stadt ist klein und überschaubar, bietet aber die kulinarische Vielfalt einer Großstadt. Sagen Sie's bloß nicht weiter, sonst wollen alle hier leben.«

Auf Maryams Frage, was sie besichtigen konnten, solange sie hier waren, nannte Abdullah ihnen ein historisches Theater, das inoffiziell sowohl als Stadtmuseum diente wie auch als Bibliothek.

Bevor sie aufbrachen, ging Maryam noch auf die Toilette, und als sie zurückkam, redeten die Männer leise miteinander. Als Saif sie bemerkte, bedankte er sich bei Abdullah für das Essen und die Informationen, und sie gingen los.

»Hab ich was verpasst?«, fragte sie auf dem Weg zum Theater.

Saif zuckte mit den Schultern. »Er hat mich nur über eine der örtlichen Traditionen informiert. Lass uns zum Theater gehen – Abdullah hat es wärmstens empfohlen.«

Inzwischen zeigte sich die Sonne, aber da es immer noch kalt war, kondensierte ihr Atem, als sie unterwegs plauderten. Saif erzählte ihr von seinem Job als Justiziar einer Versicherungsgesellschaft in Kalifornien und unterhielt sie mit komischen Geschichten über seinen merkwürdigen Chef, der geradezu besessen war von versicherungsstatistischen Tabellen und Saif während des Vorstellungsgesprächs mit absoluter Gewissheit seinen Todestag prognostiziert hatte. Sie wiederum erzählte ihm von ihrer Zusammenarbeit mit ihrem Vater in der Apotheke und ihren gemeinsamen Plänen, außerhalb ihres Viertels weitere Filialen zu eröffnen.

»Im Flugzeug hast du erzählt, dass du eigentlich Schriftstellerin werden wolltest«, sagte Saif. »Du hättest nach L.A. ziehen, dir ein Stammcafé suchen und ein Künstlerleben führen können.«

Bei der Vorstellung, wie sie sich in einem Café Notizen machte, musste Maryam laut lachen. »Meine Eltern wären sicher begeistert gewesen«, meinte sie spöttisch. »Ihre Freunde würden ihnen ständig damit in den Ohren liegen.«

Saif blieb stehen. »Ich wollte Schauspieler werden«, sagte er unvermittelt.

Maryam riss die Augen auf. »Was?«

»Als Kind war ich besessen von der Schauspielerei. Ich bin im Gemeindetheater aufgetreten, und an der Highschool hab ich sämtliche Theaterkurse belegt. In der Neunten hab ich sogar den Unterricht geschwänzt, um für ein paar Werbespots vorzusprechen. Man hat mich aber nicht genommen«, sagte er und lächelte verlegen. »Die Welt war vermutlich noch nicht reif für das hier«, sagte er und deutete auf sich selbst. Maryam lachte. »Als ich es meinen Eltern erzählte«, fuhr Saif fort, »wollten sie mich für verrückt erklären. Und vielleicht war ich das auch. Hast du je einen indischstämmigen Jungen im Fernsehen gesehen, es sei denn vielleicht als Geiselnehmer?«

Maryam musste an den abscheulichen Film denken, den sie vor einigen Jahren gesehen hatte: Alle Nichtweißen waren entweder Terroristen, Schurken oder hilflose Opfer. Natürlich gab es auch den obligatorischen muskelbepackten Amerikaner, der kam, um die guten Jungs zu retten.

»Wie schrecklich, dann verpasst du ja gerade deine große Chance, Teil eines Films zu sein«, sagte Maryam.

»Ich bin lieber hier bei dir«, sagte er. Und als habe er erkannt, was er eben zugegeben hatte, lächelte er ihr verlegen zu. »Außerdem habe ich das Zeug zum Hauptdarsteller. Ganz oder gar nicht, lautet meine Devise.« Sie lachte wieder und beschloss, ihn beim Wort zu nehmen. Saif war erwachsen; er würde es ihr sagen, wenn er als Statist in einem Weihnachtsfilm mitwirken wollte.

Und sie genoss die Zeit mit ihm viel zu sehr, um ihn zum Weggehen zu ermuntern.

»Ich bereue mein Jurastudium nicht«, sagte Saif dann.

Sie waren wieder in eine Seitengasse abgebogen, und vor ihnen ragte das Theater auf, ein braunes Backsteingebäude, das an eine alte Kirche erinnerte, komplett mit Glockenturm und schönen Buntglasfenstern. »Letztendlich war ich kein sehr guter Schauspieler. Aber ich hab's zumindest versucht.«

Seine Worte versetzten Maryam einen Stich. »Leute, die aussehen wie ich, bekommen nicht die Chance, Geschichten zu schreiben«, sagte sie.

Sie standen auf der Eingangstreppe, und Saif hielt inne, bevor er die große hölzerne Pforte aufzog. Sein Blick war unergründlich. »Und solange wir das glauben, fangen wir gar nicht erst an«, sagte er.

Sie betraten das Theater, und ein intensiver Geruch nach modrigem Teppich und Möbelpolitur schlug ihnen entgegen. Bunte Glastüren führten in ein kleines Foyer, und über eine gewaltige Flügeltür erreichte man den Bühnenraum. Maryam bewunderte die Bilder an den Wänden, während sie über Saifs Worte nachdachte.

Ringsum hingen gerahmte Programmhefte und Fotos von den Aufführungen verschiedener Laientheatertruppen, die bis in die sechziger Jahre zurückreichten. Ein großes Schild verwies auf eine Tagung des Theatervorstands, und sie entdeckte eine Reklame für die Aufführung des großen Snow Falls Weihnachtsspektakels. Maryam musste über die Wortwahl lächeln – sie hatte keine Ahnung, was ein Weihnachtsspektakel sein sollte, aber wie sie dieses Städtchen kannte, war es sicher etwas Besonderes. Sie blickte sich nach Saif um, aber er war durch die Flügeltür verschwunden, die zur Hauptbühne führte.

»Saif«, zischte sie, während sie ihm folgte, »hier tagt gerade der Vorstand ...«

Maryam verstummte, als sie den wunderschönen Theaterraum betrat. Der rote Plüschteppich im Inneren, das tribünenartig gestaffelte Parkett für etwa dreihundert Zuschauer, die Holzvertäfelung und die hohe Decke mit dem freiliegenden Holzgewölbe verliehen dem Saal eine elegante Atmosphäre. Ganz vorne, auf einer von schweren roten Samtvorhängen gesäumten erhöhten Bühne blickten drei Personen von ihrem Tisch auf.

»Können wir Ihnen behilflich sein?«, rief ein grauhaariger Mann mit einem Seidenschal um den Hals.

Maryam wollte sich gerade entschuldigen und Saif aus dem Saal ziehen, doch der war schon unterwegs zur Bühne. Sie eilte ihm hinterher. Sie hatten hier nichts verloren. War Saif verrückt geworden?

»Das hier ist Maryam. Sie ist Schriftstellerin und möchte bei der Weihnachtsaufführung helfen. Abdullah schickt uns«, verkündete Saif.

Maryam erstarrte. Wovon redete Saif denn da?

Eine ältere weiße Dame stand auf und winkte Maryam lächelnd auf die Bühne. Warum sah sie erleichtert aus? »Gott sei Dank! Unser Stück braucht dringend Ihre Sachkompetenz, Maryam.«

»Ich bin aber keine ... keine Schriftstellerin«, stammelte Maryam und sah Saif wütend an.

»Keine Sorge, wir sind auch keine Schriftsteller«, sagte die alte Dame und stellte sich als Celine vor. »Da in diesem Jahr Weihnachten, Chanukka und Eid in denselben Zeitraum fallen, wollen wir gern alle drei Feste in unserem Stück unterbringen. Unglücklicherweise ist eines unserer Komiteemitglieder, Abdullahs Frau Salma, an Grippe erkrankt. Als Abdullah Sie uns ankündigte, Maryam, waren wir absolut begeistert!« Die anderen Leute am Tisch nickten.

Maryam hatte Saif inzwischen erreicht und zog ihn beiseite. »Was hast du getan?«, sagte sie mit gedämpfter Stimme. »Die anderen fragen sich bestimmt irgendwann, wo wir bleiben.«

»Ich lauf rasch zurück und sag ihnen Bescheid«, entgegnete Saif, ohne zu zögern. »Warum versuchen wir nicht mal was anderes? Vielleicht ist es an der Zeit, dass wir uns selbst in die Geschichte hineinschreiben.«

»Aber ich bin keine Schriftstellerin!«, protestierte sie.

»Weißt du denn, was Schriftstellerinnen tun?«, fragte er, indem er sanft ihre Hand ergriff und sie gegen ihren Widerstand die Stufen hinauf zur Bühne zog. Sie war so nervös, dass sie nicht einmal registrierte, wie sich seine Hand in der ihren anfühlte, aber sie gab ihr Halt. »Es ist ganz einfach: Schriftstellerinnen schreiben«, sagte er mit Nachdruck.

Schriftstellerinnen schreiben. Es war trivial, aber irgendwie wirkten diese Worte beruhigend auf sie. Seit ihrer Landung in Snow Falls war sie plötzlich nicht mehr die gestresste Maryam, die ihre Familie durch den Denver International Airport manövriert hatte. Diese neue Maryam verriet ihre heimlichen Träume einer Fremden, und jetzt half ihr Freund aus Kindertagen ihr dabei, diese heimlichen Träume wahr werden zu lassen. Maryam setzte sich auf den Stuhl, den Saif für sie zurechtgerückt hatte.

»Lass uns zurück zum Set gehen«, flüsterte Maryam.

Er grinste ihr zu. »Keine Chance«, sagte er, bevor er ging, um Saima und Dadu über die Planänderung zu informieren.

Das Theaterkomitee stellte sich vor: Celine war eine pensionierte Lehrerin; der Mann mit dem Schal, Bruce, war ausgebildeter Schauspieler, und sein Partner Teddy neben ihm, ein Riesenkerl, ein ehemaliger Schulhausmeister. Maryam erklärte, sie sei Apothekerin und passionierte Leserin, hätte aber absolut keine Erfahrungen als Autorin. Das schien die anderen nicht im mindesten zu bekümmern – auch sie arrangierten das Weihnachtsstück zum ersten Mal.

Einige Minuten später stieß Saif wieder zu ihnen. Er musste die Strecke zum Set und wieder zurück im Laufschritt zurückgelegt haben, war dabei aber kaum ins Schwitzen geraten.

»Maryam wollte schon immer etwas von Bedeutung zu Papier bringen«, sagte Saif und nahm Platz. »Es wäre doch großartig, über die Ursprünge aller drei Glaubensrichtungen aufzuklären. Ich wette, dass viele der Bewohner dieser Stadt nur eine oberflächliche Ahnung von den religiösen Festen haben, die ihre Nachbarn feiern.«

»Ausgezeichnete Idee«, sagte Bruce und wandte sich Maryam zu. »Was meinen Sie, fällt Ihnen dazu etwas ein? Teddy ist schon ausgelastet, er gestaltet das Bühnenbild, ich bin für die Requisiten und Kostüme zuständig, und Celine leitet den Chor.«

»Helfen Sie uns, Maryam, Sie sind unsere einzige Hoffnung«, sagte Celine und setzte dabei ihr schönstes Lächeln auf; es verfehlte seine Wirkung nicht und ließ bei Maryam das Eis schmelzen.

Sie musste lachen. Vielleicht hatte Saif ja recht. Niemand hier kannte sie; niemand erwartete etwas von ihr; und vielleicht hatte sie ja wirklich Talent.

Bismillah, in Gottes Namen. »Also gut, wenn Sie mir sagen, was Sie bis jetzt haben, lasse ich mir was einfallen.

Meine Freundin Anna könnte mit der Bühnenausstattung helfen.« Saif neben ihr hob zustimmend den Daumen. *Was für ein Spinner*, dachte sie mit aufrichtiger Zuneigung. Dann: *So was Nettes hat noch niemand für mich getan.*

Die Gruppe begann sofort mit der Arbeit: Während Celine, Bruce und Teddy ihre Ideen sammelten, machte Maryam sich eifrig Notizen. Eine Stunde verflog, dann zwei, und sie merkte es kaum. Endlich lehnte Celine sich zurück und streckte sich.

»Ich habe versprochen, mit meinen Enkelkindern am Nachmittag rodeln zu gehen und ihre Eltern ein wenig zu entlasten«, verkündete sie. »Maryam, Sie sind eine Heilige. Ich glaube, das wird die beste Aufführung aller Zeiten! Treffen wir uns morgen wieder hier?«

Maryam sah Saif fragend an; der nickte eifrig.

»Sie wird hier sein«, sagte er.

Auf dem Rückweg zum Filmset war Maryam bester Laune und redete unentwegt auf Saif ein, bis ihr bewusst wurde, dass sie das Gespräch völlig an sich gerissen hatte. Doch Saif schüttelte nur den Kopf, als sie ihm danken wollte.

»Du bist dafür wie geschaffen«, sagte er. »Schriftsteller brauchen sicher viel Übung und Erfahrung, um ihr natürliches Talent entfalten zu können, aber wenn jemand zum Schreiben bestimmt ist, dann du. Ich hab dich noch nie so glücklich lächeln sehen wie vorhin, und ich kenne dich immerhin, seit du zwei Jahre alt warst.«

Maryam errötete. »Mag schon sein, dass ich ein klein wenig festgefahren war«, gab sie zu. »Vielleicht wollte ich auf Nummer sicher gehen und die Erwartungen meiner Familie erfüllen, anstatt mich zu fragen, was ich wirklich will. Das einzige Mal, als ich mich aus der Deckung wagte und etwas für mich selbst tat, hab ich mir die Finger verbrannt. Und zwar heftig.«

Saif blickte zu Boden. »Manchmal frage ich mich, ob es der richtige Weg ist, alles widerspruchslos hinzunehmen.« Als Maryam ihn fragend ansah, fuhr er fort. »Ich weiß, dass unsere Eltern uns stark unter Druck setzen, damit wir erfolgreiche Akademiker werden, aber allmählich wird mir klar, dass wir diesen Druck längst verinnerlicht haben, verstehst du? Wir haben einfach angenommen, dass unsere Eltern die typischen Desi-Einwanderereltern sind und all diese Klischees verkörpern; dass sie von uns erwarten, Ärzte und was weiß ich noch alles zu werden.«

»Aber so war es doch auch!« Maryam lachte. »Hast du nicht mitbekommen, wie meine Eltern mit Saima prahlen?«

Saif schüttelte den Kopf. »Sie wollten doch nur, dass wir es einmal besser haben als sie, oder zumindest genauso gut. Alle Eltern wünschen sich für ihre Kinder ein gesichertes und glückliches Leben. Würden sie sehen, dass du glücklich bist, würden sie alles andere akzeptieren. Vielleicht haben wir unsere Eltern immer unterschätzt. Sie haben die Koffer gepackt und ihre Heimat, ihre Familien und Freunde verlassen, alles, was sie kannten, um in ein anderes Land umzusiedeln und sich ein neues Leben aufzubauen, und damals waren sie jünger als wir jetzt. Ich bin ziemlich sicher, sie kämen damit klar, wenn auch wir beschließen würden, eigene Wege zu gehen. Ich möchte wetten, sie hören nicht auf zu prahlen, wenn du dein erstes Stück, dein erstes Drehbuch oder deinen ersten Roman schreibst.«

»›Falls‹ meinst du wohl«, erwiderte Maryam lachend, aber Saif schüttelte wieder den Kopf.

»›Wenn‹«, sagte er mit Nachdruck. »Gib es ruhig zu, Maryam Aziz – unter dieser Daunenjacke schlägt ein wildes Künstlerinnenherz. Lass es endlich frei, ich freue mich darauf. Rechtzeitig zum großen Weihnachtsspektakel!«

»Dieser Name muss weg«, beschloss Maryam, aber Saifs Worte rührten sie. Wenn er ihr zutraute, dieses Stück zu schreiben, würde es ihr vielleicht wirklich gelingen.

Saifs dunkle Augen wurden weich, als sie auf ihrem Gesicht ruhten, und ihre Wangen röteten sich wie eine Knospe, die sich in den Strahlen der Sonne entfaltete.

»Du kannst es abstreiten, dich lustig machen, wenn du willst, aber« – Saif räusperte sich – »ich habe das Gefühl, dich endlich richtig zu sehen.«

Maryam wartete mit angehaltenem Atem darauf, dass er weiterredete, aber er sah sie nur eindringlich an.

Er hat eine Freundin, raunte ihr verräterisches Herz. *Aber Farah meinte, ich solle mich von den Gerüchten über ihn nicht verunsichern lassen, sondern zugreifen, wenn sich eine Chance bietet*, hielt eine andere Stimme dagegen. Bot sich die denn? Es gab nur einen Weg, das herauszufinden. *Schneefrei*, dachte sie bei sich. *Greif zu!* Sie holte tief Luft.

»Darf ich dich was fragen, Saif?«, begann sie, wartete aber seine Antwort nicht ab, aus Angst, sie könnte den Mut verlieren. »Wir … wir sind nur Freunde, oder?« Vielleicht konnte man der Snow-Falls-Maryam nachsehen, dass sie die Frage laut gestellt hatte.

Saif blieb stehen und sah sie an. Eine ganze Weile sagte

er nichts, ließ nur den Blick über ihr Gesicht wandern. »Ist es das … was du willst?«, fragte er schließlich. Er wirkte unsicher, doch dann sagte er fest: »In diesem Fall wäre ich gern dein Freund. Dein Freund zu sein, wäre großartig.«

Maryam versuchte, ihre Enttäuschung hinter einem fröhlichen Lächeln zu verstecken. »Alles klar.« Sie stapfte weiter und hoffte, dass Saif ihre flammenden Wangen nicht bemerkt hatte. Geschah ihr ganz recht, warum musste sie sich auch so weit aus dem Fenster lehnen!

Doch Saif rief ihren Namen, und als sie sich umdrehte, war die Unsicherheit in sein Gesicht zurückgekehrt. Er schüttelte den Kopf, wie um sie loszuwerden, und als er redete, war seine Stimme tief und entschlossen. »Hätte mich jemand vor dieser Reise nach Maryam Aziz gefragt, hätte ich gesagt: Sie ist still und verantwortungsvoll, ich kenne sie schon mein Leben lang, und sie tut immer, was man ihr sagt.«

Maryam zuckte zusammen, denn er hatte den Nagel auf den Kopf getroffen. »Diese Maryam klingt nach einer Menge Spaß«, bemerkte sie trocken. »Kein Wunder, dass Saima mich Fad-yam nennt.«

»Deine Schwester hat keine Ahnung«, sagte Saif. »Das gilt für uns alle.« Er ging einen Schritt auf sie zu, dann noch einen, bis sie so nah beieinanderstanden, dass sich ihre Atemwolken in der frostigen Luft vermischten. »Du bist weder langweilig noch still. Hinter deinem perfekten Gesicht verbirgst du Feuer und Leidenschaft, und du tust auch ganz gewiss nicht, was man dir sagt. Würde mich jetzt jemand zu Maryam Aziz befragen, dann würde ich sagen: Ich kenne sie schon mein Leben lang, und doch kenne ich sie überhaupt nicht. Das würde ich gern ändern, so schnell wie möglich.«

Maryams Herz klopfte so wild, dass sie befürchtete, ohnmächtig zu werden. Saifs Augen waren dunkel geworden, und der Schnee wirbelte in schweren Flocken, hüllte sie in eine kalte Decke aus Stille. Sie blickte zu Boden, trat von einem Fuß auf den anderen, weil der gewichtige Moment sie plötzlich schüchtern machte. »Sagst du das zu allen Mädchen?«, fragte sie sanft.

Saif schüttelte den Kopf, ohne sie aus den Augen zu lassen. »Nur zu dir.«

ELF

Anna

22. Dezember

Anna verließ das türkische Café und ging über die Straße. Dort war ihr ein Geschäft aufgefallen: June's Zauberkessel. Im Schaufenster funkelten Kristalle, einzigartige Glasgefäße und kleine braune Glasflakons, die ätherische Öle enthielten. Vielleicht fand sie hier ja ein paar Requisiten für die Mehndi-Party und darüber hinaus ein Mittel gegen den Modergeruch in ihrem Hotelzimmer.

Im Inneren empfing Anna der Duft von Räucherstäbchen, und eine hinreißende Frau mit blauschwarzem Haar, dunkel geschminkten Lippen und einem langen violetten Kleid, das über den Boden strich.

»Kommen Sie herein, wärmen Sie sich auf und sehen Sie sich um! Ich bin June. Rufen Sie mich, wenn Sie mich brauchen«, sagte sie mit glockenheller Stimme, bevor sie sich wieder ihrem Kassenbuch widmete.

Anna nahm eine braune Sprühflasche aus Glas in die Hand. »Energetisches Reinigungsspray« stand auf dem Etikett. Laut Wirkstoffliste enthielt es Extrakte von Palo Santo, Rosmarin, Muskatellersalbei und Eisenkraut.

»Das ist unsere kräftigste und wirksamste Ölmischung«, sagte June, während sie Anna neugierig musterte.

»Sie ahnen nicht, womit ich es aufnehmen muss«, sagte Anna mit gerümpfter Nase, »aber den Versuch ist es wert«, fügte sie hinzu und stellte das Fläschchen auf den Tresen.

»Du liebe Zeit, irgendeine böse Energie?«

»Ein böser *Gestank*«, erklärte Anna. »Apropos, welches ist die stärkste Duftkerze, die Sie haben?«

June zeigte ihr das Kerzensortiment, und Anna entschied sich für eine Mischung aus Kiefern- und Zedernholz.

»Sehr festlich«, sagte June und nickte zustimmend.

Anna sah sich weiter um und fand eine Schachtel mit bunten Gebetskerzen und ein paar Blumengirlanden, die sich hervorragend für die Party später eignen würden.

Als Anna an der Kasse stand, um zu bezahlen, sah June sie eine Weile abwägend an, bevor sie unter die Theke griff und ein Fläschchen Duftöl hervorholte. Es glich demjenigen, dessen Inhalt sie im Flugzeug über Maryam verspritzt hatte. »Zaubertrank Nr. 9« stand in verschnörkelter Schrift auf einem weißen Etikett. Die purpurfarbene Tinte passte zum dunklen Lila von Junes Kleid.

»Das schenke ich Ihnen, es ist das Letzte aus meiner Charge.«

»Was ist drin?«

»Mein exklusiv formulierter Liebestrank, aber gleichzeitig das göttlichste Parfum, das ich habe – wenn Sie es mit üblen Gerüchen zu tun haben, wie Sie sagen, wird es Ihnen helfen. Hier.« June stand auf, hob Annas Haare an und tupfte ihr das Öl in den Nacken. Es duftete wirklich wunderbar, musste Anna zugeben. »Es enthält Neroli, Nag Champa, Zimtblüten … und noch ein paar geheime Zutaten«, sagte June.

Anna wollte den Flakon wie alles Übrige bezahlen, aber June schüttelte den Kopf. »Zaubertrank Nr. 9 muss verschenkt werden. Frohes Fest, Süße. Ach ja, der Laden nebenan könnte Ihnen auch gefallen.«

Draußen folgte Anna Junes Vorschlag und betrat Kate's Kuriositäten. Jeder Buchstabe war aus einem anderen Fundgegenstand geformt: Teetassen und Untertassen, Kerzenhalter und Fingerhüte, Treibholz, Netze, Mosaikglas. Als sie die Ladentür aufschob, ertönte ein aus altem Silberbesteck bestehendes Glockenspiel. Aus der Stereoanlage erklang Bing Crosbys Stimme mit dem »Holiday Inn Medley«. »Happy holidays …«, sang er schmachtend immer und immer wieder. Anna musste unwillkürlich lächeln bei dem vertrauten Lied.

»Hallooo«, trällerte eine Stimme aus den Tiefen des vollgepackten Ladens. »Sehen Sie sich um, viel Spaß! Falls Sie mich brauchen, geben Sie mir einfach Ihren ungefähren Standort durch – wie zum Beispiel: ›Kate, ich steh vor einer Reihe rüpelhafter Gartenzwerge!‹ oder ›Ich befinde mich zur Linken der Macramé-Giraffe!‹ Dann finde ich Sie schon.«

»Hört sich gut an«, sagte Anna und machte sich daran, die vollen Regale und die vielen Gegenstände, die sich auf dem Boden stapelten, zu durchstöbern. Dabei gelangte sie zu der Gewissheit, dass dieser Laden einfach alles hatte: von einem Satz irisierender Briefbeschwerer in der Form eines niedlichen kleinen Pfauenpärchens, das sie eine Weile bewunderte, über Cocktailgläser, in die Märchen- und Fabelszenen geritzt waren, bis hin zu Kisten mit alten Postkarten aus aller Welt, geschrieben von Fremden, die womöglich längst tot waren und die als Adresse nur den Namen ihres Freundes oder Verwandten anzugeben brauchten, dazu »Snow Falls, Ontario«, damit die Karte ankam. »Frohes Fest aus Banff, Alberta!« – »*Mele Kalikimaka* aus Hawaii!«

Es gab Tintenfässer und antike Federhalter, eine Lampe aus Buntglas mit einem tiefblauen Schirm, übersät von Kometen und Konstellationen – und die schönste Chanukkia, die Anna je gesehen hatte. Sie war geformt wie ein goldener Baum, bestückt mit blassroten Granatäpfeln zwischen hellgrünen Blättern. Kaum hatte Anna den Messingleuchter in die Hand genommen, wusste sie, dass sie ihn nicht mehr wegstellen konnte. Einen ganz ähnlichen hatte Beth immer zum Lichterfest entzündet. Während sie ihn betrachtete, kehrte die Traurigkeit zurück, die sie versucht hatte zu verdrängen – es war schon in Ordnung, sagte sie sich. Auch wenn ihr Leben jetzt anders aussah und bestimmte Menschen darin fehlten – ihr Vater und jetzt Beth –, musste das nicht heißen, dass sie nicht ihren eigenen Weg gehen konnte. Vielleicht würde sie die Chanukkia kaufen, auch wenn sie sich hatte einreden wollen, dass dieser Teil ihrer Vergangenheit keinen Platz mehr in ihrem Leben hatte.

Sie wandte sich um, auf der Suche nach einem unverstellten Pfad zur Kasse – gab es die überhaupt? Zumindest hatte sie keine gesehen. Gerade sang Bing Crosby »Be Careful, It's My Heart«.

»Kate?«, rief sie. »Hallo? Ich stehe« – sie sah sich um – »vor der lebensgroßen *Venus von Milo*, gegenüber den antiken Messingkobolden, und links von mir ist« – sie drehte sich herum – »Josh Tannenbaum.«

»Josh Tannenbaum?«, rief Kate zurück. »Ich hab eben

Chase Taylor hereinkommen sehen, von einem Josh Tannenbaum weiß ich nichts ...«

Kate kam um die Ecke. Sie war eine schlanke Frau mit einer dicken Brille mit rotem Gestell. Auf ihrem lindgrünen Mechaniker-Overall war ein Namensschild geheftet: »Biff«.

»Oh, hallo, Chase. Schön, Sie zu sehen. Dann ist die Filmcrew wieder in der Stadt, nehme ich an?« Sie legte ihren Zeigefinger auf die Lippen. »Ich schweige wie ein Grab, versprochen.«

Josh lächelte breit, begrüßte Kate und wandte sich Anna zu. »Da bist du ja wieder«, sagte er, und sein Lächeln wurde noch breiter. »Lustig, dass wir uns hier begegnen.« Dann blickte er zu Boden und kam näher.

Bumm-bumm-bumm. Da war es wieder, ihr verräterisches Herz.

»Das ist der schönste Leuchter, den ich je gesehen hab. Und übrigens, du riechst *toll*«, sagte Josh.

»Nicht wahr?« Sie hielt ihm die Chanukkia hin.

Josh drehte und wendete sie in seinen Händen, bevor er sie zurückgab – dabei streifte seine Hand die ihre und sandte elektrische Funken über ihre Haut.

»Das erinnert mich wirklich an zu Hause.« Seine Augen nahmen einen verträumten Ausdruck an. »Die Latkes meiner Mom sind zum Niederknien. Statt Zwiebeln nimmt sie Lauch – aber sag's nicht weiter, es ist ihr Geheimnis.« Er zwinkerte.

»Sauerrahm oder Apfelmus?«, fragte Anna.

»Das ist *mein* Geheimnis«, sagte Josh, bevor er sich zu ihr herunterbeugte und flüsterte: »Ranch-Dressing.«

Anna verschlug es den Atem.

»Und scharfe Sauce.«

»Skandalös! Was sagt denn deine Familie dazu?«

»Ich bin ein Einzelkind, daher war das Tollste an den Feiertagen, dass meine Cousins zu Besuch kamen. Wir bauten uns riesige Bettenburgen auf dem Dachboden, und unsere Eltern ließen uns dort oben schlafen. Was für schöne Erinnerungen …«

Anna staunte, wie ungezwungen sie sich unterhalten konnten. Als würden sie sich schon immer kennen.

»Jetzt du«, sagte er, »was hat *dir* am Chanukkafest am besten gefallen? Und wie fühlt es sich an, ausgerechnet zu dieser Jahreszeit hier gelandet zu sein, in der weihnachtlichsten Stadt auf diesem Planeten?«

Anna lächelte. »Bei uns zu Haus gab es das Beste aus beiden Welten. Latkes *und* Baumkuchen. Geschmorte Rinderbrust *und* Truthahn. Rugelach *und* Weihnachtsplätzchen. Auch ich bin übrigens ein Einzelkind. Einmal wollte ich einen Christbaum und einen Chanukkabusch haben – und so fanden mein Dad und ich das letzte Gartencenter, das noch Büsche übrig hatte, und stellten den eingetopften Busch mitten ins Wohnzimmer.« Josh lachte. »Es war etwas ganz Besonderes. Als wäre alles möglich. Es war die beste Zeit des Jahres. Ich vermisse es«, gab sie zu. »In diesem Jahr ist es besonders hart für mich, weil Weihnachten und Chanukka in denselben Zeitraum fallen. Deshalb wollte ich diesen Leuchter hier kaufen. Er hat mich sofort an alte Zeiten erinnert.«

»Du warst wohl schon länger nicht mehr zu Hause?«

Anna hatte die ganze Zeit den Blick auf die Chanukkia

gerichtet, aber jetzt sah sie zu ihm auf. »Mein Zuhause gibt es nicht mehr. Mein Vater ist vor ein paar Jahren gestorben, danach war nichts mehr wie vorher.« Plötzlich fühlte sie sich befangen. Es waren nur ein paar Sätze gewesen, und trotzdem hatte sie eine Menge abgeladen. Sie konnte ihm nicht mehr in die Augen sehen. »Entschuldige bitte, zu persönlich.«

»Überhaupt nicht – ich hab dich gefragt. Und … nun ja, es ist zwar nicht dasselbe, aber letztes Jahr ist mein Zayde gestorben, mein Großvater. Wir standen uns sehr nah. Es war schwer. Deshalb mein herzliches Beileid, Anna. Es tut mir weh, dich so traurig zu sehen.«

»Danke«, sagte sie und versuchte zu lächeln, damit er sie nicht zu bemitleiden brauchte. »Nach diesem Verlust ist es sicher noch schwerer für dich, dass du dieses Jahr nicht mit deiner Familie feiern kannst.«

»Meine Mutter käme gar nicht auf die Idee, mich von der Arbeit wegzuholen, aus welchen Gründen auch immer, sie macht mir keine Schuldgefühle. Aber …« Er verstummte und schluckte mühsam. Plötzlich wollte sie die Hand nach ihm ausstrecken, ihm eine Umarmung anbieten, eine Schulter zum Ausweinen – nur war er nicht Josh Tannenbaum, nicht in der realen Welt. Er war Chase Taylor, der Filmstar, den konnte man nicht einfach umarmen. Trotzdem berührte Anna seinen Arm.

»Josh«, sagte sie leise, »es tut immer weh, jemanden zu verlieren. Und jetzt ist es das erste Chanukkafest, das du ohne ihn feierst. Sei nicht zu streng mit dir. Was du grade empfindest, ist okay. Mein Dad hat immer gesagt: *Ein Tag der Trauer dauert länger als ein Monat der Freude*. Und das stimmt, hab ich recht? Lass es ruhig zu, dieses Gefühl.«

Er nickte. »Du hast wie immer recht, Yoda.«

»Wie gesagt, die Weisheit stammt nicht von mir, sondern von meinem Vater.«

Er sagte nichts, sah sie nur eindringlich an – und sie spürte, wie sein Blick ihre Wangen wärmte. »Ich hatte vermutlich die Hoffnung, die Trauer würde irgendwie verschwinden, wenn ich durcharbeite, weißt du? Aber sie ist immer noch da.«

Sie nickte. »Sie lässt einen nicht los, als schleppte man …«

»Felsbrocken in der Brust herum«, beendete er ihren Satz und deutete auf seinen Brustkorb. »Genau hier.«

Es war ein trauriges Thema, trotzdem musste sie lachen. »Das stimmt! Genau hier. Aber vielleicht ist das auch in Ordnung, oder? Wenn du einen so großartigen Zayde hattest, muss es ja weh tun. Ich sag mir das auch immer. Mein Dad war der Beste. Und wäre er nicht so wunderbar gewesen, würde ich ihn nicht so schrecklich vermissen. Es ist ein Geschenk, so schmerzvoll es auch ist.«

Es war das erste Mal, dass Anna mit jemandem so offen über ihren Vater sprechen konnte. Josh hatte sie nicht aus den Augen gelassen, und plötzlich hatte sie das Gefühl, als würde er sie halten – mitsamt dem Kummer, den sie schon so lange mit sich herumgeschleppt hatte. Und unweigerlich fragte sie sich, wie es wohl wäre, wieder in seinen Armen zu liegen, wie in der Nacht, in der sie ihm begegnet war, in der er sie an sich gedrückt und durch den Schnee getragen hatte.

»Ich will etwas mit dir besprechen, Anna«, fing Josh an. Doch im selben Moment schoss hinter ihnen ein Kuckuck aus dem Uhrengehäuse, um wie wahnsinnig zu schreien. Er wich zurück. »Wir sind spät dran«, sagte er. »Du kommst doch mit zum Set, oder?«

»Definitiv«, sagte Anna. »Aber zuerst sollte ich das hier bezahlen …« Sie sah sich nach einem Weg zur Kasse um.

»Kate!«, rief Josh. »Wir stehen immer noch vor der *Venus von Milo*, links neben der Standuhr und vor den Messingkobolden und …« Er zog die Stirn kraus. »Sollen diese Zinnsoldaten die Jungs von NSYNC darstellen?«

»Und ob! Aber die sind schon vergeben. Nehmen Sie doch den Leuchter! Er gehört Ihnen. Ein Weihnachtsgeschenk von mir. Aber …« Kate steckte den Kopf hinter der *Venus von Milo* hervor, das Haar unerklärlicherweise mit roten, grünen und weißen Federn übersät, die noch immer aus einer unsichtbaren Quelle auf sie herabschwebten. »Es gibt eine Bedingung. Er darf nicht einfach so rumstehen. Dieser Leuchter muss angezündet werden – also halten Sie sich daran. Am besten Sie entzünden ihn gemeinsam. Frohes Fest!« Sie förderte eine braune Papiertüte zutage, dazu blaues und silberfarbenes Seidenpapier, steckte die Chanukkia in die Tüte und packte sie in Seidenpapier. »Oh, und die brauchen Sie auch.« Sie durchstöberte ein Regal und fand eine Schachtel mit Chanukkakerzen. »So, jetzt ist alles beieinander«, sagte sie und schickte sie hinaus.

»Stell dir vor«, sagte Anna, als sie gemeinsam durch das Schneetreiben gingen, »das ist schon das dritte Geschenk, das ich bekomme, seit ich hier bin.«

»Stimmt. Sam und Hope von Don't Sweater It haben dir

diese Mütze geschenkt – sie steht dir wirklich allerliebst«, sagte Josh mit einem Augenzwinkern, bevor er die Kapuze aufzog, um sich vor den Flocken zu schützen. »Ich bin neidisch. Glaubst du, zwei Bommel würden mir auch stehen?«

»Du kannst alles tragen«, sagte Anna – und schämte sich gleich darauf, denn es war ihr so herausgerutscht.

»Du hast doch von drei Geschenken gesprochen«, sagte er. »Die Chanukkia samt Kerzen, die Mütze und was noch?«

»Ach – nur so ein Parfum«, sagte Anna, weil ihr das mit dem Liebestrank plötzlich viel zu albern vorkam.

»Ist mir schon aufgefallen«, sagte er. »Ich mag den Duft.«

»Danke«, sagte Anna und spürte, wie sich ihre Wangen noch tiefer röteten.

»Hey, Anna?« Sie hatten das Set fast erreicht und blieben stehen. Er wirkte nachdenklich, als wollte er ihr etwas sagen, wüsste aber nicht so recht, wie. Dann schüttelte er den Kopf, und der Moment war verflogen. »Du musst dort hinüber«, sagte er und deutete auf das Statistenzelt. Wieder verstummte er und schluckte ein paarmal. »Also, äh … hast du Lust, heute Abend mit mir die Kerze anzuzünden? Ich werde nach Sonnenuntergang nicht mehr allzu lang arbeiten. Immerhin ist heute die erste Nacht von Chanukka.«

Anna überkam ein regelrechter Glücksrausch. Sie rief sich die Gerüchte über Josh und Tenisha ins Gedächtnis, angeblich waren die beiden ein Paar. Es half nichts; ihr Herz hatte die Führung übernommen. Ihr Vater hatte in solchen Fällen gern Blaise Pascal zitiert: *Das Herz hat seine Gründe, und die Vernunft weiß nichts darüber.* »Was bleibt uns anderes übrig? Wir haben es Kate versprochen.«

Er grinste. »Und versprochen ist versprochen. Wenn du mir deine Zimmernummer gibst, hinterlasse ich dir eine Nachricht.«

»Ich bin in Zimmer 207.«

»Ah, der unrenovierte Trakt.«

»Genau«, sagte sie und boxte ihn spielerisch gegen die Schulter. »Die schönen Zimmer sind den Filmstars vorbehalten.«

Er lachte. »Was soll ich sagen? Der Job hat durchaus seine Vorteile. Dann bis heute Abend, Anna.«

»Bis heute Abend, Josh.«

Als Anna zu der kleinen Gruppe von Statisten hinübereilte, fiel ihr auf, dass Maryam und Saif fehlten.

»Ich hab Maryam vorgeschlagen, ein bisschen mit ihm durch die Stadt zu schlendern«, erklärte Saima und zog bedeutungsvoll die Augenbrauen in die Höhe. »Vielleicht lernen sie sich auf diese Weise besser kennen.«

»Ich dachte, eure Familien sind befreundet, und ihr kennt euch von klein auf«, sagte Anna und blickte in die Runde.

Mr. Dadu unterhielt sich gerade mit der Regisseurin Katrina Wakes. Josh war bereits in der Maske. Und Anna verdrängte die Frage, ob Tenisha bei ihm war.

»Meine Schwester ist in Saifs Gegenwart immer entsetzlich schüchtern gewesen«, sagte Saima neben ihr und schnaubte verächtlich. »Als hätte es ihr die Sprache verschlagen! Ich weiß nicht, was sich verändert hat, aber irgendwie scheint es ihr plötzlich egal zu sein, was er denkt. Und plötzlich kann er die Augen nicht mehr von ihr lassen.«

»Das ist mir auch schon aufgefallen«, sagte Anna, als eine Assistentin mit einem Klemmbrett ankam.

»Es ist so weit. Wie aufregend!«, sagte Saima. »Komm schon, Dadu!«

In den wenigen Minuten, die sie ihn allein gelassen hatten, war er in einen knalligen Weihnachtspullover geschlüpft, der mit einem riesigen Rentier bestickt war, inklusive einer blinkenden roten Leuchtnase.

»Ich bleibe, wo ich bin. Miss Wakes hat mich liebenswürdigerweise gebeten, die romantische Spannung zwischen Mr. Chase und Miss Tenisha ein wenig anzukurbeln. Ich hab ihr vorgeschlagen, ein paar Musicalnummern einzubauen und eventuell den einen oder anderen Kostümwechsel. Was könnte den Liebesfluss besser in Schwung bringen als ein paar Tänze?«

»Ihr Großvater hat viele gute Ideen«, sagte Katrina lächelnd. »Ich kann nicht glauben, dass er in Mumbai bei über hundert Filmen Regie geführt hat. Er ist eine lebende Legende! Sicher kann er uns helfen, das Miteinander zwischen unseren Stars ein bisschen anzuheizen.«

Bei der Erwähnung von Chase und Tenisha schien Annas Herz einen verwirrenden Bollywoodtanz aufzuführen. Hatte es etwas zu bedeuten, dass die Chemie zwischen den beiden im Film nicht stimmte?

»Gehen wir«, sagte Saima und zog Anna in die Richtung, die ihnen der Casting Director wies. »Nimm Dadus Rat an und lass nicht zu, dass deine Gedanken dich in alle Richtungen zerren – hab einfach nur Spaß!«

Am Set vergingen die Stunden wie im Flug. Anna sah Josh meistens nur von weitem, weil die Szenen, in denen sie auftauchte, erst später eingefügt werden sollten, aber einige Male winkte er ihr lächelnd zu, und sie versuchte sich einzureden, dass die Wärme in ihren Wangen lediglich von dem heißen Apfelmost oder dem Kakao herrührte, den sie gerade in Händen hielt. Sie war fasziniert von der aufwendigen Kulisse – wie lebensecht sie wirkte und wie jeder Gegenstand am Set eine eigene Geschichte zu erzählen schien. Im Geiste hakte sie die Gegenstände ab, die sie für die Mehndi-Party eingeplant hatte, und freute sich darauf, ihre Pläne mit Maryam zu besprechen.

Ehe sie sich's versah, war es Zeit, zum Hotel zurückzukehren. Maryam und Saif warteten am Rand des Filmsets, und Anna bemerkte, dass sie näher beieinanderstanden und von einer vertraulicheren Aura umgeben zu sein schienen als noch am Morgen. Wie mochten sie die vergangenen Stunden verbracht haben? Als Maryam Annas Blick bemerkte, winkte sie sie zu sich.

»Hast du immer noch Lust, mir bei Saimas Mehndi-Party heute Abend zu helfen?«, fragte sie leise. »Ich habe ein paar Sachen aufgetrieben, sogar Tuben mit Hennapaste. Vielleicht hast du noch Ideen für die Kulisse?«

»Na und ob«, sagte Anna, und Maryam strahlte. »Ich hab auch ein paar süße Dekoartikel entdeckt und noch ein paar Dinge, von denen ich weiß, dass sie euch gefallen.«

»Wir holen Dadu und Saima und gehen zurück zum Hotel, dann kannst du mir alles erzählen«, sagte Maryam.

Auf dem Weg durch das Set hielt Anna Ausschau nach Josh, um sich zu verabschieden – und fand ihn bei Tenisha, mit der er vor laufender Kamera gerade einen innigen Moment teilte. Mr. Dadu stand ganz in der Nähe. »Augenkontakt halten, ihr zwei!«, rief er ihnen zu.

»Na komm, Dadu, dieser Tag war lang genug für dich. Wollen wir zurückgehen?«, sagte Maryam.

»O ja, unbedingt. Ich bin total erschöpft. Aber sie wollen, dass ich morgen wiederkomme. Deshalb muss ich mich ausruhen! Ah, da ist ja auch Saima.«

In ihrem giftgrünen Weihnachtspulli, der mit allen acht Rentieren und einem gewaltigen roten Schlitten verziert war, konnte man Saima kaum übersehen.

»Was meint ihr? Ist das nicht genau mein Stil?« Sie drehte eine Pirouette im Schnee, vollführte einen Knicks, und alle lachten. Doch dann richtete Saima den Blick Richtung Himmel, in die wirbelnden Flocken, und seufzte verzweifelt. »Sicher hört es nie mehr auf zu schneien, oder? Dann stecken wir womöglich den ganzen Winter hier fest. Hätte ich doch nur einen Schlitten mit einem Rentier, der würde uns von hier forttragen.«

»Ach, *beti*, ich bin sicher, wir stecken nicht den *ganzen* Winter hier fest«, wollte Mr. Dadu sie trösten, als sie sich zum Hotel aufmachten.

Doch Anna konnte sich gut vorstellen, wie frustriert Saima sein musste. Heute hätte ihre Mehndi-Party stattfinden sollen. Anna dagegen wäre am liebsten für immer in Snow Falls geblieben. Zwischen Nick und ihr herrschte Funkstille – sie hatte Deb und Kath gefragt, aber Nick hatte ihr keine Nachricht hinterlassen –, und so hatte Anna auch keine Weihnachtspläne mehr. Bei Saima war das anders.

»Na kommt, beeilen wir uns«, sagte Maryam. »In einer Stunde ist Iftar, und wir haben eine Überraschung für dich, die dich aufheitern wird.«

Saima wurde schlagartig munter. »Oh, eine Überraschung? Was ist es?«

»Du wirst schon sehen«, sagte Maryam geheimnisvoll, als der Haupteingang des Hotels in Sicht kam. »Sei um acht Uhr abends im Foyer ... und trag deinen grünen Lehenga.«

Saima schrie auf. »Ihr wollt eine Mehndi-Party für mich schmeißen?«

Maryam zuckte mit den Schultern, aber ihre Schwester rannte bereits aufgeregt die Treppe zum Hotel hinauf.

»Saima liebt Partys«, sagte Maryam.

»Besonders wenn *sie* im Mittelpunkt steht«, fügte Saif augenzwinkernd hinzu. »Wir sehen uns später – und viel Vergnügen heute Abend, Ladys.«

Anna sah, wie der gutaussehende Saif Maryam leise »gute Nacht« ins Ohr flüsterte, bevor er ging.

»Oho ... was geht denn hier ab?«, fragte Anna.

Maryam wurde rot. »Wir hatten eine sehr schöne Zeit«, sagte sie. »Wir haben uns lange unterhalten, und ich glaube ...« Anna blickte Maryam in die Augen – und sah, dass sie Angst hatte.

»Warum siehst du dann so erschrocken aus?«

Jetzt änderte sich Maryams Miene noch mehr, sie wirkte plötzlich verschlossen. »Es ist kompliziert«, sagte sie. Das war alles. »Wir haben eine Menge Arbeit vor uns. Ist es in Ordnung, dass ich dir das alles aufhalse?«

Anna winkte ab. »Aber ja. Ich dekoriere für mein Leben gern. Das ist genau mein Ding!«

»Auch wenn die Voraussetzungen so schlecht sind wie heute?«

»Dann besonders! Das ist ja gerade die Kunst. Außerdem haben wir mehr, als du denkst! Und jetzt muss ich mich beeilen, um den Saal zu schmücken, kann's gar nicht erwarten.«

Am Set heute hatte Anna herausgefunden, dass die Filmproduzenten an diversen Orten in der Stadt zusätzliche Textilien und Möbel lagerten – auch im Keller des Hotels. Ohne Maryams Wissen hatte sie sich mit den Set-Designern abgesprochen und durfte sich für die Party ein paar Stücke ausleihen. Sie entschied sich für ein Maharani-Motiv – Maryam würde es hoffentlich nicht zu klischeehaft finden für eine indische Hochzeit, Saima dagegen wäre wohl begeistert.

Nach einem gemeinsamen Iftar mit den Resten vom Vortag, an dem auch Anna teilnehmen durfte – Maryam und Saif hatten wirklich viel zu viel bestellt –, zogen sich alle auf ihre Zimmer zurück, um sich für die Henna-Party zurechtzumachen. Die Männer wollten Reißaus nehmen, erklärte Maryam. Sie würden sich den abendlichen Tarawih-Gebeten in der Moschee des kleinen türkischen Cafés anschließen, solange die Ladys in der Lobby ihre Mehndi-Party feierten.

Als Maryam nach unten ging, blieb sie für einen kurzen Moment stehen, so überwältigt war sie von dem, was Anna in den paar Stunden zustande gebracht hatte. »Wie hast du das so schnell hinbekommen?«

Anna strahlte vor Stolz. Es war ihr gelungen, ein halbes Dutzend Paravents aufzutreiben, um den Raum abzutrennen und den Frauen ein wenig Privatsphäre zu verschaffen für ihre Party. Und dann hatte sie den abgetrennten Bereich verwandelt. Üppige Stoffe in leuchtenden Farben bedeckten den Boden, und die Paravents waren mit bunten Saris geschmückt, die sich Anna von Maryams Mutter und einigen älteren Damen aus der Stadt geborgt hatte. Sie hatte sie in Falten gelegt und wie bunte Fahnen aufgehängt. Mit Hilfe diverser Baumaterialien, die sie im Hotel gefunden hatte, hatte Anna sogar ein kleines erhöhtes Podest zusammengezimmert und so einen Ehrenplatz für Saima geschaffen, auf dem sie zwischen dekorativen bunten Kissen und Seidenblumen sitzen konnte. Deb und Kath hatten außerdem noch weitere Kerzen und Lichterketten ausgegraben – obwohl schon das gesamte Hotel damit geschmückt war.

Im Hintergrund spielte leise Sitar-Musik, und auf silbernen Platten häuften sich diverse Häppchen (Deb und Kath hatten darauf bestanden, sich um die Speisen zu kümmern): Cocktail-Samosas, kleine Sandwiches, Tee in den hübschen Gläsern, die sie sich vom türkischen Café geborgt hatten, ein von Kath selbstgebackenes Schoko-Julscheit. »Merry Mehndi!« stand in leuchtend roter und grüner Glasur oben drauf.

Maryam traute ihren Augen kaum. »Das ist zu viel!«, sagte sie und blickte um sich. »Ich kann nicht glauben, wie schnell du das geschafft hast, Anna. Du vollbringst wahre Wunder!«

Anna blickte verlegen zu Boden. »Ich dachte, wenn wir unter uns sind, kannst du den Hidschab abnehmen und dein Haar offen tragen, ohne dir Sorgen zu machen, dass uns jemand überrascht«, sagte sie. »Deb und Kath haben versprochen, dass uns in den nächsten Stunden keiner stört.

Ich hab Sarah vom Café Topkapi eingeladen und auch Muriel aus dem Chinarestaurant. Ich hoffe, du hast nichts dagegen.«

Anna war überrascht, dass Maryam Tränen in die Augen traten. »Ich bin so unendlich gerührt«, sagte sie mit erstickter Stimme. »All die kleinen Details ... einfach perfekt.«

»Es hat mir großen Spaß gemacht, wirklich!«

»Na, du bist ja auch richtig gut darin! Du solltest dein Geld damit verdienen. Ach ja, weil wir davon sprechen ... bevor ich es vergesse ...« Maryam wischte sich sanft die Tränen aus den Augen und lächelte. »Saif hat mich überredet, bei der Gestaltung der Weihnachtsaufführung zu helfen. Sie brauchten jemanden, der das Textbuch schreibt, und waren nicht allzu wählerisch in puncto mangelnder Erfahrung. Ich helfe nun also bei der Organisation des alljährlichen Weihnachtsstücks. Da ich sehe, wie gut du darin bist, möchtest du uns nicht bei der Bühnengestaltung helfen? Ich glaube, du bist ein Naturtalent«, sagte Maryam. Sie löste den Hidschab und schüttelte ihr Haar.

»Das klingt nach einer Menge Spaß«, sagte Anna und wurde ganz aufgeregt. Wenn sie so viel zu tun hatte, brauchte sie nicht ständig an ihre Sorgen zu denken – und es würde sie auch davon abhalten, wieder einmal nachzufragen, ob Nick versucht hatte, sie zu erreichen. Er tat ihr leid, aber die frostige Art und Weise, wie er das Telefonat abgebrochen hatte, und sein fehlendes Mitgefühl schmerzten noch immer. Den ganzen Tag am Set zu verbringen und dann die Kulisse für die Mehndi-Party aufzubauen, waren eine nette Abwechslung gewesen – und jetzt hätte sie eine weitere lohnende Aufgabe, die ihre Zeit in Anspruch nahm.

Ein schriller Schrei kündigte Saima an. Sie trug das elegante blassgrüne Lehenga, das sie für die Mehndi-Party in Toronto eingepackt hatte, und flog geradewegs Anna in die Arme.

»Du bist jetzt offiziell eine Aziz-Schwester!«, rief Saima aus und sah sich um. »Ich kann nicht glauben, dass du das alles für mich getan hast!«

Jetzt war es Anna, die von Gefühlen übermannt wurde. Sie vergrub ihren Kopf einen Moment lang in Saimas Schulter, damit niemand ihre Tränen sah, die sie schnell fortblinzelte. Bei Hochzeiten – und Feiertagen – stand die Familie im Mittelpunkt, und Anna hatte das Gefühl gehabt, keine mehr zu haben. Doch jetzt war ihr ganz warm ums Herz.

Als Saima sie aus ihrer Umklammerung entließ, ließ sich sogar Maryam zu einer etwas unbeholfenen einarmigen Umarmung hinreißen.

»Danke von ganzem Herzen«, flüsterte sie, und Anna nickte.

»Gern geschehen«, sagte sie – und meinte es auch.

Anna war noch nie mit Henna bemalt worden, und so ging Maryam mit einem der Plastiktütchen aus dem sri-lankischen Laden ans Werk. Behutsam zeichnete sie ein großes Mandala auf Annas Handrücken, und malte es mit zarten Paisley- und Blumenmustern aus. Anna sah ihr zu und staunte, wie leicht ihr die Zeichnung von der Hand ging.

»Es kribbelt, und ich wusste nicht, dass Henna sich so kalt anfühlt«, sagte sie.

»Frauen verwenden Henna als Zierde, aber es hat auch eine kühlende Wirkung«, erklärte Maryam, während sie mit ruhiger Hand den Applikator führte. »Die Farbe besteht im Grund nur aus zerstoßenen Hennablättern, die zu einer Paste gerührt werden. Sobald das Henna trocken ist und abblättert, hinterlässt es eine schöne dunkelrote Farbe auf der Hand, die ein paar Wochen hält.«

Nach und nach kamen die übrigen Frauen der Hochzeitsgesellschaft, und alle bewunderten Maryams Handarbeit. Farah machte sich an Saimas Mehndi-Schmuck – sie sei immer die geschickteste Zeichnerin gewesen, erklärte Maryam, mit der ruhigsten Hand. Die älteren Frauen um sie herum plauderten, knabberten Samosas und ließen sich den leichten Tee schmecken. Anna spürte, wie die Wärme in ihr zunahm. Alles hatte sich bestens gefügt.

Sie sah Maryam zu, wie sie Sarah, die Besitzerin des türkischen Cafés, mit Henna bemalte, und lauschte, als Maryams Mutter ein traditionelles Urdu-Lied anstimmte.

»Der Text ist voller Späße, die die Braut aufziehen und sich über ihre Schwiegereltern lustig machen«, erklärte Maryam, und Anna wünschte, sie könnte die Sprache verstehen. Einige Frauen stimmten bei den bekannten Volksliedern mit ein, andere klatschten im Rhythmus und lachten.

»Hört mal, ich hab noch mehr Musik!«, sagte Anna, nachdem die Frauen aufgehört hatten zu singen. »Von Mr. Dadu!« Sie schob eine Bollywood-Mix-CD in die Stereoanlage und zog Maryam hoch, um mit ihr auf den ersten Song zu tanzen: »Mehndi Hai Rachne Waali.«

Als der nächste Song begann – ein schneller Bhangra-Beat –, sprangen alle Frauen auf, sogar Maryams Mutter. Sie zerrten Saima in die Mitte des Raums und bewegten sich im Rhythmus um sie herum, wobei sie darauf achteten, ihr Henna nicht zu verschmieren, das aber mittlerweile nahezu trocken war. Ungeachtet der Lektionen am Vorabend gab Anna wieder ihr komisches einbeiniges Gehopse zum Besten und brachte Maryam zum Lachen. Irgendwann gab sie es auf, wackelte stattdessen mit den Hüften und schleuderte ihr Haar nach hinten. Zu den nächsten fünf oder sechs Songs wurde gelacht, getanzt, zwischendurch Tee getrunken, und wieder getanzt. Eine knappe Stunde später sanken die Frauen zu Boden und machten es sich auf dem gemütlichen Teppich und den Kissen bequem.

»Wie lange kennst du deinen Verlobten schon? Wie heißt er noch gleich?«, fragte Anna, noch ganz außer Atem, und ließ sich auf dem Teppich vor dem Podest nieder, auf dem erschöpft, aber glücklich Saima thronte. Neben ihr saß Maryam und lehnte sich erhitzt und zufrieden an ihre Schwester. Das Haar ergoss sich über ihre Schultern, und ihre Wangen glühten.

»Sein Name ist Miraj, und ich kenne ihn erst ein paar Monate«, sagte Saima. »Aber ich wusste gleich, dass er der Richtige war, als ich ihn zum ersten Mal sah.«

Anna dachte plötzlich an Nick, und ihre Stimmung sank in den Keller. Sie setzte sich auf und fächelte sich Luft zu. »Du kennst Miraj erst seit ein paar Monaten und willst ihn schon heiraten?«, fragte sie ungläubig.

Saima lachte, aber Anna bemerkte, dass Maryam zur Seite blickte. »Wir sind fromme Muslime«, erklärte Saima. »Wir gehen nicht erst jahrelang miteinander, bevor wir zusammenziehen. Wir stürzen uns Hals über Kopf in die Ehe.«

»Aber … wenn es ein Fehler war, was dann?«, fragte Anna.

Saima zuckte mit den Schultern. »Manchmal täuschen sich die Leute eben. Oder sie sind eine Weile glücklich, aber nicht für immer.«

Anna sah Maryam an, aber die blickte zu Boden.

»Ich liebe Miraj«, sagte Saima. Den betretenen Ausdruck ihrer Schwester hatte sie offensichtlich nicht bemerkt. »Ich glaube, wir werden richtig glücklich miteinander. Aber sollte es nicht klappen, dann lassen wir uns eben scheiden, davon geht die Welt nicht unter.« Als würde ihr erst jetzt bewusst, was sie gerade gesagt hatte, hielt Saima sich die Hand vor den Mund. Azizah neben ihnen wirkte wie vom Donner gerührt, und ein verlegenes Schweigen senkte sich über die Runde.

»Saima, vor Gästen spricht man nicht über solche Dinge«, sagte Azizah steif.

Anna war verwirrt, und Maryam neben ihr, der jetzt noch unbehaglicher zumute zu sein schien, griff nach ihrem Hidschab. Sorgfältig schlang sie ihn um den Kopf, wobei sie Annas neugierigem Blick auswich, und schlüpfte zwischen den Paravents hindurch ins Foyer.

»Entschuldigt mich«, sagte Anna und folgte ihrer Freundin.

Draußen vor dem Haus hatte es wieder geschneit. Die riesigen Schneemengen, die sich um das Gebäude türmten, wirkten überwältigend, sogar in der dunklen Stille. Vielleicht hatte Saima ja recht, und sie steckten den ganzen Winter hier fest, überlegte Anna. Sie hatte tatsächlich noch nie so viel Schnee gesehen, und es hörte einfach nicht auf zu schneien. Doch die Luft war frostig, und die Kälte tat wohl nach dem hitzigen Tanz. Anna sog tief die Luft ein und blickte sich in der Dunkelheit um, bis sie Maryam entdeckte, die an der rauen Backsteinmauer des Hotels lehnte.

»Tut mir leid. Ich wollte nicht so verurteilend klingen, als es um eure Hochzeitsbräuche ging«, fing sie an, aber Maryam schüttelte den Kopf.

»Das ist es nicht. Es hat nichts mit dir zu tun. Ich bin nur …« Wieder schüttelte sie den Kopf. »Es kommt dir sicher seltsam vor, dass man so schnell heiratet. Bevor man wirklich weiß, wer man ist oder ob man zueinander passt.«

»Ich bin so etwas nicht gewohnt«, sagte Anna. »Andererseits hat es auch etwas Hoffnungsvolles. Man braucht schon eine Menge Mut, um diesen Sprung zu wagen. Ich bewundere Saimas Vertrauen, dass sich alles zum Besten wenden wird. Ich habe es nicht. Deswegen hatte ich ja auch solche Zweifel wegen Nick. Ich wusste einfach nicht, ob ich das Risiko eingehen sollte. Und weiß es immer noch nicht. Aber mit dem Richtigen vielleicht …« Plötzlich hatte sie Joshs Bild vor Augen. Sie hatte den ganzen Abend versucht, nicht an ihn zu denken, ihre Gefühle nüchtern zu betrachten, nicht jedes Mal zur Eingangstür zu schauen, wenn sie aufging, in der Hoffnung, dass er es war. Langsam wurde es spät, und er war noch immer nicht aufgekreuzt. Vermutlich war er mit Tenisha zusammen – und hatte seinen Vorschlag, mit ihr, Anna, die Chanukkia zu entzünden, längst vergessen. Auch gut, sagte sie sich und wandte sich wieder Maryam zu.

Als könnte sie ihre Gedanken lesen, räusperte sich Maryam. »Hör zu, wegen Josh«, fing sie an. Sie wirkte einen Moment lang gedankenversunken, doch dann klärte sich ihre Miene. »Sei vorsichtig, okay? Ich weiß, wovon ich spreche.«

»Hast du deswegen gerade so besorgt ausgesehen?«, fragte Anna. »Es kommt mir fast so vor, als hätte Saima mit dem, was sie über die Ehe sagte, einen Nerv bei dir getroffen. Was ist denn los, Maryam?«

Ihre Freundin seufzte. »Ich weiß ja, dass du gern eine große Familie hättest, so wie ich, aber manchmal ist es nicht leicht, eine Schwester wie Saima zu haben. Ich liebe sie von ganzem Herzen, aber sie hat die Angewohnheit, in jedes Fettnäpfchen zu treten, besonders, wenn sie aufgeregt ist. Sie hat etwas aus meiner Vergangenheit angesprochen, über das ich nicht gern rede –, es löst nur unangenehme Gefühle aus und ruiniert allen die Stimmung.«

Anna hätte gern mehr erfahren, aber sie sah ein, dass Maryam wirklich keine Lust hatte, das Thema aufzuwärmen. »Tut mir leid, dass du Schwierigkeiten hattest«, sagte sie daher nur. »Wenn du reden willst, ich bin hier.«

»Danke«, sagte Maryam. »Irgendwann vielleicht.«

In der Stille der Nacht kam es Anna unwillkürlich so vor, als würde sie warten – und sie wusste auch genau, auf wen. Trotz Maryams Warnung blickte sie in die dunkle, verschneite Nacht und wünschte sich, dass Josh auftauchte und sein Versprechen einlöste, die erste Chanukkakerze mit ihr zu entzünden. Doch der Gehweg blieb leer, und so starrten Maryam und sie in die Dunkelheit hinaus, gemeinsam zwar, aber jede in ihre eigenen Gedanken versunken.

Als die Tür zum Hotel aufging, fuhren sie beide erschrocken herum.

»Es geht mir gut, Saima, ich komm gleich zurück«, sagte Maryam.

Doch es war nicht Saima, sondern Kath. »Da bist du ja,

Anna. Ich dachte, ich hätte dich rausgehen sehen. Da ist ein Anruf für dich. Ein gewisser Josh?«

Anna wurde rot, als Maryam sie ansah. »Ich bin gleich da«, sagte sie zu Kath und wandte sich dann ihrer Freundin zu. »Geht's dir auch wirklich gut?«

»Ja, sicher«, beteuerte Maryam – aber Anna wusste, dass dem nicht so war, und legte ihre Hand auf Maryams Arm.

»Ich hab's ernst gemeint. Ich bin da, wenn du reden willst. Jederzeit. Okay?«

»Ich bin auch da, wenn du mich brauchst«, sagte Maryam und warf ihr einen vielsagenden Blick zu. Anna eilte ins Hotel und nahm den Anruf entgegen.

»Hey, Anna«, tönte Joshs tiefe Stimme aus der Leitung. »Ich hoffe, es macht dir nichts aus, dass ich meinen Codenamen benutzt habe. Den kennt niemand außer dir und deinen Freundinnen.«

»Deinen *richtigen* Namen, meinst du wohl.« Anna versuchte, sich nicht anmerken zu lassen, dass der Klang seiner Stimme – und die Tatsache, dass er sie angerufen hatte – bei ihr wieder die vertrauten Schmetterlinge im Bauch zum Flattern brachte. *Sei vorsichtig*, hatte Maryam sie gewarnt. Doch wenn es um Josh ging, tat Anna sich schwer, einen kühlen Kopf zu bewahren.

»Ich rufe an, um mich zu entschuldigen«, sagte er. »Ich hab dich sitzenlassen, dabei wollten wir doch die Kerze anzünden – tut mir leid, warte mal 'ne Sekunde.« Sie hörte gedämpfte Stimmen, dann war er wieder in der Leitung. »Hier dauert es noch ein paar Stunden. Wollen wir's verschieben?«

»Na klar«, sagte Anna. »Hier war ohnehin mächtig was los. Ich hab's kaum bemerkt.« Das war *fast* die Wahrheit.

Nach kurzer Pause sagte er: »Tja, ich *hab's* bemerkt. Ich hatte wirklich die Hoffnung, rechtzeitig von hier wegzukommen, damit wir ein wenig Zeit miteinander verbringen können. Aber dann eben morgen. Gute Nacht, Anna.«

»Gute Nacht, Josh.«

Anna lächelte, als sie den Hörer auflegte, und kehrte zu den Frauen zurück – doch dann sah sie Maryams grimmige Miene. Sie versuchte es für sich zu behalten, aber Anna war achtsam genug, um zu begreifen, dass man ihrer Freundin einmal ernsthaft das Herz gebrochen hatte. Maryams finsterer Blick sollte sie ermahnen, auf dem Boden der Tatsachen zu bleiben, sagte sich Anna. Das Problem war nur, dass ihr Herz keine Lust hatte auf die Stimme der Vernunft. Schon Sekunden später war ihr verträumtes Lächeln wieder da. Und während sie nach der Party den Saal wieder freiräumte, hatte sie noch immer Joshs Stimme im Ohr, die ihr sagte, dass sie sich morgen sehen würden.

ZWÖLF

Maryam

23. Dezember

Noch zwei Tage bis Weihnachten
2. Nacht des Lichterfestes Chanukka
Der 28. Tag des Fastenmonats Ramadan

Am folgenden Morgen wartete Maryam unten im Foyer auf Anna und Dadu; sie hatten geplant, gemeinsam in die Stadt zu gehen. Sie war früh dran – ihre Rastlosigkeit hatte sie aus dem Bett getrieben, dabei hatte sie nach dem Sahur nur noch eine Stunde geschlafen –, und jetzt schritt sie in der kleinen Garderobennische neben dem Haupteingang auf und ab, während ihr alles Mögliche durch den Kopf ging.

Es war dumm von ihr, gekränkt zu sein, aber Maryam konnte nicht anders. Sie hatte – mit Annas Hilfe – Saimas Mehndi-Party organisiert, und was hatte ihre Schwester getan? Sie hatte Anna zur Aziz-Schwester erklärt und ihre richtige Schwester gedemütigt. Aber wie immer hatte Maryam nichts gesagt. Warum hatte sie geschwiegen? Vielleicht aus demselben Grund, aus dem sie auch auf Saifs Geständnis vor dem Theater nichts erwidert hatte: aus Angst. Sie war zu gekränkt, um Saima zur Rede zu stellen, und sie hatte panische Angst davor, auf Saifs Geständnis zu reagieren. *Nur zu dir*, hatte er gesagt, und die Worte hatten die Schmetterlinge in ihrem Bauch heftig durcheinanderflattern lassen. Bis sie ins Grübeln gekommen war. Was er gesagt hatte, traf nicht zu, weder auf sie, noch auf ihn.

Ihren Eltern zufolge hatte Saif eine Freundin, obwohl er sie mit keinem Wort erwähnt hatte. Sie konnte ihn natürlich fragen, und er würde ihr auch bestimmt die Wahrheit sagen. Aber ein Teil von ihr wollte sie gar nicht hören. Ihr Herz war schon einmal gebrochen worden, und sie war noch nicht bereit, dieses Wagnis ein weiteres Mal einzugehen, selbst wenn es um Saif ging.

Maryam war so tief in Gedanken, dass sie Josh und Tenisha, die auf den Ausgang zusteuerten, beinahe übersehen hätte. Sie machte Anstalten, sie zu begrüßen, doch irgendetwas hielt sie davon ab. Sie waren ein attraktives Paar. Tenishas dunkle Haut schimmerte warm in der sanften Beleuchtung, und ihre Eleganz harmonierte mit Joshs eher lässigem Charme. Ihre Köpfe waren nah beieinander, ihre Körper einander zugeneigt. Maryam riss die Augen auf, als sie erkannte, dass sie Händchen hielten. Die beiden gingen geradewegs, ohne zu zögern, an ihr vorbei, und während sich die Eingangstür hinter ihnen schloss, traf sie ein greller Blitz, als hätte jemand die Gelegenheit abgepasst, ein Foto zu schießen.

Maryam tauchte aus der Nische hervor und entdeckte Anna, die am Kamin auf sie wartete; sie war wohl eben erst heruntergekommen und hatte Joshs und Tenishas dramatischen Abgang um eine Minute verpasst.

»Wie geht's dir heute? Noch müde von gestern?«, fragte Anna.

»Es ist spät geworden, und wir mussten zum Sahur schon früh aus den Federn«, sagte Maryam, während sie überlegte, wie sie Anna die Neuigkeit möglichst schonend beibringen konnte. »Bist du enttäuscht, dass Josh gestern nicht aufgekreuzt ist?«, fragte sie.

Anna zuckte mit den Schultern. »Er musste am Set bleiben, sie haben bis spät in die Nacht gedreht. Es war nett von ihm, mich anzurufen und Bescheid zu geben.«

Maryam antwortete nicht; doch dann platzte es aus ihr heraus: »Du hast Josh gerade verpasst. Josh und Tenisha. Sie sind an mir vorbeigegangen, aber sie hatten es offensichtlich eilig. Sie haben Händchen gehalten. Jemand hat sie fotografiert, als sie gemeinsam das Hotel verließen«, schloss sie. »Es tut mir echt leid.«

»Oh. Wow. Na ja, Snow Falls soll ja seinen eigenen Paparazzo haben«, sagte Anna leise. Dann sah sie Maryam an und lächelte. »Ist schon gut. Wir kennen die Gerüchte über die beiden und ihre Beziehung, oder?«

»Ja, die kennen wir«, wiederholte Maryam, noch immer besorgt. »Weißt du was? Die Organisation der Aufführung wird eine gute Ablenkung. Für uns beide«, sagte sie.

»Kommt Saif auch mit?«, fragte Anna, ein Versuch, lächelnd das Thema zu wechseln, aber Maryam schüttelte nur den Kopf.

Dankenswerterweise beließ Anna es dabei. Wäre Saima hier gewesen, hätte sie sich jede Einzelheit haarklein erzählen lassen und Maryam dann gezwungen, sich ihre Sicht der Dinge anzuhören. Maryam war froh, mit ihren Gedanken eine Weile für sich zu sein. Sie musste sich allein, ohne fremde Meinung, darüber klarwerden, was sie wollte.

Sobald Dadu zu ihnen stieß, brachen sie gemeinsam in die Stadt auf. An der Main Street trennten sich ihre Wege – Anna und Maryam gingen zum Theater, um bei der Weihnachtsaufführung zu helfen, während Dadu auf das Filmset zulief. Am späten Nachmittag wollten sie sich wieder treffen und gemeinsam zum Hotel zurückkehren.

Am Theater angekommen zog Maryam die Tür auf und spürte, wie ihr Herz vor Aufregung hüpfte. Innerhalb dieser alten Backsteinmauern mit dem fadenscheinigen Teppich und den Darstellerfotos an den Wänden war sie nicht Maryam, Saimas fade ältere Schwester, pflichtbewusste Tochter ihrer Eltern und strebsame Apothekerin. Hier durfte sie eine andere sein, mehr sein: eine Schriftstellerin und Geschichtenerzählerin. Saif hatte erkannt, was in ihr schlummerte. Er hatte ihr Geständnis im Flugzeug belauscht und ihr geholfen, diesen langgehegten Traum wahr werden zu lassen. Vielleicht war es dumm von ihr, nicht auch den Rest des Traums zu verwirklichen. Doch wann immer sie an eine Beziehung mit Saif dachte, klopfte ihr Herz wie wild, aber nicht vor Freude, sondern vor Panik.

Falscher Zeitpunkt, dachte sie und konzentrierte sich auf ihre Aufgabe. Und wenn es eines gab, was Maryam Aziz meisterhaft beherrschte, dann das Verschieben ihrer Emotionen ans unterste Ende ihrer To-do-Liste.

Drinnen wimmelte es von Leuten. Trotz des Chaos schien Celine die Übersicht über alles zu haben. Neben ihr verteilte eine Frau in weißem Flauschpulli und Schlagjeans Kostüme auf verschiedene Stapel, und ein hinreißender blonder Junge half ihr dabei. Celine stellte ihre Tochter Hannah und ihren Enkel Shane vor und winkte dann Anna auf die Bühne, wo Teddy einer kleinen Belegschaft gerade einen strengen Vortrag hielt.

»Lassen Sie sich von seinem Gebell nicht einschüchtern«, warnte Celine sie. »Er macht seinem Namen wirklich alle Ehre. Maryam wird Sie vorstellen, bevor sie sich an die Arbeit macht. Wir haben in einer ruhigen Ecke hinter der Bühne einen Schreibtisch postiert, Sie können also jederzeit anfangen«, sagte sie, an Maryam gewandt. »Wo ist denn Ihr gutaussehender Begleiter heute?« Als Maryam mit den Schultern zuckte, grinste Celine. »Er kreuzt sicher bald auf. Konnte gestern ja kaum die Augen von Ihnen lassen, der Junge.«

Im Bemühen, nicht rot zu werden, führte Maryam Anna auf die Bühne und stellte sie Teddy vor, der sie freundlich willkommen hieß.

»Bühnenbildnerinnen können wir immer gebrauchen«, sagte Teddy. »Diese jungen Leute können Jacquardseide nicht von Leinengemisch unterscheiden. Haben Sie schon viele Bühnen ausgestattet?«

»Sie ist ein Naturtalent«, versicherte ihm Maryam. Anna schien der Trubel ein wenig zu überfordern, doch nachdem sie letzte Nacht bei Saimas Mehndi wahre Wunder vollbracht hatte, und das mit ein paar Raumteilern, geborgten Textilien und Kissen, würde sie für diese Aufgabe genau die Richtige sein.

Abgesehen von ein paar Leuten, die auf der Suche nach Requisiten durch die Gänge streiften, war es ruhig hinter der Bühne. Der Schreibtisch, den man für Maryam aufgestellt hatte, sah aus, als hätte man ihn in der örtlichen Schule abgestaubt, mitsamt den knarzenden Schubladen, die noch immer Schmierpapier und Kaugummi enthielten. Maryam ließ sich auf dem Klappstuhl aus Metall nieder und überflog den Entwurf Celines, den diese in säuberlicher Handschrift auf liniertem Papier festgehalten hatte. Es war nicht viel Text, so dass Maryam absolute kreative Freiheit hatte. In der vergangenen Nacht, als sie nicht einschlafen konnte, hatte sie die Zeit genutzt, um Ideen für das Stück zu sammeln. Als sie daher zum Kuli griff, spürte sie den ungewohnten Adrenalinschub, den die Fokussierung auf eine schöpferische Tätigkeit hervorrief. Es war lange her, doch kaum hatte sie die Spinnweben abgeschüttelt, erglühte ein wunderbares Glücksgefühl in ihrer Brust. Sie beugte sich über das Papier, und ehe sie sich's versah, war der ganze Vormittag verflogen. Sie konnte sich nicht erinnern, wann sie zuletzt so konzentriert gearbeitet hatte. Nur war dies nicht ihr Job – bloß eine kurze Flucht aus der Realität.

Jemand zupfte sie am Ärmel. Als sie den Kopf hob, begegnete sie dem fragenden Blick von Celines etwa vierjährigem Enkel Shane. Schüchtern deutete er auf ihre Notizen.

»Was ist das?«, fragte er.

»Ich schreibe ein Stück für das Weihnachtsspektakel«, sagte sie. »Möchtest du hören, was ich bisher habe?«

Shane steckte einen Finger in den Mund und nickte ernst. Maryam stellte einen Klappstuhl für ihn auf und ging dann ihre Pläne mit ihm durch, ganz so, als wäre er kein Vierjähriger mit begrenzter Aufmerksamkeitsspanne, sondern ein Kollege, dessen Urteil Gewicht hatte. Shane hörte ihr zu, und als sie fertig war, nahm er den Finger aus dem Mund und äußerte sein Fazit. »Ich mag Weihnachtslieder. Am liebsten das von Rudolph, dem Rentier. Und du?«

»Definitiv ›Stille Nacht, Heilige Nacht‹«, sagte Maryam feierlich.

Shane nickte. »Kommt der Weihnachtsmann auch zum Spektakel?«, fragte er, und sie musste schmunzeln. »Und seine Frau? Die ist doch traurig, wenn sie nicht eingeladen wird«, fügte er hinzu.

»So was Schönes lässt er sich bestimmt nicht entgehen!«, versicherte ihm Maryam und nahm sich vor nachzufragen, ob im Ort eventuell ein Weihnachtsmann samt Gattin verfügbar wäre.

»Da bist du ja, du kleiner Schlingel«, sagte Celine, die um die Ecke spähte. »Als seine Mom meinte, es sei Zeit für den Mittagsschlaf, da ist er ihr ausgebüxt. Ich hoffe, er war brav?«

»Shane ist ein wichtiges Mitglied im Team«, versicherte Maryam der älteren Frau. »Er findet meine Ideen sehr vielversprechend.«

Der junge Mann nahm Reißaus, ohne sich noch einmal umzudrehen, und entlockte seiner Großmutter ein zärtliches Schmunzeln. »Meine Tochter und mein Schwiegersohn haben sich Zeit gelassen mit den Enkelkindern«, vertraute sie Maryam an. »Und jetzt, wo sie endlich hier sind, sind sie mein größtes Glück. Aber anstrengend sind sie natürlich auch. Haben Sie Kinder?«

Maryam schüttelte den Kopf. »Noch nicht«, sagte sie.

»Ich wette, dieser Saif würde einen tollen Vater abgeben«, sagte Celine.

»Sie sind ja genauso schlimm wie meine Tanten, die wollen mich auch ständig verkuppeln«, zog Maryam sie auf.

»In Snow Falls gibt's viele solcher Tanten, und ich zähle

mich mit Stolz dazu. Sie wirken ein bisschen deprimiert heute, ist mir aufgefallen. Ist alles in Ordnung?«, fragte Celine.

Zu ihrer eigenen Überraschung hatte Maryam plötzlich das Bedürfnis, ihre widersprüchlichen Gefühle für Saif mit ihr zu teilen.

»Ich bin nicht mit Saif zusammen«, fing Maryam an. »Er ist ein Freund der Familie. Ich kenne ihn mein ganzes Leben – und bin schon jahrelang in ihn verliebt, länger als ich zugeben möchte. Nachdem er mich gestern hierhergebracht hat, sagte er, dass er mich besser kennenlernen will. Und ich wusste nicht, was ich ihm antworten sollte.«

»Dann hatten Sie wohl Angst?«, fragte Celine.

»Kann sein, dass ich das Thema gewechselt habe und ihm seitdem aus dem Weg gehe«, gab Maryam zu.

Celine musste lachen. »In meinem Alter weiß man, dass die Leute einen zwar um Rat fragen, in Wirklichkeit aber nur die Absolution für ihre Fehler haben wollen. Also hören Sie zu: Sie dürfen reagieren, wie immer Sie wollen. Aber nehmen Sie den guten Rat von jemandem an, der schon einiges ausprobiert hat und mit den Konsequenzen leben musste – wenn Sie zulassen, dass die Geister der Vergangenheit Ihre Gegenwart beherrschen, ist die Katastrophe vorprogrammiert. Wissen Sie denn nicht, was diese Gespenster mit dem alten Scrooge veranstaltet haben?«

Maryam musste lachen. »Ich bin bestimmt kein Scrooge«, versicherte sie der älteren Dame.

Celine tätschelte Maryams Arm. »Das weiß ich doch, Liebes. Sie sind eher das Gegenteil, möchte ich meinen. Im Gegensatz zum alten Ebenezer tragen Sie Ihr Herz auf der Zunge, und so hat man es schon ein paarmal verletzt, nehme ich an. Jetzt sind Sie auf der Hut. Eine gute Strategie, wenn man sein Herz schützen will. Aber der Schlüssel zum Glück besteht meiner Meinung nach darin herauszufinden, wer Ihr Herz in Ehren hält und nicht darauf herumtrampelt. Diesen Menschen sollten Sie in Ihr Leben lassen.« Celine straffte die Schultern. »Genug philosophiert. Ich weiß ja, dass Sie fasten, aber Ihre Freundin Anna könnte einen Happen vertragen. Sie dürfen gern morgen wiederkommen, aber für heute ist Schluss.«

Maryam raffte ihre Papiere zusammen, als ihr etwas einfiel. Sie hatte Dickens' *Weihnachtsgeschichte* schon als Kind sehr gemocht, aber nun hatte Celines Bemerkung etwas in ihr ausgelöst, und so griff sie nach ihrem Kuli und begann, es aufzuschreiben. Einige Minuten später hatte sie die Anfänge einer Idee, die sich gut eignen würde, alle drei Weltreligionen in das Weihnachtsstück zu integrieren. Und Saif, dachte sie, wäre perfekt geeignet, eine Hauptrolle in ihrem Stück zu übernehmen. Hocherfreut über diesen Fortschritt machte sie sich auf den Weg zu Anna, die sich gerade intensiv mit Teddy und Bruce unterhielt. Letzterer hatte sich wieder einen leuchtend bunten Schlips um den Hals gebunden.

»Zum Glück haben wir dich gestern nicht vergrault«, dröhnte Bruce. »Wo haben Sie diesen Schatz versteckt? Anna, meine Liebe, Sie sind wie geschaffen für die Bühnenbildnerei.«

Anna wurde rot und bedankte sich bei den Männern, bevor sie Maryam nach draußen folgte. Sie wirkte verlegen.

»Könnten wir in der Main Street kurz was essen gehen,

wäre das okay für dich?«, fragte sie. »Heute Morgen zum Frühstück hab ich noch nichts runtergebracht. Ich dürfte mich eigentlich nicht beschweren, schließlich hast du seit dem Morgengrauen nichts gegessen, aber ich hab wirklich Hunger. Natürlich nur, wenn es dir nichts ausmacht.«

»Dir beim Essen zuzusehen macht mir überhaupt nichts aus«, sagte Maryam. »Ich besteh sogar darauf. Auf diese Weise kannst du mir sagen, was lecker schmeckt, und ich kann es mit ins Hotel nehmen, für unser Iftar-Mahl.«

»Vielleicht sollten wir es erst mit den anderen abklären, sonst müsst ihr am Ende wieder zwei Tage die Reste essen«, scherzte Anna und hakte sich bei Maryam unter.

Auf der Main Street bestellte Anna sich im Deli Pastrami auf Roggenbrot, dazu Essiggurken und scharfen Senf. Nachdem sie sich auf eine Bank im Freien gesetzt hatten, trank sie schlückchenweise ihre Cola mit Kirschgeschmack. Es war kalt, aber nicht eisig, das Schneetreiben ließ nach, und die Sonne wärmte ihre Gesichter, während Anna aß und Maryam ungezwungen plauderte.

Als Anna aufgegessen hatte, stand Maryam auf und streckte sich. »Ich sollte mal zum Set, nach Dadu sehen«, sagte sie beiläufig. »Kommst du mit?«

Anna wirkte plötzlich abweisend. »Ich bin ehrlich gesagt ziemlich müde. Ich geh schon mal zurück zum Hotel. Wir sehen uns später!«

Ohne Maryams Antwort abzuwarten machte Anna sich davon, ging so schnell durch den kniehohen Schnee, wie ihre übergroßen Stiefel es zuließen. Josh musste ihr einiges erklären, dachte Maryam, als sie auf das Filmset zusteuerte.

Dort angelangt, sah sie ihren Großvater neben der Regisseurin auf seinem eigenen Klappstuhl residieren. Er plauderte drauflos, während er immer wieder an einer dampfenden Tasse Tee nippte. Maryam staunte über Dadus Fähigkeit, sich überall zu Hause zu fühlen, egal wo, sogar am Set einer romantischen Weihnachtskomödie. Ihr Lächeln verblasste, als sie den groß gewachsenen Mann erkannte, der an der Seite ihres Großvaters stand. Was hatte Saif hier zu suchen? Er sah in ihre Richtung, und ihrer beider Blicke trafen sich. Zaghaft hob er die Hand zum Gruß, den sie erwiderte.

»Na, hast du Spaß?«, rief sie ihrem Dadu zu. Der drehte sich in seinem Stuhl und verschüttete dabei den Tee.

»Ich hab Katrina gerade erzählt, wie es war, mit den Bollywood-Stars Amitabh, Jaya Bachchan und natürlich Shah Rukh Khan zu arbeiten«, erklärte Dadu bereitwillig.

Maryam lächelte Katrina zu, die an diesem Morgen übergroße flauschige pinkfarbene Ohrschützer trug. »Dadu hat eine Menge Kriegsgeschichten aus den Bollywood-Schützengräben auf Lager«, scherzte sie, aber ihr Großvater schüttelte den Kopf.

»Ich vermisse dieses Leben, aber mein Platz ist in Denver, bei meiner Familie«, sagte er, immer weiter lächelnd. »Du solltest zum Hotel zurückgehen, *beti*. Saif soll dich begleiten. Er ist nur meinetwegen hiergeblieben.«

»Ich glaube, es ist an der Zeit, dass wir alle zurückgehen«, schlug Maryam vor. »Ich möchte mich kurz hinlegen, und Mom und Dad machen sich Sorgen, wenn ich ohne dich komme.« Sie nickte Saif zu; vermutlich hatte er sich breitschlagen lassen, ihrem Großvater Gesellschaft zu leisten.

Etwas widerstrebend gab Dadu nach. »Könntest du meine Tasche holen? Ich hab sie in Joshs Wohnwagen gelassen, hinter dem Catering.«

Saif begleitete Maryam zum Wohnwagen, und beide schwiegen verlegen. »Danke, dass du Dadu Gesellschaft geleistet hast. Er tendiert dazu, sich Hals über Kopf in etwas reinzustürzen«, sagte sie, und Saif nickte.

»Dein Dadu ist auch mein Dadu«, sagte er lächelnd. »Ich war sehr traurig, als ich vor ein paar Jahren vom Tod deiner Dadi erfahren habe.«

Maryam blickte zu Boden. Ihr kamen immer noch die Tränen, wenn sie an ihre Dadi-ma dachte. Ihre Großmutter war nicht plötzlich gestorben, aber die Zeitspanne zwischen Diagnose und Palliativpflege war nicht sehr lang gewesen. Und jetzt, drei Jahre später, war ihr Tod noch immer wie eine offene Wunde für die ganze Familie. »Ich vermisse sie«, gab sie zu. »Ich denke ständig an sie, aber vor allem im Dezember. Sie hat Weihnachten geliebt, weil wir dann alle zu Hause waren.« Maryam lachte. »Doch vielleicht ging es ihr auch nur um meine Lebkuchenmänner.«

Saif versetzte ihr einen sanften Stoß gegen die Schulter. »Wetten, dass meine Schokoladenplätzchen es locker mit deinen Lebkuchen aufnehmen könnten?«

Ihre Blicke trafen sich. »Dann her damit, Saif Rasool.«

»Sehr gern, Miss Aziz.«

Nicht zum ersten Mal staunte Maryam darüber, wie leicht es ihnen fiel, sich zu unterhalten, wie sehr sie auf einer Wellenlänge waren. Wäre sie früher bloß nicht so schüchtern gewesen in Saifs Nähe. Vielleicht wäre dann alles anders gekommen, für sie beide. Einem Impuls folgend wandte sie sich Saif zu und erzählte ihm von ihrem Aha-Erlebnis im Theater. Seine Augen leuchteten, als sie ihm ihre Idee erläuterte, Dickens' *Weihnachtsgeschichte* als Vorlage für das Stück zu nehmen.

»Wegen mir hast du gestern die Chance verpasst, ein Filmstar zu werden«, sagte Maryam schüchtern. »Andererseits ziehen ernsthafte Schauspieler die Theaterbühne der Leinwand vor, oder etwa nicht?«

»Ich hatte ja keine Ahnung, dass du so eine Schauspielexpertin bist«, neckte Saif sie. »Ich dachte tatsächlich, deine Talente beschränkten sich auf das Schreiben. Hast du etwa Kontakte zum Produktionsteam?«

Maryam lachte. Was für ein Spinner. »Sagen wir es so: Was das Weihnachtsspektakel angeht, laufen sämtliche Rollenbesetzungen über mich. Vielleicht hast du ja Lust, den Ramadan-Guide zu spielen – du weißt schon, *Guide* statt *Geist*? Tu mir doch den Gefallen«, fügte sie hinzu, falls er glauben sollte, sie würde ihm die Rolle nur anbieten, weil sie ein schlechtes Gewissen hatte.

Aber Saif schien sich geschmeichelt zu fühlen, und sein freudiges Lächeln machte sie froh. »Ich würde nichts lieber tun.«

Hinter dem Catering stand nur ein einziger Wohnwagen. »Chase Taylor« stand auf einem Schild über der Aluminiumtür. Saif fegte den Schnee von den Stufen, bevor er Maryam mit einer Geste den Vortritt ließ. Sie drückte die Türklinke und trat hinein.

Im Inneren, auf der kleinen Couch gegenüber der Tür saßen Chase und Tenisha und küssten sich leidenschaftlich. Seine Hand umfasste ihr Gesicht, liebkoste ihr langes Haar, und ihre dunkle Haut schimmerte sanft unter der hellen Beleuchtung im Trailer.

»Oh!«, sagte Maryam erschrocken.

Sie wandte den Blick ab und bemerkte, dass Saif hinter ihr stand wie vom Donner gerührt.

»Tut mir leid, Dadu hat seine Tasche hiergelassen, ich soll sie für ihn holen, ich komme zurück, wenn ihr … äh … fertig seid …«, stammelte sie und drängte Saif die Treppe hinunter.

Vor dem Trailer blickten Maryam und Saif einander sprachlos an.

»Sag Dadu, wir holen seine Tasche später, wenn Joshs Trailer nicht mehr so … überfüllt ist«, sagte Saif. »Die arme Anna. Ich glaube, sie mag Josh wirklich, und seinem Verhalten gestern nach zu urteilen, befeuert er diese Gefühle.«

»Anna ist nicht naiv«, sagte Maryam, um ihre Freundin zu verteidigen, obwohl sie insgeheim dasselbe befürchtete. »Außerdem hat sie in Toronto einen Freund, der auf sie wartet.« *Er scheint zwar ein Trottel zu sein, aber das geht mich nichts an*, dachte Maryam, behielt es aber für sich.

»Tja, dann wissen ja beide, worauf sie sich einlassen«, sagte Saif ruhig. »Darauf kommt's doch an in einer Beziehung, meinst du nicht?«

Bevor Maryam ihn fragen konnte, wie er das meinte, ging Saif voran.

Sie holten Dadu ab, und das Trio machte sich auf zum Hotel. Ihr Großvater war erwartungsgemäß bester Laune, als sie durch den Schnee stapften. Saif legte vorne die Spur, und Maryam bildete das Schlusslicht. Sie mussten noch immer im Gänsemarsch gehen, aber Dadu unterhielt die beiden mit lustigen Anekdoten vom Set. Offenbar hatte Josh sich ständig verhaspelt und Katrina und Tenisha damit regelrecht zur Verzweiflung gebracht.

»Ist das auf deinen Sets auch mal passiert, Dadu? Wie hast du reagiert?«, fragte Maryam.

Ihr Großvater gluckste in sich hinein. »Schauspieler sind Profis, wenn also einer den Text vergisst, muss es einen Grund geben. Vielleicht geht ihm etwas im Kopf herum. Schauspieler führen oft ein recht kompliziertes Leben, wisst ihr. Sind ständig verliebt oder verzweifelt.«

»Oder versuchen, mit ihren neuen *Freunden* Schritt zu halten, nicht wahr, Maryam?«, rief Saif ihr zu, und seine Augen funkelten, als er sich zu ihr umdrehte.

Ihr Großvater bemerkte den Blick, sagte aber nichts.

»Ich hatte dafür natürlich immer Verständnis«, fuhr Dadu fort. »Manche Leute verlieben sich immer wieder, während andere nur eine wahre Liebe haben. So war es mit mir und deiner Dadi-ma.«

»Hattet ihr auch ein romantisches erstes Date?«, fragte Saif Maryams Großvater. Er neckte ihn, aber in seiner Stimme schwang auch echte Neugier. Sie lächelte insgeheim; seine Lieblingsliebesgeschichte – wie er seiner Frau begegnet war – erzählte Dadu für sein Leben gern.

»Kulsoom war die Cousine meiner Nachbarn und lebte bei ihrer Familie auf dem Land«, begann Dadu, seine Stimme klar in der frostigen Winterluft, und die Worte hatten den Klang einer Geschichte aus einer längst vergangenen Zeit. »In den Sommerferien schickten ihre Eltern sie zu ihren Verwandten in die Stadt. All meine Freunde konnten es nicht erwarten, endlich nicht mehr die Schulbank drücken zu müssen, ich aber wartete das ganze Jahr darauf, Kulsoom wiederzusehen. Sie war groß gewachsen, mit schöner klarer Haut und überaus hübschen dunklen Augen. Alle anderen fanden, ihre Schwester sei die eigentliche Schönheit, weil ihre Haut hell war, ich aber schwärmte für Kulsoom, von Anfang an. Sie hatte ihr dichtes Haar zu einem dicken Zopf geflochten, der ihr bis zur Taille baumelte, und sie duftete immer nach Jasmin.«

»Das stimmt«, bestätigte Maryam. »Jasmin war ihr Lieblingskörperpuder, aber sie trug die Blüten auch im Haar, wann immer sie welche zur Verfügung hatte. Erzähl Saif, was passiert ist, als du um Kulsooms Hand angehalten hast.«

Ihr Großvater lächelte erfreut, weil er sich gern an seine abenteuerliche Jugend erinnerte. »Ich galt als der Schlingel in der Nachbarschaft, weil ich immer auf Streiche aus war. Keiner der Erwachsenen nahm mich ernst. Mein Nachbar, er galt als das goldene Kind. Kulsooms Eltern hatten sie ihm bereits versprochen, ihrem Cousin. Die eigene Cousine zu heiraten, ist in vielen Teilen der Erde völlig normal, wisst ihr. Nur war keiner der beiden sonderlich begeistert von der Idee, aber was sollten sie tun? Die Eltern hatten es so entschieden.«

»Wenn weder Kulsoom noch dein Nachbar die Heirat wollten, warum haben sie nichts gesagt?«, fragte Saif. »Eine Ehe ohne gegenseitiges Einverständnis ist im Islam doch verboten.«

Dadu lachte nur und schüttelte den Kopf. »Ihr jungen Leute, ihr meint immer, alles sei so einfach und klar. Aber so war es nicht, nicht in den fünfziger Jahren. Wie auch immer, ich beschloss, die Sache selbst in die Hand zu nehmen. Ich habe sie überredet, mit mir zu fliehen.«

Saif war hörbar schockiert: »Das glaub ich nicht!«

»Sie packte eine Reisetasche, nötigte ihrer Schwester das Versprechen ab, bis zum Morgen nichts zu sagen, und wir rannten in die Nacht davon. Gemeinsam nahmen wir den Zug nach Mumbai, wo wir in einer kleinen Musalla heirateten. Mein Geschenk für sie war ein schlichter Goldreif, den mir meine Mutter gegeben hatte. Meine Ammi und ihre Schwester waren die Einzigen, die unsere Pläne kannten.«

»War deine Mutter nicht außer sich?«, fragte Saif.

»Ammi war romantisch veranlagt«, sagte Dadu. »Außerdem fand sie, dass Kulsoom es mit mir besser getroffen hatte. Der Nachbarsjunge war übellaunig und darüber hinaus ziemlich geizig. Trotzdem wusste sie, dass mein Vater das Gesicht verlieren würde, wenn sich herausstellen sollte, dass seine Frau die ganze Zeit Bescheid gewusst hatte, also musste sie jahrelang so tun, als wäre sie über unsere Flucht schockiert. Als ich Kulsoom schließlich meinen Eltern vorstellte, schenkte ihr Ammi die übrigen Teile ihres Goldschmucks: einen Ring, eine Halskette und Ohrringe. Sie trug den Schmuck jeden Tag, bis an ihr Lebensende, obwohl ich über die Jahre genügend Geld verdiente, um sie mit Diamanten zu überschütten.«

Die frostige Luft war still, als das Trio durch den Schnee stapfte, und Maryam dachte an das erstaunliche Leben, das ihr Dadu geführt hatte: zunächst als verträumter Junge in Hyderabad; dann als frischgebackener Ehemann, wobei seine geliebte Ehefrau, indem sie mit ihrer Familie gebrochen und auf ihn gesetzt hatte, das allergrößte Risiko eingegangen war. Dann hatte Dadu es geschafft, sich in einer schwer umkämpften, unsicheren Branche zu behaupten; und Jahrzehnte später war er seinen Kindern schließlich in ein neues Land gefolgt. Heute war er wieder in einem neuen Land und erlebte ein Wetter, das er als junger Mann in Südindien sicher nicht für möglich gehalten hätte. So oft Maryam diese Geschichte auch hörte, sie trieb ihr immer wieder Tränen in die Augen. Die romantische Heldentat ihres Großvaters, die standfeste Liebe ihrer sanftmütigen Großmutter, und die Bereitwilligkeit der beiden, miteinander das große Wagnis einzugehen, kam ihr immer noch wie ein Märchen vor – und nach allem, was Maryam zugestoßen war, wirkte es für sie nahezu unerreichbar.

»Du bist also nach Mumbai gezogen, hast in der Filmindustrie Fuß gefasst und von nun an bei Liebesgeschichten Regie geführt«, sagte Saif beeindruckt.

»Allah ist großzügig«, sagte Dadu. Er sah sich nach seiner Enkeltochter um, und ein Glitzern trat in seine Augen. »Meine Kulsoom und ich waren jung, als die Liebe uns fand, aber ihr Pfeil kann einen jederzeit treffen. Man muss nur bereit dafür sein.«

Maryam hinter ihrem Großvater errötete. Dadus Wink mit dem Zaunpfahl. »Seht doch, wir sind da«, sagte sie.

Vor dem Eingang stampften sie mit den Füßen und klopften sich den Schnee von den Mützen und Jacken. Saif blieb in der Eingangshalle, während Dadu geradewegs auf den großen Kamin zulief.

»Tut mir leid, wenn du dich gestern meinetwegen unwohl gefühlt hast«, sagte Saif mit leiser Stimme.

Maryams Magen krampfte sich zusammen. Sie war dieser Unterhaltung fast vierundzwanzig Stunden aus dem Weg gegangen, aber so nah bei ihm kam sie unmöglich darum herum. Sie bedeutete ihm, ihr hinaus auf die Veranda zu folgen, wo sie ein wenig Privatsphäre hätten. Die gewaltige Tanne im Hof, auf deren Zweigen schwer der Schnee lastete, ragte vor ihr auf, und angesichts der Widerstandskraft dieses Baumes fasste sie Mut. Sie wandte sich Saif zu und blickte ihm in die warmen, intensiven Augen. Er war so attraktiv, dass sie Schwierigkeiten hatte, sich zu sammeln. Sie fegte den Schnee von einer Bank auf der Veranda und bedeutete ihm, sich hinzusetzen. Auf diese Weise waren sie fast auf Augenhöhe, was die ganze Sache irgendwie noch schlimmer machte. Sie blickte an ihm vorbei auf den Baum und versuchte, ihre wirren Gedanken zu ordnen.

»Du möchtest mehr von mir, als ich dir zum jetzigen Zeitpunkt geben kann«, fing Maryam an.

Damit hatte Saif offenbar nicht gerechnet. Seine Lippen zuckten, bevor er seine Miene wieder im Griff und sein »Anwaltsgesicht« aufgesetzt hatte: neutral, nüchtern.

»Was möchte ich denn deiner Ansicht nach?«, fragte er, seine Stimme ruhig und neugierig, und es war genau dieser Ton, der sie nicht mehr an sich halten ließ.

»Einen Urlaubsflirt«, sagte Maryam, und ihre Stimme klang spitzer als beabsichtigt. »Allerdings frage ich mich, was deine Freundin davon halten würde, dass du eine andere Frau anbaggerst, während du in Snow Falls festsitzt.« Dass ihr die Worte so leicht über die Lippen gingen, zeigte Maryam, wie sehr sie sich die ganze Zeit gewünscht hatte, die Wahrheit zu erfahren.

Saifs Blick weitete sich, seine neutrale Maske war völlig verschwunden. »Wovon redest du?«

Er stritt es nicht ab, stellte sie mit brodelndem Ärger fest. Maryam fing an, die Veranda auf und ab zu gehen. »Nur weil du im Flugzeug meine geheimsten Gedanken belauscht hast, glaubst du mich zu kennen. Aber wie kann das sein? Wir haben seit fünf Jahren nicht mehr miteinander gesprochen. Und selbst davor haben wir kaum einmal ein Wort gewechselt. Du hast mir nichts erzählt von deiner Freundin, weil du ein Charmeur bist …«

»Schluss jetzt, Maryam«, fiel Saif ihr ins Wort, und sie blieb stehen, um ihn anzusehen. In seinen Augen war ein Zorn, wie sie ihn noch nie gesehen hatte, und er schien tief gekränkt. *Alles meine Schuld*, dachte Maryam. Dann: *Jetzt erkennt er vielleicht, was für ein Mensch ich bin. Einer, der jede Beziehung niederbrennt.*

Als wollte er ihre Gedanken bestätigen, sagte Saif: »Gib nicht mir die Schuld an deiner Vergangenheit.«

Sie hielt inne. »Was meinst du?«, fragte sie. Das Blut rauschte ihr durch die Adern. »Du bedrängst mich, seit wir hier gelandet sind, sprichst von der Winterreise damals mit unseren Eltern, ermutigst mich zum Schreiben, aber ich durchschaue dich, Saif. Du bist ein Charmeur. Ein Opportunist, ein …«

»Es reicht!«, sagte Saif ruhig. Er war aufgestanden und wich einen Schritt zurück, doch das ließ sie kalt.

Maryam starrte trotzig in seine dunklen Augen. Wie hatte sie sie je für unergründlich halten können? Sie hatten Tiefe, aber sie konnte ihm nun mal nicht trauen.

Das Sprechen fiel ihm schwer: »Was dir passiert ist, ist

nicht fair. Es tut mir leid, dass dein Ex-Mann ein Idiot war und dich betrogen hat.«

Sie zuckte zusammen. Natürlich kannte Saif die Wahrheit über ihre Vergangenheit; die gesamte Community wusste Bescheid. Ihr Versagen stand ihr in großen Lettern auf der Stirn geschrieben. Jeder konnte über sie urteilen und sie anderen als schlechtes Beispiel vor Augen führen. Sogar ihrer eigenen Mutter war sie peinlich. Hatte sie das nicht auf der Mehndi-Party gesagt? Scham schnürte ihr die Kehle zu.

Saif war noch nicht fertig. »Aber ich bin nicht er. Ich bin nicht Yusuf. Ich sagte, ich wüsste, wer du bist, weil ich dich seit unserer Landung beobachtet habe. Du bist stark und lustig. Schön und großzügig. Selbst wenn alles schiefgeht, schaffst du es irgendwie, Wunder zu vollbringen. Du denkst an alle anderen, nur nicht an dich selbst. Ich kenne dich, Maryam Aziz. Ich weiß auch, dass du Angst hast, und dass dich diese Angst dazu bringt, mich abzuweisen.«

Maryam starrte auf ihre Füße, die in festen Stiefeln und wollenen Socken steckten. Sie wollte Saifs Worte nicht hören. Er hatte recht, aber die Wahrheit laut ausgesprochen zu hören, machte sie kribbelig, als hätte sich über alten Narben neue Haut gebildet, deren Textur sie nicht gewohnt war.

Saif war noch nicht fertig. »Du hast dich kleiner gemacht, um den vermeintlichen Erwartungen deiner Familie zu entsprechen. Aber du irrst dich. Sie lieben und unterstützen dich. Gib nicht allen anderen die Schuld, wenn du in der Falle sitzt. Du selbst hältst den Schlüssel in Händen, Maryam.« Seine Augen ließen die ihren nicht los, und jedes

Wort, das er sagte, war die reine, ungeschminkte Wahrheit. »Vielleicht geht dir das zu schnell, aber ich habe gelernt, mir zu holen, was ich will. Und ich will dich.« Er stockte, und holte tief Luft. »Und ich hab keine Freundin. Gerade du solltest nicht alles glauben, was die Leute tratschen.«

Maryam drehte sich um, starrte auf die riesige Tanne im Hof; hinter ihr fiel leise die Tür ins Schloss. Saif war gegangen, nun stand sie allein auf der Veranda. Eine Ladung Schnee glitt von den unteren Ästen, und der Baum schien erleichtert aufzuatmen. *Glücklicher Baum*, dachte Maryam. Dann setzte sie sich auf die Bank und weinte.

DREIZEHN

Anna

23. Dezember

Anna starrte aus dem Fenster ihres Zimmers, auf die jetzt träge herabfallenden Flocken. Anders als vorhergesagt hatte das Schneetreiben noch nicht aufgehört – aber das Ende des Sturms rückte näher, Anna konnte es spüren. Wäre sie in Toronto, würde sie jetzt bei einem vorweihnachtlichen Dinner mit den engsten Geschäftspartnern von Nicks Vater zusammensitzen und anschließend mit ihm in die Oper gehen. Aber Toronto schien in einem anderen Universum zu liegen, nicht nur eine kurze Flugreise von hier entfernt. Sie war so tief in Gedanken, dass sie das leise Klopfen an ihrer Tür fast nicht bemerkt hätte.

Es war Josh, der eine weiße Schachtel in den Händen hielt. Ihr entging nicht, wie gut er aussah in seinem weißen T-Shirt, das seine straffen Brust- und Bauchmuskeln zur Geltung brachte. Die Ärmel spannten ein wenig über dem Bizeps. Sie hatte sich so sehr bemüht, nicht an ihn zu denken; sie musste sich mit der Realität abfinden, dass seine Beziehung mit Tenisha wahrscheinlich nicht nur auf Gerüchten, sondern auf Tatsachen beruhte – doch jetzt stand er vor ihrer Tür. Und sofort flogen all ihre vernünftigen Vorsätze zum Fenster hinaus, in die verschneite Nacht.

»Na du«, sagte sie.

»Ich hab dir einen Mitternachtssnack mitgebracht.« Er hielt die Schachtel in die Höhe.

»Wenn es keine Ananas-Rugelach sind, mach ich die Tür sofort wieder zu.« Sie versuchte, flapsig zu klingen, konnte aber ihren eigenen Herzschlag hören. Bumm, bumm bumm.

»Natürlich sind es Rugelach«, sagte er lächelnd. »Darf ich jetzt rein?«

Sie trat beiseite.

»Ich muss mir unbedingt das Rezept geben lassen.«

»Oh, ich hab's schon versucht. Familiengeheimnis, Ginger will es nicht verraten – nicht mal mir, trotz meines unwiderstehlichen Charmes.« Er wackelte mit den Augenbrauen, und Anna musste lachen.

»Na ja, das muss was heißen. Denn charmant bist du wirklich«, sagte Anna.

»Alles gespielt«, erwiderte Josh. Er meinte es nicht ernst, aber Anna spürte trotzdem einen Stich, und ihr Lachen verstummte.

»Also«, sagte er, neigte den Kopf zur Seite und sah ihr in die Augen. »Ich bin nicht nur gekommen, um dir Süßigkeiten zu bringen. Wir haben die Chanukkia nicht angezündet. Dabei haben wir es Kate aus dem Laden versprochen …«

»Ah ja«, sagte Anna, als hätte sie es komplett vergessen. Dabei schnappte sie fast über vor Freude, weil er sich erinnerte. *Immer langsam, Anna.* Sie rief sich ins Gedächtnis, dass er möglicherweise in einer festen Beziehung mit Tenisha Barlowe steckte. Und sie hatte gerade erst mit Nick Schluss gemacht. Ihr Leben war ein einziges Durcheinander – da brauchte sie nicht noch die Komplikationen eines gewissen Josh Tannenbaum oder Chase Taylor oder wer immer er war. Sie wollte weniger Sorgen in ihrem Leben haben, nicht mehr.

»Alles in Ordnung, Anna?«

Sie hatte peinlich lange schweigend vor ihm gestanden, während ihre Gedanken wirbelten wie der Wind draußen.

»Wir sollten es tun«, platzte es aus Anna heraus. »Ich meine, nicht *es*.« Sofort schoss ihr die Schamesröte ins Gesicht. »Wir sollten sie *anzünden*. Die Chanukkakerzen. Gemeinsam. Hier drin. Jetzt gleich.«

»Ich dachte schon, du fragst nie«, sagte er.

»Vielleicht bringt das Kerzenlicht ein wenig Atmosphäre hier herein. Schließlich befinden wir uns nicht im schicken Teil des Hotels, wo all die Filmstars abgestiegen sind.«

»Ich weiß nicht, was du hast, es ist doch sehr nett hier drin. Und es duftet ...« Er drehte sich im Kreis und sog die Luft ein. »Es duftet *herrlich*. Aber wen wundert's, du riechst ja auch immer so gut.«

Er ging zum Tisch, auf dem der Chanukkaleuchter stand. Dort hatte sie das Raumspray aus Junes Laden hingestellt, ebenso das Fläschchen mit ihrem »Liebestrank«. Er nahm es in die Hand.

»Ist das dein Geheimnis?«, fragte er, schraubte den Verschluss auf und roch daran. »Ahh. Ja, das ist es.« Er las das Etikett. »Zaubertrank Nr. 9, der Schlüssel zu Anna Gibsons Unwiderstehlichkeit.«

Anna war feuerrot angelaufen. Würde er herausfinden, dass sie einen Liebestrank aufgetragen hatte? War er deshalb hier drin? Hatte sie ihn irgendwie verhext?

Ach was. Das war doch lächerlich. Völlig absurd. Sie

roch eben gut, das war alles. Junes Parfumöl hatte einen angenehmen Duft.

Er beobachtete sie scharf, wie schon ziemlich oft. »Du machst schon wieder dieses Gesicht.«

»So? Welches denn?«

»Na das, bei dem dir mindestens ein Dutzend Gedanken gleichzeitig im Kopf herumgehen, und ich komm einfach nicht dahinter, was du gerade denkst.«

»Ich bin nur ... Mir ist eben eingefallen, dass wir weder ein Feuerzeug noch Zündhölzer haben«, improvisierte sie.

»Sieh mal hier, ich hab mitgedacht.« Er langte in die Tasche seiner Jeans und zog ein Feuerzeug heraus. Es war rot und übersät mit kleinen Miniatur-Nikoläusen. »Wie sich unschwer erkennen lässt, hab ich es mir von Kath geliehen«, sagte er. »Vielleicht nicht das jüdischste aller Feuerzeuge, aber es erfüllt seinen Zweck.«

»Ein Feuerzeug ist ein Feuerzeug«, sagte Anna lächelnd. »Danke.« Ihr Herz hüpfte vor Freude, weil er sich erinnert hatte – an sie und an das Versprechen, das sie sich gegeben hatten.

»Ich bin dir wirklich dankbar, Anna. Es ist ziemlich schwer, nicht den Boden unter den Füßen zu verlieren, wenn man wie ich ständig am Reisen, ständig am Arbeiten ist. Dieses Jahr ist sehr anstrengend gewesen. Manchmal kam es mir so vor, als würde ich über mir selbst schweben ...« Er verstummte und wirkte plötzlich verlegen. »Tut mir leid. Das klingt schräg. Ich will nicht undankbar erscheinen. Es gibt eine Menge Leute, die für ein solches Leben alles geben würden.«

»Du brauchst dich nicht zu rechtfertigen. Es klingt überhaupt nicht schräg, ehrlich«, sagte Anna. »Ich versteh dich vollkommen. Ich bin zwar kein Filmstar, wie du unschwer an meinem Hotelzimmer erkennen kannst, aber auch in meinem Leben hat sich einiges verändert. Meine Träume schienen endlich in Erfüllung zu gehen, doch stattdessen fühle ich mich …« Sie starrte in seine dunklen Augen. Ihr Herz jagte wie wild; so viel zu ihrem Vorsatz, es im Zaum zu halten; jetzt war es außer Rand und Band und setzte alles auf eine Karte. Das Nur-Freunde-Konzept hatte offenbar keine Gültigkeit mehr, seit sie mit Josh allein in einem Hotelzimmer war. »Irgendwie so verloren«, beendete sie ihren Satz. *Aber nicht, wenn du bei mir bist*, wollte sie hinzufügen.

Stattdessen sagte er es. Seine Stimme klang heiser. »Aber nicht, wenn du bei mir bist. Mit dir hab ich das Gefühl, ich selbst sein zu dürfen.«

Anna wurde rot und versuchte, das Thema zu wechseln. »Dann sollten wir wohl …«

»Genau. Der Leuchter.« Er hielt ihr das Feuerzeug hin. »Willst du das heute Nacht übernehmen?«

»Bist du sicher?«

»Absolut«, sagte er. »Ich kann sie morgen anzünden.«

Morgen. Anna wandte sich der kleinen Chanukkia auf dem Tisch zu und versuchte, in der Gegenwart zu bleiben, statt sich zu fragen, ob es für sie und Josh überhaupt ein Morgen geben konnte.

»Hast du früher, als Kind, auch geglaubt, dass diese Kerzen Zauberkräfte haben?«, fragte Josh sie sanft. »Sie erloschen nie aus Versehen, wir ließen sie immer herunterbrennen. Und das bedeutete, dass wir unsere Pläne um sie herum arrangieren mussten. Als meine Cousins und ich alt genug waren, um allein zu Hause zu bleiben, erhielten wir in Abwesenheit unserer Eltern die wichtige Aufgabe, das Licht zu hüten. Wir nahmen diese Pflicht sehr ernst.«

Anna lächelte bei dem Gedanken, wie Josh als ernsthafter kleiner Junge eine wichtige Aufgabe zugewiesen bekam. »Das gefällt mir«, sagte sie. »Und ja, für mich waren die Kerzen auch magisch. Irgendwann hatte meine Stiefmutter die Nase voll von meinen Millionen Fragen und nahm mich mit zur Synagoge, da durfte ich den Rabbi ausquetschen. Ich weiß noch, wie er sagte« – sie spielte mit dem Feuerzeug in ihrer Hand, während sie sich die exakten Worte ins Gedächtnis rief – »es gehe natürlich um das Wunder des Lichts, aber auch um die Hoffnung. Die Hoffnung, dass in der Welt, in der wir leben, das Licht über die Dunkelheit triumphiert. Das Gute über das Böse. Ich fand das wirklich tröstlich, weil ich ein wenig ängstlich war – und immer noch bin. Bei dem Gedanken, dass es da dieses Fest gibt, bei dem sich alles um das Licht und das Gute dreht – zusätzlich zu meinem anderen Fest, bei dem zumindest in unserer Auslegung das großzügige Schenken, die Familie und die Liebe im Mittelpunkt standen –, hatte ich ein richtig gutes Gefühl von dieser Welt. Und dass wir beide Feste gemeinsam feierten, machte mich glücklich und verlieh mir ein Gefühl von Geborgenheit. Alles drehte sich um die Familie und das Zusammensein. Mit den Menschen, die man liebt.« Sie spürte, wie ihr Mund trocken wurde, als sie in seine Augen sah. »Okay, bereit?«

Er stand nah bei ihr, und seine Schulter streifte die ihre, als sie den Schamasch entzündete – die erhöhte Kerze in der Mitte der Chanukkia – und dann tief einatmete, ehe sie den Segen sprach. »*Baruch atah Adonai, Eloheinu, Melech haolam.*« Joshs tiefere Stimme schloss sich ihr an. »*Sheasah nisim la'avoteinu bayamim hahem bazman hazeh.*«

Sie nahm dann den Schamasch und entzündete zwei der Kerzen, von links nach rechts. Es war erst die zweite Nacht des Chanukkafestes. Weitere sechs sollten folgen. Sie versuchte sich nicht zu fragen, wo sie und Josh sein würden, wenn es an der Zeit wäre, die letzte Kerze anzuzünden. Sie würde sich immer an diese Nacht erinnern – und das müsste genügen.

Sie blickte auf die kleinen Lichtpunkte hinunter und wandte sich dann Josh zu. Seine Augen waren auf sie gerichtet. Er trat näher.

»Es fühlt sich an wie daheim«, sagte er. Das Kerzenlicht tanzte über seine Wangen und ließ seine Augen noch tiefgründiger wirken, als sie es bereits waren. Sie spürte eine wunderbare Ruhe – als wäre sie genau dort, wo sie sein sollte. Zu Hause. Er hatte recht.

»Ich bin froh, dass wir uns begegnet sind, Josh.«

»Ich mag es so sehr, wenn du mich bei meinem richtigen Namen nennst. Dann erscheint alles wahrhaftiger.« Er war jetzt ganz nah bei ihr. »Ich mag dich wirklich, Anna«, sagte er. »Ich mochte dich von dem Moment an, als ich dich zum ersten Mal sah. Es fühlte sich irgendwie an, als wär einer meiner Filme Realität geworden. Es war fast zu schön, um wahr zu sein, dass du einfach so … in mein Leben geschneit bist.«

Annas Gedanken jagten wild durcheinander. Allem Anschein nach hatte er eine Freundin, und sie hatte sich eine

Auszeit von Nick genommen. Sie sollten definitiv nicht so nah beieinanderstehen – und doch hatte sie das Gefühl, keine andere Wahl zu haben. Sie musste nah bei ihm sein. Es war existenziell für sie. *Gleich wird er mich küssen, dachte sie. Und ich will, dass er es tut. Ich wollte es vom ersten Moment an.*

Josh berührte ihre Wange und neigte sein Gesicht dem ihren zu. Ihre Lippen waren nur noch wenige Zentimeter voneinander entfernt. »Heute am Set hab ich mich den ganzen Tag verhaspelt«, sagte er. »Ich konnte an nichts anderes denken als an« – er näherte seine Lippen den ihren – »das.«

Der Kuss war sanft und aufregend, süß und köstlich. Und sogar mit geschlossenen Augen sah sie das warme, einladende Flackern der Kerzen. Josh hatte die Arme um sie gelegt, und sie umfasste seinen Nacken, berührte sein Haar, zog ihn an sich.

Klopf, klopf, klopf!

Ein heftiges Pochen gegen die Zimmertür ließ sie beide auffahren. Sie sprangen auseinander, und Anna überlief es kalt, als wäre sie unvermittelt hinaus in den Schnee gestoßen worden. Sie ging an die Tür, öffnete sie, und vor ihr stand Tenisha Barlowe.

»Oh. Hi … ähm.« Anna schämte sich. Was war bloß in sie gefahren? Wie konnte sie das tun? Tenishas Gesichtsausdruck nach zu urteilen bestand kein Zweifel mehr daran, dass sie Joshs Freundin war.

»Man hat mir gesagt, Chase wär bei dir«, sagte sie. »Ich muss ihn wirklich dringend sprechen.«

Josh ging zur Tür und begann, mit leiser Stimme auf Tenisha einzureden. Anna bemühte sich, nicht zu lauschen, aber sie war sicher, Tenisha sagen zu hören: »Ich brauche dich.«

Annas Herzklopfen war jetzt nicht mehr der Aufregung eines ersten Kusses geschuldet – sondern ihrer Verlegenheit, Enttäuschung und einer bitteren Erkenntnis. Noch Augenblicke zuvor hatte sie das Gefühl gehabt, dass Josh gewissermaßen ihr gehörte. Doch dem war nicht so. Er war nicht einfach irgendein Typ, für den sie Gefühle entwickelt hatte und der diese Gefühle erwiderte. Sie hatte sich in eine Phantasiewelt verlaufen – und es war an der Zeit aufzuwachen.

»Na schön«, hörte sie Josh sagen. »Ich komme. Wir treffen uns in deinem Zimmer.«

Er wandte sich Anna zu, und sein hoch gewachsener Körper füllte den Türrahmen. Tenisha stand noch immer im Hintergrund – und als sich ihre Blicke kreuzten, glaubte Anna in ihren Augen Mitleid zu erkennen. Als täte Anna ihr leid. Und das war auch gut so, erkannte Anna. Wie naiv sie doch gewesen war.

»Wir müssen noch an unserem Text feilen. Aber ... Anna, ich muss dir was erklären.« Er schloss die Tür. »Tenisha und ich ... die Sache ist kompliziert«, fing er an. Im selben Moment klingelte Annas Zimmertelefon. »Und ich habe das Gefühl, ich schulde dir eine richtige Erklärung, weil ...« Klingelingeling. Der Anrufer, wer auch immer es war, gab nicht auf.

»Ich muss da ran«, sagte Anna, ging hinüber zum Telefon und hob den Hörer ab. »Hallo, Anna hier.«

»Anna! Gott sei Dank! Ich bin fast ausgeflippt!«

»Nick!« Sie warf einen Blick hinüber zu Josh. »Kannst

du kurz warten?« Sie schaltete das Telefon auf stumm und legte den Hörer ab.

»Nick?« Josh wiederholte den Namen, als könne er sich nur schwer an ihn gewöhnen.

»Ja«, sagte Anna. »Er ist mein ... na ja, er ist ... bis vor ein paar Tagen war er mein Freund. Auch das ist kompliziert. Wir haben uns auf eine Auszeit geeinigt.«

»War er schon dein Freund, als ich dich im Pub getroffen hab?«

Anna nickte betreten.

»Dann ist er der Grund, warum du zu Weihnachten nach Toronto unterwegs warst?«

»Ja, aber ... dann haben wir uns gestritten. Und seitdem herrscht Funkstille.«

»Aber jetzt ruft er an, um dich zurückzugewinnen.«

Anna wusste nicht, warum Nick sie anrief. Sie wusste nur, dass ihre Emotionen ein einziges brodelndes Inferno waren. »Ich ...« fing sie an. Aber die Worte wollten nicht kommen. Und was hätte sie auch sagen können, um ihn zu beruhigen? Josh schüttelte den Kopf und wich zurück.

»Ist schon gut. Du brauchst nichts zu erklären. Das ging alles viel zu weit. Wir führen beide ein kompliziertes Leben und haben unsere Verpflichtungen. Ich sollte gehen. Ich *muss* gehen.« Seine Augen fixierten die blinkende Stummtaste. »Sprich mit ihm«, sagte er. »Es tut mir leid, Anna. Ich würde dein Leben nur unnötig verkomplizieren, das willst du nicht.«

Er ging, schloss mit Nachdruck die Tür hinter sich. Das blinkende Licht war jetzt ein barscher Vorwurf im Halbdunkel des Zimmers. Anna stand reglos da und sah zu, wie die flackernden Kerzen, die ihr noch Augenblicke zuvor so viel Freude bereitet hatten, ihren zauberhaften Schimmer allmählich verloren, je mehr die kalte Realität Einzug hielt.

Sie ging hinüber zum Telefon und hob den Hörer wieder auf. »Hi, Nick, da bin ich wieder.« Während sie mit ihm sprach, blickte sie aus dem Fenster. Die Flocken fielen jetzt weniger dicht. Und das nachlassende Schneetreiben ließ die Welt draußen anders aussehen, weniger wie eine Märchenlandschaft in einer Schneekugel, dafür viel … wirklicher. Sie befand sich hier in Snow Falls in einer Zeitblase – aber dort draußen gab es eine andere Welt, und in dieser anderen Welt ging es nicht darum, Filmstars in Hotelzimmern zu küssen. Sie schüttelte den Kopf, wie um den Traum zu verscheuchen, in den sie geraten war. Wenigstens war alles wirklich passiert. Sie war wirklich Statistin in einem Weihnachtsfilm gewesen. Und wer konnte schon von sich behaupten, Chase Taylor geküsst zu haben, den neuen Hollywood-Star? Sie würde dieses Geheimnis für sich behalten, aber es gehörte ihr trotzdem. Sie fasste sich an die Lippen, wo sein Mund den ihren berührt hatte, und versuchte sich einzureden, dass es so in Ordnung war. Dass sie die Lage kurzfristig falsch eingeschätzt hatte und sich verzeihen konnte. Dann wappnete sie sich für das Gespräch mit Nick.

»Sag schon, Anna! Geht's dir gut?«

»Ich denke schon …«, fing sie an, aber er fiel ihr ins Wort.

»Dass ich bei unserem letzten Gespräch den Eindruck erweckt habe, es wäre mir egal, wie's dir geht, tut mir schrecklich leid. Die letzten Tage waren eine einzige Qual für mich. Für dich auch?«

Sie wollte möglichst ehrlich zu ihm sein. »Na ja, ich hatte

viel zu tun. Ich hab ein paar Leute kennengelernt. Snow Falls ist eine bezaubernde kleine Stadt, und es gibt …«

Wieder fiel Nick ihr ins Wort. »Ich schicke dir den Privatjet meines Vaters, es schneit ja jetzt nicht mehr. Er kann zwar erst morgen starten, aber er holt dich so schnell wie möglich von dort weg und bringt dich hierher. Du brauchst Weihnachten nicht allein zu sein.«

»Oh.« Anna hatte noch gar nicht in Betracht gezogen, dass sie »allein« sein würde, wenn sie nicht von hier wegkäme. In Snow Falls war es recht schwierig, auch nur einen Moment für sich allein zu sein. Sie öffnete den Mund, um es Nick zu erklären – fand aber nicht die richtigen Worte. Man musste die Stadt sehen, um es zu glauben. Sie setzte erneut an. »Danke, aber ich bin mir nicht sicher, ob ich …«

»Ich weiß, was du gesagt hast, Anna. Dass du Zeit für dich brauchst. Eine Pause. Aber ich akzeptiere das nicht. Ich kenne dich, und deshalb weiß ich auch, dass du dir manchmal selbst im Weg stehst.«

»Warte mal …«

»Ist schon gut. Wir brauchen das jetzt nicht auszudiskutieren. Es genügt, wenn ich sage, dass ich dich *kenne*. Ich liebe dich. Wir werden zusammen sein. Wir werden unser perfektes Weihnachten feiern. Komm morgen früh um neun zum Rockport Airport! Dort wartet der Privatjet auf dich. Das allein zählt doch, oder? Dass man Weihnachten mit dem Menschen verbringt, den man liebt. Meine Familie erwartet dich. Du musst kommen. Wir müssen uns eine Chance geben. Schließlich haben wir das monatelang geplant.«

In Annas Kopf herrschte ein wildes Durcheinander. Sie war sich nicht mehr sicher, was eigentlich zählte. Nick wiederholte immerzu das Wort »Weihnachten«, aber hier in Snow Falls gab es so viel mehr als nur Weihnachten. Hier war Weihnachten, Chanukka und Ramadan zu einem chaotischen, funkelnden, festlichen Gesamtpaket verpackt. Es gab Licht und Lachen und Spaß. Es gab ... alles, wonach sie schon ihr Leben lang gesucht hatte. Es war nicht einfach und es war nicht perfekt – aber war sie wirklich schon bereit, es hinter sich zu lassen?

»Bitte, Anna, ich will dich retten. Stoß mich nicht weg. Du brauchst mich.«

Anna runzelte die Stirn. Wollte sie denn gerettet werden? War es das, was sie immer gewollt hatte? Josh war ihr immer zu Hilfe gekommen – hatte sie ihn deshalb gleich gemocht? Vielleicht war es an der Zeit, auf eigenen Füßen zu stehen.

»Na ja, ich hab Maryam aber schon versprochen, ihr mit der Bühnenausstattung für das Stück zu helfen. Ich kann sie doch nicht einfach hängen lassen.«

»Die Bühnenausstattung? Für welches Stück denn? Wovon redest du da? Wer ist Maryam?«

Anna versuchte Nick ihre neuen Freunde, das Weihnachtsstück und ihre Rolle als Bühnenbildnerin zu erklären, klang aber wenig überzeugend.

»Du hörst dich komisch an«, sagte Nick, jetzt erst recht besorgt. »Als würdest du am Stockholm-Syndrom leiden oder so.«

Da musste sie lachen, diese Behauptung war einfach zu albern. »Ich bin doch nicht entführt worden, nur eingeschneit.«

»Aber gib's zu, das Ganze ist sehr traumatisch. Und bald

hast du's überstanden. Ich muss jetzt los. Meine Mutter hat mich gebeten, mit ihr einkaufen zu gehen. Aber wir sehen uns morgen früh.«

Er legte auf, ohne ihre Antwort abzuwarten. Sie blieb still auf ihrem Bett sitzen und sah zu, wie die Kerzen herunterbrannten. Als nur noch Stumpen übrig waren, wusste sie immer noch nicht, was sie tun sollte.

Da kam ihr eine Idee, an wen sie sich wenden konnte.

Anna klopfte an Maryams Tür, und Sekunden später stand ihre Freundin vor ihr, die Augen rot und wässrig.

»Anna, ist alles in Ordnung?«, fragte Maryam im selben Moment, als Anna sagte: »Du siehst aus, als hättest du geheult.« Beide lachten unter Tränen.

»Komm rein«, sagte Maryam und trat beiseite.

Das Zimmer, das sie mit Saima teilte, war größer als das von Anna, lag aber ebenfalls auf der Straßenseite. In der Ferne sah sie die hübschen, funkelnden Lichter der Stadt und fragte sich kurz, wo eigentlich Saima geblieben war.

»Du bist ja völlig aufgelöst – was ist denn passiert?«, fragte Anna.

»Du zuerst. Was ist los, Anna?«

Anna seufzte und ließ sich auf das Bett fallen.

»Ich hab Josh geküsst. Ein gewaltiger Fehler. Dann hat Nick angerufen, und es war so seltsam und ...«

In einem Schwall musste alles raus, der intensive Moment in ihrem Zimmer, das unvermittelte Aufkreuzen von Tenisha, das klingelnde Telefon, Joshs gekränkte Miene. »Hat er überhaupt das Recht, gekränkt zu sein? Er hat doch auch eine Freundin!«

Maryam sah noch bestürzter aus als vorhin an der Tür. »Ich hab ihn heute am Set Tenisha küssen sehen, und ich wollte dir nicht weh tun, also hab ich nichts gesagt. Ich hatte keine Ahnung, wie ernst es zwischen euch werden würde. Es tut mir so leid!«

»Das braucht es nicht. Das Ganze ist nicht dein Fehler, sondern meiner. Ich wusste, dass zwischen Josh und Tenisha was läuft – ich wollte es nur nicht wahrhaben. Ich hab mich in eine Phantasie verrannt.«

»Das kann dir keiner verübeln«, sagte Maryam sanft, und Anna wandte sich ihr zu.

»Was ist mit dir? Du warst völlig durch den Wind, als du die Tür aufgemacht hast.«

»Es ist wegen ... Saif.«

»Aber ich dachte, ihr zwei würdet euch so gut verstehen!«

»Vielleicht liegt es an Snow Falls. Man hat das Gefühl, hier weitab der Realität zu sein, aber vor ihr fliehen kann man am Ende eben doch nicht. Saif und ich haben in der realen Welt keine Chance, das ist nun mal so.« Sie verschränkte die Arme und stieß einen langen, frustrierten Seufzer aus. »Ganz ehrlich, manchmal glaube ich, dass Männer einfach mehr Ärger machen, als sie es wert sind.«

Anna nickte deprimiert. »Nick schickt mir den Privatjet seines Vaters«, sagte sie. »Schon morgen früh. Und er meint, ich soll an Bord gehen und nach Toronto kommen.«

»Einen Privatjet«, wiederholte Maryam. »Wow, dann ist er ganz schön reich.«

»Seine Familie, ja. Und er will unbedingt, dass ich Weihnachten mit ihnen verbringe.«

»Was hast du ihm denn geantwortet?«

»Er hat mich gar nicht gefragt. Es ... passiert eben. Sollte ich mich freuen? Es ist doch eine große Geste, oder? Er zeigt mir, was er wirklich für mich empfindet. Und wenigstens ist er ehrlich.«

»Ein ziemlicher Aufwand. Geradezu filmreif. In einem von Dadus Streifen würde sicher jemand einen Privatjet schicken. Aber ... blickst du bei all dem Trubel noch durch, was du wirklich empfindest? Bist du glücklich?«

Anna nestelte an der Bettdecke herum. »Ja«, sagte sie endlich. »Nick hat noch eine Chance verdient. Er hat nichts falsch gemacht, nur die Nerven verloren, als unsere Pläne ins Wasser fielen. Und wie könnte ich ihm das zum Vorwurf machen? Du hast schon recht, Snow Falls ist nicht die Realität. Ich bin es Nick schuldig, in dieses Flugzeug zu steigen und mich den Dingen zu stellen. Ich bin es mir selbst schuldig.«

Maryam beugte sich zu ihr hinüber und zog ihr sanft die Bettdecke aus den Händen. »Du wirst dieses Ding noch zerreißen«, sagte sie. »Hol mal tief Luft. Sieh mich an, Anna. Du bist nicht so ruhig, wie du tust. Und das ist okay.« Anna folgte dem Vorschlag ihrer Freundin und spürte, wie Maryams steter Blick ihre Gedanken auf den Boden der Tatsachen zurückholte. »Jetzt akzeptiere einen guten Rat von jemandem, der schon eine Therapie hinter sich hat. Ich kann dir die Abrechnungen zeigen, für den Fall, dass du's nicht glaubst«, fuhr Maryam fort. »Solange du versuchst, dir einzureden, dass du glücklich bist, ignorierst du den Teil von dir, der weiß, dass dem nicht so ist.«

Anna musste zugeben, dass Maryam wahrscheinlich

recht hatte, und fühlte sich in der Zwickmühle. »Ich weiß nicht, was ich tun soll«, flüsterte sie.

»Die letzten Tage waren ziemlich verrückt. Vielleicht ist es das Beste, wenn du dir ein bisschen Zeit lässt«, schlug Maryam vor. »Ich glaube, das würde Dadu dir raten. Aber lass dir wirklich alles gut durch den Kopf gehen. Vor langer Zeit war ich in einer Beziehung gefangen, die nach außen hin perfekt wirkte, aber sie hat mich nicht glücklich gemacht. Ich musste von selbst dahinterkommen.«

»Warst du deswegen so durcheinander letzte Nacht?«

»Ja«, sagte Maryam. »Ich war schon mal verheiratet, aber es hat nicht gehalten. Als er mich verließ, fiel meine Welt in sich zusammen, seitdem kann ich keinem mehr vertrauen. Es tut immer noch weh, bis heute.«

Anna beugte sich spontan zu Maryam hinüber, um sie zu umarmen. »Ganz egal, wie ich mich entscheide, eines weiß ich ganz sicher: Dir zu begegnen war das Beste, was mir seit langem passiert ist.« Sie spürte einen Kloß im Hals, als sie das sagte, und Maryam bekam feuchte Augen.

»Danke«, stammelte Maryam. Sie wirkte ein wenig verlegen – doch Anna wusste, dass es ihr genauso ging.

Maryam stand auf, um aus dem Fenster zu sehen.

»Es hat aufgehört zu schneien«, sagte sie und drehte sich um.

»Ein Weihnachtswunder«, sagte Anna. Sie trat neben Maryam, um in die mittlerweile klare Nacht hinauszuschauen. Es war seltsam, keine Schneeflocken mehr fallen zu sehen. »Vielleicht muss ich eine Pro-und-Contra-Liste erstellen«, sagte sie nachdenklich. »Wenn ich abreise, feiere ich Weihnachten mit der Familie Vandergrey …«

»In die Pro-Spalte sollten unbedingt Weihnachtskonfekt und teure Geschenke«, sagte Maryam lachend.

»Andererseits verpasse ich die Weihnachtsaufführung. Seit der Schulzeit hab ich keine mehr gesehen. Und da *du* das Stück schreibst, weiß ich, dass es etwas ganz Besonderes sein wird. Mit der Bühnengestaltung bin ich auch noch nicht fertig. Ich würde alle im Stich lassen.«

»Ich bin sicher, die kommen zurecht, du hast schon so viele Ideen gehabt. Das Stück sollte deine Entscheidung nicht beeinflussen.«

Sie hatten sich so intensiv unterhalten, dass sie nicht bemerkt hatten, wie die Tür aufging. Im Türrahmen stand Saima, ihr Gesicht eine dunkle Gewitterwolke.

»Du schreibst ein Weihnachtsstück?«, wollte Saima wissen. Ihre Stimme war laut und vorwurfsvoll, sie hatte rosa Flecken auf den Wangen, und ihre sonst so tadellose Frisur war zerzaust, als hätte sie sich aus Frust die Haare gerauft. »Meine Hochzeit fällt ins Wasser, und du schleimst dich bei den Leuten hier ein und bastelst ein Krippenspiel zusammen?«

Maryam ging auf ihre Schwester zu und versuchte, sie zu besänftigen, doch Saima wich zurück.

»Fass mich nicht an!«

Es war für Anna ein Schock, Saima so wütend zu sehen. Bisher hatte sie zwar einen etwas ungestümen, aber immer liebevollen Eindruck auf sie gemacht. Eine Schwester zu haben war möglicherweise doch nicht so toll, wie Anna es sich erträumt hatte.

»Ich hänge seit Stunden am Telefon, hab mit der Airline gesprochen, mit Taxiunternehmen, dem Wetterdienst«, sagte Saima hitzig. »Ich war drauf und dran, einen Hubschrauber zu buchen, Maryam. Einen Hubschrauber, der mich aus diesem gottverlassenen Kaff zu meinem Verlobten bringt, damit ich jetzt endlich heiraten kann.«

»Mein Freund schickt mir morgen einen Privatjet«, sagte Anna. »Vielleicht ist da noch ein Platz für dich frei.«

Saima sah sie an. »Einen *Privatjet*?«, kreischte sie. »Du kriegst einen Privatjet, während ich … hier feststecke?«

Erschrocken wich Anna einen Schritt zurück.

Saima wirkte völlig aufgebracht, sie hatte die Fäuste geballt. »Das ist alles deine Schuld«, fauchte sie Maryam an. »Wir hätten den Flughafen nie verlassen dürfen. Und jetzt interessierst du dich nur noch für … dieses blöde Stück?!«

»Jetzt komm mal wieder runter. Das ist doch nur ein bisschen Spaß«, sagte Maryam in versöhnlichem Ton.

»Tja, ein bisschen Spaß wäre nett! Ich kann aber nur an meine Hochzeit denken, und dass sie im Eimer ist!«

»Hör zu, ich weiß doch, wie stressig das alles für dich war«, sagte Maryam in beschwichtigendem Ton. Doch unglücklicherweise bewirkten ihre Worte das genaue Gegenteil. Je ruhiger Maryam war, desto aufgeregter wurde Saima.

»Du bist so sehr damit beschäftigt, mit Saif zu flirten und irgendeinem albernen Traum von einem Schriftstellerleben hinterherzujagen, dass du überhaupt nicht checkst, was hier abgeht«, fauchte Saima,

Anna bemerkte, wie Maryam bei dem Namen Saif zusammenzuckte.

»Es ist, als hättest du deine Familie vollkommen vergessen. Ich hab eben mit Miraj telefoniert. Wir mussten die Hochzeit abblasen. Hoffentlich bist du jetzt zufrieden!« Saimas Schultern bebten. »Du hast fünf Minuten, um dein Zeug zusammenzupacken. Schlaf gefälligst woanders, ich will dich nicht mehr sehen!«

Sie stürmte hinaus und knallte die Tür hinter sich zu. Anna starrte Maryam erschrocken an. Ihre Freundin wirkte angeschlagen.

»Weißt du noch, wie du dir eine große Familie gewünscht hast?«, sagte Maryam verbittert. »Sei bloß froh, dass du keine hast.« Sie zog Schubladen heraus und warf ihre Klamotten in einen Koffer. »Ich schlaf bei meinen Eltern – mal sehen, ob ich sie überreden kann, Saima zur Vernunft zu bringen«, sagte Maryam müde. Als sie bemerkte, dass Anna sich verabschieden wollte, berührte sie sanft ihre Schulter. »Viel Glück bei deiner Entscheidung«, sagte sie.

Plötzlich fühlte Anna sich sehr einsam. Maryam war ihre Freundin, aber die Familie ging natürlich vor, und Anna gehörte nicht zur Familie.

Als sie Maryam gute Nacht wünschte und sich zum Gehen wandte, hatte sie ihre Entscheidung getroffen. Ihr Platz war bei denjenigen, die sie brauchten, die einzigen Menschen, die womöglich je zu ihrer Familie werden könnten.

VIERZEHN

Maryam

23. Dezember

Nachdem Anna gegangen war, saß Maryam auf dem Bett und starrte ins Leere, mit der halb gepackten Reisetasche neben sich. Ärgerlich schleuderte sie die Tasche zu Boden. Sie wusste, dass Anna enttäuscht war, weil sie sie weggeschickt hatte, aber die Wahrheit war, dass Maryam einfach die Nase voll hatte. Ihre Schwester war – zu Recht – außer sich vor Wut. Die Hochzeit, in deren Organisation Maryam ihrer Familie zuliebe so viel Zeit und Energie gesteckt hatte, war abgesagt. Sie saßen immer noch in Snow Falls fest. Doch trotz der vielen kleinen Katastrophen, die sich vor ihr auftürmten, waren es vor allem Saifs barsche Worte, die sich nicht abschütteln ließen. Schon den ganzen Tag über hämmerten sie immer wieder auf sie ein.

Saif hatte recht. Sie *hatte* Angst. Und er hatte ihren Wutausbruch als weitere Bewältigungsstrategie entlarvt. Sie hatte den Schmerz über ihre gescheiterte Ehe so tief in sich begraben, dass es für sie den Anschein hatte, als existiere er überhaupt nicht. Stattdessen hatte sie sich für ihre Familie unersetzlich gemacht und sich geweigert, über ihre eigenen Wünsche und Träume auch nur nachzudenken. So war es ihr unmöglich geworden, die Flucht nach vorn anzutreten –, denn schließlich galt es, ihr verwundetes Herz zu beschützen, das Gesicht zu wahren und sich weniger wie eine Versagerin zu fühlen.

Sie musste weg von hier. Ihre Rastlosigkeit trieb sie nach unten. Während sich die übrige Hochzeitsgesellschaft zerstreut hatte, saß Dadu gemütlich auf seinem Lieblingsplatz vor dem Feuer. Sie setzte sich zu ihm auf die Couch. Er war der Mensch, den sie jetzt am meisten brauchte. Dadu würde sie verstehen.

»Ah, meine Lieblingsenkeltochter«, sagte Dadu und zwinkerte ihr zu. »Sag es nicht Saima. Aber vermutlich weiß sie es längst.« Sein Blick war einfühlsam, aber wie üblich wartete er darauf, dass Maryam sich ihm öffnete. Sie saßen schweigend da, starrten ins Feuer, und allmählich spürte Maryam, wie sich ihr Körper entspannte. Ihr Großvater duftete schwach nach Wäschestärke und seinem bevorzugten Eau de Toilette, eine beruhigende Mischung aus Nelken, Zimt und Oud, Adlerholz.

»Was für ein Schlamassel!«, stöhnte sie leise.

Dadu ergriff ihre Hand. »Und doch sind wir immer noch hier. *Beti*, du tust zu viel, für uns alle. Du strengst dich viel zu sehr an, weil du willst, dass alle glücklich sind. *Mich* macht es glücklich, wenn du auch deine eigenen Träume verfolgst. Sag mir, wie hat es sich angefühlt, dieses Stück zu schreiben?«, fragte er.

Der wissende Ausdruck in Dadus Augen ließ sie erröten.

»Na ja, als … als würde ich genau das tun, wozu ich auf der Welt bin«, gab sie zu und fühlte sich ein wenig albern dabei. Gleichzeitig war sie sicher, dass ihr Großvater sie verstand.

Dadu lehnte sich zurück und schlürfte seinen Tee mit mehr als nur einem Hauch Genugtuung. »Denk daran, wenn du wieder mal Gewissensbisse hast. Du und ich, wir sind kreative Seelen. Wenn wir die Kreativität nicht ausüben können, stirbt etwas in uns.«

Maryam lehnte sich in die Kissen und dachte nach. Wenn sie mit ihrem Großvater sprach, fand sie immer zu ihrer Mitte. Jetzt riefen seine Worte ihr die Notizbücher ins Gedächtnis, die sie früher ständig mit sich herumgetragen hatte. Während ihrer Ehe hatte sie diese Gewohnheit abgelegt. Yusuf hielt ohnehin nichts vom Schreiben.

Wahrscheinlich hatte Dadu ihre Meinungsverschiedenheit mit Saima mitangehört, dachte Maryam jetzt – die Stimme ihrer Schwester war laut. Weil sie sein neugieriges Naturell kannte, ahnte er wahrscheinlich auch, was zwischen ihr und Saif passiert war. Doch wie immer bot er ihr diskret seine Hilfe an. Er hielt sich normalerweise aus Familienzwistigkeiten heraus. Ihr Großvater glaubte felsenfest an Konflikte. *Konflikte sind gut für deine Geschichte*, lautete seine Devise, wann immer sie oder Saima sich bei ihm beklagten. *Denk nach, dieser Konflikt kann dir dabei helfen, deinen Charakter zu stärken.* Es war wirklich ein Wunder, dass sie sich nicht früher mit dem Schreiben beschäftigt hatte, dachte Maryam.

Dadu stand auf, wünschte ihr eine gute Nacht und machte sich auf den Weg zu seinem Zimmer, während Maryam vor dem Feuer sitzen blieb und ihre Optionen durchging. Sie könnte nach Saif suchen. Oder nach ihrer Schwester oder Anna. Stattdessen blieb sie einfach auf ihrem Platz und tat gar nichts. Sie musste komplett reglos dagesessen haben, denn als Josh ins Foyer kam und sich in den erstbesten Sessel fallen ließ, ihr gegenüber, zuckte er zusammen, als er sie bemerkte.

So erschöpft und mitgenommen hatte sie den gutaussehenden Filmstar noch nie erlebt. Vielleicht machten ihm die langen und arbeitsintensiven Tage allmählich zu schaffen.

»Soll ich bleiben, oder willst du lieber allein sein?«, fragte Maryam. Sie kannte ihn nicht so gut, aber er sah so traurig und müde aus, dass er vielleicht jemanden zum Reden gebrauchen konnte.

»Hast du gewusst, dass Anna einen Freund hat?«, fragte er abrupt.

Oh-oh, dachte Maryam.

»Ich war mir nicht sicher, wie fest die Beziehung noch war ...«, fing sie an, verstummte aber, als sie bemerkte, wie gekränkt er aussah. »Ja, ich wusste es«, sagte sie dann. »Ich weiß aber auch, dass *du* heute im Wohnwagen Tenisha Barlowe geküsst hast.«

»Wir haben doch nur für den Film geprobt«, sagte Josh. »Katrina wurde langsam sauer, weil ich mich ständig verhaspelte, also gab sie uns fünf Minuten, um die Kussszene auf die Kette zu kriegen.«

Maryam dachte nach. Auf dem Rückweg zum Hotel hatte Dadu erwähnt, dass Josh einen zerstreuten Eindruck machte. »Na schön, und heute Morgen, als du mit Tenisha aus dem Hotel spaziert bist? Ihr beide habt Händchen gehalten«, sagte sie. »Du weißt doch, dass Anna keine Angehörigen mehr hat und diese Jahreszeit deshalb schwierig für sie ist. Da hat es ihr gerade noch gefehlt, dass ein Filmstar mit ihren Gefühlen spielt.«

Die Vehemenz in Maryams Stimme schien Josh zu überraschen. Offenbar kam es nicht oft vor, dass jemand Klartext mit ihm sprach, vermutete sie und spürte, wie ihre Nackenhaare sich sträubten. Man musste Anna vor diesem Kerl beschützen. Sie wollte ihn gerade warnen, als er ihr zuvorkam.

»Du bist eine gute Freundin. Anna hat Glück, dass sie dich hat.«

Sie klappte den Mund wieder zu. »Um ehrlich zu sein, habe ich Anna erst am Flughafen kennengelernt«, gab sie zu.

»Das wusste ich nicht. Ich dachte, ihr seid seit Jahren befreundet.«

»Seit drei Tagen«, sagte Maryam. »Wir kennen sie wohl beide noch nicht sehr lange«, lenkte sie ein.

Josh, der zusammengesackt auf der Couch saß, starrte auf seine Hände. »Ich mag sie wirklich sehr«, sagte er leise. »Sie ist so lustig und süß. Freundlich. Großzügig. Schön – innen und außen. Sie ist authentisch, und solche Menschen trifft man in Hollywood nicht sehr oft. Außerdem kann ich mit ihr über alles reden; sie gibt mir nie das Gefühl, dass ich … na ja, einen Fan vor mir habe. Oder eine Kollegin. Wir hatten sofort einen Draht zueinander, weißt du?«

Er klang so ehrlich. Und ehe sie es verhindern konnte, hörte Maryam sich sagen: »Ihr geht es genauso.«

»Warum hat sie mir dann nicht gesagt, dass sie einen Freund hat?«, fragte Josh.

»Wie ich es sehe, hat Nick ihr eine Menge Druck gemacht, weshalb es schon eine Weile ziemlich holprig läuft. Technisch gesehen gönnen sie sich gerade eine Pause.«

»Eine Pause?«, wiederholte er ungläubig. »Wie in *Friends?*«

Maryam sah ihn aus schmalen Augen an. »Sie darf sich also keine Beziehungspause gönnen, aber wenn du mit einem der berühmtesten Hollywoodstars der Welt ausgehst, ist das okay?«

Josh verzog das Gesicht. »Du verstehst das nicht«, sagte er. »Liebesbeziehungen sind nicht leicht für einen Schauspieler. Die Filmindustrie ist brutal. Wenn man noch ganz am Anfang steht, will man es unbedingt schaffen, und so gibt man sich manchmal für Sachen her, die man später bereut …« Er schüttelte den Kopf. »Ich wollte es Anna erklären, aber sie hat mir keine Chance gegeben.«

»Erklären? Was denn eigentlich? Hast du dich dem Teufel verschrieben, so dass dein Herz neunundneunzig Jahre lang einer anderen gehört?«, fragte Maryam.

Josh musste laut lachen. »Nein. Aber ich war einverstanden, während der Dreharbeiten so zu tun, als wäre ich mit Tenisha Barlowe zusammen.« Kaum hatte er es gesagt, lief er rot an. Maryam war sprachlos. »Eigentlich darf niemand davon erfahren«, sagte er. »Ich bin erschöpft und aufgebracht. Ignorier mich einfach.«

»Aber … aber ihr habt heute Morgen doch Händchen gehalten«, stotterte Maryam.

»Weil ihr Pressesprecher ihr den Tipp gegeben hat, dass Jerome, der Paparazzo von hier, uns draußen auflauern würde. Jetzt hat er ein paar Schnappschüsse, die er an die Klatschzeitschriften verkaufen kann. Es ist Weihnachten, und er ist ein Familienvater.«

Maryam blinzelte, ließ die Information sacken. Sie wusste

nicht recht, was sie ihm antworten sollte, doch das spielte offenbar keine Rolle. Da nun die Wahrheit heraus war, konnte Josh nicht mehr aufhören zu reden. Vielleicht war es eine Erleichterung, sich endlich jemandem mitzuteilen.

»Es war Tenishas Idee. Ihre Karriere kam gerade so richtig in Gang, und die Gerüchteküche war mächtig am Brodeln – sie wollte ihr Privatleben schützen. Mir würde es auch helfen, meinte sie, wenn wir uns als Paar ausgeben. Wir sind seit Jahren gute Freunde, aber unsere Träume und Wünsche haben sich vermutlich in verschiedene Richtungen entwickelt, wir haben bloß nie darüber gesprochen. Tenisha meint, ich will das eine, während ich weiß, dass sie was anderes will.« Wieder vergrub er sein Gesicht in den Händen. »Berühmt zu sein kann dich verschlingen, und das war ihre Lösung – nur leider hat sich herausgestellt, dass ich zwar ein ganz guter Schauspieler bin, es aber trotzdem hasse, mich zu verstellen. Vor allem jetzt, nachdem ich Anna begegnet bin. Was für ein Desaster!«

»Dann seid ihr beide, du und Tenisha, gar kein *echtes* Paar?«, fragte Maryam, die Mühe hatte, die Neuigkeit zu verarbeiten. Die beiden hatten heute Morgen einen so zwanglosen, vertrauten Eindruck gemacht. Die Fotos in der Zeitschrift, die Saima ihr gezeigt hatte, schienen so *real* zu sein. Sie schwankte noch immer. Kein Wunder, dass Josh so aufgebracht war wegen Nick. Das änderte alles.

Josh schüttelte den Kopf. »Es gab von Anfang an Gerüchte über uns. Der Film *Eine Nacht zur Weihnachtszeit* sollte nur eine kleine Familienkomödie sein, aber irgendwie wurde er dann zu einem enormen Erfolg. Als sich dann Nora verpflichtet hat, das Drehbuch für den Nachfolger zu schreiben« – Nora Ephron, vermutete Maryam –, »haben sich plötzlich alle um uns gerissen. Wir wurden zu sämtlichen Late-Night-Talkshows eingeladen, und immer stellte man uns dieselbe Frage: Ist unsere Romanze gespielt oder echt? Unsere Agenten fanden – und Tenisha pflichtete ihnen bei –, dass es sich besser machen würde, wenn wir ein Paar wären. In Wahrheit bin ich seit Ewigkeiten Single, und Tenisha ist seit der Highschool mit ihrem Freund zusammen. Das braucht niemand zu wissen, es ist ja auch nicht wahnsinnig interessant.«

»Tenisha hat eine Highschool-Liebe?«, fragte Maryam.

»Er heißt Matt, und er ist großartig«, bestätigte Josh. »Tenisha macht sich Sorgen, wie sich ihre Beziehung entwickeln könnte, sobald die Öffentlichkeit Wind davon bekommt, und will sie deshalb unbedingt geheim halten. Ich war drauf und dran, Anna alles zu erzählen, bis ich von der Sache mit Nick erfahren habe …« Er verzog das Gesicht.

Maryam betrachtete Josh, und im Licht dieser neuen Information revidierte sie ihre Meinung über ihn. Anna war für ihn nicht nur ein Flirt. Im Gegenteil, er schien genauso verliebt in sie zu sein wie sie in ihn.

»Ich denke, du solltest morgen ins Theater kommen«, sagte Maryam.

»Was?«, fragte Josh und sah sie verständnislos an.

»Hast du noch nichts vom Weihnachtsspektakel gehört? Der Name ist zwar albern, aber so nennen sie hier die Weihnachtsaufführung. In diesem Jahr steht in der Stadt ein besonderes Event auf dem Plan, weil doch Eid, Chanukka und Weihnachten in denselben Zeitraum fallen. Das hat sicher bei einigen hier für Schnappatmung gesorgt.«

Wortlos sahen Josh und Maryam einander an. Und zum ersten Mal hatte sie das Gefühl, ihn zu verstehen. Obwohl sie völlig unterschiedliche Leben führten und andere Erfahrungen gemacht hatten, kannten beide das Gefühl, außen vor zu sein, und wie besonders es sich anfühlte, einmal mit am Tisch sitzen zu dürfen.

»Das kann ich mir geradezu bildlich vorstellen«, sagte er. »Aber warum brauchst du mich dabei?«

»Kennst du zufällig Dickens' *Weihnachtsgeschichte*?«, fragte Maryam.

»Sprichst du von der berühmtesten Weihnachtsgeschichte aller Zeiten? Ja, ich denke, ich hab schon mal davon gehört«, erwiderte Josh trocken, aber die Sache schien ihn zu interessieren.

»Ich hab die Aufgabe, das Stück zu schreiben, und werde die drei Religionen in Dickens' Geschichte mit einbauen; bei mir wird es keine Geister geben, sondern Guides; sie sollen die Magie der drei Feste erklären. Und ich brauche übrigens noch dringend einen Chanukka-Guide. Wenn Chase Taylor sich an der Weihnachtsaufführung in Snow Falls beteiligt, könnte er einer Stadt, die ihn mit offenen Armen empfangen hat, etwas zurückgeben.«

Sie sah, dass er darüber nachdachte, und beschloss, alle Karten auf den Tisch zu legen.

»Ich sehe hier zwei Optionen«, sagte Maryam, jetzt Geschäftsfrau durch und durch. »Sollte Anna sich gegen Nick entscheiden und morgen aufkreuzen, um uns bei der Bühnenausstattung zu helfen, sieht sie dich auf der Bühne – und ist beeindruckt. Und falls sie nicht aufkreuzt, bekommst du viel gute Presse, weil du bei einem Laienspiel einspringst.

So könntest du dir einen Ruf aufbauen, der nicht von der Person abhängt, mit der du zufällig gerade zusammen bist. Wie auch immer, sehen wir uns morgen um zehn?«

Josh blinzelte, und langsam breitete sich ein Lächeln in seinem Gesicht aus. Er besaß wirklich diesen besonderen Hollywood-Charme, und sie verstand, warum Anna ihm vom ersten Moment an verfallen war.

»Was für ein ausgeklügelter Plan«, sagte er und stand auf. Er wirkte jetzt viel leichter und glücklicher auf Maryam. Die Wahrheit zu sagen, hatte ihn offensichtlich befreit. »Maryam, du bist eine echte Freundin. Ich finde einen Weg, mir morgen ein paar Stunden freizunehmen, und wenn ich vortäuschen muss, in einer Schneewehe festzustecken. Wir sehen uns im Theater.«

Als Josh gegangen war, machte Maryam sich auf den Weg zum Zimmer ihrer Eltern. Saima hatte ihnen bestimmt noch nichts von der abgesagten Hochzeit erzählt. So etwas überließ sie lieber ihrer großen Schwester. Wie immer. Sie blieb stehen. Nein, nicht wie immer. Saif hatte recht, Dadu genauso. Dass sie die Rolle als Familien-Problemlöserin einfach akzeptiert hatte, lag auch in ihrer Verantwortung. Das musste sich ändern, *sie* musste sich ändern.

Ihre Eltern wollten gerade zu Bett gehen, als sie klopfte. Sie erklärte kurz die Lage.

»Ich versteh das nicht. Ist die Hochzeit verschoben, oder hat Miraj das Ganze abgeblasen?«, fragte Ghulam.

»Ich bin ziemlich sicher, dass die Hochzeit stattfindet, nur nicht in den Feiertagen, wie Saima es wollte.«

Azizah schnaufte vernehmlich. »Ich wollte nie, dass sie

im Ramadan heiratet, aber trotzdem, sie ist bestimmt außer sich.«

»Und ob«, stimmte Maryam zu und fragte dann, ob sie bei ihren Eltern übernachten könne. Ihr Zimmer verfügte über zwei Doppelbetten, und während Ghulam das zweite Bett leerräumte – sie hatten ihre unzähligen Koffer darauf gestapelt, nachdem Dadu ein eigenes Zimmer bezogen hatte –, erzählte Maryam ihren Eltern, was sonst noch alles passiert war, nämlich dass man sie beauftragt hatte, die Weihnachtsaufführung in Snow Falls zu inszenieren.

»Aber du hast doch noch nie Weihnachten gefeiert«, sagte Azizah.

»Die Stadt führt ein besonderes Stück auf, um nicht nur Weihnachten, sondern auch Eid und Chanukka zu feiern«, erklärte Maryam. »Saif hat mich überredet, mich als freiwillige Helferin zu melden, und das Komitee hat mir den Auftrag gegeben, das Stück zu schreiben.« Sie war gespannt, wie ihre Eltern auf die Tatsache reagieren würden, dass Saif sie ermutigt hatte.

»Maryam *beti*, ich hab dir doch gesagt, du sollst vorsichtig sein mit ihm«, sagte Ghulam, sofort in Abwehrhaltung. »Nach allem, was wir über ihn gehört haben …«

»Ich bin sicher, dass eine Menge Leute auch über mich hergezogen sind und falsche Behauptungen aufgestellt haben«, entgegnete Maryam zu ihrer eigenen Überraschung. Brach sie gerade eine Lanze für Saif? Ihr sanfter Hinweis auf den bösen Klatsch, der Jahre nach ihrer Scheidung noch immer über ihre Familie kursierte, traf ins Schwarze. Ihre Eltern wirkten betreten.

»Wir wollen nicht, dass dir noch einmal weh getan

wird«, sagte Azizah dann. »Es war beim ersten Mal schon kaum zu ertragen.« Maryam nickte, traute sich aber nicht, etwas zu erwidern, und so fuhr ihre Mutter fort. »Aber nun zu diesem Theaterstück. Du sollst etwas für sie schreiben? Hast du ihnen nicht gesagt, dass du Apothekerin bist?«

Maryam hätte am liebsten gelacht. »Ich bin Apothekerin, aber in letzter Zeit habe ich das Gefühl, dass mir etwas fehlt. Ich will schreiben, an etwas Kreativem arbeiten.«

Ihre Eltern sahen einander an, bemühten sich, sie zu verstehen. »Ich habe an einen Newsletter für die Apotheke gedacht«, sagte Ghulam. »Vielleicht könntest du den verfassen?«

Maryam unterdrückte ein Grinsen. »Ich meine für mich selbst schreiben. Vielleicht ein Buch, ein paar Essays oder Kurzgeschichten. Ich bin mir noch nicht sicher. In der Zwischenzeit möchte ich an diesem Stück arbeiten. Wir sitzen wahrscheinlich noch einige Tage hier fest. Die Menschen in Snow Falls sind alle so liebenswürdig. Ich möchte mich für ihre Großzügigkeit bedanken.«

Maryam spürte, wie ihre Eltern auftauten. »Die Einwohner sind wirklich sehr gastfreundlich«, pflichtete Azizah ihr bei. »Ich verstehe zwar noch immer nicht, warum du ein Weihnachtsstück schreiben musst, aber das macht ja nichts. Nur was fangen wir mit Saima an? Aus einer verschobenen kann leicht eine abgesagte Hochzeit werden.«

»Vielleicht wäre das gar nicht so schlimm«, sagte Maryam.

Die plötzliche Stille im Raum fühlte sich an wie ein Kratzer in der Schallplatte.

»Glaubst du denn, deine Schwester macht einen Fehler, *beti?*«, fragte Ghulam sanft.

Die Hochzeitspläne ihrer Schwester waren so unvermittelt gekommen und ihre Eltern so begeistert davon gewesen, dass ihre jüngere, eher nomadisch veranlagte Tochter sich mit einem Arzt verheiraten würde, dass Maryam ihre Ängste und Sorgen kurzerhand unter den Tisch gekehrt hatte. Trotzdem waren sie immer noch da; sie hatten einfach nur im Untergrund gelauert.

Maryam fand es nicht gut, dass ihre Schwester sich so Hals über Kopf in die Ehe stürzte, von Anfang an nicht. Doch wann immer sie versucht hatte, mit Saima, ihren Eltern, ja selbst mit Dadu darüber zu reden, hatten sie ihre Einwände abgetan. Und so hatte sie den Mund gehalten, weil sie befürchtete, sie könnten sie für neidisch halten. Vielleicht war sie das auch, aber als große Schwester machte sie sich auch aus anderen Gründen Sorgen: Die Hochzeit war übereilt, sie kannten Miraj kaum, seine Familie machte einen hochnäsigen Eindruck und schien Saima nicht gerade willkommen zu heißen.

Vielleicht waren bei diesem Jahrhundertschneesturm tatsächlich höhere Mächte im Spiel.

Maryam hatte ein schlechtes Gewissen bei dem Gedanken und sprach ein Du'a: *Bitte, Allah,* dachte sie, *wenn diese Hochzeit der richtige Weg ist für meine Schwester, dann lege ihr und Miraj keine Steine in den Weg. Lass die Hochzeit stattfinden und hilf ihnen, gemeinsam ein glückliches Leben zu führen. Wenn es aber nicht sein soll, dann … lass es schneien, lass es schneien, lass es schneien!*

Maryam rückte den kleinen Beistelltisch zurecht. Er war

klapprig und wackelte. »Glaubt ihr denn nicht, dass Saima einen Fehler macht?«, fragte sie und stand auf, weil sie keine Ruhe fand. Sie brauchte ein Stück Pappe oder eine Papierserviette, damit der Tisch geradestand.

»Nein«, sagte Azizah mit Nachdruck.

»Weil Miraj Arzt ist? Weil seine Familie wohlhabend ist? Saima kennt den Typen gerade mal fünf Minuten und meint, sie müsste ihn heiraten?« Maryam fand einen kleinen Notizblock und riss ungeschickt einen Fetzen Papier heraus. In einem Anflug von Zorn faltete sie das Papier mit fahrigen Gesten zu einem kleinen Quadrat.

Azizah nahm ihrer Tochter das Blatt aus der Hand. »Manchmal kennt man jemanden seit ewigen Zeiten und glaubt, bestens vorbereitet zu sein, trotzdem geht es schief. Wir müssen Allahs al-Qadr einfach akzeptieren.«

Die Bestimmung. War es ihre Bestimmung gewesen, sich auf einen Lügner einzulassen? Sie hatte ihren Ex-Mann Yusuf vier Jahre gekannt, bevor sie geheiratet hatten. Maryam erinnerte sich noch gut daran, wie sie sich am ersten Tag ihres Pharmaziestudiums kennengelernt hatten. Nach einem lähmenden zweistündigen Seminar hatte sie sich vor das Gebäude gesetzt und einen Beutel Bhel Puri herausgezogen, Puffreis mit würzigen, gesalzenen Erdnüssen.

»Ich hab so was schon mal gegessen, fällt mir ein, an einem Strand in Mumbai«, sagte da jemand hinter ihr.

Sie drehte sich um und sah einen gut aussehenden Jungen – dunkle Augen, dunkle Haut, lockige Haare.

»Meine Dadi-ma nimmt dazu Rice Krispies. Sie röstet auch die Erdnüsse selbst«, erwiderte Maryam. »In Denver gibt es das nicht zu kaufen.«

Sie beide waren die einzigen Studierenden mit indischen Wurzeln im Kurs, und sie fragte sich, wer er war.

»Ich heiße Yusuf«, sagte er und streckte ihr die Hand hin.

Sie missdeutete die Geste und hielt ihm ihre Tüte mit den Snacks hin. Lachend griff er zu.

»Jetzt müssen wir Freunde sein, schließlich fütterst du mich bereits«, scherzte er. »Wer bist du, geheimnisvolle Schönheit?«

»Maryam Aziz«, sagte sie und wurde rot.

Am nächsten Tag brachte Yusuf ihr einen Ziploc-Beutel mit geröstetem, gesalzenem *Mung Dal* ins Chemieseminar mit. Ab diesem Zeitpunkt waren sie befreundet. Als er ihr im zweiten Jahr seine Liebe gestand, erschien es ihr wie die natürliche Weiterentwicklung ihrer Beziehung. Sie war damals vierundzwanzig.

Ihre Eltern waren alles andere als begeistert. Sie hielten beide für zu jung; vor allem Yusuf sei noch nicht reif für die Ehe, meinten sie. Im Rückblick betrachtet waren es wohl ausgerechnet ihre Bedenken, die noch zur Romantik der Beziehung beitrugen, weil ihr damit ein gewisses Risiko anhaftete. Als Yusuf ihr seine Liebe gestand, war sie so überwältigt, dass sie sich gar nicht fragte, ob sie seine Gefühle überhaupt erwiderte.

Am Ende stimmten ihre Eltern der Verbindung widerstrebend zu und richteten eine üppige Hochzeitsfeier aus. Damals waren allerdings die Risse in ihrer Beziehung schon sichtbar: Yusuf wollte den Bundesstaat wechseln, während Maryam gern in Denver lebte; er hatte kein sonderlich gutes Verhältnis zu seiner Familie und verstand nicht, warum Maryam so viel Zeit mit der ihren verbrachte; ihren Traum, Schriftstellerin zu werden, tat er ab und machte sie auf subtile Weise vor ihren Freunden schlecht. Sie fand Entschuldigungen für ihn und dachte, die Dinge würden sich einrenken, sobald sie verheiratet wären und zusammenzogen. Doch so kam es nicht.

»Ihr habt so viel Geld für meine Hochzeit ausgegeben, obwohl sie nicht in eurem Sinne war, und am Ende wurden wir geschieden. Seid ihr nicht wütend auf mich? Die Leute tuscheln noch immer darüber, als wäre es meine Schuld, dass Yusuf gegangen ist«, sagte Maryam kleinlaut.

Als sie nach ihrer Scheidung wieder zu ihren Eltern gezogen war, hatte sie zunächst monatelang nicht darüber reden können. Zu tief saß der Schock. Später, als Freunde sie überredet hatten, sich in Therapie zu begeben, hatte sie sich an eine verständnisvolle Psychologin gewandt, die um die komplexe Identität von Immigranten der ersten und zweiten Generation wusste. Mit ihren Eltern aber hatte sie nie darüber gesprochen.

»Du warst immer schon so erwachsen. Du willst dir all unsere Sorgen aufbürden, weil du ein gutes Herz hast«, fing Ghulam an. »Als du uns Yusuf vorgestellt hast, wussten wir, dass er nicht der Richtige für dich war, aber was konnten wir tun? Wir haben unsere Meinung deutlich gemacht, aber wir lieben dich, *beti*, und auch wenn du Entscheidungen triffst, mit denen wir nicht einverstanden sind, lassen wir dich nicht im Stich. Du bist unser Kind, ganz gleich, was du tust oder wen du liebst. Selbst wenn er ein egoistischer Ulla ist.«

Maryam lachte über den Vergleich. Yusuf erinnerte tatsächlich ein wenig an eine Eule. »Woran habt ihr erkannt, dass er nicht der Richtige für mich war?«, fragte sie durch ihre Tränen hindurch.

»Du hast mit geschlossenem Mund über seine Scherze gelacht«, sagte Ghulam achselzuckend.

»Wir dachten: Immer noch besser, du liebst jemanden, probierst es aus, als überhaupt nichts zu tun. Man muss für seine Zukunft kämpfen, auch wenn nicht alles nach Plan läuft«, sagte Azizah.

Scheidungen waren immer noch relativ selten in ihrer hauptsächlich aus Immigranten bestehenden Community. Jahrelang hatte Maryam das Gefühl gehabt, öffentlich gebrandmarkt zu sein und alle Blicke auf sich zu ziehen, wenn sie zu einer Party oder Veranstaltung ging. Sie wusste, dass man sie jungen Mädchen als abschreckendes Beispiel vor Augen hielt. *Siehst du, was passiert, wenn du deinen Ehemann nicht bei Laune hältst? Er verlässt dich, und deine Familie ist blamiert.*

Nur hatte ihre Familie ihr nie dieses Gefühl gegeben oder ihr einen Vorwurf gemacht. Das hatte sie selbst getan. Es war höchste Zeit, dass sie sich verzieh, dass sie akzeptierte, was passiert war, und nach vorne schaute. Einem Impuls folgend umarmte sie ihre Eltern, drückte beide fest an sich. Sie hielten sie fest. Normalerweise zeigten sie ihre Zuneigung nicht körperlich, eher durch liebevolle Gesten, aber die Umarmung wurde geschätzt und erwidert. Ihre Mutter hatte Tränen in den Augen, als Maryam sie losließ, und wischte sie mit einem Lächeln fort.

»Saif meinte, dass wir unsere Eltern unterschätzen«, sagte Maryam. »Ihr seid ausgewandert und habt eure Träume verwirklicht. Er meinte, wenn ich früher darauf bestanden hätte zu schreiben, hättet ihr mich unterstützt. Stimmt das?«

Ihre Eltern tauschten einen Blick und führten eines dieser blitzschnellen wortlosen Gespräche, zu denen nur Menschen fähig sind, die seit Jahrzehnten zusammenleben.

»Sei nicht albern, Maryam«, sagte Azizah. »Das Schreiben bezahlt dir deine Rechnungen nicht. Was würden die Leute sagen?« Aber sie lächelte dabei.

»Vielleicht ist dieser Saif doch nicht so übel, wie man uns einreden wollte«, fügte Ghulam hinzu.

Als sie sich unter ihre Bettdecke kuschelte, fühlte Maryam sich so leicht wie seit Jahren nicht mehr. Sie wusste: Was auch immer der nächste Morgen brachte, ihre Familie würde es gemeinsam stemmen.

FÜNFZEHN

Anna

24. Dezember

Heiligabend
3. Nacht des Lichterfestes Chanukka
Der 29. Tag des Fastenmonats Ramadan

Anna öffnete das Fenster, um ein wenig frische Luft ins Zimmer zu lassen und einen klaren Kopf zu bekommen, während sie ihre Sachen zusammensuchte. Dabei legte sie die Dinge, die sie zurückgeben musste oder verschenken wollte, auf einen Haufen und alles, was sie mitnehmen würde, auf einen zweiten. Der Weihnachtsbrief von Beth, immer noch ungelesen, lag neben ihrer Handtasche. Sie legte ihn aufs Fensterbrett und wandte sich ab. Dann warf sie einen letzten Blick auf ihr Zimmer. Trotz des merkwürdigen Geruchs und der fleckigen Zimmerdecke fiel ihr der Abschied schwer. Aber sie traf die richtige Entscheidung, sagte sie sich. Sie musste ihrer Beziehung mit Nick noch eine letzte Chance geben. Er konnte ihr das Leben bieten, das sie sich immer gewünscht hatte. Das Leben, das sie *brauchte*.

Anna hatte für Maryam, Saima und Dadu je ein kleines Geschenk ausgewählt und mit einer Nachricht versehen:

Ihren quietschbunten Weihnachtspulli sollte Mr. Dadu haben, ihren Liebestrank Maryam, und Saima ihre Bommelmütze; die würde sie aufmuntern. Den Leuchter ließ sie bei Deb und Kath, falls sie einmal Gäste haben sollten, die in den Feiertagen die Chanukkakerzen entzünden wollten. Die Entscheidung, all die Dinge im Hotel zu lassen, statt sie für sich zu behalten, war ihr nicht leichtgefallen, doch sie hatte das Gefühl, das Richtige zu tun, wenn sie ihre neuen Freundschaften mit Geschenken besiegelte. Und immerhin war Weihnachten. Sie hatte jedoch beschlossen, niemandem persönlich auf Wiedersehen zu sagen. Das wäre einfach zu schmerzhaft. Es waren intensive, überaus emotionale Tage gewesen – und Anna wollte nicht, dass irgendetwas sie davon abhielt, von hier wegzugehen, zurück zu Nick. Sie *musste* es tun. Sie vertraute darauf, dass sie die Familie Aziz nicht zum letzten Mal gesehen hatte, und das musste genügen.

Nachdem sie ihre Geschenke vor den entsprechenden Zimmertüren abgelegt hatte, schlüpfte Anna durch die Hintertür aus dem Hotel, um von niemandem gesehen zu werden, ging dann um das Gebäude herum auf die Vorderseite und wartete auf ihr Taxi. Es hatte zu schneien aufgehört, und die Welt war eingemummt und still, als hätte jemand sie in eine Schicht Watte gepackt. Anna atmete tief durch. Die kalte Luft kitzelte sie in der Nase, und beinah musste sie niesen. Da erschreckte sie ein plötzlicher Windstoß und blies den Schnee um sie herum zu einem kleinen Zyklon, der sie mit fedrigen Flocken bedeckte.

Als sie den Schnee abklopfte, sah sie etwas vor ihren Füßen liegen.

Sie blickte nach oben und bemerkte, dass ihr Fenster offenstand – so war der Brief wohl ins Freie geweht worden. Sie hob ihn auf und starrte ihn an. Dieser Brief verfolgte sie seit Tagen. Vielleicht war es an der Zeit, ihn endlich zu öffnen. *Bringen wir es hinter uns*, dachte sie.

Als Erstes fiel ihr ein kleiner Stapel Fotos in die Hände. Sie blätterte sie durch. Sie zeigten nicht etwa Beth in ihrem neuen Leben – sondern einen Rückblick auf ihre gemeinsame Zeit, ein Foto aus jedem Jahr, bis zum letzten gemeinsamen Weihnachten vor zwei Jahren. Anna blieb die Luft weg, Tränen stiegen ihr in die Augen, und sie hatte plötzlich einen riesigen Kloß im Hals, als sie sich selbst mit sieben, acht, neun, zehn sah. Da saß sie zwischen Beth und Jack neben dem Christbaum und dem Chanukkabusch. Dann wieder waren sie auf dem Heimweg von der Christmette, Kerzen in den Händen. Ein andermal saßen Anna, Beth und ihr Dad grinsend vor einer Schale voller Latkes. Annas und Beths Entscheidung, das Apfelmus für die Latkes selbst zu machen, hatte in einer Katastrophe geendet, weil sie vergessen hatten, den Mixer sicher zu verschließen. Sie hatten noch jahrelang kleine Spritzer Apfelmus auf den Küchenschränken entdeckt. Anna war sehr glücklich, diese Fotos zu sehen, mit all ihren Erinnerungen. Sie machten sie nicht etwa traurig, sondern froh – und mit einem Mal überkam sie eine große Dankbarkeit.

Sie holte tief Luft und zog behutsam den Brief aus dem Umschlag. Die Überschrift lautete: »Mein persönlicher Weihnachtsgruß an Anna«.

Liebe Anna,
ich verfasse in diesem Jahr nur einen einzigen Weihnachtsgruß: den an dich. Und ich hoffe, du hast genauso viel Freude an den Fotos wie ich. Als ich sie mir angesehen habe, war ich natürlich traurig, all das verloren zu haben, aber auch froh, weil wir gemeinsam so viel Schönes erlebt haben – und weil dein Vater so viel Freude in mein Leben brachte.
Das Wichtigste zuerst, nur für den Fall, dass du nicht weiterliest. Du sollst wissen, dass ich auf eine Investition gestoßen bin, die dein Vater für dich getätigt hat. Als wir uns damals kennenlernten, hat er euer Zuhause in Toronto verkauft, um zu mir nach Denver zu ziehen. Dort wollten wir, als Familie, ein neues Leben beginnen. Es war eine konservative Investition, weshalb die Wertsteigerung eher moderat ist – aber immerhin. Ich hoffe natürlich, dass der Betrag ausreicht, um dir weiterzuhelfen.

Anna las die Summe, die Beth ihr aufgeschrieben hatte. Sie war nicht gewaltig. Für jemand anderen wäre sie vermutlich nicht lebensverändernd. Doch sie reichte aus, um sie aus den Schulden zu holen und ihr einen Neuanfang zu ermöglichen – ohne den Druck, einen Job annehmen zu müssen, den sie hasste. Plötzlich hatte Anna das Gefühl, wieder freier atmen zu können, und das zum ersten Mal seit langem. Als wäre ihr eine schwere Last von den Schultern genommen. Sie las weiter.

Für dich ist es sicher schwer zu verstehen, wie ich nach vorne blicken und Rick heiraten konnte. Ich kann auch nachvollziehen, warum es schmerzhaft für dich ist, dass ich jetzt eine neue Stieftochter habe. Du sollst aber wissen, dass niemand mir je deinen Vater ersetzen kann – und dass natürlich auch niemand dich ersetzen kann. Ich werde nie über deinen Vater »hinweg« sein. Ich wusste es, als er starb –, und auch Rick ist das nur allzu bewusst. Er ist ebenfalls verwitwet, und seine verstorbene Frau ist wie mein verstorbener Mann ein Teil unserer Beziehung. Es ist sehr persönlich, deshalb werde ich es dir nicht näher erläutern – aber es stimmt, glaube mir. Es ist wunderbar, heilsam und manchmal auch traurig. Wir schlagen uns durch, so gut es eben geht. Wir sind schnell zusammengezogen, als wir uns kennenlernten, das stimmt. Ob es zu überstürzt war, wird sich zeigen. Doch wir wissen beide nur allzu gut, wie rasch die Zeit vergeht und wie kurz das Leben sein kann. Wir wollten unser Leben gemeinsam bestreiten, also haben wir es riskiert. Es war nicht meine Absicht, dir das Gefühl zu geben, in diesem Leben sei kein Platz für dich. Im Gegenteil, ich wünsche mir sehr, dass du Teil meines Lebens bist – unseres Lebens –, wenn du dich bereit dazu fühlst. Ich weiß, dass Rose jemanden zum Reden braucht, der wie sie den Verlust eines Elternteils zu verkraften hat und ihren Schmerz kennt. Kein Druck, okay? Aber deine Freundschaft wäre für jeden ein Geschenk.

Ich vermisse dich sehr, Anna. Ich werde nie aufhören, dich anzurufen oder dir Briefe zu schreiben und dich wieder in mein Leben einzuladen. Ich hoffe, dass du die Einladung irgendwann annehmen wirst, aber eines musst du wissen: ich werde sie niemals zurückziehen. Ich liebe dich genauso bedingungslos wie dein Vater es getan hat. Du warst uns beiden eine wunderbare Tochter. Und bist noch immer eine wunderbare Tochter für mich.

Ich weiß, du hattest in den vergangenen Jahren mit deiner Trauer zu kämpfen und dich allein gefühlt. Mit diesen Fotos will ich dich daran erinnern, wer du bist: Ich sehe darauf ein siebenjähriges Mädchen, das tapfer und reif genug war, mir sein Herz zu öffnen; die junge Dame, die du mit zwölf warst, an der Schwelle zur Teenagerin – du musstest damals die Schule wechseln, weil wir umgezogen waren. Ich weiß noch, wie besorgt du warst, ob du neue Freunde finden würdest. Und wie schnell es geklappt hat, nachdem du den anderen deine freundliche, großherzige und ehrliche Seele offenbart hast. Das Jahr, in dem du deinen Highschool-Abschluss gemacht hast und in eine andere Stadt gezogen bist, um aufs College zu gehen. Wir haben dich sehr vermisst, waren aber auch sehr stolz. Du hast viel Neues gelernt und wieder mal mutig und offen neue Freundschaften geschlossen. Diese Eigenschaft habe ich immer an dir bewundert: wie schnell du imstande bist, Freunde zu finden und dich anderen zu öffnen – aber auch wie du es schaffst, allein zurechtzukommen. Darin bist du mir weit überlegen, fürchte ich. Ich hasse es, allein zu sein; es deprimiert mich einfach zu sehr. Du verfügst über eine innere Stärke, die mir offenbar fehlt. Stille Wasser

sind tief, hätte dein Vater dazu gesagt – und damit mal wieder den Nagel auf den Kopf getroffen. Du bist mehr, als du zu sein scheinst, und ich beneide die Menschen, die deine Bekanntschaft machen dürfen. Sie können sich glücklich schätzen.
Du wirst zurechtkommen, Anna. Besser als das. Du hast alles, was du brauchst, um dich in diesem Leben zurechtzufinden, und falls du das nicht schon weißt, soll dieser Brief dich daran erinnern. Ich liebe dich sehr, und meine Tür steht dir offen, für immer und ewig.
Ich hoffe sehr, wir können bald wieder von vorn anfangen.
Ein frohes Fest, Anna.
In Liebe
Beth

Lautes Gehupe riss Anna aus ihren Gedanken. Sie nahm ihre Handtasche und steckte den Brief und die Fotos hinein. Sie würde ihn später noch einmal lesen und sich überlegen, sobald sie bereit dazu wäre, wie es mit Beth nun weitergehen würde. Doch vorerst wusste sie eines ganz sicher:

Sie konnte nicht in dieses Taxi steigen.

Und sie wollte auch nicht nach Toronto fliegen. Sie wollte hier, in dieser Stadt, bleiben. Auch wenn es bedeutete, über die Feiertage allein zu sein. Denn dazu hatte sie die nötige Kraft, wie ihr jetzt klargeworden war – und zwar dank eines Menschen aus ihrer Vergangenheit, den sie auf keinen Fall aus ihrem Leben streichen wollte.

Später am Morgen, nachdem sie wieder eingecheckt und Nick angerufen hatte (er war nicht drangegangen, also hatte sie ihm eine Nachricht hinterlassen, in der sie ihm eine Absage erteilte), stieß Anna die Tür des Theaters auf. Unweit der Tür saß Maryam und las etwas von einem Klemmbrett. Sie hob den Kopf, schien überrascht, dann erfreut.

»Du bist hiergeblieben!« Sie sprang vom Hocker und umarmte ihre Freundin. »Irgendwie habe ich es gespürt.«

»Wow«, sagte Anna lachend. »Diese Begrüßung hätte ich eher von Saima erwartet!«

»Tut mir leid, tut mir leid, zu viel? Ich bin nur so froh, dich zu sehen.«

»Überhaupt nicht zu viel. Ich fühle mich geschmeichelt, und ja, ich hab beschlossen, hierzubleiben. Und zwar mir zuliebe. Weil es das ist, was *ich* will. Und weil ich den Brief von Beth gelesen habe, meiner Stiefmutter.« Den Inhalt des Briefes behielt sie für sich, erklärte nur, eine wichtige Botschaft darin habe ihr bei der Entscheidung geholfen.

»Okay, jetzt, wo du bleibst, muss ich unbedingt mit dir reden. Es gibt da ein paar Dinge, die du wissen solltest. Es geht um …«

Eine vertraute Stimme tönte von der Bühne. Anna blickte auf. Und sah Josh im Scheinwerferlicht stehen.

»Was will der denn hier?«

»Na ja, er hilft mir, um ehrlich zu sein. Er schreibt ein paar Dialoge für mich, und ich hab ihn auch gebeten, eine Rolle zu übernehmen. Alle sagen, das diesjährige Spektakel wird das beste überhaupt, und sie werden recht behalten, schließlich haben wir jetzt einen waschechten Filmstar im Team.«

»Aber … du sagtest doch, er wär nur ein Charmebolzen, ein Lügner und …«

Maryam wirkte betreten. »Ich war vielleicht ein wenig streng, was ihn betrifft. Vergangene Nacht hatten wir ein Gespräch, und ich hab mehr über ihn erfahren. Er ist wirklich verzweifelt wegen euch beiden. Ich glaube, seine Gefühle für dich sind echt, und es tut mir ehrlich leid, dass ich dich so vehement vor ihm gewarnt habe. Ich hab mir nur Sorgen gemacht um dich – aber wahrscheinlich hab ich auch meine Vergangenheit auf dich projiziert. Nur weil *mir* mal was Schlimmes passiert ist, muss das noch lange nicht heißen, dass es auch anderen passiert. Und Josh … na ja, er ist ganz anders.«

Josh probte gerade seinen Monolog, und Anna lauschte noch einen Augenblick, ehe sie sich wieder Maryam zuwandte. »Ach ja? Aber er hat doch eine Freundin – deine Warnung war also durchaus angebracht.«

»Darum geht's ja gerade …«

Maryam zog Anna beiseite und erzählte ihr, was Josh ihr von seiner Beziehung mit Tenisha verraten hatte.

»Alles ziemlich vertrackt«, stellte Anna fest, als Maryam zu Ende gesprochen hatte. »Und er war so gekränkt wegen Nick. Als wir uns in diesem Pub kennengelernt haben, schien alles so einfach – aber das war es ganz und gar nicht. Die Chemie zwischen uns hat gestimmt, das ja. Es war aufregend. Aber wir haben nie wirklich begriffen, wer der andere war. Und jetzt ist es möglicherweise zu spät.«

»Aber ihr zwei versteht euch doch so gut. Es fühlt sich … *richtig* an, wenn ihr zusammen seid. Die Chemie stimmt einfach. Ich muss das wissen, ich bin Apothekerin, und Chemie ist wichtig, glaub mir.« Maryam lächelte.

»Aber Chemie ist nicht alles. Ich komme gerade aus einer Beziehung, die ich nicht zu Ende gedacht hatte. Ich will das nicht noch mal erleben.«

Doch Anna kam nicht dagegen an. Die Chemie war immer noch da. Fast gegen ihren Willen zog es ihren Blick durch den halbdunklen Saal wieder zu Josh. Auch er sah zu ihr hin. Aber sie konnte seinen Gesichtsausdruck nicht deuten. War er überrascht, sie zu sehen? Glücklich? Immer noch gekränkt, dass sie ihm die Sache mit Nick verschwiegen hatte? Höchstwahrscheinlich eine Kombi aus allem. Anna holte tief Luft.

»Vielleicht bekommen wir die Chance, alles zu besprechen und zu bereinigen. Aber vorerst ändert sich für mich nichts, ob nun mit oder ohne Josh.« Sie wandte sich wieder Maryam zu. »Ich mag ihn wirklich, versteh mich nicht falsch. Wie auch nicht? Er ist …« Sie verstummte, und Maryam nickte.

»Er ist großartig«, ergänzte Maryam. »Mehr ist nicht zu sagen.«

»Ich brauche ihn nur anzusehen, seine Stimme zu hören … Vielleicht ändert sich meine Reaktion auf ihn nie. Doch heute Morgen ist mir einiges klargeworden, und das ist auch der Grund, warum ich noch hier bin. Es hat nichts mit meinen Gefühlen für Josh oder Nick oder sonst wem zu tun, es geht nur um mich – um *meine* Bedürfnisse.«

»Macht es für dich keinen Unterschied, dass er und Tenisha nicht zusammen sind?«

Anna betrachtete wieder Joshs attraktives Gesicht, während er weiter seinen Text vortrug und damit Maryams Neuinterpretation von Dickens' *Weihnachtsgeschichte* eine besondere Note verlieh.

»In einer Welt, die manchmal so dunkel anmutet«, sprach Josh mit seiner tiefen, einschmeichelnden Stimme, »ist Chanukka ein Fest, das uns Licht und Hoffnung für die Zukunft gibt. Die Hoffnung auf eine bessere Welt ... und auf ein Happy End für uns alle.«

Sie fühlte sich emotional stark zu ihm hingezogen, empfand eine große innere Verbundenheit mit ihm – aber sie würde nicht zulassen, dass dies ihre Entscheidung beeinflusste.

»Ich bin mir meiner Gefühle einfach nicht sicher«, sagte sie zu Maryam, weil ihr nichts anderes einfiel. »Ich weiß nur, dass ich bleiben will. Also lass uns zum Wesentlichen kommen. Das Bühnenbild. Ich bin wieder da. Und ich möchte mich am liebsten gleich an die Arbeit machen, damit Snow Falls in diesem Jahr das beste Spektakel seiner Geschichte feiern kann!«

Maryam begleitete Anna zur Seitenbühne, wo die anderen Freiwilligen bereits in ihre Arbeit versunken waren. Auch Saif war da, wie Anna bemerkte. Sie sah ihm eine Weile zu, wie er die Rolle des Ramadan-Guides probte, und war beeindruckt. Für einen Amateur verfügte Saif über einen eindrucksvollen Stimmumfang – er gab seinen Text gekonnt zum Besten und hatte eine ausgezeichnete Bühnenpräsenz. Anna bemerkte, wie Maryam ihn anhimmelte, während er seinen Text sprach, und sichtlich Mühe hatte, sich zusammenzureißen und ihm Bühnenanweisungen zu geben. Anna nahm sich vor, sie später um einen Lagebericht zu bitten. Doch schon bald ging sie voll und ganz in ihrer Arbeit auf – erfüllt von der Gewissheit, etwas zu tun, das sie gern tat und gut beherrschte.

Stunden später war sie noch dermaßen vertieft, dass Bruce ihr zweimal sagen musste, jemand warte hinter der Bühne auf sie.

»Auf mich? Sind Sie sicher?« Sie stand auf, klopfte sich ein wenig Lametta von der Jeans – und verspürte einen Anflug von Erregung, obwohl sie sich fest vorgenommen hatte, Josh eine Weile aus allem herauszuhalten. War er es, der hinter der Bühne auf sie wartete?

»Er scheint es eilig zu haben«, sagte Bruce und klang ein wenig aufgebracht. »Redet ziemlich geschwollen.«

O nein. Anna hatte eine böse Vorahnung.

Als sie hinter die Bühne trat, stand mit verschränkten Armen Nick neben der Tür, sein gutaussehendes Gesicht von Gewitterwolken verdüstert. »Anna!«

Sie wartete darauf, etwas zu empfinden, als sie ihn dort stehen sah. Aber sie fühlte nichts, nur den dringenden Wunsch, er wäre nicht nach Snow Falls gekommen. »Nick, was tust du hier?«

»Dich abholen, was denn sonst? Ich hatte von Anfang an geplant, mit im Flieger zu sitzen. Es sollte eine Überraschung sein. Schließlich haben wir Heiligabend. Doch dann bist du nicht aufgekreuzt.«

»Ich hab versucht, dich anzurufen. Du hast dich nicht gemeldet, also hab ich dir eine Nachricht hinterlassen, dass ich nicht zum Flughafen komme.«

Er schüttelte den Kopf. »Das akzeptiere ich nicht. Wir hatten Pläne. Alles war bestens vorbereitet.«

»Nur ich nicht. Ich sagte dir doch, dass ich Zeit brauche, und das gilt nach wie vor. Ich halte es für keine gute Idee, dass wir zusammen Weihnachten feiern, also habe ich beschlossen hierzubleiben.«

»Vor ein paar Tagen warst du noch ein völlig anderer Mensch!«

Anna trat vor ihn hin und legte die Hand auf seinen Arm. »Du hast mich eben nie wirklich gekannt. Ich gebe dir keine Schuld, weil ich dir nie alles von mir gezeigt habe. Du solltest glauben, dass ich wirklich die perfekte Frau bin, für die du mich hältst. Aber das bin ich nicht. Es gibt so viel, was du nicht weißt.«

»Und das wäre?«

»Zum Beispiel, dass ich nicht mit dem Rucksack durch Europa getingelt bin, bevor wir uns begegnet sind. Ich wurde gefeuert, weil ich zu oft krankgeschrieben war – nach dem Tod meines Vaters war ich nämlich dermaßen am Boden zerstört, dass ich das Bett nicht verlassen konnte …«

»Du machst immer so viel Wind, sicher war es gar nicht so schlimm …«

»Und überhaupt war ich nie mit dem Rucksack unterwegs. Nachdem ich meinen Job verloren hatte, beschloss ich, diese Reise zu unternehmen, aber ich hab's nur bis Paris geschafft. Ich saß einen Monat im Hotelzimmer, stopfte Croissants in mich rein und weinte den ganzen Tag. Ich dachte, ich müsste mich dafür schämen … aber allmählich wird mir klar, dass es okay ist, wenn man sich manchmal in seine Einzelteile auflöst, und dass man mit jemandem zusammen sein sollte, der … der einem die Gelegenheit gibt, darüber zu sprechen.«

»Dann hattest du einen Durchhänger und hast mir nichts gesagt, okay. Müssen wir wirklich darüber reden? Das ist doch Mist. Bitte, Anna. Du musst mit mir zurückkommen. Wir haben nicht viel Zeit, das Flugzeug muss starten …« Er trat auf sie zu – und beugte dann unvermittelt das Knie. Anna blieb die Luft weg, als er eine Schmuckschatulle aus der Tasche holte und sie aufschnappen ließ.

Im Inneren befand sich ein Solitaire im Radiant-Schliff auf einer Weißgoldschiene. Anna warf einen Blick darauf. »Sekunde mal …«

»Ich liebe dich, Anna Gibson. Wir hatten unsere Probleme, aber ich bin sicher, dass wir sie überwinden können. Bitte sag, dass du mich heiraten wirst – und komm mit nach Toronto, als meine Verlobte. Sag schon ja. Bitte.«

Anna starrte auf den Ring. Sie hatte ihn noch nie zuvor gesehen. »Was ist denn mit dem anderen passiert?«, hörte sie sich verdutzt fragen.

»Mit dem anderen?«

»Ja, mit dem anderen Ring. Ich hab ihn versehentlich entdeckt, als ich dir ein Geschenk in den Koffer legen wollte.«

Er wurde rot. Verlegen rappelte er sich hoch. »Ach *den* meinst du.« Sie wartete auf eine Erklärung. »Der war nicht für dich.«

»*Was?*«

»Der war für meine Ex, Elsa, die Frau, mit der ich vor dir zusammen war. Wir wollten uns voriges Jahr zu Weihnachten verloben, aber kurz davor war plötzlich Schluss. Ich wollte ihn nach Toronto zurückbringen und gegen einen anderen eintauschen, für dich. Was ich auch getan habe.«

Er wedelte mit der Ringschatulle vor ihrem Gesicht herum. »Für den hier.«

»Ehrlich, ich … ich weiß nicht, was ich sagen soll.«

»Wenigstens sag ich die Wahrheit!«, polterte er. »Ich hätte lügen können, so wie du über deine Vergangenheit, aber ich hab's nicht getan – weil Ehrlichkeit wichtig ist. Wir sollten noch mal von vorn anfangen, ja?«

»Aber du hattest einen Ring für eine andere!«

»Den ich für den hier eingetauscht habe, den perfekten Ring für *dich*.«

»Nein.« Anna schüttelte den Kopf. »Nicht alles ist perfekt, nur weil du es sagst. Ich will keine … keine Platzhalterin sein. Es sieht fast so aus, als wolltest du einfach irgendwen heiraten –, ob ich das bin oder eine andere ist egal.«

»Ich will *dich* heiraten. Ganz ehrlich. Du bist perfekt für mich.«

»Was genau liebst du denn so an mir? Kannst du mir einen Grund nennen, warum du glaubst, wir sollten unser ganzes Leben miteinander verbringen?«

»Du bist schön, du hast Klasse. Du siehst toll aus in den Kleidern, die ich für dich kaufe. Wir werden ein perfektes Leben haben, dafür sorge ich …«

Einerseits war Anna enttäuscht – hauptsächlich von Nicks farbloser Antwort, aber auch von sich selbst, weil sie es zugelassen hatte, dass diese lächerliche Beziehung überhaupt so lange Bestand haben konnte. Sogar sechs Monate waren noch zu lang für eine solche Mogelpackung. Andererseits war sie erleichtert, dass sie zu dieser Erkenntnis gelangt war, bevor sie aus den falschen Gründen ja sagte. Auf ewig dein, das war eine sehr lange Zeit – und sie wusste, dass sie nicht den Rest ihres Lebens mit Nick verbringen konnte.

»Ich kann dich nicht heiraten«, sagte sie mit Nachdruck. »Es fühlt sich nicht richtig an, und ich bin sicher, dass es sich auch für dich nicht richtig anfühlt, wenn du ernsthaft darüber nachdenkst.«

»Bitte.« Er klang zusehends verzweifelt. »Komm nach Toronto mit mir. Steck dir den Ring an und sag, wir sind verlobt. Wenigstens bis die Boulevardpresse ein Foto geschossen hat und Elsa es sieht.«

»Elsa soll es sehen? Was soll das denn wieder heißen?«

»Anna, du verstehst mich falsch. Vergiss, was ich gesagt habe.«

»Ach, Nick.« Er sah so traurig aus, dass sie einen Anflug von Mitleid verspürte. Er war völlig durcheinander – und hatte wahrscheinlich noch immer ein gebrochenes Herz wegen einer anderen Frau, was er sich aber nicht eingestehen wollte. »Ich mag dich, und du magst mich auch, das weiß ich. Wir hatten eine tolle Zeit miteinander. Ich hatte gerade eine schwierige Phase, als wir uns begegneten –, und dank dir ist mein Leben wieder heller geworden; weil du bist, wie du bist, hast du mir über die Trauer um meinen Vater hinweggeholfen. Dafür bin ich dir immer dankbar. Trotzdem, ich sehe mich nicht als zweite Wahl, deshalb kann ich mich nicht mit dir verloben. Nicht unter diesen Umständen, und überhaupt nicht.«

»Du bist doch nicht meine zweite Wahl! Ich hab Elsa nie gefragt! Ich hatte keine Chance dazu!«

Anna überlegte eine Zeitlang und beschloss, brutal ehrlich zu sein. »Vielleicht wärst ja du meine zweite Wahl, wenn ich ja sagen würde. Ich hab in dieser Woche jemanden kennengelernt. Es ist nicht der richtige Zeitpunkt und wird wahrscheinlich nicht funktionieren – aber alles schien so einfach mit ihm. So natürlich. Auf diese Weise ist mir klargeworden, was alles möglich ist. Welche Art Beziehung ich will, nämlich eine, die mir gerecht wird. Irgendwann mal. Wenn ich dazu bereit bin. Ich habe meine Entscheidung getroffen. Und ich wünsch dir alles Gute. Mehr kann ich nicht sagen. Leb wohl, Nick.«

Nick sagte nichts. Er steckte den Ring wieder ein, stürmte aus der Tür und knallte sie hinter sich zu. Anna tat es nicht leid, ihn gehen zu sehen – auch wenn es bedeutete, dass sie nun ganz allein in der Dunkelheit stand.

SECHZEHN

Maryam

24. Dezember

Maryam verließ fluchtartig das Theater. Annas Worte an Nick verfolgten sie: *Es ist nicht der richtige Zeitpunkt … aber alles schien so einfach mit ihm. So natürlich. Auf diese Weise ist mir klargeworden, was alles möglich ist. Welche Art Beziehung ich will, nämlich eine, die mir gerecht wird.* Anna hatte ihre Gefühle für Josh beschrieben, aber sie glichen so sehr dem, was Maryam für Saif empfand, dass ihr die Luft wegblieb. Um die Aufregung im Theater nicht noch zu steigern, war sie ins Freie gelaufen und hatte erst innegehalten, als sie eine Bank erreichte, auf der sich der Schnee türmte. Sie ließ sich darauf sinken, und der kalte Pulverschnee kühlte sie augenblicklich ab, wobei ihr langer Parka sie gegen die Nässe schützte.

Überall Schnee, so weit das Auge reichte. Plötzlich hatte sie die Nase voll von all der Weiße, die nicht weichen wollte. Kapierte denn das Wetter nicht, wie *ungünstig* es war? Schnee, überall Schnee, man konnte nirgendwohin, konnte nichts tun außer denken und spüren, sich Sorgen machen und kämpfen.

Maryam starrte in den Himmel, blinzelte ins leuchtende Blau und grollte still der frostig frischen kanadischen Luft.

Sie hörte lautes Türenknallen, und ein wütender Nick stürmte die Eingangsstufen des Theaters hinunter, sein Gesicht seltsam verzerrt vor Wut. Anna hatte also offensichtlich ihre Entscheidung getroffen – gut für sie. Schon mal ein Problem weniger.

Knirschende Schritte im Schnee, und Maryam sah Saif auf sie zukommen. Sie sprang auf, verspürte plötzlich den überwältigenden Drang, wegzulaufen, er aber hielt sie mit einer simplen Frage davon ab.

»Geht's dir gut?«

Seit ihrer Auseinandersetzung im Hotel gestern hatten sie nicht mehr miteinander gesprochen, und doch waren seine ersten Worte an sie weder anklagend noch fordernd, nur freundlich. Er war sogar hergekommen heute, weil er versprochen hatte, eine Rolle im Stück zu übernehmen. Eine wirklich nette Geste.

Sie nickte, wischte sich die Tränen aus den Augen. »Ja, mir geht's gut.«

»Warum sagst du mir nicht, was los ist? Ich würde dir gern helfen.«

Maryam schüttelte den Kopf, wich seinem Blick aus und hörte ihn leise seufzen. Ein Teil von ihr hätte sich am liebsten in seine Arme geflüchtet. Sie stellte sich vor, wie warm seine Umarmung wäre. Seine Arme würden sie nicht nur vor der Kälte bewahren, sondern auch vor ihrer Angst und Traurigkeit. Bei Saif würde sie Zuflucht finden vor ihren eigenen quälenden Gedanken.

»Bist du mir böse?«, fragte sie kleinlaut.

»Weil du mich einen charmanten Opportunisten genannt hast? Ich bin Rechtsanwalt, Maryam. Man hat mich schon weitaus übler beschimpft. Du solltest mal hören, was mir meine Feinde alles an den Kopf werfen.«

Maryam schnaubte verächtlich. »Du willst mir doch nicht etwa erzählen, dass du Feinde hast!«

Saif setzte sich neben sie. »Meine Nachbarin führt seit langem eine Rachekampagne gegen mich, und das nur, weil ihre Katze mich lieber mag als sie.«

»Katzen mögen ihr Futter, nicht ihre Menschen«, entgegnete Maryam.

Saif grinste sie an. »Genau aus diesem Grund gebe ich ein Vermögen für Thunfisch aus.«

Maryam schüttelte den Kopf. Genau das war das Problem. Diese ungezwungenen Gespräche, das Geplänkel, jede Interaktion, alles schien … einfach richtig. Wie Anna es gesagt hatte: mieses Timing, großes Fragezeichen, ob es funktionieren würde, aber genau die Beziehung, die sie wollte. Immerhin hatte sie das Ganze schon einmal durchgemacht. »Ich weiß, was du tust.«

»Ein guter Anwalt ist stets um Transparenz bemüht«, antwortete Saif schlagfertig. Er sah sie besorgt an, streckte die Hand nach ihr aus, zog sie dann aber abrupt zurück, als er ihre geballten Fäuste bemerkte. »Wolltest du Nick eine reinhauen? Bist du deshalb weggelaufen, um nicht auszurasten? Ich versteh nicht, was Anna in ihm gesehen hat.«

»Na ja, seine Familie hat einen Privatjet«, sagte Maryam.

Saif grinste, doch sein Lächeln verblasste schnell. »Es tut mir leid. Was ich auf der Veranda zu dir gesagt habe … das war total daneben.«

»Ich hab auch ganz schön ausgeteilt«, rief Maryam ihm ins Gedächtnis. »Außerdem hattest du nicht ganz unrecht.« Wie immer zog er ihren Blick magisch an. Sein Gesicht brachte sie aus dem Konzept, seine samtige Haut, die schönen braunen Augen, die zu viel sahen. »Vielleicht sollten wir's einfach dabei belassen. Was in Snow Falls geschieht und so ... Das alles ist ein schönes Märchen, wir haben schneefrei, Ferien von der Realität. Stimmt's?«

Saif wandte sich ab, und sie deutete sein Schweigen als Zustimmung, doch seine nächsten Worte machten sie stutzig. »Du warst eine schöne Braut.«

Sie sah ihn verdutzt an. Klar, er war auf ihrer Hochzeit gewesen. Wie seine ganze Familie. »Danke«, sagte sie leise. »Du hast auch nett ausgesehen. War dein Anzug nicht ... grau?«

Saif lachte leise. »Dunkelblau. Herrenanzüge sehen eigentlich alle gleich aus, ich weiß. Du hast diesen roten und goldfarbenen Lehenga getragen, dazu dieses Dings hier ...« Er deutete auf seine Stirn.

»Eine Tikka«, sagte sie und benutzte das Wort für den juwelenbesetzten Stirnschmuck indischer Bräute.

»Stimmt, eine Tikka. Ich hab keine Schwestern, deshalb hab ich den Fachjargon nicht drauf«, sagte er lächelnd.

»Wie geht's Raihan?«, fragte sie. Sein älterer Bruder, der immer freundlich zu den anderen Kindern gewesen war und ihr und Saima während des gemeinsamen Winters am See vor all den Jahren dabei geholfen hatte, Schneefiguren zu bauen. Saif dagegen hatte sie aus dem Hinterhalt mit Schneebällen beworfen.

»Lebt immer noch in Denver. Ist immer noch Mutters Liebling. Sein Sohn Muneer ist vor kurzem zwei geworden und steht auf *Thomas, die kleine Lokomotive*.«

»Wer nicht?«, sagte Maryam, und sie lächelten einander zu.

»Du hast so glücklich ausgesehen bei deiner Hochzeit«, fuhr Saif fort. »Ich weiß noch, wie ich dachte, dass dieser Yusuf wirklich ein Glückspilz ist.«

Maryam spürte, wie ihre Wangen warm wurden. »Ach was«, entgegnete sie. »Du hast mich doch kaum bemerkt.« Als er nichts sagte, fuhr sie fort, leiser jetzt: »Meine Ehe hat nicht mal ein Jahr gehalten. Zwei Monate vor unserem ersten Hochzeitstag sagte Yusuf, er habe sich in eine seiner medizinischen Mitarbeiterinnen verliebt. Die beiden haben jetzt eine Tochter.«

»Das war sicher schrecklich«, sagte Saif. »Wenn du willst, flieg ich nach Denver und haue ihm eine rein.«

Maryam lachte. »Verdient hätte er es, aber danke. Es ist fast vier Jahre her. Ich denk nicht gern an diese Zeit zurück.«

»Ich weiß erst seit ein paar Wochen, dass du nicht mehr mit Yusuf zusammen bist«, sagte Saif fast beiläufig.

»Was? Das wussten doch alle! Es war der Klatsch des Jahrzehnts!«, rief Maryam. Die Nachricht von ihrer kurzlebigen Ehe hatte damals unter Freunden und Bekannten der Community schnell die Runde gemacht. Alle wollten wissen, wie es zu dem Bruch gekommen war. Ein paar Leute – Maryam kannte sie kaum – hatten sie sogar angerufen, um von ihr die Einzelheiten zu erfahren. Sie wollten verhindern, so ihre Begründung, dass ihnen dasselbe passierte. Als Maryam ihnen sagte, sie sollten sich um ihre eigenen Angelegenheiten kümmern, waren sie beleidigt.

Saif neben ihr fuhr sich übers Gesicht. »Du weißt ja, dass ich kein so gutes Verhältnis zu meiner Familie habe«, sagte er. »Ich hätte mich mehr anstrengen müssen. Ich war sehr schwierig als Teenager, vielleicht ein wenig selbstbezogen. Nicht wie du und deine Schwester, oder mein perfekter Bruder Raihan.«

»Klingt, als wärst du auch ein bisschen eifersüchtig gewesen«, sagte Maryam, um ihn ein wenig aufzuziehen.

Saif lächelte verschämt. »Ich hab so getan, als wäre es mir egal. Aber in Wahrheit haben meine Eltern mich pausenlos mit anderen Kindern verglichen, besonders mit meinem großen Bruder. Das hat unser Verhältnis ziemlich vergiftet. Also konnte ich es gar nicht erwarten, endlich wegzuziehen und mein eigenes Leben zu führen, und zwar an einem Ort, wo sie nicht über mich urteilen konnten.«

»Mein Ex hatte auch kein gutes Verhältnis zu seiner Familie«, sagte Maryam. »Er konnte nie verstehen, warum ich so viel Zeit mit meinen Eltern, meinem Dadu und meiner Dadi-ma verbringen wollte.«

Saif schien ein Licht aufzugehen. »Yusuf ist ein Idiot. Das haben wir bereits festgestellt. Wäre meine Familie mehr wie die deine, wäre ich nie nach Kalifornien gezogen. Wer wäre nicht gern mit Dadu verwandt?«

»Er ist schon erstaunlich. Besonders wenn er anfängt, seine Bollywood-Anekdoten zum Besten zu geben«, sagte sie.

»Ich hab meine Familie seit einem Jahr nicht gesehen«, sagte Saif. »Unsere Telefonate dauern nie länger als fünf Minuten. Sie wollen kein Geld ausgeben für Ferngespräche, also ruf ich sie an, doch dann macht sich meine Mom Sorgen über die Kosten für den Anruf und lässt die Uhr mitlaufen.«

Maryam versuchte, ihre Überraschung zu verbergen; ihre Eltern telefonierten mehrmals täglich mit ihr, dabei wohnte sie bei ihnen. »Das klingt … einsam«, sagte sie.

Saif dachte nach. »Manchmal ist es das auch. Ich arbeite viel.« Er hielt inne, wie um seine nächsten Worte abzuwägen. »Und du hast nicht falsch gelegen. Ich hatte eine Freundin, aber im vergangenen Jahr haben wir Schluss gemacht.«

Maryam wusste, dass es ihre Eltern möglicherweise schockieren würde, wenn sie erfuhren, dass Saif sich mit Mädchen traf. Von gläubigen Muslimen wurde erwartet, dass sie sich bis zur Hochzeit Zeit ließen, obwohl viele ihre Beziehungen vor der Familie verheimlichten. Maryam und Yusuf hatten ihnen von Anfang an reinen Wein eingeschenkt, weil ihr Ziel die Ehe war. Dass Saif irgendwann eine feste Freundin gehabt hatte, war keine Überraschung für sie; sie wusste, dass es viele Wege zur Liebe gab.

»Danke für deine Ehrlichkeit«, sagte Maryam. Ihre Neugier zwang sie zur nächsten Frage: »Was ist passiert?«

»Lisa und ich haben uns während des Studiums kennengelernt. Wir hatten eine Menge gemeinsam, aber am Ende hat sie Schluss gemacht«, sagte er. »Die Wahrheit ist, dass wir uns schon eine Weile auseinandergelebt hatten.«

»Ich war froh, als Yusuf weg war«, sagte Maryam auf einen Impuls hin. Sie hatte das noch niemandem verraten, aber auf der Bank neben Saif, auf dieser Anhöhe über dem Städtchen Snow Falls wusste sie irgendwie, dass er sie nicht verurteilen würde. »Ich hasste ihn, weil er mich hintergangen hatte, aber ich war auch irgendwie … erleichtert. Wir waren nicht gut füreinander, von Anfang an nicht, aber ich hatte zu viel Angst, unsere Ehe für tot zu erklären.«

Saif nickte, als ergebe das alles einen Sinn.

»Ich bin nur froh, dass meine Eltern nie meinten: ›Wir haben's dir ja gleich gesagt‹«, sagte Maryam, und Saif lachte. Dann stand er auf und bürstete den Schnee von seiner Hose.

»Als zwischen Lisa und mir Schluss war, lautete der Kommentar meiner Eltern: ›Wir haben's dir ja gleich gesagt‹«, meinte er. »Die ersten Worte aus dem Mund meines Vaters.«

»Kein Wunder, dass deine Telefonate mit ihnen nur fünf Minuten dauern«, sagte Maryam.

Saif lachte wieder. »Du überraschst mich immer wieder«, sagte er kopfschüttelnd. »Bei deiner Hochzeit, da kamst du mir vor wie die unerreichbare Schöne, dabei bist du so viel mehr.« Der Blick, den er ihr zuwarf, war offen und voller Zuneigung. Er wandte sich ihr zu, die Hände weit ausgebreitet. »Du weißt, was ich für dich empfinde, aber mir ist auch klar, dass die Wunde, die Yusuf dir zugefügt hat, noch nicht verheilt ist. Ich mag dich, Maryam Aziz. Ich mag dich mehr und mehr, je öfter wir uns unterhalten. Ich will nicht, dass du dich nur für mich entscheidest, weil deine Eltern dagegen sind oder weil ich dieser unglaublich heiße Anwalt aus Kalifornien bin …« Maryam lachte, und er schenkte ihr ein verschmitztes Lächeln. »Oder weil vor langer Zeit die zwölfjährige Maryam mal in mich verknallt war«, fuhr er fort. »Du sollst dich für mich entscheiden, weil du selbst es willst. Weil ich mich für dich entscheide – für die Frau, die du heute bist und in die ich mich allmählich verliebe. Diese Frau möchte ich haben.«

Seine Worte waren schön und aufrichtig. *Dieser Mann könnte dich vernichten*, dachte Maryam, als sie zu Saif aufblickte. Wenn Saif sie verlassen würde, könnte ihr Herz das nicht verkraften. »Ich kann nicht …«, stammelte sie und hasste sich dafür, dass sie nicht ebenso mutig war wie er.

Saif sagte nichts, lächelte ihr nur zart und verständnisvoll zu, bevor er aufstand und ohne ein weiteres Wort den Hügel hinunterging.

Maryam wusste nicht, wie lange sie allein auf der Bank gesessen hatte. Irgendwie fasste sie sich ein Herz und kehrte ins Theater zurück, um sich bei Celine und den anderen zu entschuldigen. Als sie schließlich zum Hotel zurückstolperte, war es später Nachmittag, und ihre Eltern und Dadu saßen mit grimmigen Mienen im Foyer.

»Was ist?«, fragte sie. Irgendwie wusste sie, dass eine Hiobsbotschaft auf sie wartete.

»Es geht um deine Schwester«, sagte ein ernst blickender Dadu. »Saima ist verschwunden.«

SIEBZEHN

Anna

24. Dezember

Anna legte die Nähnadel beiseite und streckte sich. Nach Maryams plötzlichem Abgang – gefolgt von Nicks zornigem – hatte sie kurz einen Blick nach draußen geworfen und ihre Freundin neben Saif sitzen sehen. Die beiden hatten die Köpfe zusammengesteckt und sich intensiv unterhalten; Anna konnte ihre Gesichter nicht sehen, hoffte aber, dass sie endlich ein klärendes Gespräch führten und dass Maryam ihr irgendwann erzählen würde, was sie dermaßen aufgewühlt hatte. Als Maryam nicht zurückgekommen war, hatte Anna beschlossen, ihre Arbeit fortzusetzen. Es war Heiligabend, am nächsten Tag sollte das Stück stehen, und allmählich wurde die Zeit knapp. Sie wusste, dass sie Maryam dabei helfen konnte, die Sache durchzuziehen und alles für das Spektakel am nächsten Tag vorzubereiten.

Anna fand es erstaunlich, dass so viele freiwillige Helfer den ganzen Tag geblieben waren, obwohl doch Heiligabend war. In Snow Falls erledigte niemand Last-Minute-Einkäufe, hatte Bruce ihr erklärt, schließlich könne man hier das ganze Jahr über Weihnachtsgeschenke kaufen. Wie sich herausstellte, hielt das Weihnachtsstück die Menschen während der Feiertage nicht von Heim und Familie ab. Im Gegenteil, es gab ihnen etwas, auf das sie hinarbeiten konnten – und dank Maryam fühlten sich dieses Jahr wirklich alle Bewohner der Stadt integriert.

Anna inspizierte das fertige Bühnenbild.

»Das ist wunderbar geworden, Anna«, sagte Celine, als sie die Bühne betrat. »Absolut hinreißend. Wir haben heute so viel geschafft, sind praktisch bereit für die große Produktion. Das wird unglaublich toll aussehen. Das beste Weihnachtsspektakel, das wir je hatten!«

»Es sieht wirklich toll aus«, sagte Anna. »Aber das ist nicht allein mein Verdienst. Ohne die Hilfe von euch hätte ich überhaupt nichts geschafft. Sieh nur, was wir gemeinsam auf die Beine gestellt haben!«

Sie hatten mehrere Bühnenbilder gebaut, als Kulissen auf Rädern. Da war die Stadtansicht, die mehrere Schüler der örtlichen Highschool Snow Falls nachempfunden hatten; das Schlafzimmer der Hauptfigur Elvira Scrooge – das aufwendig mit einem Vorhang versehene Himmelbett auf Rollen hatte Kate ins Theater bringen lassen; und dann die festlich geschmückten Kulissen, die bei den Besuchen der drei Festtags-Guides zum Einsatz kämen: Chanukka, Weihnachten und Eid. Bruce und mehrere Helfer hatten einen riesigen Chanukkaleuchter konstruiert, mit sanft schimmernden flammenförmigen Glühbirnen; von einer Baumschule am Stadtrand hatten sie einen gewaltigen Weihnachtsbaum herangekarrt, der nun festlich geschmückt und mit Lichterketten versehen auf der Bühne stand; ein riesiger Halbmond würde am Ende des Stücks mit der Chanukkia und dem Weihnachtsbaum um die Wette strahlen. Die Decke über der Bühne war in einen spektakulären Nachthimmel verwandelt worden, an dem die Sterne funkelten. Ein besonders großer Stern verwies auf Weihnachten. Dazu kamen all die Kostüme und Accessoires, die Anna und die vielen Freiwilligen fleißig aufgespürt, gesammelt und perfekt umgearbeitet hatten.

»Da«, sagte Celines Tochter und breitete ein Gewand in leuchtendem Blau und Gold auf dem Tisch vor ihnen aus. »Chase Taylors Kostüm ist fertig. Ich kann nicht glauben, dass ich das gerade gesagt habe.« Sie täuschte eine Ohnmacht vor und stützte sich am Tisch ab. »Glaubst du, er kommt heute noch mal her?«

Anna sah auf die Uhr. »Es ist schon spät, daher bezweifle ich es«, sagte sie und die Enttäuschung versetzte ihr einen Stich. Es würde sicher noch dauern, bis sie sich über ihre Gefühle für Josh im Klaren war. »Geht nach Hause zu euren Familien. Es ist Heiligabend. Wir sind hier wie gesagt so gut wie fertig, und um die kleinen Details kümmern wir uns morgen. Wir treffen uns hier ein paar Stunden vor Spielbeginn.«

Anna selbst war allerdings noch nicht bereit, zum Hotel zurückzugehen. Kaum waren alle verschwunden, setzte sie ihre Arbeit fort, und bald war die Verwandlung der Bühne komplett, die verschiedenen Szenen perfekt. Es war ihr gelungen, Maryams Ideen für das Stück lebendig werden zu lassen, und sie wusste, dass sie ihrer Freundin ein Lächeln aufs Gesicht zaubern würden. Anna knurrte der Magen. Höchste Zeit fürs Abendessen. Sicher könnte sie im Hotel noch ein paar Reste des Iftar-Mahls auftreiben. Sie würde rasch einen Happen essen und dann nach Maryam suchen.

Schließlich wollte sie gern wissen, was zwischen ihr und Saif vorgefallen war.

Während sie ihre Sachen wegräumte, ertönte plötzlich eine Stimme hinter ihr, und sie zuckte zusammen.

»*Wow.*«

Sie drehte sich um und sah eine junge Frau mit dunklen Locken, einer Daunenjacke und einer orangefarbenen Wollmütze, die ihre Umgebung bestaunte. »Das sieht ja toll aus hier.«

»Danke.« Sie stieg von der Bühne. »Kann ich dir helfen?«

»Bist du Anna? Chase Taylor hat mich hergeschickt, ich soll ihm sein Kostüm bringen. Er steckt noch am Set fest und sagte, er möchte es gleich noch anprobieren und sichergehen, dass es auch passt morgen, also ...« Sie streckte ihr die Hand hin. »Sorry. Hi, ich bin Samantha, die Assistentin der Set-Designerin für *Zwei Nächte zur Weihnachtszeit*. Und ich muss sagen, diese Kulissen sind traumhaft! Wir waren schon mal hier drin, zum Location Scouting, deshalb weiß ich, wie es vorher ausgesehen hat. Ist das alles dein Werk?«

»Na ja, ich hatte ein Team von Freiwilligen ...«

»Aber das Konzept stammt von dir?«

Anna nickte bescheiden.

»Wäre es okay für dich, wenn ich das meiner Chefin zeige?«

»Klar. Seht euch doch morgen das Stück an, wenn ihr noch in der Stadt seid. Ich weiß ja nicht, ob die gesamte Crew geplant hat, am Weihnachtstag abzureisen –, Business-Charterflüge finden mittlerweile ja angeblich wieder statt. Aber wenn euch langweilig ist ...«

Samantha nickte. »Absolut, am Flughafen herrscht das reinste Chaos.«

»Tja, du kannst dir gern die Vorstellung ansehen. Und bring so viele Crew-Mitglieder her, wie du willst. Wir haben massenweise Stühle.«

»Sicher. Vielleicht tu ich das. Viele von uns arbeiten so viel, dass die Crew sich wie Familie anfühlt –, also werden einige von uns wohl einfach hierbleiben. Und außerdem wollen wir Chase den Rücken stärken.« Sie nahm Anna das Kostüm aus der Hand. »Manchmal ist zu Hause da, wo unsere Freunde sind, hab ich recht?«

Unwillkürlich nickte Anna. »Das stimmt.« Sie räusperte sich und betrachtete das Kostüm in Samanthas Armen. »Also, äh, sag Chase …« Sie blickte wieder auf und schüttelte den Kopf. »Sag ihm einfach, er soll es behalten, wenn es ihm passt. Und wenn nicht, soll er morgen mindestens eine Stunde vor Beginn der Show zum Umändern herkommen.«

»Alles klar! Danke, Anna. Tolle Arbeit!«

Wieder allein betrachtete Anna die Bühne. Sie sah wirklich großartig aus; das alles so hinzubekommen war eine der erfüllendsten Aufgaben gewesen, denen sie sich je gestellt hatte. Samantha war Set-Design-Assistentin – dass dies eine berufliche Karriere sein könnte, hatte Anna nicht mal ansatzweise in Betracht gezogen, schon seltsam. Wenn Samantha wirklich mit ihrer Chefin zur Aufführung kam, konnte Anna ihnen vielleicht ein paar Fragen stellen. Sie schob den Gedanken vorerst beiseite, schaltete die Lichter aus und schloss dann die Tür ab.

Draußen bot Snow Falls einen malerischen Anblick wie auf einer Ansichtskarte. Anna schlenderte die Main Street entlang und ließ die Schönheit auf sich wirken, prägte sich alles ein. Kein noch so guter Bühnenbildner wäre imstande, so etwas zu erschaffen. Snow Falls *war* Weihnachten – und Anna wusste, dass sie diese kleine Stadt nie vergessen würde. Sie war froh, dass sie geblieben war, obwohl sie sich tatsächlich ein wenig einsam fühlte. *Manchmal ist zu Hause da, wo unsere Freunde sind*, hatte Samantha gesagt. Den Satz würde sie sich merken.

Sie stapfte weiter die verschneite Straße entlang in Richtung Hotel. Bald kam Buon Natalie's in Sicht, das italienische Restaurant, das Teil der Filmkulisse gewesen war. Die Lichter waren an, doch als sie im Vorbeigehen hineinschaute, konnte sie niemanden entdecken. Vielleicht bereiteten sie das Lokal für einen weiteren Dreh vor, dachte Anna, obwohl sie insgeheim hoffte, die Regisseurin von *Zwei Nächte zur Weihnachtszeit* würde den Schauspielern und Crew-Mitgliedern eine Weihnachtspause gönnen. Sie ging weiter, schneller jetzt, weil der Weg durch die Stadt zwar malerisch, die Nacht aber trotzdem eiskalt war. Außerdem hatte sie durch die geborgte Winterjacke hindurch ihren leeren Magen knurren gehört.

»Anna?«

Sie drehte sich um.

In der Tür zu Buon Natalie's stand Josh, eine fleckige Schürze umgebunden. Er lächelte ihr schüchtern zu, wirkte ein wenig zerzaust – und attraktiver denn je. Ihr Herz vollführte ein paar Purzelbäume.

»Hi«, rief sie zurück und erwiderte sein schüchternes Lächeln.

»Hast du was Wichtiges vor?«

»Ich wollte nur zum Hotel zurück, einen Happen essen.«

»Hast du Lust, mir beim Dinner Gesellschaft zu leisten?«

»Oh … na ja …«

Er trat auf die verschneite Straße hinaus und ging auf sie zu. Einen Meter von ihr entfernt blieb er stehen. »Hör zu, Anna, ich weiß ja, dass das mit uns ziemlich kompliziert ist und wir einen schlechten Start hatten. Aber die Sache ist die … ich mag dich wirklich. Ich muss immerzu an dich denken. Als ich dich zum ersten Mal sah, hatte ich das Gefühl, dich schon immer zu kennen. Das hat sich nicht geändert. Du bist liebenswürdig, du bist großzügig, du bist süß und lustig – und darüber hinaus auch noch klug, eine gute Freundin und ein noch besserer Mensch, und ehrlich gesagt, könnte ich die ganze Nacht so weitermachen. Ich hab noch nie jemanden wie dich kennengelernt. Als ich vorhin mitbekommen habe, wie du mit Nick gesprochen hast, konnte ich nur daran denken, dass du so viel mehr verdient hast, als er dir bieten kann. Und als du mich erwähnt hast … da wurde mir klar, dass ich dich nicht gehen lassen darf, ohne uns noch eine Chance zu geben. Willst du mit mir zu Abend essen? Ein offizielles erstes Date, und vielleicht ein Neuanfang, wer weiß?«

Anna stand stocksteif da, unfähig, auch nur einen vernünftigen Gedanken zu fassen. Sie machte den Mund auf und wieder zu und merkte dabei, dass sie in diesem romantischsten Moment ihres Lebens wahrscheinlich aussah wie ein verwirrter Goldfisch.

»Da du jetzt weißt, wer ich bin, und ich weiß, wer du bist … könnten wir doch eine Nacht lang wir sein, du und ich zusammen?« Er neigte den Kopf zur Seite und lächelte sein hinreißendes Lächeln, das sie so mochte, und sie kam allmählich wieder zur Vernunft. »Außerdem gibt's geschmorte Rinderbrust. Mit Latkes. Und wenn ich meine Mom in die Leitung kriege und sie nach ihrem Rezept frage, bekomme ich auch einen Schokobaumkuchen hin.«

»Wer würde so ein Angebot ausschlagen?«, stammelte Anna und folgte ihm ins Restaurant.

Er nahm ihr den Parka ab und hängte ihn an die Garderobe, während sie den Anblick auf sich wirken ließ: gedämpftes Licht, ein schön gedeckter Tisch in der Mitte des Raums, auf dem Kerzen flackerten. »Hauptsache, du servierst kein Ranch-Dressing zu den Latkes!«

Er lachte. »Hey! Erst kosten, dann nörgeln!«

Josh sagte Anna, er bräuchte keine Hilfe beim Kochen – sie solle sich einfach auf einen Barhocker vor die große Durchreiche zur Küche setzen, mit ihm plaudern, ihm bei der Arbeit zusehen und dabei ein würziges Glas Rotwein trinken. Der Alkohol stieg Anna sofort zu Kopf – und sie ließ es zu, fühlte sich unendlich wohl, ließ sich luftig weiches Sauerteigbrot, getunkt in Olivenöl und Balsamicoessig, schmecken und sah Josh dabei zu, wie er ihr Festessen zubereitete.

Anna lächelte, als er das Telefon in der Küche herumzerrte. Er hatte seine Mom angerufen – ihr Name sei Reggie, sagte er –, um sie nach dem Backrezept zu fragen. Das Telefon hing mit einem langen Spiralkabel an der Wand fest, und während er den Hörer ans Ohr hielt und aufmerksam ihren Instruktionen lauschte, zog er es kreuz und quer durch die Küche.

»Aber ja, Mom«, hörte Anna ihn leise sagen, da er sich von ihr weggedreht hatte. »Es ist jemand Besonderes. Nein, du hast recht, ich hab noch nie für jemanden gekocht. Ja, das hoffe ich auch. Wir telefonieren morgen. Hab dich auch lieb. Grüß alle von mir. Bis bald.«

Er holte die Rinderbrust aus dem Ofen, um das Fleisch ruhen zu lassen – es duftete herrlich, wie die Weihnachtsbraten in Annas Erinnerung –, schob den Baumkuchen ins Rohr und ging daran, die Latkes zu braten. Bald war die Luft vom Duft knuspriger, goldfarben gerösteter Kartoffeln und Zwiebeln erfüllt, und Anna schob das Brot beiseite, um noch Platz übrig zu haben.

Als alles zubereitet war, stellte Josh die mit den Speisen belegten Platten in die Durchreiche und gab Anna dann einen leeren Teller in die Hand. »Na los, bedien dich«, sagte er und berührte im Vorübergehen ihre Taille. Die Berührung sandte wohlige Schauder durch ihren Körper.

Er brachte die Flasche an den Tisch und goss ihr Wein nach. Dann setzte er sich ihr gegenüber, sein Teller ebenso voll beladen wie der ihre. Anna schob sich zuerst einen Bissen Fleisch in den Mund.

»Mmmm, großartig!«, stöhnte sie, bevor sie ein Stück Latke in Sauerrahm tunkte und zum Mund führte. Sie musste an all die Sternerestaurants denken, die sie mit Nick besucht hatte – mit ihren speziellen Schäumchen und Sößchen und diversen Ausprägungen der Molekularküche. Sie war nie richtig satt geworden und hatte hinterher immer noch einen Cheeseburger verdrückt. Das wäre an diesem Abend ganz bestimmt nicht nötig.

Josh legte seine Gabel ab und hob sein Glas. Sie tat es

ihm nach und schaute ihm in die Augen. »Auf alle Neuanfänge«, sagte er. »Und zweite Chancen.« Sie stieß ihr Glas gegen das seine und lächelte.

»Willst du wirklich, dass wir noch mal ganz von vorn anfangen?«, fragte Anna. »Dann erzähl mal: Mit wem diniere ich heute in diesem feinen Etablissement?«

»Mit Josh«, sagte er und blickte ihr dabei tief in die Augen. »Ich heiße Josh.« Er stellte sein Glas ab, langte über den Tisch und drückte ihre Hand. Wieder spürte sie ein wohliges Kribbeln, als er sie berührte, wie ein Stromfluss zwischen ihnen beiden. »Geboren bin ich in Toronto – schon mal davon gehört?«

»Na klar«, sagte Anna und nickte enthusiastisch. »Wie war der junge Josh Tannenbaum denn so?«

»Ich wüsste nicht, dir meinen Nachnamen verraten zu haben … Bist du eine Spionin?« Er zwinkerte ihr zu.

»Hab einfach gut geraten. Also weiter, beantworte meine Frage.«

»Ich war der schüchternste, beklopptestе Junge in meiner Klasse, hatte die Nase immer in einem Buch und wollte Schriftsteller werden – aber kaum hatte ich meine Kontaktlinsen bekommen, wurde ich im Einkaufszentrum von einem Casting Director entdeckt und hab meinen ersten Werbespot gedreht.«

»Du als Nerd? Das kann ich mir schwer vorstellen. Außerdem siehst du toll aus mit Brille, finde ich.«

»Woher willst du das denn wissen? Sind wir uns schon mal begegnet?«

»Tjaaa, ich hab dich in diesem erstklassigen Film gesehen, *Eine Nacht zur Weihnachtszeit.*«

»Ach so, ja. Das war mein großer Durchbruch – dachte ich wenigstens. Ein netter jüdischer Junge, der in einer romantischen Weihnachtskomödie die Hauptrolle spielt. Als ich mit den Werbespots anfing, wollte ich ein ernsthafter Schauspieler werden, aber die Rollen, die ich bekam … waren alles andere als ernsthaft. Also beschloss ich, aus meiner Rolle in *Eine Nacht zur Weihnachtszeit* das Beste herauszuholen. Das hat geklappt, man wurde auf mich aufmerksam – und ich erhielt auch andere Rollen, die bekannteste in *Captain Eagleman*, der sich vorhersehbarerweise als der schlimmste Flop in der Geschichte Hollywoods herausstellte …«

Da hob Anna die Hand. »Einspruch, *Howard – Ein tierischer Held* war schlimmer.«

»Na schön, *Howard – Ein tierischer Held* war ein ähnlich mieser Flop.« Er seufzte und lehnte sich zurück. »Na wie auch immer, dieser eine schlechte Film brachte mir mehrere mittelmäßige Rollen ein, was wiederum dazu führte, dass ich mir den Arsch aufreißen wollte, um als ›Künstler‹ ernst genommen zu werden. Dabei hatte ich die ganze Zeit das Gefühl, dass irgendetwas nicht stimmte – dass ich vielleicht auf dem Holzweg war. Also beschloss ich, zu meinem ursprünglichen Traum zurückzukehren, dem Schreiben. Ich hab *Mondschein* geschrieben, und es war ein Erfolg – aber mittlerweile war ich wirklich streng zu mir selbst und dachte, ich müsste in *allem* gut sein, um wirklich Erfolg zu haben, als könnte ich all meine früheren Misserfolge vergessen lassen, indem ich zu dieser perfekten Version eines Filmstars wurde. Ab da geriet ich in einen regelrechten Strudel. Endlich bekam ich das so heiß ersehnte Rampenlicht. Doch kaum stand ich drin, fiel mir auf, dass ich mir nie wirklich überlegt hatte, ob ich das überhaupt wollte. Ich hatte mich immer nur darauf konzentriert, überall der Beste zu sein, ob es zu mir passte oder nicht.«

»Ist das denn so schlimm?«, fragte Anna. »Ist es so schlimm, der Beste sein zu wollen in dem, was man tut? Ich glaube immer noch, dass du ein bisschen streng zu dir selbst bist.«

Er legte die Gabel ab und dachte kurz nach. »Schon möglich. Ehrgeizig zu sein ist toll. Aber Ehrgeiz nur um seiner selbst willen? Na ja, das hat womöglich seinen Preis. Berühmt zu sein ist kein Kinderspiel. Ich hab bis jetzt nur eine kleine Kostprobe davon zu spüren bekommen, aber die hat mir gereicht. Ich bin mir einfach nicht sicher, ob ich dafür geschaffen bin. Ich vermisse das Schreiben.«

»Wow«, sagte Anna und nahm einen Schluck Wein. »Du gehst ja ganz schön in die Vollen für ein erstes Date.«

»Du gibst mir eben das Gefühl, dich von irgendwoher zu kennen. Sind wir uns vielleicht schon mal begegnet?«

Anna schüttelte den Kopf. »Noch nie. Ich hab eben ein Allerweltsgesicht. Alle meinen, mich zu kennen.«

Er belohnte sie mit seinem warmen, vertrauten Lachen. »Du hast ein Gesicht, das man nicht so schnell wieder vergisst.«

Er sah ihr lange in die Augen, und sie erwiderte seinen Blick, vollkommen glücklich.

»Und jetzt du. Ich rede die ganze Zeit über mich selbst und weiß nicht das Geringste über dich. Dabei will ich alles wissen.« Er langte über den Tisch und verschränkte seine Finger mit den ihren. »Absolut alles. Jeder einzelne Stein wird umgedreht.« Seine Berührung verursachte ihr ein wohliges Schaudern.

»Na schön«, sagte sie und versuchte, sich zu konzentrieren, während sie das Gefühl hatte, dass gleich ein Feuerwerk in ihren Adern explodierte. »Nun, ich bin Anna Gibson. Ebenfalls in Toronto geboren, aber schon mit sieben nach Denver gezogen.«

»Und wie war die kleine Anna Gibson so?«

»Besessen von allem, was mit Inneneinrichtung zu tun hat. Ich war vielleicht der jüngste Mensch auf Erden, der das gesamte Benjamin-Moore-Farbensortiment auswendig kannte! Außerdem war ich ein hartgesottener Fan der Toronto Maple Leafs, sogar nachdem wir aus Toronto weggezogen waren – und ich irgendwann zu der Einsicht gelangte, dass sie den Stanley Cup wohl nie mehr wieder gewinnen würden.«

Er lachte und drückte ihre Finger.

»Eines solltest du von mir wissen: Ich bin meinen Job los. Und ich glaube, ich weiß jetzt genau, was du unter falschem Ehrgeiz verstehst – dass man in seinem Job bleibt, nur weil man sich verpflichtet fühlt.«

»Du hast einen Job gekündigt, den du nicht ausstehen konntest?«

»Na ja, nicht direkt, aber ich bin mir fast sicher, dass ich entlassen bin – und auch wenn dem nicht so ist, werde ich wohl kaum zurückgehen. Es ist nicht das, was ich will.«

»Und was *willst* du?«

»Zum einen will ich noch ein paar Latkes!«

Er sprang auf, griff sich die Platte und trug sie zum Tisch.

»Zum zweiten«, sagte sie und nahm sich noch ein paar

der köstlichen Kartoffelpuffer mit saurer Sahne, »möchte ich den heutigen Abend genießen. Und dich noch besser kennenlernen. Und ...«

Das Kreischen eines Alarms unterbrach sie, und sie liefen beide in die Küche, wo Rauch aus dem Backofen quoll. Anna wedelte mit einem Geschirrtuch, während Josh einen qualmenden Schokobaumkuchen aus dem Ofen zog.

»Tja«, sagte er bekümmert, »das ging wohl in die Hose.«

»Es kann nicht alles perfekt sein«, sagte Anna.

»Nicht mal du?«

»Ich schon gar nicht. Bitte sag nie, ich wäre perfekt.«

Er stellte die qualmende Kuchenform ab und wandte sich ihr zu, zog sie an sich und schaute zu ihr hinunter. »Anna, du bist perfekt unperfekt – und ich mag dich genauso, wie du bist.«

Anna lächelte zu ihm hoch. »Mir geht's genauso mit dir«, murmelte sie, als er sich zu ihr hinunterbeugte und sie sanft, dann immer heftiger küsste, bis alles rings um sie herum sich auflöste und sie fast vergaßen, wo sie sich befanden.

Irgendwann führte er sie an den Tisch zurück, und sie ließen sich anstelle des Desserts den restlichen Wein schmecken. Im Kerzenlicht erzählte Anna Josh von Beths Brief und was sie beim Lesen empfunden hatte – beschrieb ihm ihre Hoffnungen und Träume für die Zukunft und wie sich vielleicht eine Möglichkeit fand, Beth wieder in ihr Leben zu lassen. Sie trugen die Teller gemeinsam in die Küche und erledigten den Abwasch – und lachten, als sie den verbrannten Baumkuchen in den Mülleimer beförderten. Als Anna den letzten Teller abtrocknete, musste sie ein Gähnen unterdrücken. Sie waren so tief in ihr Gespräch – und ineinander – vertieft gewesen, dass sie gar nicht bemerkt hatten, wie spät es geworden war.

»Du bist müde«, sagte Josh. »Ich sollte dich zum Hotel zurückbringen.«

»Ich will aber nicht, dass diese Nacht vorbei ist«, rief Anna bestürzt aus.

Er nahm ihren Parka von der Garderobe, packte sie darin ein und küsste sie auf die Nase. »Wenn du es willst, ist das die erste von vielen Nächten wie dieser.«

»Also die erste von vielen Nächten, in denen du ein Restaurant mietest, das gleichzeitig eine romantische Filmkulisse ist, und mir an Heiligabend ein perfektes Chanukkafestessen kochst?«

»Tja, vielleicht nicht genau wie diese«, sagte er und lachte wieder so einnehmend, wie sie es nur von ihm kannte. Er küsste sie lange, strich ihr die Haare aus der Stirn und blickte zu ihr hinunter. »Wenn ich wieder anfange zu schreiben, komme ich vielleicht nicht mehr so nah an ein Filmset heran – aber ich kann dir versprechen, dass unsere gemeinsame Zeit immer außergewöhnlich sein wird.«

»Das erwarte ich auch von einem Spion«, sagte sie, stellte sich auf die Zehenspitzen und küsste ihn noch einmal.

Da schloss er sie in die Arme, und sie fühlte sich so wohl, als wäre sie zu Hause angekommen.

Draußen warf Josh Anna einen verschmitzten Blick zu. »Soll ich dich wieder tragen?«, fragte er und streckte ihr die Arme entgegen.

Sie lachte. »Nein, danke. Diesmal bin ich gerüstet – wer hätte gedacht, dass ich zu einem ersten Date in riesigen geborgten Schneestiefeln aufkreuze.«

»Erstes Date, hm?« Josh lächelte und griff nach ihrer Hand. »Wir haben das wirklich durchgezogen, oder?«

»Ja, das haben wir«, sagte Anna und lächelte in die im Weihnachtsglanz erstrahlende Nacht. Die Lichterketten an den Häusern der Stadt leuchteten rot, grün, silbern und golden wie kleine Sterne.

»Es hat sich nicht wie ein erstes Date angefühlt.« Er drückte ihre Hand, als sie dahinschlenderten.

Anna pflichtete ihm bei, doch dann hielt sie plötzlich inne. Josh blieb ebenfalls stehen und sah sie an. »Hey, alles okay?«

Sie zögerte. »Ja, schon, aber ich will ganz ehrlich zu dir sein. Wie du weißt, habe ich gerade eine Beziehung beendet, in der alles sehr schnell ging. Ich hatte kaum Zeit, Luft zu holen, bis es fast zu spät war. Ich will nicht, dass so was wieder passiert. Weil ich dich wirklich mag und … na ja, weil ich nicht will, dass es aufhört. Aber ich will auch nicht, dass wir es überstürzen. Rede ich Unsinn?«

»Ganz und gar nicht. Ich verstehe dich sehr gut. Aber glaub mir, Anna, es gibt hier keinerlei Druck.« Josh strich ihr über die Wange, legte dann den Daumen unter ihr Kinn und hob sanft ihr Gesicht an, bis sie einander wieder in die Augen sahen. »Ich verstehe dich. Was wir beide gerade erleben, fühlt sich zwar an, als käme es direkt aus einem Drehbuch für einen Liebesfilm, ist aber real. Und es ist wichtig für mich. Wir lassen es langsam angehen, und wir machen es richtig. Versprochen.«

Dann küsste er sie, und alles, was sie in diesem Moment mitten in der kalten Dezembernacht noch spürte, war die Wärme seiner Lippen.

ACHTZEHN

Maryam

24. Dezember

Zurück im Hotel schritt Maryam wütend im Zimmer auf und ab, während ihre Eltern und Dadu sie besorgt beobachteten. Sie wollten besprechen, was sie wegen Saimas Verschwinden unternehmen konnten.

»Wann habt ihr sie zum letzten Mal gesehen?«, wollte Maryam wissen.

Ihre Eltern blickten einander an. Saima war an diesem Morgen nicht zum Sahur erschienen, und Azizah hatte ihr einen Teller nach oben gebracht.

»Sie war immer noch außer sich«, erzählte Azizah. »Ich sagte ihr, sie solle sich wegen der verlorenen Anzahlung keine Sorgen machen, wir würden schon eine Lösung finden. Was geschehe, sei Allahs beschlossenes Urteil, rief ich ihr ins Gedächtnis, es gebe viele Gründe dafür, wir müssten geduldig sein. Sie versprach mir, später herunterzukommen, gemeinsam wollten wir uns dann überlegen, was wir tun könnten.«

»Vermutlich hatte sie das Warten satt und beschlossen, auf eigene Faust etwas zu unternehmen. Aber wo ist sie jetzt, und warum hat sie uns keine Nachricht hinterlassen?«, fragte Maryam laut und fuhr sich frustriert mit den

Fingern durch die Haare. Als sie erfahren hatte, dass Saima verschwunden war, hatte sie als Erstes das gemeinsame Zimmer durchsucht, doch abgesehen von der Zahnbürste und dem Portemonnaie hatte ihre Schwester alles zurückgelassen. Maryam war zu Annas Zimmer gelaufen, denn ihren ruhigen, fröhlichen Optimismus hätte sie jetzt gut gebrauchen können, aber sie war nicht da.

»Haben wir unsere Gastgeberinnen gefragt, ob sie Saima heute schon gesehen haben?«, fragte Dadu.

Maryam und ihre Eltern sahen einander an. Niemand hatte daran gedacht, Deb oder Kath zu fragen; Maryam band sich rasch ihren Hidschab um und lief hinunter zur Rezeption.

»Ja, sicher, Saima meinte zu mir, sie sei auf dem Weg zum Flughafen«, sagte Kath beiläufig, während sie durch einen Stapel Papiere blätterte. »Hat sie euch denn nichts gesagt?«

Maryam knirschte mit den Zähnen. »Sie ist ohne ein Wort abgehauen.«

»Oje. Ich hatte mich schon gewundert«, sagte Kath und blickte auf. »Deb hat sich ein wenig mit ihr unterhalten, vielleicht weiß sie mehr.« Sie rief nach ihrer Partnerin, und Deb kam aus dem Büro nach vorn. Wieder einmal trug sie einen leuchtend bunten Weihnachtspulli, der mit einer großen goldenen Schleife verziert war. Nachdem Kath ihr die Situation erklärt hatte, runzelte Deb nachdenklich die Stirn.

»Sie schien es ziemlich eilig zu haben«, sagte Deb. »Ich habe ihr noch mal gesagt, dass die zwei Taxis, die Snow Falls bedienen, ausgelastet wären, doch dann kam die Nachricht, dass sich die Lage entspannt hätte. Offenbar hat

Toronto es endlich geschafft, sich freizuschaufeln, wenn auch mit Unterstützung der Armee.« Deb und Kath tauschten belustigte Blicke. »Daran hat das großkotzige Toronto sicher eine Weile zu knabbern«, sagte sie lachend, wurde aber gleich wieder ernst, als sie Maryams besorgte Miene sah. »Tut mir leid, Liebes, ich wünschte, ich könnte Ihnen mehr sagen. Saima wirkte fest entschlossen. Ich habe ihr versichert, dass sämtliche Flieger ausgebucht wären, aber sie wollte nicht auf mich hören.«

»Hat sie nicht einen ... Privatjet erwähnt, Deb?«, sagte Kath, und Maryam schloss die Augen.

Nicks Privatjet. Na klar. Saima hatte vermutlich die ganze Nacht daran denken müssen, dass Annas reicher Freund – mittlerweile Ex-Freund – einen Privatjet zu ihrer Rettung schicken würde. Vielleicht wollte ihre verzweifelte Schwester ihn überreden, sie mitzunehmen, oder sich irgendwie an Bord schleichen. Saima war alles zuzutrauen.

»Wann ist sie denn weg?«, fragte Maryam. Ihre Sorge konnte sie nun kaum noch aus ihrer Stimme heraushalten.

»Kurz nachdem ihr alle zur Main Street aufgebrochen seid«, bestätigte Deb.

Demnach war Saima schon seit Stunden fort. Maryam musste sie suchen, es blieb ihr gar nichts anderes übrig. Plötzlich schoss ihr ein Gedanke durch den Kopf: Und wenn Saima sich verlaufen hatte? Wenn sie es gar nicht bis zum Flughafen geschafft hatte?

»Ich suche sie«, sagte Maryam. »Würden Sie meinen Eltern Bescheid sagen, dass sie hierbleiben sollen? Nur für den Fall, dass sie von allein zurückkommt.«

»Die Straßen sind noch immer nicht passierbar, fürchte

ich.« Deb wirkte von Maryams Plan alles andere als begeistert. »Unser Schneemobil ist gerade nicht verfügbar, es transportiert Vorräte, müsste aber bald wieder zurück sein. Wenn Sie warten, können Sie es nehmen. Sind Sie schon mal mit einem gefahren?«

Doch Maryam schüttelte den Kopf. »Meine Schwester steckt vielleicht in der Klemme und ist ganz allein. Ihr Orientierungssinn war nie besonders gut, und jetzt liegt auch noch überall Schnee.« Nach dem Gespräch mit Anna im Theater dürfte Nick außerdem wenig Lust verspürt haben, irgendeine fremde Person in seinem Privatjet nach Toronto mitzunehmen. Vor ihrem geistigen Auge sah sie Saima halb erfroren und orientierungslos durch Schnee und Kälte stapfen. Und ihr wurde angst und bange. Ihre Schwester war in Gefahr.

»Ich geh sofort los«, sagte sie und schlüpfte in den Parka, den sie bei sich hatte.

»Ich weiß nicht, ob das eine gute Idee ist, Liebes«, sagte Kath zweifelnd.

Maryam wollte gerade widersprechen, als jemand hinter ihr sagte:

»Keine Sorge, ich begleite sie.«

Maryam drehte sich um und sah Saif. Sie hatte gar nicht bemerkt, dass er hinter ihr stand. »Das brauchst du nicht …«, fing sie an, aber er war bereits auf dem Weg zur Tür.

»Na komm, Saima hat einen Riesenvorsprung«, rief er ihr zu.

Sie folgte ihm, teils erleichtert, Gesellschaft zu haben, teils ein wenig enttäuscht, dass er sie nicht mal angesehen hatte. Er war zweifellos gekränkt und verlegen, aber zu höflich und nett, um ihr in diesem Moment nicht beizustehen. Es war wundervoll – und zugleich frustrierend.

Draußen ging Saif vorneweg und legte die Spur, während Maryam in seine Fußstapfen trat. Statt aber wie sonst nach Norden, in Richtung Stadt zu gehen, wandten sie sich nach Süden. Saima hatte von einem Zehn-Meilen-Fußmarsch gesprochen. Bei all dem Schnee würden sie Stunden brauchen. Die Sorge um ihre Schwester beschleunigte ihre Schritte, und schon bald war sie Saif dicht auf den Fersen, trieb ihn geradezu vor sich her.

»Und wenn sie …«, fing Maryam an.

»Sie kommt schon zurecht«, sagte Saif.

»Na schön, aber wenn …«

»Deine Schwester ist praktizierende Ärztin in Krisengebieten. Sie hat sich bei der Arbeit in einem Luftschutzbunker verliebt. Das bisschen kanadischer Schnee wird sie nicht aufhalten. Ich möchte wetten, dass er ihren Zorn noch befeuert hat.« Obwohl er ihr den Rücken zudrehte, konnte sie das Lächeln in seiner Stimme hören.

»Ja, Wutausbrüche sind ihre Spezialität«, pflichtete Maryam ihm bei, und Saif lachte leise.

Während sie durch den Schnee stapften, sagte Maryam plötzlich: »Sie gibt mir die Schuld. Wir hätten in der ersten Nacht nach der Landung am Flughafen bleiben sollen, meinte sie.«

»Wenn sie dir die Schuld gibt, dann doch nur, weil sie es kann, weil du es zulässt und ihr keinen Vorwurf machst. Saima weiß sehr wohl, dass es nicht deine Schuld ist. Sie und Miraj haben dummerweise angenommen, der kanadische Winter würde ihre übereilten Hochzeitspläne in keiner Weise beeinträchtigen.«

Saifs Worte ergaben Sinn. Ihre Schwester war auf die einzige Person in der Familie wütend gewesen, die nicht zulassen würde, dass ein Streit eskalierte, die es als ihre Pflicht ansah, Ruhe zu bewahren. Es war nicht fair, aber so war es nun mal. Damit wäre jetzt Schluss. Sobald Maryam ihre Schwester gefunden und sich vergewissert hätte, dass es ihr gutging, würde sie ein ernstes Wort mit ihr reden: über ihr Verhältnis zueinander und dass Maryam oft das Gefühl hatte, als selbstverständlich betrachtet zu werden. In Zukunft würde sie ihre Wünsche offen und ehrlich äußern. Saif ebnete ihr den Weg, und plötzlich fragte sie sich, warum er immer noch Single war. Vielleicht trauerte er ja seiner Ex hinterher. »Wolltet ihr beide, du und Lisa, eigentlich heiraten?«, fragte Maryam. Sie war froh, dass der Weg nicht breiter geworden war. Auf diese Weise fiel es ihr leichter, mit ihm zu sprechen.

Ihm schien es ähnlich zu gehen, weil er bereitwillig antwortete. »Wir haben davon gesprochen, aber wir wussten vermutlich beide, dass es nicht funktionieren würde.« Er lachte leise, und sie widerstand dem Impuls, sich nach vorn zu beugen und das Geräusch mit ihren Händen einzufangen. Sein Lachen war magnetisch. »Am Ende erkannte sie, dass sie jemanden heiraten wollte, der wusste, wer sie war und woher sie kam.«

»Tut mir leid«, sagte Maryam.

»Muss es nicht. Sie ist glücklicher mit Brendan. Sie sind sich in der Kirche begegnet, ihre Familien sind seit Jahren befreundet. Die beiden passen besser zueinander.«

Jede Beziehung hatte ihre Herausforderungen; Maryam war sich dieser Tatsache durchaus bewusst. Einige Paare starteten in großer Eintracht, lebten sich dann aber auseinander. Andere schienen auf den ersten Blick absolute Gegensätze zu sein, hatten aber genügend Gemeinsamkeiten, um miteinander zu wachsen. Auf sie und Yusuf hatte Ersteres zugetroffen, aber je mehr sie sich auf Saif einließ, desto größer wurde ihre Überzeugung, dass mit ihm alles anders sein könnte. *Dieser Mann könnte dich vernichten*, erinnerte sie eine dünne Stimme. *Und wenn es das wert ist?*, hielt eine andere Stimme dagegen.

»Warum wolltest du mich begleiten, Saif? Hast du nicht mittlerweile die Nase voll von mir?« Der jämmerliche Unterton in dieser letzten Frage war peinlich.

»Weil es mir eine bessere Option zu sein scheint, als im Hotel zu bleiben und mir Sorgen zu machen.« Endlich sah er sich nach ihr um. »Und nein, ich hab noch nicht die Nase voll von dir. Eigenartigerweise ist genau das Gegenteil der Fall.«

Der Weg wurde breiter, so dass sie nun nebeneinander gehen konnten. Maryam musterte Saif von der Seite. Ein gutaussehendes Gesicht: scharf geschnittene Nase, kräftige Kieferpartie, dunkler Dreitagebart. Er hatte sich nicht rasiert, und Maryam fragte sich, wie er wohl mit Bart aussehen mochte. Saif war immer glattrasiert gewesen, doch jetzt juckte es sie in den Fingern, über die Stoppeln zu streichen.

»Ich kann ganz gut auf mich selbst aufpassen«, sagte sie.

»Trotzdem würde ich mir Sorgen machen«, entgegnete er und wich ihrem Blick aus.

»Ich bin froh, dass du da bist«, sagte Maryam leise, und Saif neben ihr schwieg.

»Wir finden Saima«, sagte er schließlich. Die Aussprache zwischen ihnen vor dem Theater erwähnte er ebenso wenig wie den Schmerz, den sie ihm höchstwahrscheinlich zugefügt hatte. Schließlich hatte sie sich, nachdem er so offen und freundlich gewesen war, feige von ihm zurückgezogen.

Sie fühlte sich abscheulich wegen ihrer Reaktion; so oft schon hatte er ihr die Hand gereicht, und sie schlug sie immer wieder aus.

»Warum bist du nicht glücklich?«, fragte Maryam. »Das hast du nämlich behauptet, beim ersten Sahur.« Für das andere Gespräch, ihr Herz betreffend, war sie möglicherweise noch nicht bereit, aber eines konnte sie ihm schenken, ein offenes Ohr. »Ist es wegen deiner Trennung von Lisa?«

Saifs Lippen zuckten, als amüsierte ihn die Spur von Eifersucht in ihrer Stimme, aber dann schüttelte er den Kopf.

»Bist du es leid, Anwalt zu sein?«, fragte Maryam weiter, aber wieder schüttelte er den Kopf. »Hast du heimlich ein Death-Metal-Album aufgenommen, und jetzt Angst, dass deine Eltern dich enterben?« Es war ihr dritter Rateversuch, und Saif musste lachen.

»Es ist, als könntest du direkt in mein Herz sehen«, sagte er und lächelte ihr zu. Sie hatten mittlerweile die Stadtgrenze erreicht und lagen gut in der Zeit, trotz des Schnees. Bei dieser Geschwindigkeit, überlegte Maryam, hätten sie den Flughafen … irgendwann am kommenden Morgen erreicht.

»Sag mir den wahren Grund, warum du nicht glücklich bist«, bat sie ihn. »Ich frag dich das nicht nur, weil meine

Zehen taub sind und ich Ablenkung brauche. Ich frage dich, weil ... du mein Freund bist.«

Sie hielt den Atem an, womöglich hatte er ja etwas einzuwenden gegen diese Kategorisierung. Doch wenn sie Anna, die sie erst vor vier Tagen kennengelernt hatte, schon jetzt als ihre Freundin betrachtete, musste doch dieser langjährige Freund der Familie und Schwarm ihrer Jugend auch irgendwie als Freund durchgehen. *Ist er nicht mehr als das?*, meldete sich das leise Stimmchen wieder zu Wort.

»Als ich dieses Thema neulich zur Sprache bringen wollte, meintest du, ich soll meine Probleme gefälligst für mich behalten«, neckte er sie.

»Da hatte ich dich auch noch für einen selbstverliebten Typen auf der Suche nach Bestätigung gehalten.«

»Und jetzt?« In seiner Stimme schwang eine Spur Verletzlichkeit, als sei ihre Antwort für ihn essenziell.

»Jetzt weiß ich, wer du wirklich bist«, sagte sie sanft. »Sag mir, warum du nicht glücklich bist, Saif.«

Seine Augen verfinsterten sich, als er sie ansah und sich dann auf die umliegende Landschaft konzentrierte. Überall Schnee – auf der Straße, dem Gehweg, den leeren Feldern. Darunter wartete jedoch das Leben. Einige Wochen Wärme und Sonne, und an den Bäumen würden frische Blätter sprießen, Blumen würden erblühen, Felder und Wiesen grün werden und später dann Früchte tragen. Die Welt war ein Wunder, zu jeder Jahreszeit.

»Dass ich das Gefühl habe, auf der Stelle zu treten, habe ich dir schon erzählt, aber allmählich wird mir klar, dass es viel mehr ist als das. Ich dachte, ich vermisse vielleicht meine Familie, doch jetzt, nachdem ich ein wenig Zeit zum

Nachdenken hatte« – er lächelte grimmig, denn in den letzten Tagen hatten sie Zeit im Überfluss –, »frage ich mich allmählich, ob es nicht eher an meinen Lebensumständen liegt. Vielleicht stimmt ja nur mit *mir* was nicht.«

Ein Teil von ihr wollte Saif sofort versichern, dass alles in Ordnung war mit ihm, dass er ihrer Ansicht nach perfekt war. Doch gleichzeitig ahnte sie, dass er im Augenblick einfach nur jemanden brauchte, der ihm zuhörte. Nach einer kurzen Pause redete er weiter, den Blick starr geradeaus gerichtet.

»Weißt du noch, wie ich sagte, wir würden unsere Eltern vielleicht unterschätzen? Dass wir hin und wieder Entscheidungen getroffen haben, nur um Ärger zu vermeiden, ohne dass es wirklich Anlass dazu gegeben hätte? Ich denke, das trifft auch auf uns beide zu. Auf mich. Ich wollte Schauspieler werden, und als dieser Traum platzte, hab ich einfach … aufgegeben. Und jetzt, wo ich bin, was ich sein wollte – ein *überaus* erfolgreicher Anwalt« – er zog zum Spaß die Augenbrauen hoch, und Maryam musste schmunzeln –, »ist ein Teil von mir ärgerlich auf diesen anderen, jüngeren Saif. Weil er aufgegeben hat und weggelaufen ist. Weil er sein Scheitern nicht mit Fassung getragen und weitergekämpft hat. Weil er nicht am Ball geblieben ist. Ich weiß nicht, ob das irgendeinen Sinn ergibt.«

Er betrauerte sein jüngeres Selbst im Schatten des erfolgreichen Anwalts, der er geworden war. Maryam wusste vermutlich besser als jeder andere, wie er sich fühlte. War es ihr nicht genauso ergangen? Sie nickte. »Und ob«, sagte sie.

»Zu bestimmten Zeiten im Jahr spüre ich es besonders

stark. Versteh mich nicht falsch, ich liebe Kalifornien. Es ist schön da und sonnig, und ich hab eine Menge guter Freunde dort. Ich mag mein Arbeitsumfeld. Aber manchmal, vor allem im Ramadan, verspüre ich diesen heftigen Anflug von … Heimweh. Es klingt seltsam, ich weiß.«

»Du vermisst deine Leute, weil sie dich am besten kennen«, sagte Maryam.

Saif nickte. »Im Ramadan, wenn ich faste oder in die nächstgelegene Moschee fahre, muss ich immer daran denken, wie es war, als wir Kinder waren. Hier in Snow Falls, mit dir und deiner Familie, ist mir alles wieder eingefallen. Wahrscheinlich vermisse ich den, der ich war, bevor ich zu dem wurde, der ich heute bin.«

Maryam war gerührt. »Ich mag auch den Saif von heute«, gab sie zu. »Nicht nur den von damals.«

Saif blieb stehen und wandte sich ihr zu. »Und ich mag die Maryam von heute.«

Bei diesen Worten vollführte Maryams Herz einen Sprung. Wie fand Saif bloß immer die richtigen Worte? Sie wollte sein Vertrauen erwidern. Ihm etwas erzählen, was sie sich kaum selbst eingestanden hatte; sie wusste, er würde sie verstehen. »Manchmal bin ich böse auf Saima. Sie konnte von zu Hause fort, während ich daheimgeblieben bin. Ich bin glücklich in Denver«, beeilte sie sich zu sagen. »Aber manchmal wünschte ich mir, ich hätte ein abenteuerlicheres Leben führen können, so wie du. Ich liebe meine Schwester, aber für sie war es immer selbstverständlich, dass ich zu Hause bleibe und mich um alles kümmere. Als ich hier, während unserer … Schneefreizeit, plötzlich damit aufgehört habe, hat sie das schockiert, glaube ich.«

»Schneefreizeit«, wiederholte Saif nachdenklich. »Ist es das? Glaubst du, alles ist anders, wenn wir erst wieder in unseren Alltag zurückkehren?«

»Ich glaube, das liegt an uns«, sagte Maryam.

Sie waren wieder stehen geblieben. Bei diesem Tempo würden sie erst am darauffolgenden Nachmittag am Flughafen ankommen. Nur hatte Maryam sich plötzlich in Saifs dunkelbraunen Augen verloren und konnte sich nicht überwinden, auch nur einen weiteren Schritt zu tun. Seine Miene wurde weich, und er streckte eine Hand nach ihr aus.

Da trieb ein durchdringendes Hupen sie auseinander. Ein großer Lkw, an dem ein riesiges orangefarbenes Räumschild befestigt war, kam unter neuerlichem Hupen auf sie zugebraust. Der Lkw hielt neben ihnen an, das Fenster auf der Beifahrerseite öffnete sich, und eine besorgt wirkende Deb steckte den Kopf heraus.

»Da seid ihr ja! Wir hatten Angst, ihr würdet hier draußen noch erfrieren. Jerry hat mir angeboten, euch zu holen, als ich es ihm erzählt habe.«

»Was denn erzählt?«, fragte Maryam und nickte Jerry zu, einem älteren weißen Mann mit grauem Rauschebart. Der perfekte Weihnachtsmann, dachte sie.

»Saima ist nicht zum Flughafen unterwegs, wie wir vermutet hatten. Sie ist in die Stadt gegangen. Gerade ist sie in dieser kleinen Moschee.« Deb rückte ein Stück beiseite, um ihnen Platz zu machen. »Ihr müsst euch ordentlich zusammenquetschen. Es wird eng, aber wir können dich auf keinen Fall hier draußen lassen, Saif. Die Nächte sind viel zu kalt.«

Saif half Maryam nach oben, wobei die Wärme seiner

Hand sogar durch ihre Wollfäustlinge zu spüren war, und kletterte dann selbst in die Fahrerkabine. Deb hatte nicht übertrieben – sie saßen eingequetscht wie die Ölsardinen. Maryam wurde gegen Saif gedrückt. Sie versuchten beide, die Enge zu ignorieren, doch als sie einen flüchtigen Blick auf ihn warf, konnte sie sehen, dass seine Wangen gerötet waren, sogar als er ein wenig abrückte, um ihr mehr Platz zu lassen. Aus einem Impuls heraus legte sie ihre Hand auf seinen Arm.

»Ist schon okay«, flüsterte sie. »Danke, dass du mich heute Nacht begleitet hast.«

Saif sah ihr in die Augen. »Ich wüsste nicht, wo ich lieber wäre«, sagte er.

Sie blickten beide wieder starr geradeaus, und Maryam spürte ein Kribbeln im Arm an der Stelle, wo er gegen seine harte Brust gedrückt wurde. Saif rückte ein wenig zur Seite und legte den Arm über die Rückenlehne, um ihr mehr Platz zu verschaffen, doch die Bewegung bewirkte das Gegenteil, denn sie geriet aus dem Gleichgewicht und rutschte noch näher an ihn heran. Sie versteiften sich beide kurz, bevor sie sich vorsichtig entspannten. Maryam schloss die Augen und sog seinen Duft ein: Tannennadeln, Zitrusfrüchte und eine Spur Kaffee von seinem Sahur.

»Tut mir leid, wenn ich unangenehm rieche«, sagte er scheinbar zum Spaß, aber seine Stimme war heiser.

Sie blickte zu ihm hoch. Sie saßen so eng nebeneinander, dass ihr Kopf regelrecht unter seinem Kinn eingeklemmt war, und sie wehrte sich gegen den Drang, die Nase an seine Kehle zu drücken und tief einzuatmen. Diese körperliche Nähe war nahezu überwältigend.

»Du riechst immer gut«, sagte sie stattdessen, und er lachte verlegen.

Saif war die ganze Zeit für sie da gewesen, dachte Maryam. Er hatte ihr dabei geholfen, die Sahur-Mahlzeit zuzubereiten, hatte in jener ersten Nacht Essen bestellt, hatte Dadu Gesellschaft geleistet und immer wieder bewiesen, wie großzügig er war. Darüber hinaus hatte er ihr dabei geholfen, ihre Träume zu verwirklichen. Was da zwischen ihnen vorging, ließ sich immer schwerer ignorieren – gleichzeitig hegte etwas in ihr immer noch Zweifel, versuchte immer noch, dem Sog einer neuen Beziehung zu widerstehen.

»Nachdem alle weg waren, hat Sarah vom Café Topkapi bei uns angerufen«, erklärte jetzt Deb und unterbrach damit ihre Gedanken.

Sie bogen schon in die Main Street ein; Maryam war so mit Saif beschäftigt gewesen, dass sie kaum bemerkt hatte, wie die Zeit verging.

»Saima ist wohl schon seit einer Weile dort, aber es war schwierig, etwas aus ihr herauszubekommen, weil sie so heftig weinen musste. Als Sarah es geschafft hatte, sie zu beruhigen, hat sie sich sofort bei uns gemeldet, und zum Glück war Jerry in der Nähe, der gerade die Straßen räumte.«

»Ich bin mir nicht sicher, ob Saima mit mir sprechen will«, sagte Maryam und versuchte, ihr galoppierendes Herz zu ignorieren. »Sie ist ziemlich sauer auf uns alle.«

»Sie ist doch Ihre Schwester. Man streitet und ärgert sich über den anderen, aber dann verträgt man sich auch wieder. Ich habe drei Schwestern in Australien. Morgens schrien wir uns an, und abends saßen wir dann zusammengekuschelt auf der Couch. Wildkatzen nannte unsere Mum uns. Ich vermisse sie jeden Tag.«

Maryam starrte aus dem Fenster auf die hübschen Geschäfte, an denen sie langsam vorüberfuhren. Dank der übergroßen Reifen und des Schneepflugs bekam sie tatsächlich ein Stück Straße zu sehen. Sie richtete sich auf, als sie sich einem bezaubernden italienischen Restaurant näherten.

»Ist das nicht …«, fing sie an.

»Buon Natalie's, genau, ausgezeichnete Fleischbällchen«, sagte Deb.

»Sie haben da diesen Film gedreht, den meine Frau so toll findet, *Eine Nacht zur Weihnachtszeit*«, brummte Jerry. Er hörte sich sogar an wie der Weihnachtsmann, dachte Maryam.

Als sie an dem Restaurant vorbeifuhren, erkannte sie durchs Fenster ein vertrautes Pärchen – Josh und Anna, die Händchen hielten und einander tief in die Augen sahen. Ihre neuen Freunde so glücklich zu sehen, ließ ihr Herz dahinschmelzen.

Sie spürte, wie Saif neben ihr sich bewegte. »Ich bin froh, dass ich falsch lag mit Chase«, sagte er, so leise, dass nur sie es hörte. »Er mag Anna wirklich. Ich wette, sie kriegen das hin, sogar als Fernbeziehung.«

»Es geht schließlich nichts über einen Tarif mit günstigen Ferngesprächen«, sagte sie leichthin.

»Ich hab mir schon überlegt, mir so einen für das Zuckerfest zu besorgen«, sagte er und sah ihr in die Augen. Der Moment zog sich.

Jetzt ist es so weit, dachte sie mit klopfendem Herzen. Sag ihm, was du für ihn empfindest. Na los, Maryam! Trau dich!

Stattdessen drehte sie abrupt den Kopf zur Seite und fragte laut: »Jerry, wie wär's, wenn Sie im diesjährigen Weihnachtsstück den Weihnachtsmann spielen würden? Ich bin für das Textbuch verantwortlich, und ich finde, Sie wären perfekt für die Rolle.«

»Na klar«, sagte Jerry. »Dann will ich mal meine bessere Hälfte bitten, mein Kostüm abzustauben.«

Sie hörte Saif seufzen und spürte, wie er von ihr abrückte, bis sein Arm zwischen ihnen lag und wieder ein wenig Distanz herstellte. Sofort vermisste sie seine Wärme.

Vor dem Café Topkapi hielten sie an, und Saif sprang aus dem Wagen, drehte sich um und streckte ihr die Hand hin.

»Ruft uns an, wenn Jerry euch zurück zum Hotel fahren soll«, rief Deb aus dem Fenster.

Maryam wandte sich widerstrebend Saif zu; er wich ihrem Blick aus.

»Yusuf muss dir ganz schön weh getan haben«, sagte er. Es war keine Frage.

Maryams Hände zitterten, als sie die Fäustlinge überzog. »Ich glaube, ein Teil von mir liegt seitdem in Scherben.«

»Wir sind doch alle angeknackst«, sagte Saif. »Das Geheimnis ist, schöne neue Dinge aus den Bruchstücken zu fertigen. Ich hoffe, dir gelingt das eines Tages auch.« Er vergrub die Hände in den Hosentaschen. »Sprich mit Saima«, bat er, ohne sie anzusehen. »Es ist Zeit für die Wahrheit.«

Sarah eilte Maryam entgegen, als diese vor Saif das Café

betrat. »Deine Schwester ist unten in der Musalla«, sagte sie und deutete in Richtung des Gebetsraums.

Maryam ging die Treppe hinunter, die zu einem großen Raum mit niedriger Decke führte. Er war makellos sauber und trotz der tiefliegenden Fenster hell und freundlich. Der Boden war mit Keramikfliesen ausgelegt, die Wände graugrün getüncht. Am hinteren Ende war aus Holz ein behelfsmäßiger Minbar errichtet, die Kanzel, auf der freitags der Imam die Predigt zu halten pflegte. Ordentlich gefaltete Gebetsteppiche stapelten sich neben einem Bücherregal, in dem religiöse Texte aufbewahrt wurden. Saima saß, Beine über Kreuz, auf einem leuchtend roten Gebetsteppich, das dunkle Haar mit einem Baumwollschal bedeckt, den sie sich vermutlich von Sarah geborgt hatte. Ihre Schwester hielt den Kopf tief über die zum Du'a, zum Gebet, geformten Hände gesenkt. Maryam zog die Schuhe aus, und als Saima ihre Schritte hörte, blickte sie auf. Sie rappelte sich hoch, und einen Moment lang starrten die beiden Frauen einander an. Dann warf sich Saima mit einem Aufschrei in Maryams Arme und fing an zu schluchzen. Während sie ihre Schwester an sich drückte, ließ auch Maryam den Tränen freien Lauf.

Schließlich saßen sie Arm in Arm auf den hölzernen Stufen zum Minbar, und Saima hatte den Kopf an Maryams Schulter gelegt.

»Ich wollte zuerst zum Flughafen, aber es war zu kalt; außerdem war mir klar, dass Annas Ex mich wohl kaum an Bord seines blöden Privatjets lassen würde«, schniefte Saima. »Also bin ich die Main Street auf und ab getigert und hab mir entsetzlich leidgetan. Sarah hat mich gesehen und hierhergebracht. Als ich runter in die Moschee kam, ging's mir wieder total schlecht.« Erneut füllten Saimas Augen sich mit Tränen, während Maryam ihr zur Beruhigung über den Rücken streichelte. »Tut mir leid, dass ich in letzter Zeit so abscheulich zu dir war«, sagte Saima mit zitternder Stimme. »Ich hab dir die Schuld gegeben, für alles, dabei weiß ich doch, dass du nichts dafür kannst. Es ist allein meine Schuld.«

»Ist schon gut, ehrlich«, sagte Maryam und umarmte ihre Schwester. »Ich bin froh, dass du in Sicherheit und im Warmen bist. Ich habe mir andauernd vorgestellt, du würdest halb erfroren irgendwo auf dem Weg zum Flughafen in einer Schneewehe liegen. Ein Glück, dass du dich von diesem Nicholas Vandergrey ferngehalten hast!«

Sie mussten beide lachen, und schwiegen dann eine Weile. Endlich löste sich Saima aus Maryams Umarmung, wischte sich die Tränen fort und richtete sich auf. »Es ist wirklich alles meine Schuld«, wiederholte sie.

»Dann bist neuerdings *du* für das Wetter verantwortlich?«, neckte Maryam sie. »Ich weiß ja, dass Ärzte sich gern mal für nahezu gottgleich halten, aber das geht dann doch zu weit, sogar für dich.«

Saima rollte genervt mit den Augen. »Ich mein doch nicht das Wetter. Dass ich unbedingt im Ramadan heiraten wollte, im Winter. Und dass ich die ganze Organisation dir überlassen habe.« Sie holte tief Luft. »Die Wahrheit ist, ich hab's absichtlich getan.«

»Du hast dich in Miraj verliebt und beschlossen, ihn zu heiraten, und das alles absichtlich? Wow, das schockiert mich jetzt!«

Saima musste gegen ihren Willen lachen. »Ich meinte doch die Hochzeit, dass alles so schnell gehen musste. Ich hab das für *dich* getan.«

Maryam sah sie verständnislos an. Was auch immer sie von Saima erwartet hatte – Schuldzuweisungen, leidenschaftliche Argumente, tränenreiches Flehen, ihr einen Privatjet zu besorgen –, das war es jedenfalls nicht. »Dir ist aber schon klar, dass nicht ich es bin, die vorhat zu heiraten, oder? Inwiefern also für mich?«, fragte sie verdutzt.

Saima schüttelte ungeduldig den Kopf. »Ich hab's getan, weil ... weil ... weil du so festgefahren warst. Ich wollte dich aus deinem Trott reißen!«

Maryam starrte ihre Schwester an. »Was?«

Saima zupfte an ihrem ausgeborgten Hidschab herum, ihre Gesten ruhelos und fahrig. »Du bist schon so lange nicht mehr du selbst. Seit deiner Scheidung scheinst du verlernt zu haben, wie man glücklich ist.«

»Da dachtest du, wenn ich deine Last-Minute-Hochzeit arrangieren muss, erwache ich wieder zum Leben?«, fragte Maryam, der allmählich ein Licht aufging. »Aber wie hast du dir das vorgestellt?«

Saima schüttelte den Kopf. »Miraj und ich wollten wirklich heiraten, aber dass es unbedingt während der Feiertage passieren musste, war eventuell auf meinem Mist gewachsen. Mom, Dad und Dadu haben sich große Sorgen um dich gemacht. Du seist immer so still und in dich gekehrt, würdest überhaupt nicht mehr ausgehen, obwohl sie dich dazu ermutigten. Ich dachte, wenn ich dich aus deinem depressiven Sumpf heraushole, dir ein Projekt gebe, dem du dich widmen kannst, würdest du dich daran erinnern, was du alles verpasst. Es war bescheuert«, stellte Saima abschließend fest und vermied den Blick ihrer Schwester.

Maryam war einen Moment lang fassungslos, viel zu schockiert, um etwas zu empfinden. Es ging ihrer Schwester also gar nicht darum, unbedingt während des Fastenmonats zu heiraten? Das Ganze war ihr immer suspekt vorgekommen, andererseits war Saimas impulsives Wesen legendär. Maryam dachte an die anstrengenden Wochen fieberhafter Planung und Organisation, an den Stress, in letzter Minute für eine Hochzeit zu packen, die gar nicht unbedingt während der Feiertage hätte stattfinden müssen, und Zorn wallte in ihr auf.

»Weißt du eigentlich, wie viele Stunden ich am Telefon gehangen habe, um mit deinen *unausstehlichen* Schwiegereltern in *Kanada* über die Speisepläne und den Hochzeitsschmuck zu diskutieren?«, fragte Maryam, ihr Ton tödlich ruhig.

Saima neben ihr wurde blass. Maryam verlor selten die Beherrschung, aber wenn es doch einmal passierte, ging man am besten in Deckung. Sie sah sich schon mal nach einem passenden Versteck um.

Maryam fuhr fort. »Wir haben geschlagene zwei Stunden darüber geredet, welches Biryani das bessere sei, das aus Hyderabad oder das aus Pakistan. *Zwei Stunden!*« Maryam stieg vom Minbar herunter auf die kalten Fliesen und baute sich mit geballten Fäusten vor ihrer Schwester auf.

»Was gab es da zu diskutieren?«, warf Saima kleinlaut ein. »Natürlich ist das Biryani aus Hyderabad das beste.«

»Willst du mich auf den Arm nehmen?«, brüllte Maryam.

»Ich meine, die Hochzeit ist doch verschoben, also hat keine von uns ihren Willen bekommen«, sagte Saima, und ein Hauch Verdrossenheit kehrte in ihre Stimme zurück. »Ich hab aber wirklich auf dich aufgepasst. Warum, glaubst du, hab ich wohl Saif eingeladen? Er starrt dich an, seit wir gelandet sind.«

Maryam schloss die Augen und zählte langsam bis zehn, um ihren Atem zu beruhigen. Es war Ramadan, und während des heiligen Monats seine Schwester zu ermorden, war im Allgemeinen nicht gut angesehen. Zum Glück war er fast vorbei.

Als könne sie die Gedankengänge ihrer großen Schwester erraten, raffte Saima rasch ihre Sachen zusammen. »Wir sollten zum Hotel zurück. Sicher fragen sich schon alle, wo wir sind«, fing sie an, aber Maryam stellte sich ihr kopfschüttelnd in den Weg. Sie mussten sich unterhalten. Jetzt.

»Hast du mich wirklich deine Hochzeit planen lassen, um mich aufzurütteln? Oder hast du's getan, weil du es gewohnt bist, dass deine Schwester sich um dein Chaos kümmert?«, fragte sie.

Saima setzte sich wieder auf die Treppe, sagte aber nichts.

»Du warst wütend auf mich, weil ich nicht am Flughafen geblieben bin, weil ich mich am Weihnachtsspektakel beteiligt habe, aber hast du dich auch nur einmal gefragt, ob ich überhaupt Lust hatte, im Ramadan deine Hochzeit zu planen? Ob es mir Spaß macht, andauernd eure Probleme zu lösen? Oder ob ich nicht lieber was anderes tun würde, egal was? Du behauptest, dass du dir Sorgen machst um mich, dass sich Mom, Dad und Dadu Sorgen machen, aber als du von dem Weihnachtsspektakel erfahren hast, bist du ausgeflippt. Ist dir eigentlich klar, dass du deine Träume nur deshalb verwirklichen kannst, weil ich mich zurückgenommen habe? Ich bin in Denver geblieben, damit du mit deinem Leben anfangen kannst, was immer du willst.«

Saima wich zurück, verblüfft von Maryams Worten. »Ich hatte keine Ahnung, dass du so darüber denkst. Du wolltest doch Apothekerin werden. Ich dachte, du wärst wegen Yusuf unglücklich.«

Maryam ließ sich auf die kalten Fliesen sinken. »War ich ja auch. Bin ich noch. Aber ich hatte auch eigene Träume, Saima. Ich wollte immer schon Schriftstellerin werden.«

»Saif wusste das«, sagte Saima, als würde sie etwas durcharbeiten. »Deshalb hat er dich zum Theater mitgenommen.« Sie wirkte nun ehrlich zerknirscht. »Ich hab die ganze Zeit nur an mich gedacht, oder?«

Maryam zuckte mit den Schultern, doch dann nickte sie. Saima sollte ihr Verhalten einsehen. Es war der erste Schritt auf dem Weg zur Reue, vielleicht sogar zur Versöhnung. Sie vermisste ihre Schwester und wollte keinen geheimen Groll mehr gegen sie hegen. »Ich glaube, ich hab immer nur versucht, die Erwartungen anderer an mich zu erfüllen«, begann sie vorsichtig. »Das war mit Yusuf so, mit dir und auch mit Mom und Dad. Ich weiß nicht genau, wie ich auf die Idee kam, dass ich als gute Desi-Tochter immer zurückstecken muss, aber damit ist jetzt Schluss. Von nun an mach ich es besser, und dasselbe will ich jetzt auch von dir hören.«

Saima stieg die Minbar-Treppe herunter, setzte sich zu ihrer Schwester auf den Boden und schloss sie in die Arme.

»Ich hab dich lieb, Maryam«, sagte sie. »Es tut mir leid, dass ich so eine schreckliche Schwester war.«

Maryam lachte und drückte Saima an sich. »Ist schon gut. Ich hab den Weihnachtsmann um ein besseres Exemplar gebeten.«

Saima versetzte ihr einen Schlag auf den Arm. Sie schlüpften in ihre Schuhe, und Maryam sah sich im Gebetsraum um und bemerkte die liebevollen Details – Einbauregale für die Schuhe, hübsche handgemalte islamische Kalligraphie an den Wänden, sogar eine Nische im hinteren Bereich mit niedrigen Bänken, vermutlich für Kinder, zum Lernen. Alles wirkte sorgsam gepflegt und geliebt.

»Ich hatte Sorge, du würdest die Sache mit Miraj überstürzen«, sagte Maryam abrupt – jetzt war schon alles egal. »Ich will nicht, dass du denselben Fehler machst wie ich.«

Saima drückte ihre Hand. »Es ist nie falsch, jemanden zu lieben oder ein gemeinsames Leben mit ihm aufzubauen. Als ich Miraj begegnete, wusste ich sofort, dass er der Richtige für mich ist.« Sie versetzte ihrer Schwester einen Stoß gegen die Schulter. »Mit Saif ging's dir ähnlich, obwohl du damals erst zwölf warst.«

Maryam blickte zu Boden. »Allmählich weiß ich gar nichts mehr.«

Saima zog eine Augenbraue in die Höhe. »Du bist der klügste Mensch, den ich kenne, du weißt immer alles. Saif ist doch hin und weg von dir. Wann erlöst du ihn endlich aus seinem Elend und gibst zu, dass du immer noch auf ihn stehst?«

Maryam schüttelte den Kopf. »Es ist noch zu früh. Wir kennen uns kaum. Er lebt in Kalifornien.«

»Es ist nicht zu früh, du kennst ihn seit du ein kleines Kind warst, und man kann umziehen«, hielt Saima dagegen. »Du hast Angst. Aber das geht jetzt nicht mehr, weil die neue Maryam es besser macht, stimmt's?«

Maryam blickte beiseite. »Und wenn es nicht funktioniert?«, sagte sie. Nun hatte sie endlich offen ausgesprochen, was sie so ängstigte.

»Dann hast du's zumindest versucht«, sagte Saima. »Mehr kann letztlich niemand tun. Sag *bismillah* und versuch's. Du hast es verdient, glücklich zu sein.« Saima ging daran, die Treppe hinaufzusteigen, drehte sich aber noch einmal um. »Wann findet denn morgen das Weihnachtsspektakel statt?«, fragte sie. »Ich möchte mir gern das erste eigene Stück meiner Schwester ansehen.«

»Aber was ist mit der Hochzeit?«, fragte Maryam und folgte Saima nach oben, wo Sarah und Saif im Café auf sie warteten.

»Morgen hätte meine Nikah-Zeremonie stattfinden sollen, also sollte ich mich wohl allmählich mit der Realität abfinden. Die Hochzeit ist verschoben, wir können es nun mal nicht ändern«, sagte Saima nüchtern. »Zum Glück schneit es nicht mehr. Wir verlassen Snow Falls nach dem Spektakelmorgen und fliegen nach Denver zurück. Miraj und ich können eine kleine Nikah abhalten, sobald wir beide frei haben. Na komm, wir sollten zum Hotel gehen. Es ist schon spät.«

Der Versuch ihrer Schwester, positiv zu bleiben und Vernunft zu zeigen, machte Maryam traurig. Saima hatte sich immer eine große Hochzeit gewünscht. Alles andere würde ihrer lauten, extrovertierten Schwester nicht gerecht werden, fand sie. Aber Maryam konnte nichts tun. Saif hatte bereits Jerry verständigt, und so stiegen die drei schon bald in seinen Lkw. Saima legte den Kopf an Maryams Schulter und döste. Saif saß schweigend neben ihr, und die Stille zwischen ihnen wurde immer drückender.

»Danke, dass du mitgekommen bist«, sagte Maryam schließlich.

»Dazu sind Freunde da«, sagte Saif bemüht lächelnd, und Maryam verließ der Mut. »Da die Straßen jetzt wieder frei sind, reise ich wahrscheinlich morgen, gleich nach der Show, nach Kalifornien ab. Es ist an der Zeit, in die reale Welt zurückzukehren.«

In dem Bemühen, angesichts der Endgültigkeit seiner Worte nicht zusammenzuzucken, blickte Maryam starr nach vorn. Ein Teil von ihr wollte ihn bitten, seine Pläne zu ändern, in Snow Falls zu bleiben oder vielleicht gemeinsam mit ihr zurück nach Denver zu fliegen. Vielleicht konnten sie miteinander reden oder mehr Zeit miteinander verbringen. Nur wusste sie, dass sie keinen dieser Vorschläge je laut aussprechen würde. Ihre Schultern sackten nach vorn.

»Guten Flug, falls wir uns nach der Aufführung nicht mehr sehen sollten«, sagte sie. Die Worte klangen hohl in ihren Ohren. Sie hatte es doch so gewollt – warum brach es ihr dann fast das Herz?

Zurück im Hotel zeigten ihre Eltern und Dadu sich erleichtert, Saima wiederzusehen, und leisteten den beiden Gesellschaft bei einem späten Abendessen. Die Hochzeitsgesellschaft blieb lange genug im Foyer, um die Nachrichten zu hören. Am neunundzwanzigsten Tag des Monat's Ramadan wartete man üblicherweise voller Ungeduld, ob das Neulicht schon gesichtet worden war. Denn wäre dies der Fall, fände am darauffolgenden Tag Eid-al-Fitr statt, das Zuckerfest nach dem heiligen Monat. Wenn nicht, würden alle noch einen weiteren Tag fasten und erst am darauffolgenden Tag feiern. Normalerweise erhielt Maryams Familie die Nachricht von der Sichtung des Neulichts über die Telefonkette ihrer Community. In Snow Falls hörten sie es in den Nachrichten – aufgrund der besonderen Konstellation in diesem Jahr interessierten sich die Menschen für alle drei Religionen und deren Besonderheiten. Wie sich herausstellte, war in Nordamerika das Neulicht noch nicht gesichtet worden; demnach würde man Eid erst am 26. Dezember feiern.

Während alle anderen schon auf ihren Zimmern waren, blieb Maryam noch im Foyer, trank Tee und starrte in die Flammen, dankbar für die Stille. Ein Teil von ihr versuchte noch immer, mit Saimas verschobener Hochzeit klarzukommen – schließlich hatte sie sechs stressige Wochen mit der Planung verbracht. Da betraten Anna und Josh das Hotel, Maryam lächelte, als die beiden händchenhaltend auf sie zusteuerten.

»Hey, meine Freundin, wie geht's dir?«, fragte Anna, und das Leuchten in ihren Augen wurde etwas fahler, als sie Maryams deprimierte Miene bemerkte.

»Gut«, sagte Maryam und bemühte sich, etwas Farbe in ihre Stimme zu bekommen.

»Ich könnte uns Tee kochen«, schlug Josh vor.

Anna nickte und setzte sich neben Maryam.

»Tut mir leid«, sagte Maryam. »Ich sollte dich fragen,

wie dein Abend mit Josh gelaufen ist, obwohl ich die Antwort vermutlich schon kenne.« Sie lächelte, und Anna legte eine Sekunde lang den Kopf an Maryams Schulter.

»Ja, es sieht gut aus. Aber wir können später darüber reden. Sag mir lieber, was los ist.«

Maryam hatte ihr den dramatischen Abend zur Hälfte geschildert, als Josh mit zwei dampfenden Tassen aus der Küche kam. Eine davon reichte er Anna, und zögerte. Maryam bedeutete ihm zu bleiben, und er setzte sich neben Anna und griff nach ihrer Hand.

Maryam erzählte ihre Geschichte zu Ende.

»Toll, dass Saima nichts zugestoßen ist. Aber was deprimiert dich denn so?«, fragte Anna.

Mit einem verlegenen Blick auf Josh erklärte Maryam: »Es ist wegen Saif. Und wegen Saima. Nicht beide zugleich, aber ... parallel sozusagen.«

Anna nickte verständnisvoll. Maryam fuhr fort, ihr ganzes Unglück sprudelte auf einmal nur so aus ihr heraus. »Saif hat sich so um mich bemüht, immer und immer wieder. Er will mich besser kennenlernen, ist immer nur lieb und großherzig. Und ich bekomme ständig Panik und laufe davon. Was stimmt bloß nicht mit mir?« Maryam schlug die Hände vors Gesicht.

Anna legte Maryam sanft den Arm um die Schultern. »Du bist genau richtig«, sagte sie so überzeugend, dass Maryam ihr fast glaubte. »Jemand, dem du vertraut hast, hat dich tief verletzt. Also frag dich lieber, ob du Saif eine Chance geben willst? Wenn nicht, ist das völlig in Ordnung.«

»Ist Saif dieser groß gewachsene Anwalt, der *Captain*

Eagleman nicht mochte?«, fragte Josh. Maryam nahm die Hände vom Gesicht und sah ihn an, und er lächelte verlegen. »Tut mir leid, ich kann mir Namen nicht gut merken. Und in diesen Beziehungskisten bin ich auch nicht besonders herausragend. Warum hätte ich mich wohl sonst auf eine Pseudobeziehung eingelassen? Also ... ich stimme allem zu, was Anna gesagt hat.«

Die Mädels lachten, und Maryam fühlte sich besser. »Ich will ihm ja eine Chance geben. Aber er hat mir jetzt dreimal seine Liebe gestanden, und jedes Mal war ich ... wie versteinert.«

»Vielleicht ist das ja gerade das Problem«, sagte Anna nachdenklich. »Vielleicht solltest *du* die Initiative ergreifen und vor *ihm* niederknien. Damit *du* weißt, dass du wieder bereit bist für die Liebe.«

Josh strahlte Anna an. »Du bist wunderschön, klug und darüber hinaus auch noch schlau. Was habe ich für ein Glück!«, sagte er.

Maryam dachte über Annas Worte nach. »Das Weihnachtsspektakel ist morgen, und kurz danach reisen alle ab. Bleibt da überhaupt noch Zeit für so etwas?«

»Ich helfe dir«, sagte Anna sofort. »Denk immer daran: Deine Geste muss von Herzen kommen und persönlich sein. Sie sollte euch beiden etwas bedeuten.«

»Wow, ich glaube, ich bin ein klein wenig eifersüchtig«, murrte Josh.

Maryam umarmte Anna, aber ihre zweite Sorge – Saimas abgesagte Hochzeit – erhob sich vor ihr wie ein Spuk, und sie runzelte die Stirn. Als könnte sie Maryams Gedanken lesen, drückte Anna ihre Hand.

»Du machst dir Sorgen um Saima?«, fragte sie mitfühlend.

»Sie hat zum Glück akzeptiert, dass die Feier verschoben werden muss, aber ich wünschte, ich könnte die Sache für sie in Ordnung bringen. Ich weiß, wie viel Saima, meinen Eltern und sogar Dadu diese Hochzeit bedeutet. Ich will sie nicht enttäuschen.«

»Niemand ist enttäuscht«, sagte Josh mit Nachdruck. »Da bin ich ganz sicher.«

»Nein, vermutlich nicht«, sagte Maryam. »Warum werde ich dann das Gefühl nicht los, versagt zu haben? Ich hatte mir fest vorgenommen, für meine Familie, vor allem meine Schwester ein schönes Fest zu arrangieren. Es ist eben nicht nur irgendein Tag – es ist eine Erinnerung, die sie bis zu ihrem Lebensende begleiten wird. Aber wie ich es auch drehe und wende, mir fällt einfach keine Lösung ein.«

»Vielleicht kann ich ja helfen.« Saif näherte sich vorsichtig dem Trio, grüßte aber nur Anna und Josh. »Ramadan – das ist die Zeit der Versöhnung. Ich dachte mir, ich sollte meinen eigenen Rat befolgen und mit meiner Familie sprechen. Also hab ich meinen Bruder Raihan angerufen.« Jetzt endlich sah er Maryam an, aber sein Blick blieb reserviert.

Dennoch konnte Maryam nicht verhindern, dass sich ein Lächeln auf ihr Gesicht stahl. »Wie schön, Saif. Ich möchte wetten, er hat sich gefreut.«

Saif nickte steif. »Er ist wohl eher aus allen Wolken gefallen, doch als ich ihn um einen Gefallen bat, bekam er wieder Boden unter den Füßen. Mein Bruder arbeitet neuerdings für eine Charterfluggesellschaft.«

Maryam bekam große Augen. »Was sagst du da?«

»Als du wissen wolltest, ob ich jemanden kenne, der einen Privatjet hat, habe ich Raihan ganz vergessen. Ich hab ihm angeboten, unentgeltlich seinen neuen Boss zu beraten; als Gegenleistung sollte er uns einen Rabatt gewähren für einen Charterflug nach Snow Falls.«

Maryam blieb einen Moment lang die Spucke weg. Doch dann zog sie ein langes Gesicht. »Die Hochzeit wäre morgen gewesen. Sie haben schon alles abbestellt, die Lokalität, das Catering, einfach alles. Selbst wenn wir es nach Toronto schaffen würden, wäre es zu spät. Diese Hochzeit kann nicht stattfinden.«

»Ich weiß«, sagte Saif, und sein Blick wurde endlich weich, als er Maryam ansah. »Deshalb hab ich Raihan auch gebeten, einen Flug von Toronto aus zu chartern.«

Anna begriff als Erste; sie klatschte in die Hände und sprang aufgeregt von der Couch. »Dann können wir Saimas Traumhochzeit ja hier feiern, in Snow Falls!«

NEUNZEHN

Anna

25. Dezember

Erster Weihnachtsfeiertag
4. Nacht des Lichterfestes Chanukka
Letzter Tag des Fastenmonats Ramadan

Anna träumte vom Weihnachtsmann, der auf einer riesigen Chanukkia saß, von mehreren Rentieren mit leuchtenden Mondsichelohren gezogen, und Geschenke verteilte, als ein lautes Klopfen sie aufschrecken ließ.

Sie stand auf, tapste zur Tür und rieb sich dabei den Schlaf aus den Augen.

»Zimmerservice«, sagte eine vertraute Stimme. Lächelnd öffnete sie die Tür, ohne sich darum zu kümmern, dass sie schlafzerzauste Haare hatte und wieder den törtchenverzierten Flanellpyjama trug.

»Guten Morgen, meine Schöne«, sagte Josh. Er hatte einen schwankenden Stapel hübsch verpackter Geschenke im Arm. »Darf ich reinkommen? Ich wollte der Erste sein, der dir frohe Weihnachten wünscht.«

Er deponierte die Geschenke auf dem Tisch, drehte sich zu ihr um und nahm sie in die Arme. Dann küsste er sie zärtlich.

»Draußen wartet noch etwas auf uns«, sagte er, löste sich aus der Umarmung und verschwand wieder im Flur. Sekunden später kam er mit einem Tablett zurück, auf dem sich eine Kaffeekanne und eine weiße Schachtel mit Gebäck befanden.

»Ist es das, wofür ich es halte?«

»Du kennst es. Da wir bald aus Snow Falls abreisen, werden wir wohl so schnell nicht mehr an Ananas-Rugelach kommen. Genießen wir sie, solange wir können.«

Anna wusste, dass er sie nicht hatte traurig machen wollen. Und dass es auch absolut keinen Grund dazu gab. Es war der Weihnachtsmorgen, und sie verbrachte ihn an einem Ort, den sie mochte, mit einem Menschen, den sie sehr gern hatte – und der ihre Gefühle erwiderte. Sie musste den Moment genießen, ohne sich um die Zukunft zu bekümmern. »Hast du denn für alle Leute im Hotel Geschenke gekauft?«, fragte Anna mit einem Blick auf den Geschenkestapel.

»Nö, nur für dich.«

»*Alle*? Aber das ist zu viel!«

»Es ist doch Weihnachten und Chanukka zugleich. Da braucht man acht Geschenke, und noch eins obendrauf.«

»Wirklich? Das wusste ich noch gar nicht. Ich hab bloß ein Geschenk für dich.« Sie holte ein Päckchen aus ihrem Schrank und legte es neben seinen Stapel.

»Nun ja«, sagte er und nahm sie wieder in die Arme. »Da fallen mir acht, neun Möglichkeiten ein, wie du das wiedergutmachen kannst ... wie wäre es zunächst mal mit einem Kuss?«

Sie ließen sich Zeit, küssten sich immer wieder, unterhielten sich, tranken Kaffee, naschten von dem Gebäck, und so brauchten sie ein paar Stunden, bis alle Geschenke ausgepackt waren –, und Anna dachte erstaunt, dass sich dieser Weihnachtsmorgen genauso heimelig und warm anfühlte wie die Feste in ihrer Erinnerung. Josh hatte ihr Winterstiefel und einen Parka gekauft. »Dann brauchst du dir nichts mehr vom Hotel zu borgen«, hatte er gesagt, »und außerdem zweifle ich immer noch ein bisschen daran, ob du wirklich warme Wintersachen besitzt.« Er hatte ihr auch ein Paar Fäustlinge mit dem Emblem der Toronto Maple Leafs geschenkt, Rosenquarz-Ohrringe von June's Zauberkessel, die Pfauen-Briefbeschwerer von Kate's Kuriositäten, Chanukka-Schokogeld aus Gingers Konditoreicafé – und zu guter Letzt ein unbefristetes Flugticket, das Annas Melancholie angesichts des bevorstehenden Abschieds von Snow Falls ein wenig lindern konnte.

»Ich wollte nur sicherstellen, dass du ohne den geringsten Zweifel weißt, dass wir es zwar langsam angehen, ich dich aber jederzeit und so oft wie möglich in L.A. sehen möchte«, sagte Josh, als Anna auf das Flugticket starrte, während die unterschiedlichsten Emotionen in ihr herumwirbelten. »Und ich komme dich natürlich auch in Denver besuchen. Ich meine, wenn du das willst?«

»Natürlich will ich das«, sagte Anna, legte das Flugticket behutsam auf den Beistelltisch und kuschelte sich in seine Arme. »Ich bin nur noch nicht sicher, wie mein Leben aussehen wird oder wo ich wohnen werde. Aber du sollst ein Teil davon sein, so viel steht fest.«

Josh strich ihr durchs Haar und zog dann sanft ihr Gesicht an das seine heran.

»Ja, so viel steht fest«, sagte er und küsste sie. »Mach dir keine Sorgen.« Wieder küsste er sie. »Wir können uns gegenseitig unterstützen.« Der dritte Kuss war noch inniger. Er schob sie von sich, um ihr in die Augen zu sehen, und streichelte ihr über die Wange. »Ich geh nirgendwohin, Anna.«

Ihre Gesichter waren immer noch nah beieinander. »Hast du denn keine Pläne?«, flüsterte sie.

»Ich werde mir ein wenig Zeit nehmen, genau wie du. Mir spuken da ein paar Ideen für ein Drehbuch im Kopf herum, und eines hab ich in dieser Woche gelernt: Wenn einem etwas am Herzen liegt, muss man es weiterverfolgen.« Er ließ seine Hand ihren Rücken hinuntergleiten, und ihr ganzer Körper sprühte Funken. »Ich muss definitiv ein paar Wochen zu Hause verbringen, bevor ich nach L.A. zurückkehre und versuche, alles ein bisschen anders anzugehen. Aber im Augenblick ...« Seine Arme hielten sie fest umschlossen. »Irgendwie will ich einfach in der Gegenwart bleiben, weißt du?«

Sie war gerade dabei, sich wieder in seinen Küssen zu verlieren, aber bei dem Wort »Gegenwart« merkte sie auf.

»Ich hab was für dich«, sagte sie, plötzlich schüchtern. Und wenn er es nicht mochte? Wenn es zu anmaßend war? Wenn es mit seinem Plan kollidierte, seine Mom zu besuchen?

Widerstrebend entwand sie sich seiner Umarmung und stand auf, um das Geschenk zu holen, das in einem schmalen Umschlag steckte, umwickelt mit Goldfolie. Er zog sie wieder in seinen Schoß und umschloss sie mit seinen Armen. Ihr Rücken war gegen seine Brust gepresst, sein Kinn ruhte auf ihrer Schulter, und während er den Umschlag öffnete, atmete er sanft gegen ihr Ohr und sandte ihr Schauer über den Rücken.

Heraus fielen zwei Tickets. »27. Dezember, in Ottawa, die Leafs gegen die Senators!«, rief er aus.

»Tut mir leid, vielleicht hätte ich es nicht tun sollen«, sagte Anna. »Ich war in unserem Pub, um was abzuholen, da hörte ich Ron und Don über ihre Saisontickets reden, also hab ich einfach gefragt, ob ich zwei haben könnte. Aber ... das würde bedeuten, dass wir so lange hierbleiben. Und du musst doch nach Hause zu deiner Mom, also willst du wahrscheinlich so schnell wie möglich weg ...«

Mit einem dicken Kuss brachte er sie zum Schweigen. An seinen warmen Körper gepresst, entspannte sie sich. »Anna, meine Mom liebt mich und will, dass ich glücklich bin.« Er zeichnete mit einem Finger die Form ihrer Lippen nach. »Sie weiß schon, wie gern ich dich habe, und sie würde es absolut verstehen, wenn ich hier mit dir noch ein paar zusätzliche Tage verbringe.« Und bevor Anna es sich versah, küssten sie sich inmitten von Geschenkpapier und Schleifen erneut leidenschaftlich, und alles andere war vergessen.

Mit Bedauern löste sich Anna von ihm. »Ich würde nichts lieber tun, als hier den ganzen Tag mit dir zu verbringen, aber es wird langsam spät, wir müssen zum Theater.«

»Ah ja«, sagte Josh, küsste sie aber weiter, bis sie ihm spielerisch einen Klaps versetzte.

»Wir können doch nicht einfach hierbleiben und Maryam und die anderen im Stich lassen. Es wäre falsch ...«

Wieder küsste er sie. »Es fühlt sich aber doch so richtig an ...«

»Na komm, ich weiß, dass du das nicht so meinst. Und dafür haben wir später noch Zeit genug. Aber ein paar Minuten gehen sicher noch in Ordnung …«

Nachdem Anna sich angezogen hatte, ging sie nach unten, um sich gemeinsam mit den anderen auf den Weg zum Theater zu machen. Mr. Dadu wartete bereits am Kamin.

»Mr. Dadu! Frohe Weihnachten«, rief sie ihm zu und ging zu ihm hinüber.

»Auch Ihnen frohe Weihnachten, meine Liebe! Sie sehen ausgesprochen glücklich aus heute.«

»Es ist ja auch ein glücklicher Tag, oder? Es gibt so viel zu feiern.«

»Wohl wahr, wohl wahr. Darf ich Ihnen Kaffee eingießen?«

»Ich habe zwar schon welchen getrunken, aber ja, warum nicht? Wir haben schließlich viel zu tun heute.« Sie setzte sich neben ihn, und er goss ihr eine dampfende Tasse ein.

»Ich hab Ihr Geschenk erhalten, Miss Anna, und freue mich sehr darüber. Am meisten freut mich aber, Sie immer noch hier zu sehen. Ich war ziemlich enttäuscht, als ich hörte, Sie würden uns verlassen. Dann hatten Sie wohl noch eine Menge zu klären?« Er zog eine Augenbraue in die Höhe.

»Sie haben recht, ja. Und ich bin froh, mich anders entschieden zu haben.«

»Manchmal braucht man nur ein wenig Zeit, um über alles nachzudenken«, sagte er. »Auch wenn es schwierig erscheint.«

Sie nickte beipflichtend. »*Wo kein Wind, da keine Wellen*, sagte mein Dad immer. Ich bin dankbar für diese turbulente Woche, weil ich eine Menge gelernt habe. Zum Beispiel, dass ich hier ganz und gar nicht aufgeschmissen war.«

Mr. Dadu lächelte. »Keiner von uns war wirklich aufgeschmissen, oder?«

Anna blickte versonnen in die Flammen. »Über eines bin ich mir noch nicht im Klaren«, sagte sie und erzählte Mr. Dadu von dem Brief ihrer Stiefmutter und der Tatsache, dass diese gern wieder mit ihr in Kontakt treten würde. »Ich klammere mich schon so lange an meiner Verbitterung fest, dass es sich fast ... beängstigend anfühlt, davon abzulassen, verstehen Sie?«

Mr. Dadu nickte und starrte ebenfalls in die Flammen. »Ihr Vater hat Sie doch immer gut beraten, oder? Sicher hat er auch davon gesprochen, was es mit der Verbitterung auf sich hat? Dass sie wie ein Gift ist, das man trinkt und darauf wartet, dass der andere stirbt?«

Anna lachte. »Ja, der Spruch kommt mir bekannt vor. Oder wie wär's damit: Wer auf seinem Groll beharrt, hält das Messer quasi verkehrtherum? Wer verbittert ist, sieht alles nur aus einer Perspektive – der *seinen*. Nachdem ich Beths Brief gelesen hatte, wurde mir klar, dass ich mich so sehr an meine Verbitterung geklammert hatte, dass ich nicht einmal bemerkte, wie sehr sie mir fehlt. Ich bezweifle zwar, dass ich je verstehen werde, wie sie nach dem Tod meines Vaters so schnell wieder heiraten konnte, aber eines weiß ich ganz sicher: Niemand hat es verdient, so etwas durchzumachen. Sie hat die Liebe ihres Lebens verloren.«

Mr. Dadu stocherte einen Moment lang mit einem Schürhaken im Feuer herum, lehnte ihn dann wieder an den Kamin und wandte sich Anna zu. »Ich mache kein Hehl aus der Tatsache, dass ich Witwer bin und meine Frau entsetzlich vermisse. Es vergeht kein Tag, an dem ich nicht an sie denke und mir wünsche, sie wäre immer noch hier bei uns. Ich kann mir denken, dass es Beth mit Ihrem Vater ganz ähnlich geht.«

»Ich weiß, trotzdem frage ich mich, wie sie ihn dann einfach hinter sich lassen konnte?«

»Ist Ihnen nie in den Sinn gekommen, dass sie das gar nicht getan hat? Dass man einen Menschen, den man wirklich liebt und dann verliert, im Grunde nie hinter sich lässt, nicht wirklich?«

»Aber sie hat doch wieder geheiratet.« Anna schämte sich ein wenig, dass sie sich anhörte wie ein bockiges Kind, aber Mr. Dadu lächelte nachsichtig.

Dann schweifte sein Blick in die Ferne. »Meine Frau starb im Winter vor drei Jahren. Etwa ein Jahr nach ihrem Tod nahm ich mit einer alten Freundin der Familie Kontakt auf, die etwa zur gleichen Zeit ihren Mann verloren hatte. Wir sind ein paarmal spazieren gegangen, haben den ein oder anderen Kaffee zusammen getrunken, und mir wurde klar, dass zwischen uns möglicherweise etwas erblühen könnte.« Er seufzte. »Also hab ich sie weggestoßen. Ich war überzeugt, dass ich die Erinnerung an meine Frau entehren würde, wenn ich solche Gefühle zuließ, und dass es ihr gegenüber nicht fair wäre. Meine Bekannte hat mich verstanden. Sie wollte mich nicht drängen, und sie hatte selbst zu kämpfen mit ihrer Trauer um ihren geliebten Mann. Als ich sie das nächste Mal sah, ging mir ein Licht auf – dass ich nie über meine Frau hinwegkommen würde, aber dass meine liebe Kulsoom gewollt hätte, dass ich glücklich bin. Ich hatte erkannt, dass ich jemanden gernhaben und gleichzeitig die Erinnerung an meine Frau in Ehren halten konnte. Doch leider hatte meine liebe Freundin schon einen anderen geheiratet.« Er neigte den Kopf zur Seite und lächelte ein wenig traurig. »Ich habe diese Geschichte noch nie jemandem erzählt, Anna. Sie müssen mein Geheimnis für sich behalten. Ich habe nicht viel zu bereuen in meinem Leben, aber das gehört dazu, wenn ich ehrlich bin. Ich wünschte, ich hätte die Chance auf Liebe und Glück ergriffen, als sie sich bot, anstatt zu glauben, es sei der falsche Zeitpunkt. Wenn man jemanden verliert, gibt es keinen ›richtigen Zeitpunkt‹. Man muss das Glück festhalten, wenn es einem begegnet, und dabei akzeptieren, dass auch die Trauer immer bei uns bleibt.«

Anna spürte einen Kloß im Hals. »Sie haben so recht, Mr. Dadu. Genau das musste ich hören. Danke. Sie finden immer die richtigen Worte. Und das mit Ihnen und Ihrer Freundin tut mir aufrichtig leid.«

Er lächelte, und jetzt war es kein so trauriges Lächeln mehr. »Aber nein, das muss es nicht. Ich habe eine wunderbare Familie, wie Sie wissen, und ein sehr erfülltes Leben. Aber ich muss gestehen, dass ich jemanden wie Beth bewundere. Anders als viele hat sie etwas über die Trauer herausgefunden. Es hatte nichts mit Ihnen zu tun, Anna, und ich bin sicher, dass sie Ihnen nicht absichtlich weh getan hat. Es klingt, als hätte sie Sie wirklich gern in ihrem Leben. Sie sollten ihr eine Chance geben und sich ein offenes Herz bewahren.«

»Danke, Mr. Dadu«, sagte Anna. »Das werde ich.«

»Es ist die richtige Entscheidung. Wieder mal.« Er zwinkerte ihr zu. »Sie haben eine Glückssträhne!«

»Wie soll ich nur ohne Sie und Ihre täglichen Weisheiten zurechtkommen?«

Er griff nach ihrer Hand und drückte sie. »Miss Anna, ich bin immer für Sie da, ein Anruf genügt. Dass wir Snow Falls bald verlassen, heißt noch lange nicht, dass wir uns aus den Augen verlieren müssen. Sie sind in dieser Woche zu einem Ehrenmitglied der Aziz-Familie geworden, weil Sie so großzügig und freundlich zu uns allen waren –, das werden wir nicht vergessen. Versprochen.«

Anna hatte sich das Stück eigentlich hinter den Kulissen ansehen wollen, um sofort zur Stelle zu sein, falls irgendetwas mit der Bühnenausstattung schiefgehen sollte – aber Bruce bestand darauf, dass sie vorne saß, in der ersten Reihe.

»Sie haben so schwer gearbeitet und das beste Bühnenbild gestaltet, das wir je hatten«, sagte er. »Selbst wenn etwas nicht klappt, werden wir sicher allein damit fertig. Sie haben es verdient, sich das Stück ganz in Ruhe anzuschauen. Bitte, ich bestehe darauf.«

Und so saß Anna auf einem bequemen Platz in der vordersten Reihe, als der Vorhang sich hob zur Premiere von Maryam Aziz' *Feiertagsgeschichte*. Sie sprang auf und klatschte, als der Name ihrer Freundin fiel, setzte sich aber schnell wieder hin, damit es losgehen konnte.

Die Geschichte handelte von einer Frau namens Elvira Scrooge, die von ihrem Job als Managerin einer großen Firma so stark vereinnahmt wurde, dass der Konzern die

Einwohner einer Kleinstadt beauftragte, sie an den wahren Geist der Feiertage zu erinnern. Im Laufe von drei Akten wurde Elvira Scrooge von drei Feiertags-Guides heimgesucht: Den Ramadan-Guide spielte Saif, den Chanukka-Guide Josh, und den Weihnachts-Guide Celine. Sehr zur Freude von Mr. Dadu und den übrigen Zuschauern endete das Stück mit einem mitreißenden Bollywood-Song zum Mitsingen: Der Text zu A.R. Rahmans Klassiker »Chaiyya Chaiyya« wurde per Overhead-Projektor an die Wand geworfen. Das Publikum gab sich alle Mühe, mit einzustimmen; der wiederkehrende Refrain erleichterte das Ganze. Bald improvisierten die Leute auf den Gängen Bollywood-Tänze, sehr zu Dadus und Annas Belustigung.

Als der Vorhang fiel, war Annas Stimme heiser vom Singen, ihre Hände schmerzten vom Klatschen, und ihre Füße vom Tanzen. Es war eine erstklassige Aufführung gewesen – vor allem Josh glänzte in seiner Rolle als Chanukka-Guide. Er hatte dem Publikum seine Liebe zu einem Fest vermittelt, das auch ihr persönlich viel bedeutete.

Anschließend drängten die Zuschauer sich auf den Marktplatz, wo Ron und Don Buden errichtet hatten, in denen sie Glühwein und heißen Most servierten. Auch Ginger bot ihre Backwaren an, und der Besitzer von Buon Natalie's verkaufte gefüllten Truthahn und Fleischbällchen mit Preiselbeersauce. Josh war noch mit der restlichen Belegschaft im Theater, aber Anna ging davon aus, dass er bald herauskommen würde und sie Gelegenheit hätte, ihm persönlich zu gratulieren. Sie schlenderte über den Platz, kostete von den Speisen und Getränken und grüßte all die bekannten Gesichter.

Dann entdeckte sie Maryam, umringt von ihrer begeisterten Familie. Sie winkten Anna zu sich.

»Maryam! Ich gratuliere dir! Das war großartig. Du hast das so toll gemacht! Ich bin stolz auf dich. Jetzt ist es offiziell, du bist Schriftstellerin.«

»Danke«, sagte Maryam. Sie strahlte. »Es ist wirklich gut angekommen, oder? Ich hatte so viel Spaß.« Dann aber wurde sie ernst. »O Anna. Ich werde das alles schrecklich vermissen. Dabei hätte ich nicht im Traum daran gedacht, hier morgen das Zuckerfest zu feiern. Und doch ... es fühlt sich absolut richtig an.«

»Es wird sich noch besser anfühlen, wenn wir Saima die Neuigkeit überbracht haben, dass ihre Hochzeit nun doch stattfinden wird. Und nach deiner Überraschung für Saif natürlich«, sagte Anna.

Maryam vergewisserte sich, dass niemand von der Hochzeitsgesellschaft sie belauschte, und tippte sich verschwörerisch an die Nase.

»Entschuldigen Sie, ich suche nach Anna Gibson«, sagte eine fremde Stimme.

Anna drehte sich um und sah sich einer Frau mit wasserstoffblondem Haar und einer grellroten Strickmütze gegenüber. Hinter ihr stand Samantha, die Set-Design-Assistentin, die gestern hinter die Bühne gekommen war, um Chase' Kostüm abzuholen. »Das ist sie«, flüsterte Samantha und stupste die andere Frau an.

»Anna Gibson?«, wiederholte die Frau.

»Ja, das bin ich«, sagte Anna unsicher.

»Hi, ich bin Kiki Andrade, leitende Set-Designerin für den Film, der hier in der Stadt gedreht wird. Es freut mich außerordentlich, Sie kennenzulernen. Sind Sie für die wunderbare Bühnenausstattung heute verantwortlich?«

»Ja, schon, aber es gab so viele, die mir dabei geholfen haben …«, sagte Anna bescheiden, doch Maryam fiel ihr ins Wort:

»Sie hatte ein Team aus Freiwilligen, aber das Konzept stammt allein von ihr. Sie ist ein Genie in Sachen Bühnenausstattung!«

Das Kompliment trieb Anna die Röte ins Gesicht.

»Und ob sie das ist«, sagte Kiki und sah Anna bewundernd an. »Sie haben mit Ihrem Design die Atmosphäre aller drei Feste wunderbar eingefangen – was nicht einfach ist, und wie ich hörte, hatten Sie nur wenige Tage Zeit. Ich bin zutiefst beeindruckt. Ich würde sehr gern mit Ihnen arbeiten, wenn Sie nicht anderweitig beschäftigt sind.«

»Oh«, sagte Anna überrascht. »Wollen Sie damit sagen …«

»Damit will ich sagen, dass Sie mich möglichst bald anrufen sollten«, sagte Kiki, zog eine Visitenkarte aus der Tasche und gab sie Anna. »Wir müssen uns unbedingt treffen und über künftige Projekte sprechen. Mal sehen, was Sie interessiert. Sind Sie demnächst zufällig in Los Angeles?«

Anna dachte an das undatierte Flugticket in ihrem Hotelzimmer. »Ja, das hatte ich vor, schon sehr bald sogar …«

Kiki ergriff ihre Hand und schüttelte sie. »*Bitte,* rufen Sie zuerst mich an, bevor Sie sich an andere Produktionsfirmen wenden. Wir würden liebend gern mit Ihnen arbeiten.«

Nachdem Anna sich verabschiedet hatte, ging sie zum Glühwein-Ausschank, um sich ihre Tasse auffüllen zu lassen, als jemand von hinten die Arme um sie schlang und sie in den Nacken küsste. Sie drehte sich um und fand sich dort wieder, wo sie am liebsten war, in Joshs Armen. »Hallo, Chanukka-Guide! Du warst phantastisch!«

Er nahm das Kompliment mit verlegenem Lächeln entgegen. »Danke. Meinst du wirklich?«

»Aber ja. Mit deiner Hilfe ist das Stück zu etwas Besonderem geworden.«

»Die Tatsache, dass eine ganz besondere Frau in der vordersten Reihe saß, hat mir enorm geholfen. Von dem tollen Bühnenbild, das sie geschaffen hat, ganz zu schweigen. Vor dieser Kulisse konnten wir nur gut aussehen.«

»Apropos ...«, fing Anna an. Sie war ganz plötzlich nervös, wusste nicht recht, wie sie ihm von dem Gespräch mit Kiki erzählen sollte. Vielleicht würde sich Josh von ihr bedrängt fühlen, wenn sie andeutete, einen Job in L.A. in Aussicht zu haben. Er hatte ihr zwar ein unbefristetes Flugticket geschenkt, doch was würde er davon halten, wenn sie länger blieb?

»Hey, alles okay?«

Sie berichtete hastig von ihrem Gespräch.

»Wahnsinn, Anna, das ist toll! Kiki ist die einzig Wahre, und sie verteilt keine Komplimente, die sie nicht wirklich ernst meint. Ich bin ja so stolz auf dich! Du bist wirklich unglaublich talentiert, und ich freue mich, dass das jemand bemerkt hat. Ich wollte dir schon vorschlagen, mit ihr zu sprechen, als du dir überlegt hast, wie's nun für dich weitergehen soll –, aber wie's aussieht, ist sie mir zuvorgekommen.«

»Bist du sicher, dass es nicht ... zu viel ist?«

Er wirkte verdutzt. »Wie meinst du das?«

»Weil wir uns doch vorgenommen hatten, die Sache langsam angehen zu lassen. Das war meine Idee. Und jetzt habe ich plötzlich ein Meeting in L.A. mit Aussicht auf einen Job dort. Das ist schon ganz schön viel auf einmal, findest du nicht?«

Er schüttelte den Kopf und grinste noch breiter als zuvor. »Du brauchst nicht nervös zu sein deswegen, und ich will auch nichts überstürzen, aber eines musst du wissen, Anna: Ich möchte dich in meinem Leben haben. Ich weiß, du willst die Sache langsam angehen lassen, und ich respektiere das natürlich. Aber ich habe das Gefühl, als hätte ich vom ersten Moment an gewusst, dass du die Richtige für mich bist. Wenn du nach L.A. ziehen willst, werde ich mich sicher nicht beschweren. Im Gegenteil, ich wäre *begeistert*. Ich könnte mir nichts Schöneres vorstellen, als in deiner Nähe zu sein, während wir beide unsere Träume verwirklichen.«

Josh blickte Anna tief in die Augen, während Musik, Lachen und Liebe sie umschwirrten – und Snow Falls im verheißungsvollen Licht dreier feierlicher Feste erstrahlte.

ZWANZIG

Maryam

26. Dezember

Zweiter Weihnachtsfeiertag
5. Nacht des Lichterfestes Chanukka
Eid-al-Fitr, das große Fastenbrechen nach dem Ramadan
Saimas Hochzeit in Snow Falls

Wie der Plan Maryams Stimmung aufhellte, war erstaunlich. Zum ersten Mal seit Tagen schäumte sie regelrecht über vor Glück und strahlte wie ein Christbaum. Oder eine Chanukkia. Oder eine Mondsichel. Jedenfalls wie etwas, das leuchtete.

Ihr Stück hatte besser funktioniert, als sie erwartet hatte, und Maryam sah, dass die Leute nicht nur aus Höflichkeit klatschten – sie mochten es! Ein strahlender Dadu überreichte ihr nach der Aufführung ein großes Blumenbouquet. Einen kleineren Strauß erhielt Saif, der nach seinem Auftritt noch ziemlich überdreht war. Azizah und Ghulam hatten den ganzen Abend nur geschwärmt, sehr zu Maryams Verwunderung. Wenn sie mit ihrer multireligiösen Version von Dickens' *Weihnachtsgeschichte* ihre desi-muslimischen Eltern beeindruckt hatte, gab es für sie kein größeres Kompliment.

Zudem standen heute, abgesehen von dem Erfolg des Stücks, noch zwei weitere tolle Dinge an: Saimas Hochzeit, und dann wurde es auch Zeit für Saifs Überraschung.

An diesem Morgen schliefen sie alle bis um sieben, was sich regelrecht luxuriös anfühlte, nachdem sie einen Monat lang vor Sonnenaufgang aufgestanden waren. Heute begann Eid, das große Fastenbrechen, und nach allem, was sie durchgemacht hatten, freuten sie sich diesmal besonders darauf.

Normalerweise bereitete ihre Familie an diesem Tag spezielle Leckereien zu, ging zum Gebet in die Moschee, dann auf den Friedhof, an das Grab ihrer Großmutter. Den Abend verbrachten sie bei Freunden und genossen mit allen gemeinsam die mitgebrachten oder angelieferten Speisen. Als Maryam noch jünger war, bekamen sie und Saima von ihren Eltern Geschenke und von allen Erwachsenen Papierumschläge mit Geld, Eidi genannt.

Maryam erinnerte sich, wie sie und ihre Familie sich nach der Landung am Flughafen fragten, ob sie in diesem seltsamen Snow Falls ihr Fasten würden einhalten können. Und nun, nachdem sie bereits eine knappe Woche in dieser zauberhaften, freundlichen Stadt verbracht hatten, war sie froh, das Fest mit der muslimischen Gemeinde hier vor Ort feiern zu dürfen. Es fühlte sich richtig an.

Azizah schmeckte ihr Nihari ab, ein Eintopfgericht, das die ganze Nacht geköchelt hatte, während ihr Vater Früchte schnitt. Maryam hatte bereits Shier korma zubereitet, die milchige Süßspeise aus Glasnudeln, viel Sahne, Zucker und Kardamom, und einer Menge Pistazien, Mandeln und Datteln. Erst wenn eine Schüssel dieses duftenden Desserts bereitstand, war das Fest komplett. Die Gerichte sollten nach dem frühmorgendlichen Gebet gegessen werden – und waren für die Hochzeitsgesellschaft gedacht; auch ihre neuen Freunde und die beiden Hotelchefinnen waren eingeladen.

Im Anschluss an das Essen wollte Maryam ihre Überraschung verkünden. Sie konnte es nicht erwarten, Saimas Gesicht zu sehen.

Das Eid-Gebet fand um neun Uhr im Café Topkapi statt, und die kleine Schar aus etwa drei Dutzend Menschen versammelte sich plaudernd in der Musalla im Keller. Sarah servierte großzügig süßen türkischen Tee und hinterher in Honig eingelegte Baklava.

»Dein Stück hat uns tief berührt, Maryam«, sagte Farah nach dem Gebet und umarmte sie herzlich. »Auch Saif auf der Bühne zu sehen, in der Rolle des Ramadan-Guides, war etwas Besonderes. Es war das erste Mal, dass ich mich von einem Weihnachtsstück angesprochen fühlte.«

»Man weiß erst, was man vermisst hat, wenn man auch Teil der Geschichte ist«, pflichtete Maryam ihr bei.

»Auch Chase Taylor als Chanukka-Guide hat seine Sache gut gemacht, und er sieht umwerfend aus. Sind er und Anna ...« Sie verstummte und zog nur fragend die Augenbrauen in die Höhe, aber bei Maryam stieß sie auf taube Ohren.

Die Hochzeitsgesellschaft kehrte gutgelaunt zum Hotel zurück und nahm an der Tafel Platz, die mittlerweile zu ihrem Versammlungsort geworden war. Anna, Josh, Deb, Kath und zur Überraschung aller auch Tenisha gesellten sich dazu. Sie reichten sich gegenseitig die Gerichte, wie in der Familie, und nachdem alle gegessen hatten, stand Maryam auf, um ihre große Ansprache zu halten.

»Als wir in Snow Falls ankamen, hatten wir keine Ahnung, was uns hier erwarten würde«, fing sie an und blickte in die Runde. »Der schlimmste Schneesturm des Jahrhunderts hatte uns hierhergeführt, und wir fühlten uns verloren, so weit weg von zu Hause, mussten fasten, und meine Schwester wollte in Toronto heiraten. Die Stimmung war entsprechend schlecht, als wir notgedrungen in einer Stadt landeten, von der keiner von uns je gehört hatte.«

Alle nickten lächelnd, weil sie sich an die Hektik der ersten Tage erinnerten. Anna zu ihrer Rechten zwinkerte ihr zu, glänzte in einem festlichen Kleid aus schwarzem Samt, das Haar hochgesteckt.

»Erinnert ihr euch an unsere erste Sahur-Mahlzeit? Wir hatten nichts weiter als Junkfood aus dem Automaten«, rief Saima dazwischen.

»Die Ketchup-Chips waren allerdings richtig gut. Ich hab mir eine Packung gekauft, für zu Hause«, entgegnete Saif, und alle lachten.

Maryam blickte in die Runde, und das Herz ging ihr auf. Sie hatten alle eine schwierige Situation erlebt, aber das Beste daraus gemacht, neue Freundschaften geschlossen und alte wiederbelebt. In diesem Moment wusste sie, dass dieser Ort ihre Bestimmung war, dass Saima hier ihre Traumhochzeit feiern würde.

»Saima, ich weiß, dass du von uns allen die schwersten Enttäuschungen einstecken musstest. Deine Hochzeit mit Miraj ist ins Wasser gefallen, und wir konnten es nicht verhindern, so sehr wir uns auch bemühten.«

»Ich schleife ihn schon noch vor den Imam«, sagte Saima laut, draufgängerisch wie immer. Alle lachten.

»Vielleicht schleift er ja dich hin«, sagte Maryam. Saima hörte auf zu lachen und sah ihre Schwester an.

»Wie meinst du das?«, fragte sie, und ein Fünkchen Hoffnung hatte sich in ihre Stimme geschlichen.

»Wie würde es dir gefallen, heute hier in Snow Falls zu heiraten?«, fragte Maryam.

Saima sprang auf, und ihr Gesicht glühte vor Aufregung. »Wie. Meinst. Du. Das!«, rief sie, fast tanzend jetzt. Maryam nickte Saif diskret zu und wandte sich an ihre Schwester.

»Saifs großer Bruder Raihan arbeitet für ein Charterunternehmen. Miraj und seine Familie sind bereits auf dem Weg nach Snow Falls. Die Hochzeit findet statt, Saima.«

Einen Moment lang herrschte verblüfftes Schweigen am Tisch, und dann brach die Hölle los, alle sprangen auf und jubelten. Saima lief um den Tisch, um ihre Schwester zu umarmen, und hob sie in die Luft. Überwältigt bat Maryam um Ruhe, weil sie erklären wollte, wie es nun weiterging. Um das Fest zu verwirklichen, müssten alle ihren Beitrag leisten, und sie hatten keine Zeit zu verlieren.

Maryam erklärte, dass die Nikah-Zeremonie im Hotel stattfinden würde, der Empfang hingegen im Theater und auf dem Marktplatz.

»Wir haben nur noch ein paar Stunden Zeit«, sagte sie, wieder ganz sachlich.

Saima hob die Hand. »Bist du sicher, dass wir eine große Desi-Hochzeit in …« – sie sah auf die Uhr – »sechs Stunden organisieren können? Wir haben schließlich keine Crew, die uns helfen könnte.«

Maryam blickte zu Saif hinüber, dann zu Josh und Anna und lächelte. »Keine Sorge, Saima, wir haben das hier«, sagte sie und ging daran, die Klemmbretter zu verteilen.

»Wenn die Apotheke nichts mehr einbringt, könntest du jederzeit Partys organisieren«, sagte Anna fünfzehn Minuten später, nachdem Maryam ihre Helfer versammelt und eingewiesen hatte. Jeder in der Hochzeitsgesellschaft – einschließlich Saima, weil eine Braut sich nicht heraushalten konnte, wenn für sie eine Hochzeit auf den letzten Drücker auf die Beine gestellt wurde – hatte eine spezielle Aufgabenliste erhalten, dazu einen kurzen Abriss von den Events am Abend. In drei Stunden sollten sie der Kommandozentrale – am Esstisch im Hotel – Bericht erstatten. Anna hatte versucht, sich bei der Dekoration an das Hochzeitsthema zu halten, das Maryam sich ausgedacht hatte, eine Kreuzung aus Dadus Bollywood-Hochzeitskulissen und einer Weihnachtsgala. Beides erforderte eine Menge Goldflitter und roten Samt.

»Ich wusste gar nicht, wie viele Gemeinsamkeiten es gibt zwischen südasiatischer und weihnachtlicher Deko«, meinte Anna, als sie die Liste durchging, die ihr Maryam gegeben hatte. »Beide verwenden eine Menge Kerzen, Gold und Silber, Rot und Grün.«

»Glaubst du wirklich, wir können das durchziehen?«, fragte Maryam nervös. Nach dem Frühstück war es ihr wichtig gewesen, Zuversicht auszustrahlen, aber jetzt, da sich alle verstreut hatten, holte die Angst sie ein.

»Ich traue uns das absolut zu. Überleg doch mal, was wir in nur fünf Tagen bewerkstelligt haben! Wir haben das

Weihnachtsspektakel gerettet, den Jahrhundertsturm überlebt und uns mit Hollywood-Stars angefreundet.« Anna ergriff Maryams Hand und drückte sie liebevoll. »Wir beide sind nicht aufzuhalten. Musst du nicht irgendwo sein? Ich hab alles auf deiner Liste gefunden und an Ort und Stelle deponiert. Viel Glück.«

Es fiel Maryam schwer, ihren Posten am Esstisch zu verlassen, aber Anna versprach ihr, sich um alles zu kümmern. Die alte Maryam wäre längst krank vor Sorge, die neue Snow-Falls-Maryam hingegen bedankte sich bei ihrer Freundin und eilte davon, um ihre Überraschung für Saif vorzubereiten.

Einige Stunden später kam sie zum Hotel zurück, um sich zu vergewissern, wie es mit der Hochzeitsplanung voranging. Ihre Crew hatte wahre Wunder vollbracht – die Blumen waren arrangiert worden, und die Restaurants auf der Liste hatten sich mit Begeisterung bereit erklärt, sich am Festmahl zu beteiligen. Anna war es gelungen, den Großteil der Materialien aufzutreiben, und Maryams Familie hatte die Musik für Saimas Auftritt ausgewählt und für Miraj und seine Familie Zimmer besorgt.

Am Flughafen Rockport wartete Saima ängstlich auf ihren Verlobten und dessen Eltern, seine große Schwester und seinen Schwager.

»Sie werden dich lieben«, flüsterte Maryam ihrer Schwester ins Ohr. »Schließlich hast du ihnen einen Flug im Privatjet verschafft!«

Saima war viel zu nervös, um ihr zu antworten, doch als die Gäste endlich in Sicht kamen, lief sie geradewegs auf einen kleinen gutaussehenden Mann zu, dessen Augen sich hinter einer klobigen Sonnenbrille verbargen. Er begrüßte Saima mit strahlendem Lächeln und schloss sie in seine Arme. Dann hielten die beiden auf Maryam und die übrige Familie zu. Rasch stellte man einander vor, und Maryam begutachtete die neue Familie ihrer Schwester.

»Ich kann noch gar nicht glauben, dass wir hier sind«, sagte Miraj und sah Saima liebevoll an. »Ich dachte, unsere Pläne lägen unter tiefem Schnee begraben. Ich habe mir solche Sorgen um dich gemacht.« Mit dieser Bemerkung hatte er Maryam sofort für sich eingenommen.

Die übrige Familie jedoch stand noch unter Beobachtung. Maryam konnte nicht vergessen, wie überheblich sie gewesen waren, als sie von Denver aus die Hochzeit arrangiert hatte, und ihre hochnäsigen Mienen bestätigten ihren ersten Eindruck. Mirajs Eltern waren modisch gekleidet, ganz so, als würden sie regelmäßig im Privatjet reisen: Sein Vater trug einen eleganten dunklen Anzug, und seine Mutter, mit hochmütigem Blick, einen geblümten Salwar Kamiz aus Seide, der denkbar unpassend war für das winterliche Wetter.

»Zum Glück kann die Hochzeit nun doch stattfinden«, meinte Mirajs Mutter spitz, doch die Freude ihres Sohnes überstrahlte alles. Schwierige Schwiegereltern waren ein dermaßen weitverbreitetes Stereotyp bei südasiatischen Familien, dass sie praktisch die gesamte Film- und Theaterindustrie inspiriert hatten. Was wirklich zählte, war, dass Miraj völlig vernarrt war in Saima, und dieses Gefühl auf Gegenseitigkeit beruhte. Diese Hochzeit würde stattfinden, komme, was wolle.

Die Straßen waren nach fast einer Woche endlich frei, und die Fahrt vom Flughafen in die Stadt dauerte nur eine knappe Viertelstunde. Als das Taxi vor dem Hotel anhielt, bat Maryam alle, in zwei Stunden für die Nikah bereit zu sein.

Aber vorher musste sie sich noch um etwas Wichtiges kümmern.

Nach langen Überlegungen waren Anna und Maryam sich einig geworden, dass das Theater, in dem die Aufführung stattgefunden hatte, der ideale Ort für ihre Überraschung sein würde. Oder vielmehr die schneebedeckte Wiese dahinter, die zufällig an einen zugefrorenen Teich grenzte. Jetzt brauchte sie nur noch abzuwarten. Und schon spukten die Sorgen in ihrem Kopf herum, Saif könnte die Anspielung entweder nicht verstehen oder nicht romantisch finden oder sich sogar aus dem Staub machen.

Neben ihr stand ein Schneemann samt Karottennase und Kaffeebohnenaugen, mit scharlachrotem Schal und Wollmütze. »Es wird doch funktionieren, oder?«, fragte sie ihn. Doch sein breites Grinsen – ebenfalls aus Kaffeebohnen – trug nichts zu ihrer Beruhigung bei. Auch ein zweiter Schneemann, zwei Schneekatzen und der Schneehund, die sie vor einer Weile gebaut hatte, blieben stumm. Und so ging sie daran, die Halal-Marshmallows, die Anna für sie aufgetrieben hatte, auf einem Teller zu arrangieren, den sie vor den Spirituskocher auf den Boden stellte.

Im selben Moment kam Saif auf sie zugelaufen, sein Atem sichtbar in der Kälte. Beim Anblick der Schneearmee, die Maryam umzingelte, zog er die Stirn kraus.

»Anna hat was von einem Notfall gesagt und dass ich sofort herkommen …« Er verstummte, besah sich die Szene genauer. »Was ist los, Maryam? Hier sieht es ganz genauso aus wie an dem gefrorenen See neben der Schneehütte, als wir Kinder waren. Hast du die alle selbst gebaut?«

Maryam holte tief Luft und nickte. »Für dich.«

Saif schien noch immer verwirrt. »Warum?«

»An jenem ersten Morgen in Snow Falls, nach dem Sahur, da hast du mir erzählt, du hättest immer wieder von einem Ort wie dem hier geträumt: eine ruhige Stadt, weit weg von allem, tief verschneit. Ein Ort, der dich an unsere Winterferien am See erinnerte.«

»Du hast es nicht vergessen«, sagte Saif sanft.

Er betrachtete die Szenerie, die sie mit Annas Hilfe gebaut hatte, und schien jedes Detail auf sich wirken zu lassen: die sorgsam dekorierten Schneemänner und Schneetiere, die Marshmallows, die darauf warteten, über dem Spirituskocher geröstet zu werden, sogar ein Stapel kugelrunder Schneebälle, bereit für eine ausgelassene Schneeballschlacht. Es war die Rekonstruktion einer nostalgischen Erinnerung an die Zeit, bevor das Leben so kompliziert geworden war.

»Ich erinnere mich noch ganz genau«, sagte Maryam da. »An jedes Gespräch, jedes meiner Worte, jede deiner lieben Gesten.« Sie trat einen Schritt näher an Saif heran. Ein Teil von ihr zögerte noch, aber ein anderer Teil spürte, dass sie kurz davorstand, sich ihren Ängsten zu stellen. Anna hatte recht gehabt – sie selbst musste beschließen, den Sprung zu wagen. »Es stimmt schon, dass ich wegen meiner Vergangenheit noch immer am Boden zerstört bin. Doch wenn ich dich ansehe, dann sehe ich nichts als meine Zukunft.

Als ich mich als kleines Mädchen in dich verliebt habe, Saif, dann deswegen, weil ich in dir meinen Märchenprinzen gesehen habe. Dabei bist du heute so viel mehr als das. Du bist stark, hast Humor, bist hilfsbereit und unfassbar freundlich. Du gibst, selbst wenn du – wie von mir – nichts zurückbekommst. Weil du nämlich ein wunderbar großzügiges Herz besitzt.«

Saifs Blick ruhte aufmerksam auf ihren Augen, als wollte er sich diesen Moment fest einprägen und sichergehen, dass es wirklich geschah. Maryam konnte es selbst kaum glauben, aber das Hochgefühl, Saif endlich sagen zu können, was sie für ihn empfand – in gewisser Weise schon immer für ihn empfunden hatte –, äußerte sich in übersprudelnder Freude.

»Ich entscheide mich für dich, weil du *du* bist«, sagte sie. »Wenn du mich lässt, verspreche ich dir, mich immer wieder für dich zu entscheiden.«

Saif verkürzte den Abstand zwischen ihnen und zog sie in seine starken Arme. »Ich war bereit, auf dich zu warten«, sagte er mit erstickter Stimme. »Ich hätte nicht aufgegeben.« Er trat einen Schritt zurück, und sein Gesicht war von der Sonne umstrahlt.

»Wir haben beide lange genug gewartet, finde ich«, sagte Maryam.

Hand in Hand gingen sie zum Hotel zurück.

Während des viel zu kurzen Wegs trafen sie ein paar Entscheidungen: Sobald Saif wieder in Kalifornien wäre, würde er sich einen Tarif mit günstigen Ferngesprächen zulegen. Dann wollte er seinen Job kündigen.

»Ich überlege mir schon eine ganze Weile, wieder nach Denver zurückzuziehen«, versicherte er ihr, als sie protestierte. »Du wärst nur ein zusätzlicher Anreiz. Ich will das Verhältnis zu meinen Eltern überdenken. Ich will Raihan und seine Frau kennenlernen, Zeit mit meinem Neffen verbringen.«

Auch Maryam hatte einige Veränderungen geplant. Zunächst würde sie weniger arbeiten – ihr Vater konnte eine Hilfskraft einstellen, und sie brauchte Zeit, um ihren Traum vom Schreiben zu verwirklichen.

Vorerst allerdings würden Maryam und Saif über ihre gemeinsame Zukunft Stillschweigen bewahren. Saima hatte es verdient, dass an ihrem großen Tag alle Aufmerksamkeit auf sie gerichtet war – auch wenn Maryam ahnte, dass ihr das Glück ins Gesicht geschrieben stand.

Zurück in ihrem Zimmer schlüpfte Maryam rasch in das Gewand, das sie für Saimas Hochzeit in Toronto eingepackt hatte. Sie hatte den cremefarbenen Lehenga in einer der wenigen indischen Boutiquen in Denver entdeckt. Er bestand aus einem langärmeligen Oberteil und einem voluminösen Rock aus fließendem Satin, bestickt mit einem zarten Paisleymuster in Schwarz, Blau und Rot. Das Outfit war elegant und schmeichelnd, nur leider völlig zerknittert; seufzend schloss sie das Bügeleisen an und machte sich an die Arbeit. Als sie angekleidet war, den farblich abgestimmten Hidschab gebunden, das Make-up aufgetragen und den letzten Armreif angelegt hatte, machte sie sich auf den Weg zu ihrer Schwester, die sich im Zimmer der Eltern zurechtmachte.

Anna war schon dort, um Saimas Braut-Make-up den

letzten Schliff zu verpassen, und als Maryam Saima sah, blieb ihr fast die Spucke weg.

Sie hatte sich für ein traditionelles Rot entschieden, und ihr Lehenga glich in der Machart dem ihrer Schwester, nur dass die üppige Zari-Stickerei aus Goldfäden gefertigt war, mit kleinen Kristallen und Spiegeln durchsetzt, das Rot ein tiefes Kastanienbraun, das zu ihrer Lippenfarbe passte. Anna hatte die Wangenknochen ihrer Schwester mit zart schimmerndem Rouge hervorgehoben, einen Lidschatten in dunklem Gold aufgetragen und die Augen mit schwarzem Kajal umrandet. Sie trug reichlich Schmuck – ein sich eng um den Hals schmiegendes Perlencollier, dazu eine schwere Goldkette, goldene Armreife und passende Ringe. Der übergroße Nasenring, geschmückt mit einer Perle und einem Rubin, wie es bei Bräuten in Hyderabad der Brauch war, dazu der passende Tika-Stirnschmuck, vervollständigten den Look. Ein mit üppigen Goldstickereien versehener Seiden-Dupatta bedeckte ihr Haar. Saima war eine waschechte Desi-Braut, und Maryam presste bewundernd die Hände auf den Mund, während ihre Augen sich mit Tränen füllten.

Anna trug ein schulterfreies königsblaues Kleid, das ihre Knie umspielte und ihre Körperformen betonte. Sie hatte es in einer Boutique an der Main Street gefunden. Im Vergleich zu den beiden Aziz-Schwestern in ihren indischen Prachtroben war es eher schlicht, aber es stand ihr hervorragend. Eine festliche, mit Kristallen besetzte Sternbrosche, die sie sich an die Taille gesteckt hatte, verwies dezent auf die Jahreszeit. Das dunkle Haar hatte sie zu einem eleganten Chignon geknotet und mit einem passenden Stern geschmückt.

Saima stand auf, als Maryam das Zimmer betrat, und eilte ihr entgegen. »Das alles hast du möglich gemacht«, sagte sie und küsste ihre Schwester auf die Wange. »Dafür werde ich dir ewig dankbar sein!«

»Jetzt fang nicht an zu heulen. Du ruinierst dir ja das Make-up«, sagte Maryam und wischte sich die Tränen aus den Augen.

»Bei Hochzeiten müssen Freudentränen fließen«, sagte Anna. »Keine Sorge, das haben wir schnell wieder ausgebessert.«

Azizah hinter ihnen strahlte über das ganze Gesicht. Sie trug einen dunkelgrünen Sari mit aufwendiger Silberstickerei, dazu ein silbernes Filigranschmuck-Collier und passende Ohrgehänge. »Lassen wir unsere Gäste nicht warten«, sagte sie.

Als Saima die Treppe zur Lobby des Hotels hinunterstieg, in dem die Nikah-Zeremonie stattfinden sollte, wurde sie von ihrer Mutter auf der einen und Maryam auf der anderen geführt, während Farah und Anna das Schlusslicht bildeten. Das Plaudern der Gäste verstummte, als ein Hochzeitslied aus einem von Dadus Bollywood-Filmen ertönte. Der Rhythmus begann langsam, nahm dann aber Fahrt auf, als Saima in Sicht kam, und die wartende Menge jubelte ihr begeistert zu. Kaum erkannte Saima, dass aller Augen auf sie gerichtet waren, vollführte sie spontan einige Tanzschritte im Bhangra-Stil, sehr zur Freude der Gäste. Maryam grinste und nickte Deb und Kath, Josh und Tenisha zu, ehe ihr Blick auf Saif fiel – und es ihr den Atem verschlug.

Er hatte sich umgezogen, trug jetzt einen formellen schwarzen Salwar Kamiz, der die Breite seiner Schultern betonte. Den gestärkten Kragen säumte eine Silberstickerei. Sein Haar war ordentlich gekämmt, und sie bemerkte ein wenig enttäuscht, dass er sich rasiert hatte. Er war der bestaussehende Mann im Raum, und hatte nur Augen für sie. Er zwinkerte ihr zu, bevor er sich zwang, wieder einen ernsten Gesichtsausdruck aufzusetzen.

Die muslimische Hochzeitszeremonie war einfach – es brauchte dazu lediglich das Einverständnis der beiden Beteiligten, einen Wali oder Ehevormund (in diesem Fall Ghulam, Saimas Vater), der die Braut dem Bräutigam zuführte, eine kurze Ansprache des Imams vor Ort, gefolgt von der Unterzeichnung des Ehevertrages, den Miraj mitgebracht hatte. Anschließend posierten sie alle für Fotos. Saima strahlte neben ihrem Ehemann, und Miraj sah aus, als könne er sein Glück kaum fassen, womit er das schale Lächeln seiner Eltern wieder wettmachte. Als Maryam Saima umarmte und ihr Du'as und gute Wünsche ins Ohr flüsterte, drückte Saima sie fest an sich. Nichts konnte das Glück dieses Augenblicks trüben. Ihre Schwester hatte geheiratet, und das ausgerechnet hier – damit hatte wohl niemand gerechnet.

Maryam sah sich um. Entlang den Wänden des Hotels spannten sich Lichterketten und Luftschlangen, außerdem hatte Anna eine provisorische Bühne für das glückliche Paar aufgebaut, geschmückt mit Weihnachtssternen und prächtigen Gobelins, die sie von der Filmcrew geborgt hatte.

Am Ende der Zeremonie stand Saif neben Maryam und legte ihr die warme Hand um die Taille. »*Eid Mubarak*«, sagte er leise. »Wenn wir heiraten, sollte Anna die Hochzeitsplanung übernehmen. Was meinst du dazu?«

»Ehrlich gesagt hatte ich vor, diese Aufgabe Saima aufzuhalsen«, sagte Maryam und lächelte zu ihm hoch. Sie war überglücklich.

»Klingt fair. Aber sorg auch dafür, dass sie nur sechs Wochen Zeit hat«, sagte Saif und nickte nachdenklich. »Und dann sollten wir im letzten Moment Reißaus nehmen. Das Weglaufen hat in dieser Familie ja Tradition.«

Maryam lachte hell auf. »Das war einmal«, gelobte sie. »Von jetzt an laufe ich nur noch zu dir.«

Saif stupste sie mit der Schulter an. »Ich wusste, dass du eine romantische Ader hast. Du hast nur auf den Richtigen gewartet, einen opportunistischen Charmeur.« Er beugte sich zu ihr hinunter. »Vielleicht ging es auch nur darum, mich wiederzusehen.«

Sie stellte sich auf die Zehenspitzen, um sein Ohr zu erreichen. »*Eid Mubarak*, gesegnetes Fest, Saif.«

»Und noch viele mehr, Maryam.«

Sobald die Hochzeitsfotos im Kasten waren, gingen alle hinüber zum Theater, wo der große Empfang stattfinden sollte. Niemand in Snow Falls konnte einer Hochzeitsfeier widerstehen, die gleichzeitig den Tag nach Weihnachten, das große Fastenbrechen und Chanukka miteinschloss, und so schien es, als wäre die ganze Stadt auf den Beinen. Die Restaurants, die Saif angesprochen hatte, ließen sie nicht im Stich, und so bogen sich auf der Bühne die Tische mit den unterschiedlichsten Leckereien – geschmorte Rinderbrust, Latkes, Tandoori-Hühnchen, Naanbrot und genügend hakka-chinesische Gerichte, deren Reste tagelang satt machen würden – dazu heiße Schokolade, Most und

Sprudel für alle, und ein ganzer Tisch voller Desserts – Baklava, Gebäck und sogar Mithai-Konfekt.

Das glückliche Paar posierte für Fotos mit jedem, der darum bat –, und das taten alle. Dadu war umringt von einer Schar Filmleuten, die bewundernd an seinen Lippen hingen und über all seine Witze lachten. Ghulam und Azizah unterhielten sich mit Mirajs Eltern, und Maryam bildete sich ein, sie hätte sie sogar einmal lächeln gesehen. Das Theater war proppenvoll, und die Gäste drängten sich bis vor die Tür, wo Leute in Feierlaune Weihnachtslieder sangen und sogar traditionelle Naschids anstimmten.

Anna fand Maryam neben der Bühne, wo sie in den Überresten der marinierten Käsehäppchen herumstocherte. »Glücklich?«, fragte sie, und Maryam grinste.

»Überglücklich«, antwortete sie. Sie warfen beide einen Blick ins Parkett, wo Josh und Saif gerade in ein Gespräch vertieft waren. Die Frauen tauschten verträumte Blicke.

»Josh und ich werden eine Weile in Ottawa bleiben, und dann … Ich bekomme vielleicht die Chance, als Set-Designerin zu arbeiten. In L.A.«, sagte Anna schüchtern.

Maryam hätte vor Aufregung fast ihr Glas fallen lassen, und schlang die Arme um Anna. »Ich bin ja so stolz auf dich!«

»Und du?«, fragte Anna.

Maryam erzählte ihr von ihren Zukunftsplänen mit Saif. Anna drückte Maryams Hand, und die beiden Frauen wandten sich wieder den Gästen zu, plauderten, lachten und genossen die gemeinsame Zeit, umhüllt von einem Kokon der Freude.

»Ich will nicht, dass es endet«, sagte Anna. Sie wandte

sich Maryam zu. »Vielleicht könnten wir uns ja wieder hier in Snow Falls treffen?«

Maryam sah ihre Zukunft jetzt so deutlich vor sich wie noch nie: Sie würde Herausforderungen für sie bereithalten, aber auch wunderbare, glückliche Zeiten, solange sie sich mit Menschen umgab, die ihr wirklich am Herzen lagen, die ihre Träume unterstützten, ihr in schwierigen Zeiten Trost spendeten und sie ermutigten, Chancen zu ergreifen.

»Ich kann es kaum erwarten.«

Dank

Als Erstes möchten wir betonen, wie sehr wir uns freuen, für dieses für uns so wichtige Buch unseren Dank aussprechen zu dürfen! Volle Punktzahl für eine Zusammenarbeit, die in den Sternen geschrieben stand und von Anfang bis zum Ende eine wunderbare Erfahrung war. Wir sind traurig, von Snow Falls, Maryam, Anna und dem Rest der Gang Abschied nehmen zu müssen, und deshalb sagen wir nur: Bis bald. Und natürlich möchten wir uns auch bei vielen Menschen bedanken:

Dank an unsere Lektorinnen Tara Singh Carlson und Deborah Sun de la Cruz, deren Erfahrung und Liebenswürdigkeit das Redigieren zu einer wahren Freude gemacht haben; Dank an unsere Teams bei Putnam und Penguin Random House Canada – Ashley Di Dio, Katie McKee, Molly Pieper, Samantha Bryant, Dan French, Beth Cockeram, Mary Beth Constant, Andrea St. Aubin, Maija Baldauf, Emily Mileham, Hannah Dragone, Elke Sigal, und Tiffany Estreicher. Und ein großes Dankeschön an Sanny Chiu für die phantastische Umschlaggestaltung.

Uzma: Ich danke meiner Agentin Ann Colette, die mir immer zur Seite stand, mich anfeuerte und mir wertvolle

Ratschläge gab. Dank auch an meine große Familie, mit einigen besonderen Sternchen für die Folgenden: meinen Ehemann Imtiaz, für seine Unterstützung, seine Liebe und seine Offenheit für meine Träume; für meine Kinder Ibrahim und Mustafa, weil sie immer bereit sind, den Geist von Ramadan und Eid in sich aufzunehmen; für meine Eltern Mohamed und Azmat, die mich lehrten, wie man fastet und die Bedeutung der Gemeinschaft wertschätzt; und für meine Schwiegermutter Fouzia, für ihre Unterstützung und die guten Wünsche. Ganz besonderen Dank an meine Mutter und Schwiegermama für ihre besonderen Leckereien: Ohne eure Pastetchen, selbstgemachten Samosas, ohne Palada, Kichri, Kokos-Chutney und Sheer Khurma wären Ramadan und Eid nicht denkbar.

Marissa: Dank an meine Agentin Samantha Haywood und an ihr engagiertes, unterstützendes Team der Transatlantic Agency; Dank auch an Dana Spector von CAA, die im Hintergrund wahre Wunder vollbringt. Ohne meine Familie würde ich das alles nicht schaffen: Ein besonderes Dankeschön daher an meinen Vater, Bruce Stapley, der mich ermutigt, an mich glaubt und mit meinen Büchern auf der Hutablage durch die Gegend fährt; an Joe Sr. und Joyce Ponikowski, meine größten Fans; an meinen Stiefvater James Clubine für die Krippenspiele, die Gottesdienste bei Kerzenschein und den steten Beistand; an Su Scrimgeour, meine erste Leserin, die mir eine wunderschöne Menora geschenkt hat; und an meine Mutter Valerie, der ich immer und ewig dankbar sein werde – meine Arbeit schenkt mir so viel Freude, weil sie mich ganz nah bei dir sein lässt. Zuletzt möchte ich meinen Kindern Joseph und Maia danken, die hervorgebracht zu haben ich als meine größte Leistung betrachte; und Dank auch an die Toronto Maple Leafs, weil sie es in diesem einen, schicksalhaften Jahr ins Endspiel geschafft haben, so dass ich Joe kennenlernen und heiraten durfte, die Liebe meines Lebens.

Ein Gespräch mit den Autorinnen

Sie haben dieses Buch gemeinsam geschrieben. Wie war das für Sie?

Marissa: Ich übertreibe nicht, wenn ich sage, dass ich beim Schreiben dieses Buches so viel Spaß hatte wie noch nie zuvor. Ich habe nicht nur viel gelacht, sondern auch eine Menge gelernt – was ich immer als Bereicherung empfinde. Einen Monat vor unserem ersten Entwurf war Ramadan, und Uzma schlug mir vor, ich sollte zu Recherchezwecken einen Tag lang fasten. Die Texte, die wir uns zwischen Sonnenaufgang und Sonnenuntergang schickten, waren tatsächlich comedyreif. Das hakka-chinesische Restaurant, bei dem ich dann abends Unmengen von Essen bestellte – die verfressenen Gilmore Girls wären neidisch gewesen –, zählt mich immer noch zu seinen besten Kunden. Ich war diejenige, die ständig fragt: »Was, nicht mal Wasser?!« (Und ich hab dann auch was getrunken, weil ich es nicht durchhalten konnte.) Letztendlich aber war es eine wunderbar tiefreichende Erfahrung. Dass meine Co-Autorin einen anderen Hintergrund hat als ich, machte die Zusammenarbeit erst interessant. Kaum war die Idee geboren, waren wir bis zum Schluss ständig im Gespräch miteinander – es ging um Kompromissbereitschaft, Toleranz, Weltoffenheit und Glauben.

Uzma: Ich hatte noch nie mit jemand anderem ein Buch verfasst, und so war ich nicht sicher, was mich erwartete. Einen Roman zu schreiben bringt eine gewisse Zurückgezogenheit mit sich – den Großteil der Zeit verbringt man allein mit seinen Figuren. Als Marissa mich kontaktierte, um mir dieses Projekt vorzuschlagen, hatte ich gerade den ersten Entwurf für meinen dritten Roman abgeschlossen. Nachdem ich so viel Zeit allein mit meinen Gedanken verbracht hatte, war ich bereit, die Zügel mit jemandem zu teilen. Die daraus resultierende Partnerschaft funktionierte noch besser, als ich erwartet hatte. Ich glaube, unsere Kommunikation und Kompromissbereitschaft hat hervorragend geklappt. Auch unser Treatment haben wir gut hinbekommen, und das ist der Schlüssel zu jeder erfolgreichen Zusammenarbeit zwischen Autorinnen.

Wie sah Ihr gemeinsamer Schreibprozess aus?

Marissa: Es gibt ein paar Erfolgsrezepte für eine gelungene Zusammenarbeit: ein gut ausgearbeitetes Treatment, Kompromissbereitschaft, außerdem die Klugheit abzuwägen, was man auf sich beruhen lassen kann und was man unbedingt verteidigen muss, und viel Sinn für Humor. Das Bücherschreiben ist normalerweise ein einsames Unterfangen; eine Zusammenarbeit kann daher viel Freude bereiten, ist aber auch eine gewaltige Umstellung. Unser spezieller

Ansatz bestand darin, dass wir zunächst ein möglichst detailliertes Treatment des Buches erstellten. Die Kapitelunterteilung war einfach, weil jede von uns über ihre eigene Figur schrieb. Nachdem die Geschichte zur Hälfte stand, legten wir sie unseren Agentinnen und Lektorinnen vor. Dann machten wir uns an den Rest. Wir haben das meiste gleichzeitig geschrieben und dann das Kapitel der anderen gegengelesen. Auf diese Weise lief alles besonders glatt.

Uzma: Ich fand es auch sehr schön, sofort ein Feedback zu bekommen. Die lustigen kleinen Kommentare, Texte und Reaktionen, die wir teilten, waren überaus ermutigend und anregend. Wir brachten uns gegenseitig zum Lachen und zum Weinen. Normalerweise zeige ich anderen meine Texte nicht gern, vor allem in der Anfangsphase, aber weil der Roman unser gemeinsames Projekt war, empfand ich es als ganz natürlich. Es war uns von Anfang an klar, dass wir etwas sehr Spezielles und Einzigartiges erschaffen würden.

Wie sind Sie auf diese originelle, herzerwärmende Idee gekommen?

Marissa: Vor einigen Jahren sprachen wir am Telefon über einige Film- beziehungsweise Fernsehoptionen, die wir für frühere Projekte unterzeichnet hatten, und stellten fest, dass wir beide große Lust hatten, irgendwann einmal ein Drehbuch zu schreiben.

Uzma: Wie die meisten Schriftstellerinnen habe ich immer ein Dutzend Ideen und Anregungen gleichzeitig im Kopf, die sich gegenseitig Konkurrenz machen. Ich liebe Weihnachtsfilme wie *Liebe braucht keine Ferien*, *Ist das Leben nicht schön?*, *Kevin – Allein zu Haus*, *Stirb langsam* (jawohl, das ist ein Weihnachtsfilm, ob ihr's glaubt oder nicht) und *Tatsächlich … Liebe*. Da kam mir die Idee für einen gemischtreligiösen Weihnachtsfilm. Einige Leserinnen wissen vielleicht, dass Muslime traditionellerweise dem Mondkalender folgen, der 354 oder 355 Tage umschließt. Daher springt unser Kalender in jedem Jahr um zehn Tage zurück. Über die Jahrzehnte habe ich den Ramadan daher sowohl im Dezember als auch im Juli eingehalten (der Dezember ist mir übrigens viel lieber, falls Sie sich das gefragt haben). Auf den Dezember fiel er zuletzt zu Beginn der 2000er Jahre, und ich weiß noch, dass damals ein besonders festlicher Zauber in der Luft lag, weil drei religiöse Feste – Weihnachten, Chanukka und Ramadan – in dieselbe Zeitspanne fielen. Ich fand es naheliegend, aus dieser Situation eine Feiertagsgeschichte zu spinnen, in der die freudvollen Aspekte jedes Festes eine Rolle spielen. Ich hatte sogar einen Arbeitstitel für den Weihnachtsfilm – *Happy, Merry, Eid Mubarak!* – und hab Marissa davon erzählt.

Marissa: Das Konzept ging mir nicht mehr aus dem Kopf. Allerdings hatte damals jede von uns einen viel zu vollen Terminkalender, um ein neues Projekt anzugehen. Doch irgendwann standen die Sterne günstig, und plötzlich hatten wir beide Zeit – also beschlossen wir, aus unserer Drehbuchidee einen Roman zu stricken. Ich weiß noch, dass ich

Uzma anrief und sie fragte, ob sie nicht Lust hätte, mit mir gemeinsam ein Buch zu schreiben. Sie fiel aus allen Wolken! (Vor Freude, wie ich hoffe.)

Uzma: Zunächst war ich wohl hauptsächlich überrascht – gemeinsam ein Buch zu schreiben, dieser Gedanke war mir nie gekommen –, doch dann fand ich die Idee ziemlich spannend.

Marissa: Sie bat um zwei Wochen Bedenkzeit, um sich die Sache zu überlegen – das hat mich beeindruckt. Ich bin impulsiv und stürze mich Hals über Kopf in Projekte, was manchmal gut ist, manchmal auch weniger gut. Uzma hingegen wägt sehr sorgfältig ab, bevor sie ihre Entscheidungen trifft.

Sind diese drei Feste im Jahr 2000 wirklich in denselben Zeitraum gefallen?

Ja! Wir haben uns allerdings ein wenig künstlerische Freiheit genommen, was das exakte Timing angeht. Im Jahr 2000 fiel Eid al-Fitr (das große Fastenbrechen nach dem Ramadan) auf den 28. Dezember. Chanukka begann am 21. Dezember 2000 und endete am 29. Dezember.

Sehen Sie beide auch Aspekte von sich selbst in den Protagonistinnen Maryam und Anna?

Marissa: Während des Schreibens meinte Uzma zu mir: »Das bist doch du, oder?« (Eine ähnliche Szene wie die im

Flugzeug, als Anna versehentlich Parfum verspritzt, ist mir tatsächlich einmal passiert. Auch ich bin sehr nervös beim Fliegen und neige daher zu allen möglichen überstürzten und lächerlichen Verhaltensweisen.) Und wie Anna bin ich in einem gemischt-religiösen Elternhaus aufgewachsen – meine Stiefmutter war jüdisch, mein Stiefvater evangelischer Pastor; ich habe jüdische Halbgeschwister –, und so entstammen viele ihrer Emotionen und Erfahrungen meinem eigenen Leben. Als ich Kinder bekam, zeigte vor allem meine Tochter großes Interesse an der Rolle des Chanukkafestes in der Weihnachtssaison.

Uzma: Ich bin die älteste Tochter südasiatischer Einwanderer, und so kann ich einige der Erwartungen, die auf Maryam einstürmen, durchaus nachvollziehen, obwohl meine Eltern weitaus entspannter sind. Ich bin auch nicht ganz so pflichtbewusst wie Maryam! Und während ich dafür bekannt bin, schon mal ins Fettnäpfchen zu treten, hab ich es zum Glück noch nicht geschafft, mich dermaßen zu blamieren wie Maryam im Flugzeug. Abgesehen davon sind die meisten meiner Figuren ganz anders als ich, aber sicher setzen sie sich aus all den interessanten Persönlichkeiten zusammen, denen ich im echten Leben bereits begegnet bin.

Wie prägt das Rumi-Zitat zu Beginn des Buches Ihrer Meinung nach die Geschichte, die Sie geschrieben haben?

Marissa: Es gibt wunderbar wieder, was wir mit diesem Buch zum Ausdruck bringen wollen: Alle Glaubensrichtungen beruhen auf universellen Dogmen und Wahrheiten über

Gott, den Glauben, über Nächstenliebe, Freundlichkeit und Güte ... es ist wirklich immer dasselbe Licht, auch wenn es an unterschiedlichen Orten ein wenig anders einfällt. Vor allem habe ich das schon immer geahnt, da ich zunächst in einem christlichen, dann in einem gemischt-religiösen Elternhaus groß geworden bin. Es gibt so viel Angst und Unruhe in der Welt, und vieles davon ist einer mangelnden Kenntnis über das Wesen der anderen Religionen geschuldet. Diese Gelegenheit, gemeinsam mit einer anderen Autorin eine Geschichte schreiben zu können, die alle drei Traditionen würdigt, die zugleich auch unterhält, Vergnügen bereitet und integriert, halte ich für eines der wichtigsten kreativen Projekte, an denen ich je beteiligt war.

Uzma: Dasselbe gilt auch für mich!

Gab es eine reale Stadt als Vorbild für Snow Falls?

Außerhalb von Ottawa gibt es eine Kleinstadt namens Almonte. Sie dient oft als Kulisse für romantische Weihnachtsfilme. Nachdem ich in der *New York Times* einen Artikel über diese Stadt gelesen hatte, erschien sie mir wie der ideale Ort, um mir Inspirationen für Snow Falls zu holen. Gleichzeitig ist Snow Falls die Art von Stadt, die man bereits aus anderen Weihnachtsromanen oder Weihnachtsfilmen zu kennen glaubt, denn die Schönheit dieser Geschichten erklärt sich zum Teil aus der Tatsache, dass die Kulissen, vor denen sie spielen, uns vertraut vorkommen – als handelte es sich um ein und dasselbe Städtchen. Gerade diese Vertrautheit ist es, die uns so wohltuend erscheint. Diesem typischen Weihnachtssetting verleihen wir natürlich noch einen besonderen Dreh, indem wir ihm eine überraschende Andersartigkeit verleihen, die über die verschneite festliche Oberfläche hinausgeht.

Dieses Buch vergleicht oft die Familien, in die wir hineingeboren werden, mit den Familien, die wir uns selbst aussuchen. Kann eine Wahlfamilie uns vielleicht etwas bieten, was wir in unserer Ursprungsfamilie vermissen?

Marissa: Ich habe ein sehr gutes Verhältnis zu meiner Familie – aber sie ist auch eher unkonventionell, mit Stiefeltern und Ex-Stiefeltern, mit Halbgeschwistern und Freunden, die zur Familie gehören. Nichts davon ist wie aus dem Lehrbuch, und das ist auch ganz gut so. Während eine Familie, die man sich aussucht, vieles bieten kann, was auch unsere Ursprungsfamilie uns bietet, kann sie uns eines geben, was die traditionelle Familie uns nicht geben kann – eine Vision von uns außerhalb unseres vertrauten Umfelds. Anna ist imstande, in Maryam nicht nur die verantwortungsvolle Person zu sehen, die sich in ihrer Familie um alles kümmert – andererseits bewundert sie gerade auch das an ihrer neuen Freundin, so dass Maryam Qualitäten an sich wertschätzen kann, die sie vielleicht übersehen hat. Und für Anna, die kaum noch Angehörige hat, wird die Familie Aziz zu einer Wahlfamilie.

Uzma: Ich habe das Glück, aus einer echten Großfamilie zu stammen – Tanten, Onkel, Cousins und Cousinen, Nichten und Neffen: Sie leben in Kanada, den Vereinigten Staaten, in

Indien und in Nahost. Wir halten Kontakt über Zoom-Anrufe, WhatsApp-Chatgruppen und Besuche, wann immer es möglich ist, und ich treffe mich oft mit meiner Familie in Toronto. Ich habe aber auch einen großen Freundeskreis, der mittlerweile zur Familie gehört. Ich glaube, das ist üblich bei Einwandererfamilien. Als meine Eltern von Indien nach Kanada gezogen waren, hatten sie hier keine Verwandten. Und so lernten sie über die Moschee oder kulturelle Veranstaltungen Leute kennen. Ich wuchs daher mit vielen lieben »Tanten« und »Onkeln« auf, die zwar keine Blutsverwandten waren, aber sich gegenseitig unterstützten und in vielen Fällen der Ersatz waren für Angehörige, die Tausende Meilen entfernt lebten. Ich habe immer noch gute Freundinnen, die ich über meine Moschee kennengelernt habe, und betrachte sie als meine Schwestern.

Uzma, Sie erwähnen mehrere Ramadan-Gerichte in Ihrer Danksagung. Welches ist Ihr Leibgericht, wie wird es zubereitet, und warum mögen Sie es so?

Ich kann mich ehrlich nicht entscheiden! Ironischerweise wird während des Ramadan-Monats zwar von Sonnenaufgang bis Sonnenuntergang gefastet, aber die übrige Zeit trotzdem sehr viel Wert auf das Essen gelegt. Man teilt die Frühmorgenmahlzeit mit der Familie und bricht das Fasten mit der Familie. In diesem Zusammenhang empfindet man das Essen als besonders nahrhaft für Körper und Seele. Wenn wir bei Sonnenuntergang unser Fasten brechen, essen wir üblicherweise einen kleinen Appetithappen vor dem Dinner, das aus köstlichen Snacks, Früchten und Getränken besteht. Meine Mutter bereitet zum Beispiel wunderbare Dahi Vada, mit Tamarinden-Chutney beträufelte frittierte Linsenkuchen in Joghurtsoße. Ich liebe auch die Palaada meiner Schwiegermutter, eine Crêpe aus Reis- oder Weizenmehl, gefüllt mit gesüßter zerstoßener Kokosnuss. Im letzten Ramadan wurde ich süchtig nach Mango-Milchshakes. Und zum Zuckerfest gibt es ein süßes Dessert namens Sheer Khurma, mit Vermicelli-Nudeln, Nüssen, Datteln und Sahne. Gerade jetzt hätte ich total Lust darauf!

Marissa, welches ist Ihr liebstes Feiertagsgericht, wie bereiten Sie es zu, und warum ist es Ihre Lieblingsspeise?

Ich liebe Latkes, habe sie aber erst ein einziges Mal selbst gemacht. Viel zu viel Arbeit! Seitdem weiß ich es zu schätzen, wenn man sie für mich macht. (Ich habe sie übrigens nie mit Ranch-Dressing probiert, bin aber ein absoluter Ranch-Dressing-Fan, also sollte ich das irgendwann nachholen. #ranchdressingoneverything!) Bei unserem Weihnachtsdinner bin immer ich für den Truthahn und die Soße zuständig, beides hab ich von meiner geliebten verstorbenen Mutter Valerie gelernt. Es war eines unserer »Lieblingsrezepte ohne Rezept«. Sie war Innenarchitektin, und wir spielten auch immer *Neues Zimmer ohne Budget*. Als die Räume in meinem Toronter Altbau aus den 1920er Jahren renoviert werden mussten, ich aber mein gesamtes Geld bereits für die Elektrik und ein neues Dach ausgegeben hatte, wusste ich, wen ich anrufen konnte. Ich hab mich total gefreut, dass ich die Episode in dieses Buch einflechten konnte.

Ich gehe mal davon aus, dass meine Truthahnfüllung eines meiner »berühmten« Gerichte ist. Sie schmeckt nie gleich, kommt aber immer sehr gut an. Die Hauptzutaten sind gutes Brot, Wurst, Sellerie, Zwiebeln, ein Haufen frischer Kräuter und viel Kreativität. Ich bin auch ein großer Fan von allen möglichen Weihnachtstoffees. Meine Großmama Jean hat an den Feiertagen immer traditionelle Schokotoffees gebacken, aber auch welche mit Erdnussbutter, Karamell und bunten Marshmallows. Es hört sich ekelhaft an und ist es erfahrungsgemäß wohl auch, aber diese Toffees sind meine absoluten Lieblingsleckereien zu Weihnachten. Sie bringen mich geradewegs in die Kindheit zurück.

Was bedeutet die Weihnachtssaison für Sie beide?

Marissa: Für mich ist sie eine Pause im regulären Terminplan, Zeit für die Familie, für Freunde und für ehrenamtliches Engagement. Sie beinhaltet den Besuch der Christmette, schon immer eine wichtige Tradition in unserer Familie (diese Kirchenbesuche bei Kerzenlicht, an die sich Anna so gern erinnert, entstammen meiner eigenen Erfahrung in der Kirche meines Stiefvaters), und das Entzünden der Chanukkakerzen mit dem Vorsatz, Licht in das kommende Jahr zu bringen. Ich lebe in Ontario, daher gehört zur Weihnachtszeit immer auch Schnee – und hoffentlich der gute altmodische Schneesturm (es braucht ja nicht gleich so viel zu schneien, dass man die Armee zu Hilfe holen muss!). Weihnachten ist wirklich die wunderbarste Zeit im Jahr, egal, welches Fest man feiert.

Uzma: Ich habe die Feiertagssaison schon immer geliebt. Zum einen habe ich an Weihnachten geheiratet. Saima steht nicht allein da mit dem Gedanken, dass Weihnachten ein günstiger Zeitpunkt ist, um den Bund fürs Leben zu schließen –, für Muslime und Menschen anderer Glaubensrichtungen liegt es einfach nahe, während der Weihnachtszeit zu heiraten. Niemand muss zur Arbeit oder in die Schule! Es ist aber auch eine Zeit, in der man zur Ruhe kommt und neue Kraft schöpft. Ich kehre immer erfrischt und mit neuer Energie an den Schreibtisch zurück, voller Freude, mich in ein neues Jahr zu stürzen. Da meine Familie nicht Weihnachten im traditionellen Sinne feiert, haben wir gelernt, dem Fest einen eigenen Sinn zu verleihen. Wir veranstalten einen *Herr der Ringe*-Marathon und lassen meine Nichten und Neffen bei uns übernachten. Ich backe viel zu viel Lebkuchen und Butterkekse und verziere sie dann eher schlecht als recht. Ernsthaft, man sollte mich auf keinen Fall in die Nähe von Zuckerguss lassen. Am ersten oder zweiten Weihnachtstag kommt für gewöhnlich meine ganze Familie zusammen. Es ist wirklich eine sehr besondere Zeit im Jahr.

Welche Szene in diesem Buch haben Sie am liebsten geschrieben und warum? Aber bitte nicht zu viel verraten!

Marissa: Die Szene im Flugzeug, bei der mussten wir immer lachen, auch wenn wir sie zum hundertsten Mal lasen. Es hat mir viel Freude gemacht, Anna eine meiner eigenen absurden Verhaltensweisen anzudichten. Und dass Uzma das nicht nur komisch findet, sondern mir trotzdem nicht die Freundschaft kündigt, ist schon toll.

Allerdings meinte sie, sie würde niemals mit mir gemeinsam in ein Flugzeug steigen …

Uzma: Wir werden definitiv getrennt fliegen. Obwohl du lieber am Fenster sitzt und ich am Gang, also klappt es vielleicht doch irgendwann! Ich für meinen Teil mag die erste Begegnung von Maryam und Saif sehr gern – erste Dates bringen immer viel Spaß. Und natürlich muss ich bei Dadus Späßen immer schmunzeln. Er stiehlt allen die Show, und dafür liebe ich ihn!

Wenn Sie die Rolle der Anna oder der Maryam für einen Kinofilm oder eine Fernsehserie besetzen müssten, wer sollte sie spielen? Und was ist mit Nick, Saif oder Josh?

Marissa: Was Anna betrifft fällt meine Wahl ganz klar auf Lily Collins. Sie war immer meine Muse für diese Figur. Und Josh? Justin Baldoni. Nur als ich Uzma das erzählte, meinte sie, dass sie sich für Saif ebenfalls Justin Baldoni ausgesucht hätte! Also sagen wir einfach, dass wir ihn beide ziemlich umwerfend finden. Josh könnte auch ein Justin-Guarini-Typ sein. Und wenn wir durch die Zeit reisen könnten, würde Nick von einem Ian Ziering der neunziger Jahre gespielt werden (als Steve Sanders in *Beverly Hills, 90210*) oder von einem Scott Foley der späten Neunziger und frühen Nullerjahre, als er Noel Crane in der Serie *Felicity* spielte.

Uzma: Von Justin Baldoni einmal abgesehen bin ich ziemlich schlecht darin, mir für meine Figuren die passenden

Schauspieler vorzustellen. Ich würde gern ein paar tolle Nachwuchstalente in den Rollen von Maryam und Saif sehen!

Welchen Erkenntnisgewinn sollen Ihre Leserinnen und Leser aus der Lektüre dieses Buches ziehen?

Zuallererst soll das Buch unsere Leser natürlich unterhalten und glücklich machen – doch davon abgesehen haben wir auch ein ernsthafteres Anliegen: Zum einen möchten wir unseren Leserinnen und Lesern eine Seite der Weihnachtszeit vor Augen führen, die sie noch nicht kennen oder über die sie vielleicht sogar falsch informiert waren; zum Zweiten möchten wir bewirken, dass andere Kulturen und Glaubensrichtungen sich angesprochen fühlen. Als Fans von Weihnachtsfilmen und Weihnachtstraditionen wissen wir, wie wichtig es ist, gesehen zu werden und sich integriert zu fühlen. Dass wir diese wunderbare, heitere Weihnachtsromanze schreiben konnten, die drei unterschiedliche Religionen respektiert und wertschätzt, hat uns persönlich eine Menge bedeutet. Ich hoffe, ihr habt beim Lesen dieses Buches genauso viel Spaß wie wir beim Schreiben! Und egal, welches Fest ihr feiert, seid immer umgeben von Liebe, Güte und Empathie. Frohe Feiertage an euch alle!

Camilla Davidsson
Schneezauber über Stockholm

Ganz Stockholm ist in Weihnachtsstimmung und genießt die Adventszeit – bis auf Alice. Sie lebt zurückgezogen und arbeitet als freie Lektorin, seit ihr Freund sie für eine andere verlassen hat. Bis eine besondere Anfrage sie erreicht: Der gefeierte Krimiautor Samuel Engman schreibt an einem neuen Buch und er braucht Hilfe. Denn sein neuer Roman ist eine weihnachtliche Feelgood-Geschichte und, zugegeben, er hat sich das Schreiben etwas einfacher vorgestellt. Bei der gemeinsamen Arbeit an seinem Text kommen Alice und Samuel sich Stück für Stück näher, aber wird es Samuel zwischen Glögg und Weihnachtsplätzchen gelingen, Alices Vertrauen zu gewinnen?

Aus dem Schwedischen von
Gabriele Haefs
416 Seiten, broschiert
978-3-596-70918-2